CORRADO FALCONE
Der Pate

CORRADO FALCONE

Der Pate

Kriminalroman

GMEINER SPANNUNG

Immer informiert

Spannung pur – mit unserem Newsletter informieren wir Sie regelmäßig über Wissenswertes aus unserer Bücherwelt.

Gefällt mir!

Facebook: @Gmeiner.Verlag
Instagram: @gmeinerverlag
Twitter: @GmeinerVerlag

Besuchen Sie uns im Internet:
www.gmeiner-verlag.de

Im Ehnried 5, 88605 Meßkirch
Telefon 07575/2095-0
info@gmeiner-verlag.de

1. Auflage 2018

Lektorat: Teresa Storkenmaier
Herstellung: Julia Franze
Umschlaggestaltung: U.O.R.G. Lutz Eberle, Stuttgart
unter Verwendung eines Fotos von: © GTK / shutterstock
Druck: GGP Media GmbH, Pößneck
Printed in Germany
ISBN 978-3-8392-2361-1

*Personen und Handlung sind frei erfunden.
Ähnlichkeiten mit lebenden oder toten Personen
sind rein zufällig und nicht beabsichtigt.*

1.

Sie hatte sich ausbedungen, noch etwas auf der Küchenbank zu sitzen und das arbeitsreiche Wochenende ausklingen zu lassen, während sich Katharina und Laura zurückzogen, um ins Bett zu gehen. Laura wollte noch etwas lesen und Katharina gleich schlafen, so müde fühlte sie sich. Einen arbeitsreichen Tag im Weinberg steckte sie doch nicht mehr so leicht weg.

Sonja bewunderte die Unermüdlichkeit und Kraft ihrer Schwiegermutter, denn auch sie fühlte ihre Knochen, den Schmerz in den Muskeln. Doch so anstrengend die Arbeit im Weinberg war, so hatte sie auch etwas Friedvolles, einen Frieden, der sie dennoch nicht zu verführen vermochte, ihren Beruf als Kriminalistin an den berühmten Nagel zu hängen. Sturheit war es nicht, Angst davor, sich ganz und gar auf die Weinwirtschaft einzulassen, auch nicht. Sie strich mit einer unvermittelten Geste mit der flachen Hand über den Holztisch, dann erhob sie sich langsam und genoss das Ziehen in den Oberschenkeln, nahm ein Becherglas aus dem Hängeschrank, dessen Holz so angenehm nach Alter, nach gelebtem Leben roch, nahm aus dem Kühlschrank eine angebrochene Flasche Traminer und füllte sich etwas davon in das Glas. Er besaß einen leicht rötlichen Schimmer, was untypisch war. Sie lächelte, weil sie vermutete, dass ein paar rote Trauben mit hineingekommen waren. Aber was spielte das bei dem einfachen Literwein schon für eine Rolle. Sie schlurfte zur Bank zurück, setzte sich und trank mit einem langen, versonnenen Zug. Immer besser gelang es ihr, die Trauben, die Sonne, den Regen, die Luft und den Boden, all das, was leidenschaftliche Winzer Terroir nennen, zu schmecken, und wenn sie dazu noch die Augen schloss, glückte es ihr, die Aromen in Bilder vom Weinberg umzusetzen, von ihrer Arbeit, vom Lachen und vom Fluchen, denn auch sie und Katharina und Laura und Stefan waren Terroir. Sie sah ihn vor sich, wie er zwischen den Rebstöcken stand und die Hand nach ihr ausstreckte. Wie gern hätte sie zugegriffen. Stattdessen öffnete sie in einer geradezu unverständlichen Hoffnung die Augen und schaute zum Stuhl ihr gegenüber. Doch der war leer, natürlich war er leer. Nie würden sie einander je wieder berühren. Dazwischen standen der Tod und ihre Schuld, an der sie bis zum letzten ihrer Tage zu tragen haben würde, die niemals geringer, niemals abnehmen, niemals von ihr vergessen werden würde. Sonja Schwarz trug an der Bürde, dass sie ihren Mann auf dem Gewissen hatte. Diese Schuld vergab sie sich nicht, auch wenn es ein furchtbarer Zufall war, eine Verwechslung mit Matteo Zanchetti, der das eigentliche Ziel des Mörders gewesen war. Doch der Grund der Verwechslung lag in der Tatsache begründet, dass sie Polizistin war und eng mit Matteo zusammenarbeitete. Wie ein böser Tumor hatte sich der Gedanke in ihrem Hinterkopf eingenistet, dass Stefan Schwarz noch leben würde, wenn sie Gärtnerin oder Architektin gewesen wäre. Den Rest des Weins trank sie in einem Zug aus, weil das Terroir sie mit einem Mal traurig machte, und stand abrupt aus Angst vor dem Selbstmitleid auf, das bereits seine spinnenartigen Finger nach ihr ausstreckte. Sie schüttelte leicht den Kopf und sagte sich, dass es Zeit fürs Bett war, denn sie musste morgen früh raus, um mit Matteo Zanchetti nach Rom zu fahren, was ungewöhnlich genug war. Lorenzo di Ruggierio, Hauptabteilungsleiter der Anti-Camorra-Behörde, hatte Matteo und sie in die Zentrale nach Rom zu einer Besprechung gebeten – und das klang überhaupt nicht gut. Wenn die DIA sie, einfache Kriminalisten, ins Hauptquartier rief, dann lief etwas gründlich schief. So wie Matteo lehnte sie es zwar ab zu spekulieren, doch fühlte sie sich nicht weniger alarmiert als er.

Das Leben konnte so friedlich sein – als Winzer.

2.

Es war nur ein Hauch, der Haar, Stirn, Augen, Nasenrücken, Wangen, Lippen und Kinn berührte. Stefan Karcher dachte nicht darüber nach, was ihn auf diesen Bergsporn, den er nur allzu gut kannte, weil er zu seiner Kindheit gehörte, verschlagen hatte. Er stand plötzlich da. So als befände er sich hier schon immer. Wie der Himmel, der Bergsporn, die Bäume hinter ihm, der Duft nach wildem Wacholder.

Früher, bevor eine Nacht und ein Urteil sein Leben vor sechs Jahren verändert – er würde nicht sagen: zerstört – hatten, war er oft hierhergekommen. Von der Alm seiner Familie führte der Weg über die Wiese durch den Wald, der 100 Meter vor der Klippe endete. Vom Hag ging es über den nackten Karst, in dessen Löchern sich Moos und Giersch rekelten, Felsenabbruch und von dort 150 Meter in die Tiefe. Aber nun stand er an der Kante und schaute flüchtig in das Tal, das der Vajolet gegraben hatte, dann über das Tal, über Hotel und Fluss hinweg zum gegenüberliegenden Gebirgsmassiv. Das Himmelsblau empfand er jetzt als Hohn. Deshalb ließ er seinen Blick in den Abgrund stürzen. Die Sehnsucht, ihm zu folgen, zerrte ihn Richtung Klippe. Unwiderstehlich zog ihn der sträucherbewachsene Schlund an. Schon einmal hatte einer aus seiner Familie diesem Wunsch nachgegeben. Tief unter ihm zwischen dem Gestrüpp, das den Felsboden überzog, war vor über 30 Jahren der Körper seines Großvaters aufgeschlagen. Es hatte ihn von der Klippe geweht, weil seine Seele zuvor den Halt verloren hatte. Alles, was er über seinen Großvater mütterlicherseits wusste, hatte er von seiner Mutter und seiner Großmutter erfahren. In ihren knappen Reden kam Joseph Alfons Hochthaler lediglich als Spinner und Leller vor, am häufigsten aber nur als *der grässliche Mensch*. Nur ein einziges Mal brach aus seiner Mutter eine scheue Wehmut aus, als sie sagte, dass der Seele seines Großvaters keine Hornhaut gewachsen wäre. Aus ihrer Sicht war ihr Vater zu nichts zu gebrauchen, nur eine Last für sie und für ihre Mutter. Aus diesem Grund hatte sie an ihrem 18. Geburtstag den Karcher Martin geheiratet, um der Armut und der Trostlosigkeit des Elternhauses zu entkommen. Trotz allen Fleißes gelang es ihrer Mutter lediglich, den kleinen Waldbauernhof so zu bewirtschaften, dass er das Überleben der Familie sicherte. So oft es irgend ging, zog sich ihr Vater zu seinen Büchern zurück, von denen er aus Geldgründen nicht allzu viele besaß, die er aber immer wieder las. Einzig die Bücher halfen ihm noch, litt er unter seinen Depressionen, die ihn regelmäßig überfielen. Es glich einem Wunder, als Stefans verhärmte Großmutter einmal den seligen Ausdruck erwähnte, der sich auf das Gesicht des Großvaters legte, wenn er sich in Hermann Meyers »Weltgeschichte« vertiefte oder in der Bibel las. Diesen seligen Ausdruck hatte sie allerdings mit ihrer Händearbeit zu schultern, sonst wäre die Familie zugrunde gegangen. Doch was sollte sie tun, zwischen ihrem Mann und dem Selbstmord stand nur ein Buch.

Durfte sie ihm das Buch, die Bücher nehmen, auch wenn sie argwöhnte, dass aus den Büchern die schwarzen Gedanken, das große graue Tier, das ihn regelmäßig überfiel, kamen? Einmal erzählte Stefan Karchers Mutter ihrem Sohn, dass ihr Vater, sein Großvater, an dem Tag, an dem sie den Sprung in die Ehe wagte, von der Felsenklippe in die Tiefe gesprungen war. Kein Buch hatte an diesem Tag geholfen. Ihr Geburtstag wurde zu ihrem Hochzeitstag und ihr Hochzeitstag zu seinem Todestag. Das konnte sie ihm nicht verzeihen. Seine Mutter misstraute seit frühester Kindheit und von Jahr zu Jahr immer stärker allem Geistigen, und die Bücher hatte für sie der Teufel erschaffen. Wenn Stefan Karcher ein gutes Zeugnis nach Hause brachte, dann lobte sie ihren Sohn nicht etwa, sondern er bekam die Warnung zu hören: »Werde nicht wie dein Großvater.« Und wenn sie ihn beim Lesen ertappte, sagte sie: »Lies nicht so viel, davon wirst du nur dumm im Kopf … wie dein Großvater.«

Nach seinem Tod hatte sie mit ihrer Mutter gemeinsam dessen kleine Buchsammlung der örtlichen Bibliothek übergegeben, weil sie sich am Ende nicht dazu durchzuringen vermochten, die Werke des Teufels zu verbrennen, wie es eigentlich richtig gewesen wäre. Und dort – in der örtlichen Bibliothek – traf Stefan Karcher auf die Bücher, die seinem Großvater einst gehört und die er wieder und immer wieder gelesen hatte. Er erkannte sie an dem in schöner, stolzer Schrift hingesetzten Besitzvermerk: »Das ist dem Alfons sein Buch.« Bald schon gelang es Stefan Karcher mühelos, die Schrift seines Großvaters, in der er Bemerkungen an die Ränder geschrieben hatte, zu entziffern, so als hätte er die Marginalien selbst gesetzt. Es war, als ob ein Gespräch zwischen ihnen anhob. Eine der vielen Randbemerkungen beschäftigte Stefan Karcher besonders. Sie bestand nur aus einem einzigem Wort: *Weggehen*. Und eine andere Marginalie lautete:

Weggehen, Seinen Weg gehen. Auf diese Weise tauchte Stefan unbemerkt vom Argwohn seiner Mutter und seiner Großmutter in die Welt seines Großvaters ein, denn die örtliche Bibliothek besuchte er heimlich. Er hätte ihn gern kennengelernt, vielleicht wäre dann alles anders verlaufen, für beide.

Wind kam auf und der Wunsch zu springen wuchs. Dennoch hielt ihn etwas zurück. Deshalb nahm er den Stoß der fremden Faust in seinen Rücken wie eine Erlösung auf. Augenblicklich verlor er das Gleichgewicht, breitete die Arme aus, als wollte er fliegen, fiel aber stattdessen nur. Sein Herz setzte aus. Bevor er aufschlug, entrang sich seiner Kehle ein Schrei. Er klang nach Erlösung, nach Angst, nach Staunen, nach Fremdheit.

3.

Das Auto flitzte durch den Tunnel aus Nacht nach Norden. Im Inneren des Wagens herrschte Schweigen. Die Frau und der Mann saßen auf ihren Sitzen einfach nur nebeneinander und folgten ihren Gedanken, die um dasselbe Thema kreisten, während die Scheinwerfer der anderen Fahrzeuge eine Prozession aus gelben, weißen und roten Glühwürmchen bildeten. Sie dachte hin und wieder, dass er viel zu schnell fuhr, er wusste, dass er raste, doch der Audi TT stellte einen Teil seines Körpers dar. Er war mit der Maschine auf Gedeih und Verderb verbunden. Vielleicht wäre es besser, wenn sie führe, doch das konnte er nicht zulassen, weil er es nicht ertrug, völlig seinen Gedanken ausgeliefert zu sein. Untätigkeit war das Letzte, was er jetzt brauchte. Die Konzentration, die das Fahren erforderte, bildete einen Wall gegen die peinigenden Gedanken, die ihn seit der Besprechung mit Carla Pisani und ihrem Chef Lorenzo di Ruggierio in der Zentrale der Anti-Camorra-Behörde bestürmten. Ihr Bericht hatte ihn kalt erwischt. Unvermittelt stand er an einem Wendepunkt – und Sonja Schwarz wusste das. Im Grunde hatten sie den Kampf gegen die Camorra längst verloren, sie gestanden es sich nur nicht ein, weil sonst der letzte Wall auch noch brach. Ach dieser letzte, dieser traurige Wall.

Was dem Bozener Commissario Capo Matteo Zanchetti von der Ermittlerin der DIA, Carla Pisani, eröffnet wurde, war nichts anderes als die Dokumentation seines gründlichen Scheiterns. In den quälenden Minuten, in denen er Carlas Vortrag über die Ausbreitung der Camorra im Südtirol folgte, wuchs die Einsicht, dass alles vergeblich gewesen war, seine Arbeit als verdeckter Ermittler, die sein Privatleben vernichtet und die große Liebe seines Lebens getötet hatte. Er fühlte sich noch immer schuldig, nur, dass er zuweilen fühlte, dass die Schuld von Jahr zu Jahr wuchs, er weder Vergebung noch Erlösung fand. Aber auch die besondere Aufmerksamkeit, die er als Kripochef in Bozen der Camorra, besonders Francesco Rossi, geschenkt hatte, hatte bei Weitem nicht ausgereicht, die Ausbreitung der »Familie« auch nur um eine Sekunde zu verlangsamen. Rossi hatte mit ihm gespielt, wie man mit einem Welpen spielt, und ihn schließlich einfach ausgetrickst. Ganz klar, der Mafioso war ihm überlegen. Schmach brannte in ihm, Schmach und Scham, denn nicht nur sein Stolz war verletzt, sondern er schämte sich auch für sein Versagen. Die Verletzung reichte so tief, dass es ihn nicht einmal interessierte, ob Carla es genoss, ihn vorzuführen.

Sonja und Matteo hatten die Zentrale der Anti-Camorra-Behörde, der DIA (Direzione Investigativa Anti Camorra), in der Via Torre di Mezzavia in Rom gegen 21 Uhr nach einem kurzen, unterkühlten Abschied von Carla und di Ruggierio schweigend verlassen. Er stürmte durch die Korridore, raunte ihr zu, dass er über Carla Pisanis Angebot nicht zu reden wünschte, wiewohl er keinerlei Interesse an einer Unterhaltung zeigte, ließ er den Fahrstuhl rechts liegen und lief die vier Treppen zur Parkgarage herunter, so dass Sonja Schwierigkeiten hatte, Schritt zu halten. Wütend hatte er sich hinter das Steuer gesetzt und war mit aufheulendem Motor losgefahren, links auf die Via Cesare Polacco. Im nächsten Kreisverkehr hatte er dann die erste Ausfahrt genommen, die ihn auf die A 1 Richtung Neapel führte. Hier im Latium berührte der Frühling in seiner Blütenpracht bereits den Sommer. Die Strecke kannte er im Schlaf. Es hatte eine Zeit in seinem Leben gegeben, da war er hier 14-täglich entlanggefahren. Diesmal jedoch blieb er auf der Autostrada, die in den Norden führte, und bog nicht auf die A 1 Richtung Salaria ab. Damals wie heute arbeitete er als Ermittler, nur dass er in Bari verdeckt aufklärte und in Bozen inzwischen der Chef der Kriminalpolizei war. Letzteres gefiel ihm weitaus besser und mit keiner Faser seines Herzens sehnte er sich nach seinem früheren Leben zurück, auch wenn es abenteuerlicher, unkonventioneller, auch gefährlicher war, so wollte er diesen Schmerz, den er damals empfunden hatte, nicht noch einmal ertragen müssen. Und auch nicht die Persönlichkeitsspaltung, die eine doppelte Existenz mit sich brachte. Vor allem aber fehlten ihm die Illusionen, die er als junger Polizist hegte, als er noch sich, ja die Polizei in ihren Möglichkeiten und Fähigkeiten, das organisierte Verbrechen zu bekämpfen, sträflich überschätzte. Er hatte die Lektion in Realismus auf die harte Art gelernt.

Vor Florenz gerieten sie in einen Regen, der heftig vom düsteren Himmel herunterprasselte. Dann beobachteten sie einen riesigen Blitz. Gleich darauf krachte der Donner mit einer Lautstärke, als berste die Welt.

»Fahr langsamer«, sagte sie nun doch. Er brummte nur, doch bremste er tatsächlich sacht ab, um nicht ins Schleudern zu geraten.

»Ein Unwetter«, fuhr sie fort.

»Merde«, quetschte er durch die Zähne.

»Warum hast du am Ende doch zugestimmt?«

»Sollten wir noch später aufbrechen?«

»Lenk nicht ab, Matteo. Du weißt sehr gut, wie ich das meine.« Natürlich wusste er, worauf sie anspielte, doch er wollte nicht darüber sprechen. Deshalb antwortete er nur mäßig überzeugend: »Willst du, dass sie einen anderen schicken, der in unserem Revier wildert?« Und nahm sich ein Stück Traubenzucker aus einer kleinen Schachtel, die unter den Armaturen vor dem Steuerknüppel lag.

»Ich will, dass es ohne verdeckten Ermittler geht, mit normaler Polizeiarbeit, capisci?«, antwortete Sonja, die nun auch nach dem Traubenzucker griff.

»Zu spät. Dafür ist es zu spät.« Wieder zackte ein Blitz auf, und der Donner schlug gleichzeitig ein. Das Gewitter stand jetzt über ihnen.

»Wir haben versagt, Sonja. Der Einsatz des verdeckten Ermittlers ist nur die logische Folge unseres Versagens«, zitierte sie augenrollend: »bei der normalen Polizeiarbeit.«

»Ich wüsste nicht, was wir falsch gemacht haben«, erwiderte sie und ärgerte sich zugleich, dass ihre Entgegnung etwas zickig klang.

»Du kennst die Camorra nicht, Principessa! Rossi hat geschafft, mich zu täuschen, obwohl ich sie kenne.« Diese Überheblichkeit stand ihm nicht zu. In Frankfurt hatte sie auch gegen die Camorra ermittelt und sie hatte Festnahmen durchgesetzt, Verurteilungen ermöglicht. Aber sie verspürte nicht die geringste Lust dazu, sich zu rechtfertigen. Commissario Capo Matteo Zanchetti blieb ein Macho. Jeglicher Kultivierungsversuch, dachte sie, war zum Scheitern verurteilt. Dennoch wollte sie nicht kampflos das Feld räumen und die Zurechtweisung stillschweigend schlucken. Sie schaute kurz zu ihm rüber und vertiefte sich in sein Profil, dann blickte sie wieder auf die Straße. »Geht es hier nur um dein gekränktes Ego?«

»Nicht dein Ernst?«, brauste er auf.

»Glaubst du wirklich, dass du noch mal als verdeckter Ermittler arbeiten kannst? Bist du psychisch wieder so stabil?«

Dass diese Frage an seinem Selbstvertrauen nagte, vermochte er nicht zuzugeben. »Claro«, beschied er sie einsilbig.

»Rossi ist kein Idiot. Er wird dir den Seitenwechsel nicht abkaufen. Der kennt deine Vergangenheit doch auch?«

Damit hatte sie ins Schwarze getroffen. Matteo schlug zweimal mit flachen Händen auf den Lenker ein.

»Das ist keine Antwort auf meine Frage«, wies sie ihn zurecht. Missmutig starrte sie durch die Windschutzscheibe auf den schwarzen Himmel, der gelegentlich durch einen grellen Zacken durchrissen wurde, bevor die Finsternis wieder zusammenfloss.

»Ausweichen ist keine Lösung«, sagte sie ruhig und wiederholte sich nur. Matteo sank etwas in sich zusammen, sie hatte ja recht. Aber das machte nichts besser. Er dachte an Carla Pisani, wie sie beiden die Ergebnisse der Ermittlungen der DIA um die Ohren gehauen hatte, wie stark die Camorra in den Ausbau ihrer Strukturen in Südtirol investierte und welche Fortschritte sie machte. Da eine Hotelbeteiligung, dort stiller Teilhaber einer Export-Import-Firma. Sie förderte den Touristikverband, die Weinwirtschaft, die

Landwirtschaft insgesamt. Im Grunde existierte kein Wirtschaftszweig, in dem sie nicht vertreten war. Alle Firmen, ganz gleich welcher Branche, beklagten eine zu geringe Kapitaldecke, einen Mangel an freien Investitionsmitteln, so dass Investoren begehrt waren. Eine günstige Ausgangssituation für die Camorra. Matteo setzte besonders die Tatsache zu, dass sie nicht das ganze Ausmaß kannten, denn die Camorra stieg gern über Mittelsmänner ein. Das wirkliche Ausmaß der Unterwanderung der Wirtschaft durch die Kriminellen blieb im Dunklen. Während die Polizei regional, bestenfalls national agierte, betätigte sich die Camorra international. Sie war sogar im großen Stil in die Flüchtlingsindustrie eingestiegen.

»Am meisten ärgert mich«, sagte Matteo plötzlich unvermittelt, »dass ich Rossi unterschätzt habe.« Sie legte kurz ihre Hand auf seinen Arm. Der Regen ließ nach und der Capo gab wieder Gas.

»Es gibt nur eine Möglichkeit, mehr zu erfahren.«

»Mag sein, aber alles spricht gegen dich.«

»Bis auf ein Argument: Ich bin der Einzige, der die Verhältnisse vor Ort genau kennt.« Sie wusste, dass er sich entschlossen hatte, wieder verdeckt zu ermitteln, und dass er sich, obwohl er sich dazu zwang, diesen Entschluss nicht ausreden lassen würde. Auch wenn ein riskantes und kaum zu inszenierendes Täuschungsmanöver nötig war, nämlich ein überzeugender Seitenwechsel des Capos. Also rang sie sich dazu durch, dieses riskante Spiel mit ihm gemeinsam als sein Partner auf der anderen Seite des Flusses, der die Legalität von der Illegalität trennte, zu starten. »Können wir Carla Pisani trauen?«

Er zuckte mit den Achseln. »Sie will den Erfolg.«

»Du vertraust also ihrem Ehrgeiz, nicht ihr?«

»Carla Pisani besteht nur aus Ehrgeiz.« Dann schwieg er kurz. »Auch wenn wir auf die beiden Kerschbaumers zählen können …«

»Ich weiß«, erwiderte sie. »Zu ihrem eigenen Schutz sollten sie davon nichts wissen.«

»Und zu meinem. Je größer der Kreis der Eingeweihten, umso größer die Gefahr eines Lecks. Nur du und ich, Sonja, nur du und ich«, schwor er sie ein.

»Du trägst deine Haut zu Markte«, warnte sie noch einmal, doch ohne Hoffnung, ihn umstimmen zu können.

Als sie heute in aller Frühe nach Rom gefahren waren, einbestellt von Pisanis Chef di Ruggierio, ahnten sie, dass es um etwas Großes ging, nicht aber, dass es sie in einen Kampf auf Leben und Tod stürzen würde, denn ihr Feind kannte weder Gnade, noch machte er vor irgendjemand halt, wenn derjenige seinen Interessen entgegenstand, ganz gleich, ob es sich um Winzer, Kaufleute, Unternehmer, Politiker, Polizisten oder Richter handelte. Die Camorra war ein eigener Staat.

»Ich will dir nur sagen, Principessa, wenn du wegen Laura das Risiko nicht eingehen willst«, wandte Matteo ein, »dann verstehe ich das.« Sonja fühlte sich ertappt, denn sie hatte tatsächlich an ihre Tochter, an ihre Schwiegermutter gedacht und daran, dass sie lieber Eierdiebe als die Camorra jagen würde, aber das stimmte eben doch nicht, denn in ihr war etwas erwacht, das sie weder zu bändigen noch einzuhegen vermochte: der Jagdtrieb.

»Ich will Rossi und seine Scheißkerle genauso drankriegen wie du, Matteo! Hat man denn als Polizist die Wahl, sich zurückzuziehen? Sich rauszuhalten? Die Augen vor Straftaten zu schließen? Wenn wir keine Straftaten mehr aufnehmen, haben wir zwar eine tolle Kriminalstatistik und irgendwann Bürgerwehren. Der Krebs, den wir schneiden, würde ansonsten die Gesellschaft zerfressen. Gehen wir's an, Matteo.« Es muss ein spezielles Bullen-Gen geben, dachte sie, manche haben es, andere nicht. Und sie hatte es, von wem auch immer.

»Heute ist der 23. Mai«, sagte er leise. Sie schaute fragend zu ihm. »Am 23. Mai 1992 wurde Richter Giovanni Falcone mit seiner Frau Francesca Morvillo, die ebenfalls Richterin war, allerdings am Jugendgericht, von der Camorra ermordet. Überleg es dir gut, Sonja.«

Sie spürte, dass er sich davor fürchtete, sie in Gefahr zu bringen. »Du kommst doch gar nicht ohne mich klar. Und jetzt gib Gas, ich will nach Hause. Oder soll ich fahren?«

Die Tachonadel sprang im nächsten Moment auf 180 km/h und Sonja legte sich in den Sitz zurück, während auf seinen Lippen ein schmerzliches Lächeln lag, das allerschönste Schwerenöterlächeln. Denn wenn die Würfel gefallen waren, sorgte die Klarheit für Ruhe. Er fühlte sich wie ein Gladiator, der ins Colosseum zog: »Morituri te salutant!«

4.

War das der Tod? Fühlte sich Sterben so an? Als ob man in eine Wesenlosigkeit, in die Dunkelheit, in die Nacht gefallen wäre. Die Sonne, der Felsen, das Tal, all das umgab ihn nicht mehr, hatte er mit einem Schlag verloren und er begriff allmählich, dass er im Bett saß, und fühlte zu seiner Verwunderung, dass das Leben in ihn zurückkehrte. Während er sich prustend durch das Haar strich, entdeckte er die zwei großen Augen, die ihn musterten und in denen Sorge stand: »Hast du schlecht geträumt?«

»Nein, doch, ja, aber ist ja auch egal. Wie spät ist es?« Er hatte den Traum verloren und fühlte sich in die dröge Banalität zurückgeworfen, die seine Wirklichkeit bildete. Diese Wirklichkeit roch nach abgestandener Luft.

»Zeit zum Aufstehen«, flötete Francesca. Er wusste, was das bedeutete, wozu es Zeit war. Deshalb wäre er jetzt viel lieber am Fuße des Berges als hier in diesem Zimmer, in dieser Wohnung, in dieser Stadt, neben ihr. Er kam sich vor wie ein Fußball, der getreten werden musste, wenn er sich bewegen sollte. So nahm er es einfach hin, dass Francesca und ihr Onkel über ihn entschieden, zumindest befreite ihn das von der Notwendigkeit, selbst Entschlüsse zu fassen, Pläne zu schmieden. Sich treiben zu lassen wie eine in den Fluss gefallene Nuss, wirkte verführerisch auf ihn und machte ihn süchtig nach Passivität, denn er hatte keine Ziele mehr und wusste auch nicht, was er in dieser Welt sollte, in der doch alles vergeblich blieb. Im Gefängnis hatte er sich noch nach dem Tag der Entlassung gesehnt, nun, da er frei war, fehlte ihm der geregelte Tagesablauf hinter Gittern. Die wiedergewonnene Freiheit ähnelte in nichts seiner alten Freiheit. Ihm schwante, dass er diese niemals mehr zurückbekommen würde und er ein Sträfling des Lebens bleiben würde.

Die junge Frau, mit der er Bett und Dasein, er würde es nicht Leben nennen, teilte, weckte keinerlei Gefühl in ihm, nicht Liebe, nicht Hass, nicht Zuneigung, nicht Abneigung, noch nicht einmal Gleichgültigkeit. Auch fragte er sich nicht, was ihn in Mailand, was ihn noch bei ihr hielt. Wozu auch, wo doch nur ein einziger Grund dafür existierte, dass er mit Francesca zusammenlebte. Stefan Karcher wusste schlicht nicht, wohin und zu wem er gehen sollte. Keiner wartete auf ihn und seiner Mutter und seiner Großmutter durfte er nach der großen Schande, die er über sie gebracht hatte, nicht mehr unter die Augen treten. Aus ihrer Sicht hatte er seinen Großvater noch übertroffen. Der hatte sich nur umgebracht, aber Stefan wurde von den Gendarmen in Handschellen vom Hof abgeholt und in Bozen vor ein Gericht gestellt. Sein Bild wurde sogar in einer Zeitung veröffentlicht. Weder seine Mutter noch sein Vater, auch nicht seine beiden Schwestern hatten ihm geschrieben, geschweige denn in der Strafanstalt besucht. So begann er, sich als lebender Toter zu fühlen. Wo es ihn hintreiben würde, blieb im Grunde gleich, es musste nur weit genug vom Vajolettal entfernt sein. Widerstrebend erhob er sich, bückte sich und griff nach der Jeans, die vor dem Bett lag. Während er sie über die Unterhose, in der er geschlafen hatte, zog, hörte er Schritte vor der Tür.

»Heh, aufstehen, ihr Turteltäubchen, es ist Zeit«, brummte Daniele auf Italienisch und pochte dreimal mit seiner Faust gegen die Tür. Als Südtiroler sprach Stefan gleichermaßen gut Deutsch und Italienisch. Obwohl ihm eigentlich das Südtiroler Deutsch näher war, hatte er die Sprache, die in seiner Familie und unter seinen Freunden benutzt wurde, in den sechs Jahren, die er im San-Vittore-Gefängnis gesessen hatte, nicht mehr gesprochen. Irgendwann fiel ihm auf, dass er immer weniger Deutsch sprach und in seinen Träumen seine Großmutter auf Italienisch fluchte, nur warf sie ihm keine Südtiroler Tiraden an den Kopf, sondern die Schimpfworte, die Drogendealer, Mörder, Diebe und Zuhälter, die seine neue Umgebung bildeten, zu benutzen pflegten.

»Wir sind schon wach«, rief Francesca wie elektrisiert und betätigte den Lichtschalter. Er sah ihr an, dass sie es kaum erwarten konnte, aufzubrechen. Die Glühbirne, die an einem grauen Kabel von der Decke hing, warf aggressiv ihr nacktes Licht in den Raum. Das weckte selbst die Fliegen, die aufgeregt im Zimmer brummten. Er hasste Fliegen, besonders die dicken schwarzen, die einen regelrechten Brechreiz in ihm hervorriefen. Vor seinem geistigen Auge sah er sie tot in abgestandener Milch schwimmen.

»Bene«, knurrte Daniele, während sich seine schlurfenden Schritte entfernten.

Stefan blickte in Francescas faltiges, verschlafenes Gesicht. Er konnte sich nicht entscheiden, ob er sie schön finden sollte. Ihre etwas knabenhafte Figur, das kleine Gesicht, die grazile Nase über schmalen harten Lippen verliehen ihr etwas Androgynes.

Sie hatte früh schon lernen müssen, sich auf der Straße durchzusetzen. Das wusste er und auch, dass sie ihren Vater nicht kannte und ihre Mutter bei einem Autounfall ums Leben gekommen war. Darüber hatte sie nach ihrer ersten Nacht, an ihn geschmiegt und stockend, gesprochen. Nie würde er den Schreck vergessen, der ihn traf, als ihm ihre Verletzlichkeit auffiel. Ohne ihren Onkel, der sie zu sich genommen hatte, hätte man sie ins Kinderheim gebracht. Dabei war Daniele Pravo das ganze Gegenteil eines fürsorglichen Typs, doch irgendetwas hatte vor 14 Jahren sein Herz angerührt, als Francesca auf dem abgeschabten Holzstuhl mitten im Wohnzimmer der kleinen Wohnung saß, allein, verloren und mit ihrer hellen Kinderstimme ein Lied sang, das sie von ihrer Mutter gelernt hatte: *Chella che tu me dice*, ein kleines Lied über den Unterschied zwischen Liebe und Freundschaft, ein Lied, das das Kind sang, ohne den Inhalt wirklich zu verstehen, mit einem tiefen Gefühl, das aber etwas anderes meinte. Als damals Daniele Pravos Blick bei dem kleinen Mädchen mit dem Teddybären im Arm hängenblieb, brachte er es nicht über sich, sie ihrem Schicksal zu überlassen. Er adoptierte sie. Damals besaß er eine kleine Autowerkstatt. Aber die war nur Tarnung – in Wahrheit lebte er von Gelegenheitsgaunereien, bis er der täglichen Tretmühle entkommen wollte und zunächst von dem »großen Ding« träumte und es dann zu planen begann. Er hatte begriffen, dass die kleinen Gaunereien sich nicht lohnten, denn sie brachten ihn zwar auch mit dem Gesetz in Konflikt, doch warfen sie zu wenig ab, so dass er stets aufs Neue das Risiko einzugehen hatte. War es da nicht besser, einmal richtig abzukassieren, um dann ausgesorgt zu haben?

Stefan schaute zu Francesca. Mit ihrem schmalen Fuß hangelte sie nach der schwarzen Jeans, die sie schließlich überzog. Dann nahm sie vom Stuhl beim Fenster ein T-Shirt, das sie über ihre kleinen Brüste streifte. Im ersten Moment wunderte Stefan sich darüber, dass Francesca ein dunkles T-Shirt gewählt hatte, wo sie zwar stets schwarze Jeans, aber dazu immer ein weißes Shirt oder Hemd trug. Das war eine Marotte von ihr, die sie selbst nicht zu erklären vermochte. Er hatte ihr einmal ein buntes Hemd gekauft. Doch sie weigerte sich, das anzuziehen. Da warf er es wütend in den Müll.

Doch gleich darauf fiel ihm ein, dass für das, was sie sich vorgenommen hatten, dunkle Kleidung zu bevorzugen war, es wäre unklug gewesen, sich von der Nacht abzuheben. Sein Blick glitt von ihr zum Fenster, zur beleuchteten Stadt, die jetzt weit nach Mitternacht ein wenig zur Ruhe zu kommen schien. Doch ganz schlief Mailand nie. Irgendwo sang noch jemand, irgendwo schlug ein Hund an oder lachte eine Frau laut und ordinär auf; oder es zerriss das hektische Gasgeben eines ungeduldigen Autofahrers, der endlich ans Ziel zu gelangen wünschte, und immer mal wieder die Sirene eines Polizei- oder eines Rettungswagens die Nacht. Nein, im Unterschied zu den kleineren Städten und den Dörfern im Weichbild Mailands schlief die Metropole nie, sie ließ nur etwas in ihrer Geschäftigkeit nach.

Francesca, die hellwach und vor Tatendrang förmlich zu explodieren schien, tänzelte zu ihm, biss ihn verspielt ins

Ohrläppchen, bevor sie flüsterte: »Das wird geil, echt, Stefano!« Ihre kindliche Freude, als ginge es zu einem Geburtstag, stieß ihn ab. Statt Erwartung und Aufregung verspürte Stefan Karcher nur eine ungute Anspannung, die in ihm wuchs. Wenn er die Kraft besessen hätte, sich von den beiden zu lösen, hätte er es längst getan. So trottete er mit.

Wenig später saß er auf dem Rücksitz des Renault Mégane und schaute lustlos aus dem Fenster. Die Nacht glitt an ihm vorbei. Bald schon hatten sie Mailand hinter sich gelassen und verfolgten die Straße, die sie nach Melegnano führte, einem kleinen Städtchen in der Nähe der lombardischen Metropole. Für ihren ersten Banküberfall hatte sich Daniele eine mäßig gesicherte Kleinstadtbank ausgesucht. »Zum Üben«, hatte er gesagt und durch seine Zahnlücke gepfiffen, was er gern tat, wenn er etwas als eigentlich unter seiner Würde empfand. Tagelang hatten sie das Geldinstitut ausspioniert und den Ablauf wieder und immer wieder durchgesprochen.

Francesca rutschte vor Aufregung auf dem Beifahrersitz hin und her. Sie empfand bereits die Vorstellung als Adrenalinstoß, während Daniele mit kühler Präzision vorging. Es würde auch nicht sein erster Raubüberfall werden, für den letzten war er allerdings in den Knast eingefahren. Niemals wieder wollte er dahin zurück, deshalb ging er vorsichtig und sehr überlegt vor.

Sie parkten den Wagen rückwärts in einer Parkbucht an der Ecke Via Toscana – Viale Lombardi ein. Auf der linken Seite träumte ein kleiner Park vor sich hin. »Oh, sind die Vögel schnell«, flüsterte Francesca und wies auf kleine dunkle Flugobjekte, die kreuz und quer durch die Nacht schossen. Stefan schmunzelte für den Bruchteil einer Sekunde. »Das sind keine Vögel.«

»Was dann, verflucht?«

»Fledermäuse. Die brauchen kein Licht, die orientieren sich mit Ultraschall.«

»Fledermäuse«, wiederholte sie und schüttelte ungläubig den Kopf.

Die siebengeschossigen Wohnhäuser, die sich rechts und links der Viale erhoben, erinnerten Stefan an eine Schlucht. In keinem der Fenster brannte Licht. Aber das wussten sie schon, dass die Bewohner der Häuser um diese Zeit schliefen, denn sie hatten den Weg bereits einmal nachts zurückgelegt. Kleine Städte schliefen gegen 2 Uhr morgens, große nie. Er hatte das Gefühl, als hörte er das Schnarchen der Menschen in ihren Betten.

Es begann zu nieseln. Nach wenigen Schritten standen sie bereits vor dem Eckhaus, in dem sich die Bank befand. Das Haus wand sich in einem Bogen um die Straßenecke. Schnell huschten sie zum Eingang neben der Bank. Daniele öffnete mühelos die Tür mit einer kleinen Schlosserzange. Dann glitten sie in den dunklen Hausflur, in dem es nach Moder roch. Links führte eine Treppe in die oberen Stockwerke. Rechts von ihnen zog sich eine Wand, hinter der sich die Bank befand. Sie kannten den Weg, hatten ihn bei ihrem »Probelauf«, der bis zu der Stahltür gegangen war, die vom Flur in die Büros der Bank führte, bereits erkundet. Diesmal kehrten sie nicht wieder um, sondern Daniele öffnete seinen Werkzeugkoffer, entnahm einen kleinen Uhrmacherschraubenzieher und begann routiniert, das Schloss abzubauen. Sie hofften inständig, dass Stefan bei ihrer Erkundung vor ein paar Tagen keine Sicherung und keine Alarmvorrichtung übersehen hatte, die sie beim Versuch, die Tür zu öffnen, verraten würde. Stefan schaute zu Francesca, die neben ihm stand. Die Lust an der Gefahr, die er in ihren Augen entdeckte, zauberte ein Strahlen auf ihr Antlitz, das ihrem Gesicht etwas Madonnenhaftes gab, eine Unschuld, obwohl sie schuldig wurde, die nur ein Mensch besitzen konnte, der ganz bei sich war. Plötzlich verstand er, dass Francesca sich in der Gefahr zu Hause fühlte, sie in ihr bei sich ankam und, so seltsam es auch war, nur in ihr zur Ruhe kam. Nicht Daniele, sondern die Gefahr hatte sie adoptiert. In diesem Moment liebte er die Frau, mit der er schlief und neben der er herlebte, so sehr, dass es ihn schmerzte. Sie spürte seinen Blick, doch erwiderte sie ihn nicht, sondern genoss ihn einfach. Was sie verband, war, dass dieser Augenblick hätte ewig dauern können.

Nach ein paar Minuten hatte Daniele, der eine kleine Taschenlampe zwischen den Zähnen hielt, um das Schloss im Dunkeln zu sehen, die Tür geöffnet. »Masken!«, brummte er und sie zogen Mützen über den Kopf, die wie Strümpfe wirkten und nur einen Sehspalt ließen, Mützen, wie sie Polizisten beim Zugriff oder linke Chaoten trugen. Stefan stöhnte leise, weil er es bedauerte, dass ihr schönes Gesicht unter der schwarzen Wolle verschwand. Daniele erhob sich, verstaute das Werkzeug und dann folgten sie ihm in einen kleinen Flur. Rechts an der Wand hing ein schwarzer Kasten, der sofort Stefans Aufmerksamkeit erregte. Seiner schwarzen, ledernen Umhängetasche entnahm er eine Taschenlampe, die er anschaltete und dann wie vorher schon Daniele zwischen die Zähne klemmte. Anschließend holte er einen Schraubenzieher, um die vier Schrauben, mit denen der Deckel befestigt war, zu lösen. Sie saßen nicht sehr fest. Vorsichtig nahm er den Plastikdeckel ab und schaute sich den Sicherungskasten und die Leitungen an. »Sodom und Gomorra«, fluchte er. »Wer soll sich denn in dieser Unordnung zurechtfinden.«

Geduldig versuchte er die einzelnen Kabel und die Sicherungen zuzuordnen.

»Okay«, flüsterte er schließlich. »Ich habe eine Idee. Könnte klappen. Wenn es aber schiefgeht, wird es hell und laut und wir müssen dann die Beine in die Hand nehmen.«

»Na los, Kleiner«, fuhr ihn Daniele an. Mit einer kleinen Schere durchschnitt Stefan ein Kabel. Nichts geschah. Er drehte nun die Sicherungen heraus, aber es regte sich wieder nichts. Francesca legte ihm anerkennend die Hand auf die Schulter, während Daniele bereits den Gang entlangschlurfte, hinter ihm Francesca und zum Schluss Stefan. Rechts von ihm gingen zwei Türen ab, die eine führte in den Schalterraum, die andere in die Angestelltentoilette. Ein Scheppern ließ Daniele sich ruckartig umwenden. »Merd…«, begann Stefan zu fluchen, doch blitzschnell hielt ihm Francesca den Mund zu. Ein wütender Blick von Daniele traf ihn, so dass er die Augen zu Boden schlug. »Pass besser auf«, zischte der. Schuldbewusst schaute Stefan nach unten und realisierte, dass er gegen einen Eimer mit Abfällen, darunter auch zwei Tomatendosen, deren saurer Geruch ihm in die Nase stach, gestoßen war. Offensichtlich wurde die Bank nur nachlässig gereinigt. Stefans Blick suchte die Decke und die Wände ab, dann wies er nach links oben. Dort hing sie, eine Kamera, doch die kleine rote Lampe leuchtete nicht. Die Entdeckung ließ Stefan grinsen, er hatte es geschafft, die Sicherheitstechnik lahmzulegen.

»Gelernt ist gelernt«, hatte seine Mutter immer gesagt. Das Objektiv der Kamera war auf eine Eisentür rechts gerichtet. »Wie in guten alten Zeiten«, geriet Daniele für die kurze Dauer eines Wimpernschlags ins Schwärmen. Die Tür besaß zwei ovale Schlüssellöcher, von denen eines sich über und eines sich unter einem Drehrad befand. Nachdem Stefan die Tür und was sie umgab nach einer Sicherung überprüft hatte, begann Daniele, sich daran zu schaffen zu machen. Er benötigte eine halbe Stunde, dann ließ sich das Rad bewegen und die Tür öffnen. Mit ihren Taschenlampen leuchteten sie den nicht allzu großen Tresorraum mit seiner erstaunlich niedrigen Decke aus und traten ein, Daniele geschäftsmäßig kühl, Francesca vom Adrenalin befeuert und Stefan mit Anspannung. Kühle empfing sie wie in einem Keller. An der rechten und linken Wand reihten sich Schließfächer von der Hüfthöhe bis zum Deckenpaneel, während sich hinter einem mitten im Raum stehenden Tisch mit zwei Holzstühlen ein mannshoher Tresor befand.

»Auch nicht das neueste Fabrikat«, befand Daniele zufrieden und machte sich an die Arbeit, während Francesca die Taschenlampe zum Boden richtete, sich zu Stefan beugte und ihm ins Ohr flüsterte: »Weißt du, was das Geilste wäre?« Er spürte ihren heißen Atem im Ohr und kannte die Antwort. »Du bist verrückt!«, antwortete er in einer Mischung aus Bewunderung und Ablehnung. Doch sie schaute ihn ungeniert und fordernd mit verlangenden Augen an. Unwillkürlich trat Stefan einen Schritt zurück, doch sie folgte seiner Bewegung.

»Nachher, okay, wenn wir es hinter uns haben«, raunte er ihr hastig zu und hoffte, dass Daniele nichts mitbekam.

»Dann ist es nur halb so gut. Im Bett kann jeder!«, maulte sie flüsternd.

»Könnt ihr nicht leise sein«, raunzte sie Daniele an. Sie nahm seine Hand und zog ihn auf den Gang, dem sie bis zur nächsten Ecke folgten, um dann nach links abzubiegen. »Hier!«, entschied sie plötzlich, drückte ihn an die Wand und knüpfte seine Hose auf. Sein Blick fiel auf die Kamera, die sie in die Optik nahm und deren rotes Kontrolllämpchen ebenfalls nicht leuchtete. »Und wenn die Kamera doch nicht aus ist?«

»Sehen die Bullen auch mal was Schönes.« Die Maske ließ nur ihre Augen frei, doch die waren nun wie ein tiefer Sumpf, dunkel und glänzend und groß und unentrinnbar.

»Und sei leise, wir wollen Onkelchen doch nicht nervös machen.« Sie war unglaublich, von einer natürlichen Schamlosigkeit, die ihn immer wieder überraschend aus dem Hinterhalt überfiel und gegen die er sich nicht zu wehren vermochte, weil sie ihn beeindruckte, indem sie alle seine

Widerstände überrannte. Vielleicht hatte sie ihn deshalb bereits in der ersten Nacht, nachdem er aus dem Knast entlassen und von Daniele und von ihr abgeholt worden war, regelrecht überfallen. Zwar verspürte er nach der Haft und der dadurch erzwungenen sexuellen Abstinenz ein starkes Verlangen, doch geschehen war es eigentlich nur, weil sie ihm keine Wahl ließ. Er hatte es genossen, weil alles um ihn herum der Vergessenheit anheimfiel. Als sie nach ihrer heftigen Begegnung ermattet nebeneinanderlagen, überkam ihn die große Traurigkeit.

»Was ist?«, fragte sie verunsichert.

»Post coitum omne animal triste est«, erinnerte er sich plötzlich.

Sie richtete sich auf und schaute ihn wie einen armen Verrückten an. »Merde, ich versteh es nicht ganz. Was für ein verficktes Italienisch ist das denn?«

»Ist kein Italienisch, sondern Latein.« Sie pfiff anerkennend durch die Zähne. »Du kannst Latein, Dottore?«

»Lateinabitur, sogar mit Eins«, antwortete er und fühlte, als er das sagte, wie weit entfernt das alles lag, unerreichbar, kaum noch erinnerbar, in einem anderen Leben. »Und was hat es genützt?«

Sie schüttelte nur den Kopf. »Was heißt das denn nun? Oder sagst du es mir nur nicht, weil's 'ne richtige Sauerei war? Heh, ich kenne alle Sauereien, nur keine auf Latein. Mach schon, lass mich nicht dumm sterben«, bat und bettelte sie plötzlich wie ein kleines Mädchen, das unbedingt ein Eis haben wollte. Er stierte erst an die Decke, dann sagte er: »Nach dem Geschlechtsverkehr sind alle Tiere traurig«, und schaute sie schließlich mit großen Augen an. Sie schüttelte den Kopf, dann lachte sie laut auf. »Muss sich einer ausgedacht haben, der keinen hoch bekommt.« Zärtlich kitzelte sie ihn. »Heh, das ist doch nicht dein Problem.«

Als sie in den Tresorraum zurückkamen, öffnete Daniele gerade den Tresor und Stefan fühlte sich etwas unbehaglich und hoffte, dass Daniele nichts mitbekommen hatte, schließlich hatten sie versucht, leise zu sein.

Da lagen sie vor ihnen, die Geldscheine, brav mit Banderolen umgeben. Francescas Augen glänzten. Daniele lächelte leicht in sich hinein. Dann fuhr er halb im Spaß seine Nichte an: »Glotz nicht wie ein frischgeficktes Eichhörnchen, pack das Geld in die Tasche. Ist ja schließlich dein Teil der Arbeit.«

»Si, Signore«, antwortete sie, ging zum Safe und packte Bündel nach Bündel in ihren schwarzen Lederrucksack. Für diese Momente lebte sie.

Eine Stunde später saßen sie bereits im Wohnzimmer der kleinen Wohnung in Mailand und hatten das Geld gezählt: zehn Millionen Euro.

»Etwas wenig für eine Bank«, stöhnte Francesca.

»Wahrscheinlich kommt heute Nachschub.«

»Dann waren wir zu früh?«, hakte Francesca nach.

»Ist doch ein guter Anfang«, brummte Daniele vergnügt.

»Wenn jeder von uns 50 Millionen Euro haben will, dann müssen wir noch 14 Banken überfallen, wenn alle so wenig gebunkert haben«, rechnete Stefan laut.

»Ach komm, 'n bisschen Arbeit vor dem Ruhestand ist doch okay, oder?«, sagte Francesca. »Schon, weil es so einen Spaß macht.« Stefan hatte die Anspielung verstanden. Bisher hatte er immer gedacht, dass Sex ihr über alles ging, aber es war eigentlich die Gefahr, die sie anturnte.

Stefan stand auf und trottete in sein Zimmer, denn er spürte nur bleischwere Müdigkeit. Francesca schenkte ihrem Onkel noch ein Lächeln, dann folgte sie ihm. Sie wollte noch nicht schlafen und sie würde es auch Stefan nicht gönnen, die Augen zu schließen.

Irgendwann gegen Morgen zog sie die Erschöpfung in den Tiefschlaf wie auf den Grund eines tiefen Meeres. Zu tief, um zu träumen.

Durch ein kräftiges Poltern an der Tür wurden sie brutal aus dem Schlaf gerissen. Die Sonne knallte ins Zimmer. Lange konnten sie nicht geschlafen haben. Sie beherrschte das Gefühl, dass sie eben erst die Augen geschlossen hatten. Weder Stefan noch Francesca besaßen eine Ahnung, wie spät es war, und sprangen alarmiert aus den Betten.

»Die Bullen?«, fragte Francesca. Stefan zuckte mit den Achseln, als Daniele mit einer Pistole, einer schwarzen Beretta 80, in der Hand, ins Zimmer gestürmt kam. »Stefano, mach die Tür auf und tritt dann zur Seite, damit ich im Notfall freie Schussbahn habe. Los, los, bevor sie uns die Tür eintreten!«

»Aber …«, er spürte, wie er den Boden unter den Füßen verlor.

»Willst du wieder in den Knast?« Doch bevor Stefan antworten konnte, war Francesca bereits mit kurzen schnellen Schritten zur Tür geeilt. Ihn traf ein vernichtender Blick Danieles. »Scheißkerl!« Francesca hatte die Wohnungstür erreicht, und Daniele ließ nun einen Spalt offen, so dass er verfolgen konnte, was sich an der Wohnungstür tat. Francesca schwenkte mit dem Türflügel, den sie öffnete, nach rechts. Danieles Augen weiteten sich vor Überraschung. Dann zog er sie zusammen, als hätte er in eine Zitrone gebissen. Wer das auch immer war, um Bullen handelte es sich nicht.

5.

Er hatte wenig geschlafen, der Capo, war nach vier Stunden, in denen er sich im Bett von einer Seite auf die andere geworfen hatte, wieder aufgestanden und unter die Dusche geflüchtet. Das Wasser konnte für ihn nicht kalt genug sein, auch wenn er sich zwang, nicht zu zittern, beobachtete er, wie sich auf Armen und Beinen Gänsehaut bildete. Er fühlte sich wie ein Whisky, in dem zu viele Eisstücke schwammen. Den Kaffee beschloss er im Büro zu trinken.

Zanchetti nutzte die Zeit, in der sein Computer hochfuhr, um sich einen Espresso extra stark aufzubrühen. Carla Pisani hatte Matteo Zanchetti gestern bei dem Gespräch in Rom auf einen Mann aus Neapel aufmerksam gemacht, der vor einem halben Jahr eine Spielhalle in Meran eröffnete. Dem Capo, der Francesco Rossi weiterhin im Blick behielt, war dieser Franco Gentile bis dahin nur deshalb nicht aufgefallen, weil der Meraner Spielhallenbesitzer im Umkreis von Rossi nicht auftauchte. Mit triumphierendem Lächeln hatte Carla Sonja Schwarz und ihm ein abgehörtes Telefonat zwischen Gentile und Rossi präsentiert. Das war natürlich unfair, weil die beiden Bozener Polizisten nicht ihre Zeit mit der Observation von Rossi verbringen konnten, mehr, als den Mafioso im Auge zu behalten, ging nicht, noch weniger durften sie Telefonate abhören.

In der typischen Art der Camorra, Gespräche zu führen, die so oft und gern auch karikiert wurde, über die sich ganze Heerscharen von italienischen und amerikanischen Comedians so gerne lustig machten, beschwerte sich Gentile, dass Rossi seine Geschäfte behindere.

»Ach Gentile, mio«, hatte Rossi gesagt, »ich freue mich, dass du ein so erfolgreicher Geschäftsmann bist, aber du solltest deine Geschäfte nicht dadurch gefährden, dass du sie unnatürlich schnell wachsen lässt, und das zu einem Zeitpunkt, wo du nur Neider anlockst. Uns allen steht etwas Demut gut an.« Die Botschaft musste Zanchetti niemand übersetzen, sie lag für ihn auf der Hand. Gentile wollte expandieren zu einer Zeit, in der die Camorra größere Aktionen plante und deshalb kein Aufsehen erregen wollte – und Gentiles Aktivitäten provozierten Aufmerksamkeit. Rossi und Gentile steuerten, wenn Gentile nicht nachgab, auf einen Konflikt zu. Während der Capo mit kleinen Schlucken seinen starken Espresso trank und sich an seiner wohltuenden Bitterkeit erfreute, gab er in das interne Datensystem der Einwohnerbehörde den Namen Franco Gentile ein und fand vier Einträge: einen Franco Gentile, 2012 geboren und wohnhaft in Wolkenstein, der von vornherein nicht in Betracht kam. Auch nicht der in Brixen lebende 35-jährige Kellner und erst recht nicht der 80-jährige pensionierte Lehrer aus Bozen. Auf seinem Monitor erschien das Bild eines Mannes mit einem runden, derben Gesicht, kleinen Augen und vernarbten Wangen. Das war sein Mann, Franco Gentile, vor 40 Jahren in Parco Verde in Neapel geboren. Dieses Detail fesselte seine Aufmerksamkeit, denn Parco Verde war kein Geburtsort, Parco Verde war Schicksal, war ein langsam vollstrecktes Todesurteil. Die Camorra rekrutierte dort unter den Jungen, die keine Arbeit, keine Perspektive hatten, ihre Fahrer, Schmierensteher und Drogenkuriere. Sie waren für gewöhnlich schnell auf dem Motorrad, aber langsam im Kopf. Oft überschätzten sie sich, dann verwandelte sich ihr Motorrad zu einer Waffe, die sich gegen sie selbst richtete und die sie schließlich tötete, aber bei Lichte besehen strangulierte sie das erbärmliche Leben im Slum. Die Camorra schätzte die unversiegliche Quelle billiger Handlanger von Parco Verde, aber sie nahm keinen der Jungs in ihre Familien auf, sie wurden keine Mafiosi, sie blieben Freelancer, immer von Neuem angeworben, das kostengünstigste Outsourcing der Camorra.

In Zanchettis Kopf ratterten unermüdlich die Gedanken und konzentrierten sich in der bohrenden Frage: Was war so besonders, dass die Camorra den kleinen Jungen aus Parco Verde entgegen ihren Regeln aufnahm und nicht nur zu ihrem Mitglied machte, sondern ihn dann auch noch ins Südtirol schickte, wo sie gute und erfahrene Leute benötigte, wenn sie hier ihre Macht auszubauen bezweckte? Zanchetti spürte, dass Gentile sein Mann war. Die spärlichen Daten im Computer des Einwohneramtes gaben nicht viel her, doch ein Eintrag fiel ihm auf und ließ tief blicken, Gentile hatte, bevor er die Spielhalle in Meran eröffnet hatte, in Deutschland gelebt. Aus Kempten war er nach Südtirol gekommen. Mit fliegenden Fingern tippte der Capo eine E-Mail an Carla Pisani: »Liebe Carla, was habt ihr über Franco Gentile? Gruß Matteo.«

Während er die E-Mail absandte, beschloss er, heute Abend dem Etablissement von Franco Gentile einen Besuch abzustatten.

Weil er sich beobachtet fühlte, blickte er auf. Im Türrahmen stand Sonja. Schön wie der Morgen, mit einer Restmüdigkeit in den Augen und in den Mundwinkeln, die ihr aber stand.

»Du bist ja früh da?«

»Du kommst aber auch nicht eben spät«, grinste er schief. Sie ging auf ihn zu, stellte sich hinter ihn und schaute über seine Schulter auf den Bildschirm des Computers.

»Zartes Kerlchen«, frotzelte Sonja.

»Kann man so sagen. Schätze, die Nummer zwei, die Nummer eins werden will.«

»Wie kommst du drauf?« Matteo klärte Sonja über Gentiles Herkunft auf.

»Jemand, der keine Chance hatte und dennoch dort steht, wo er jetzt steht, der gibt sich nicht zufrieden, der will mehr. Gentile ist der Typ, den seine Gier unerbittlich treibt und ihn schließlich vernichtet. Typen wie Gentile stoppen sich selbst.« Ein akustisches Signal verriet ihm, dass er eine Mail bekommen hatte. Richtig, es war Carla Pisanis Antwort. »Interessant«, meinte der Capo. »Er hat einem örtlichen Mafiaboss das Leben gerettet, schien dessen Leibwächter geworden zu sein, bis der Boss dann doch ins Gras beißen musste.« Zanchetti schüttelte den Kopf. »Eigentlich hätte das sein Karriereaus bedeutet, aber sie schicken ihn nach Deutschland, er wird Angestellter, dann stellvertretender Chef, schließlich Boss einer GmbH, die sich um Automatenhallen und Restaurants kümmert. Wonach sieht das für dich aus?«

»Nach einer Ausbildung!«

»Bingo!« Der Capo kramte sein strahlendstes Matteo-Zanchetti-Lächeln heraus, mit dem Sonjas Grinsen sogleich in Wettstreit trat.

»Ich frag mal bei den Kollegen in Kempten nach, vielleicht haben die was für uns!«

»Perfetto, Principessa!«, sagte Matteo und trank genüsslich seinen Espresso aus, dann schaute er erstaunt in die Tasse und fluchte augenzwinkernd: »Sie sind immer zu klein.« Es tat ihm gut, Witterung aufgenommen zu haben.

6.

Ein junger Mann, Anfang 20, in schwarzer Lederhose und buntem Hawaiihemd, dazu eine Ray-Ban-Sonnenbrille auf der Nase, betrat die Wohnung und schob eine fette Wolke billigen Parfüms vor sich her, während der zweite, der mit seinem langen Schädel an ein klappriges Pferd erinnerte, im Türrahmen stehenblieb. Der Kleinere, gedrungen Wirkende im Hawaiihemd wandte sich Francesca zu und musterte sie unverhohlen. Er bemühte sich eine Bedeutung auszustrahlen, die er durch seine Anstrengung sogleich dementierte. Mister Möchtegern hob leicht die Brille, um ihr klarzumachen, dass er ihr tief in die Augen sah, und fragte: »Wo sind deine beiden Komplizen?«

»Was für Komplizen?«, gab sie mit dem unschuldigsten Ausdruck auf den Lippen zurück. Sie hatte noch nicht ausgesprochen, da hatte sie sich schon eine knallende Ohrfeige eingefangen. Die Finger des Schlägers zeichneten sich rot auf ihrer Wange ab, die brannte.

»Lüg mich nicht an, Puttana! Salvatore Frangipani lügt man nicht an! Kapiert? Meine Lüftchen haben mir zugeflüstert, dass ihr vorhin einen kleinen Bruch in Melegnano unternommen habt. Geil, aber mir stehen 50 Prozent zu, so läuft das hier in Milano.« Er griff nach hinten und zog eine Pistole, die zwischen Gürtel und Rücken stak, hervor und drückte ihr die Mündung auf die Stirn, wobei er zweimal kurz hintereinander die Nase hochzog, und entsicherte mit seinem kleinen dicken Daumen die Waffe.

»Knarre weg«, sagte Daniele kalt und gedehnt, trat dabei in den Flur und richtete seine Beretta auf Salvatore, der erneut zweimal kurz hintereinander die Nase hochzog, woran

Daniele den Kokser erkannte, und dann seine Waffe auf Daniele richtete. Der trockene Knall, als ob Holzlatten aufeinanderkrachten, erfüllte den Korridor. Das Projektil durchschlug die Stirn Salvatores und klatschte in den Rahmen der Wohnungstür, einen roten Wisch hinter sich herziehend. Vor Verwunderung weiteten sich die Augen des Koksers, aus denen das Leben wie ein kleiner Eierdieb floh und mit ihm alle Wärme. Die Augen glichen zwei schwarzen Eislöchern. Dann sackte der Körper in sich zusammen und schlug auf den Boden auf. »Der hat Nerven, sich einfach abknallen zu lassen«, schüttelte Daniele den Kopf. Salvatores Kumpan gab Fersengeld. »Merde«, fluchte Daniele, als er es bemerkte, und nahm die Verfolgung auf. Wie eine Rakete schoss er durch die Tür. Obwohl Stefan ihn gut kannte – Kunststück, wo Daniele Pravo sechs Jahre lang sein Zellennachbar war –, war ihm alle Farbe aus dem Gesicht gewichen. Er hatte noch niemanden sterben sehen. Verächtlich schaute Francesca auf den Toten herab. Dann trat sie mit ihrem rechten Fuß dem Toten mit aller Kraft in die Seite, dass sich der tote Körper bewegte wie ein Sack. »Babygangster! Arschloch!« Fassungslos, unfähig, nur ein Wort zu sagen, beobachtete Stefan Francesca.

»Der Scheißkerl wollte mich glatt abknallen.« Und trat noch mal zu. Jetzt erst ahnte Stefan, welche Todesangst Francesca empfunden hatte, als Salvatore Frangipani ihr den Lauf der Pistole aufgesetzt hatte. In der Wohnungstür erschien ein schlechtgelaunter Daniele, der sie hinter sich schloss.

»Hab ihn nicht mehr erwischt. Verdammt, wir sind tot!«

»Aber wieso, Onkel?«

»Der Bastard ist der Sohn von Umberto, il cucchiaio, Frangipani, dem lokalen Mafiaboss. Möchte wissen, woher das Bürschchen Wind von unserm Bruch bekommen hat. Il cucchiaio wird den Tod seines koksenden Sohnes nicht auf sich beruhen lassen! Obwohl der sein dümmster war und il cucchiaio mir dankbar sein kann. Irgendwer hätte ihn früher oder später ohnehin abgemurkst, verdammt, warum gerade ich.«

»Warum nennt man ihn il cucchiaio?«, fragte Stefan und war sich nicht sicher, ob er die Antwort wirklich hören wollte.

»Als Frangipani als kleiner Mafia-Killer angefangen hatte, war es seine Spezialität, Menschen mit einem Löffel zu foltern oder zu ermorden. Keine schöne Sache, das.«

»Und nun?« In Stefans Gesicht stand die ganze Ratlosigkeit, zu der ein Mensch nur fähig sein konnte.

»Wir müssen weg«, entschied Francesca. Doch Daniele, der auf einmal alle Energie verloren zu haben schien, schüttelte nur mit dem Kopf. »Il cucchiaio findet uns überall.«

Voller Wut trat Francesca noch einmal dem Leichnam in die Seite. »Ich hoffe, du fühlst das noch auf deinem Weg zum Teufel. Blöder Kokser, hast uns in Schwierigkeiten gebracht!«

»Hör auf«, fuhr Daniele sie an.

»Vielleicht haben wir ja doch eine Chance«, warf Stefan ein.

»Und wie soll die aussehen, du kleiner Klugscheißer?«, maß ihn Daniele mit einem vernichtenden Blick. Hoffnung konnte nur ein unwissendes Kind oder ein unverbesserlicher Träumer hegen, dachte er bei sich. Ein Mann sollte wissen, wann es vorbei war.

»Nein, hört mir doch zu. Wir setzen uns ab. Versteht ihr. Nach Argentinien.« Beide schauten ihn entgeistert an, so als wäre er plötzlich vom Wahnsinn angefallen worden. Doch Stefan ließ sich nicht beirren. »Sich in Argentinien einbürgern zu lassen, ist nicht so schwierig, einreisen auch nicht.«

»Und was soll ich da?«, blaffte ihn Daniele an.

»Wir könnten eine Ranch kaufen, Land und Rinder und Gauchos.«

»Von zehn Millionen Euro?«, fragte Francesca kopfschüttelnd, doch Danieles Gesicht nahm einen konzentrierten Gesichtsausdruck an. »Vielleicht doch nicht so blöd, was

Stefano denkt. Wir setzen uns nach Argentinien ab, kaufen eine Ranch und Land, stellen Gauchos ein und leben von den Rinderherden, die wir erwerben. Und das Kleingeld dafür besorgen wir uns hier. Noch ein paar Einbrüche und wir haben genug Geld.« Für einen Moment herrschte eine spannungsgeladene Stille, weil vor ihnen die Vorstellung eines anderen Lebens entstand. Daniele schaute in die Runde: »Hält euch was in diesem Drecksland?« Sie brauchten nichts zu sagen, ihre Antwort war ohnehin klar.

»Nehmt eure Sachen, aber schnell!«, befahl Daniele, der noch einmal einen Blick auf den Toten geworfen hatte. »Wir müssen dringend weg. Ich möchte keine Bekanntschaft mit Frangipanis Löffel schließen. Hat ihn vergolden lassen, als Erinnerung, hab ich läuten hören.«

Ihr spärliches Hab und Gut, Kleidung, Sanitärartikel, Handtücher, Handwerkszeug und Laptops waren schnell zum Renault Mégane gebracht, natürlich auch die Tasche mit dem geraubten Geld. Daniele schwang sich wieder hinter das Steuer, Stefan hatte es sich auf der Rückbank und Francesca wieder auf dem Beifahrersitz bequem gemacht. Dann gab Daniele Gas. Es war inzwischen 13 Uhr. Darum, dass die Polizei den Toten finden würde, machte sich Daniele keine Sorgen, denn er wusste, dass il cucchiaio den Leichnam seines Sohnes abholen und ein ihm ergebener Arzt den Totenschein ausfüllen würde. Eine Hirnblutung bei einem so jungen Menschen hatte immer etwas Trauriges. Nein, il cucchiaio würde vermeiden wollen, dass die Bullen ihre Nase in die Angelegenheiten seines Sohnes und damit in seine steckten. Für die DIA würde der Mord an Salvatore nur ein willkommener Vorwand sein, um die Ermittlungen auszuweiten. Und was das Recht betraf, das nahm il cucchiaio lieber in seine Hände, da war es aus seiner Sicht ohnehin besser aufgehoben, denn sein Recht hieß Rache.

Zuerst fuhr Daniele Richtung Bergamo und hielt sich vorbildlich an die Verkehrsregeln und an die vorgeschriebenen Geschwindigkeiten, weil er vermeiden wollte, geblitzt zu werden oder in eine Verkehrskontrolle zu geraten. Allerdings barg auch das seine Gefahren, denn man fiel auf, wenn man sich zu sehr an die Vorschriften hielt.

In Bergamo oder Bèrghem, wie die Einheimischen sagen, hatte sich ein alter Kumpel von ihm niedergelassen, mit dem er in jungen Jahren so manch krummes Ding gedreht hatte und der inzwischen eine Autowerkstatt mit kleinem Gebrauchtwagenhandel am Rand der Cittá Bassa betrieb. Von seinem Kumpel kaufte Daniele einen zwei Jahre alten BMW 318 Kompakt mit 170 PS und gelben Ledersitzen, der 98.000 Kilometer auf dem Zähler hatte. Den Renault Mégane überließ er großzügig seinem Kumpel, der ihn zur Ersatzteilgewinnung ausschlachten sollte, damit das Fahrzeug von der Bildfläche verschwand. Dessen Beziehungen und ein paar Riesen verdankte Daniele, dass in kürzester Zeit der Mégane abgemeldet und der BMW auf ihn zugelassen wurde, so dass sie nach einem zweistündigen Aufenthalt weiter Richtung Brescia aufbrachen. Inzwischen standen die Zeiger der Uhr auf 16 Uhr.

»Hat jemand von euch Vollintellektuellen eine Idee, wo wir unterkommen? Wir brauchen ein sicheres Quartier, von dem wir die Raubzüge planen und ausführen können. Sonst wird es nichts.«

»Und wir haben il cucchiaio an der Backe«, warf Francesca ein.

»Und der hat einen überproportional langen Arm. Gut wäre eine Unterkunft an einem Ort, wo es keine Mafia gibt.« Daniele schaute in den Rückspiegel und sah Stefan nachdenklich an. »Stefano, mein Lieber«, begann er werbend. »Du hast mir doch in den langen Abenden der Haft so viel vom Vajolettal erzählt. Fuchs und Hase sagen sich dort Gute Nacht und ein paar Touristen.«

»Wir sind so was von Touristen«, quietschte Francesca vor Vergnügen. »Aber hallo sind wir das!«

»Also mein Bauch sagt mir, das Vajolettal ist wie für uns geschaffen«, hakte Daniele nach. Stefan erblasste. Niemals wollte er in das Vajolettal zurückkehren, unter keinen Umständen. Er wollte dort nicht einmal begraben werden. Der Schreck, er würde seiner Mutter, seiner Großmutter oder seinen beiden Schwestern zufällig über den Weg laufen oder Petra begegnen, erfasste ihn vollends. Vor dem Wiedersehen mit der Frau, die er fast sein ganzes Leben lang gekannt hat, mit der er die Grundschulbank gedrückt, das Abitur gemacht und mit der er schließlich zusammen Informatik studiert und die er schließlich für immer verloren hatte, weil er sie beeindrucken, weil er sie für immer gewinnen wollte, graute ihm. Entkam er denn niemals dem Fuß, den Bergen, dem Tal, dem Himmel auf Erden, der für ihn die Hölle war? Garten Gottes nannte sich das Südtirol immer, er sah in ihm nur die Spelunke des Teufels. Er konnte in der Landschaft nur die Landschaft seines Versagens sehen.

Ihr unter die Augen zu treten, davor aber fürchtete er sich am meisten, weil er sich vor ihr schämte. Mit dieser abgrundtiefen Scham, die bei gewalttätigen Naturen in Brutalität umschlagen konnte. Doch Stefan Karcher war alles andere als eine gewalttätige Natur, sondern eher ein stiller Dulder, einer, der sich einigelt und versucht sich zum Verschwinden zu bringen. Als Petra ihn im Untersuchungsgefängnis besuchen wollte, weigerte er sich, sie zu empfangen. Ihren Brief hatte er nur mit einer grauen Postkarte beantwortet: »Streich mich aus deinem Gedächtnis, schreib mir nicht und besuche mich nicht, Stefan.« Dieser Satz fiel ihm schwer, aber er rang ihn sich ab, um sie nicht mit seinem Schicksal zu belasten. Er war ihrer unwürdig geworden. Sie zu vermissen, hatte er als Form der Selbstbestrafung gesehen und praktiziert. Das Letzte, was er über sie gehört hatte, war, dass sie das Hotel ihrer Eltern übernommen und das Studium abgebrochen hatte. Was für eine Verschwendung von Talent und was für eine himmelschreiende Ungerechtigkeit, dachte er damals grimmig. Dabei galt sie als die Beste im Studiengang, hochtalentiert, weitaus klüger als ihr drei Jahre älterer Bruder. Wie gern hätte er ihr geholfen, doch hatten sich jeder gute Wille und die beste Absicht auf schlimme Art ins Gegenteil verkehrt. Unmöglich konnte er ins Südtirol zurückkehren, ins Vajolettal, an den Ort seiner Schande, an den Ort, wo Stefan Karcher verschwand und nur eine Hülle zurückließ.

»Okay, wir fahren nach Südtirol. Denk drüber nach, wo wir unterkommen könnten«, herrschte ihn Daniele an. Am liebsten wäre er ausgestiegen, doch nicht die Geschwindigkeit hielt ihn im Wagen, sondern die Abhängigkeit, die er von Daniele empfand, Daniele der Retter, ohne den er das Gefängnis nicht überstanden hätte.

Nüchtern betrachtet, und das wusste Stefan, besaßen sie keine Wahl, denn in Süditalien hätten sie vermutlich keine zwei Tage überlebt, bis man sie ausfindig gemacht hätte, in Rom wahrscheinlich keine drei, in der Toskana keine vier und in der Lombardei keinen einzigen. Ein abgelegenes Bergtal bot zumindest eine faire Chance.

7.

Jonas Kerschbaumer hielt es kaum an seinem Schreibtisch, alle zehn Minuten sprang er auf und ging über den Flur in das Büro von Bruno Allegrini und Sofia Niederhofer, die ihrer Abteilung als uniformierte Beamte zugeteilt worden waren. Sonja vermochte sich ein Lächeln nicht zu verkneifen, das sich noch auf ihren Lippen rekelte, als Jonas wieder an seinen Arbeitsplatz zurückkehrte. Er wollte gerade seine Arbeit am Computer fortsetzen, da fühlte er Sonjas Blick auf sich ruhen. Er schaute auf und sah in dieses spöttisch-wissende Lächeln.

»Is was? Habe ich eine Nudel an der Nase«, fragte er etwas ruppig.

»'ne Nudel an der Nase nicht, aber einen auffälligen Drang, um unsere neue Kollegin herumzuscharwenzeln.«

Jonas errötete. »Jemand muss sie ja schließlich einarbeiten, Bruno und Sofia.«

»Ach, Bruno auch?«

Das Rot auf seinem Jochbein wurde röter. »Ja, Bruno auch«, patzte er.

»Pass auf, Jonas. Mach, was du willst, aber denke daran, eine Liaison am Arbeitsplatz ist keine ungefährliche Sache, also sei vorsichtig.«

»Was denkst du von mir, ich will ...« Weiter kam er nicht, da stoppte sie sein Gestotter mit einem charmanten Lächeln. »Ich wollte es nur gesagt haben. Was du damit anfängst, liegt bei dir.« In diesem Augenblick klingelte ihr Handy. Ein Blick auf das Display verriet ihr, dass die Kollegen aus Kempten zurückriefen. Sie ging ran, stand auf und verließ das Zimmer. Sie wollte Jonas nichts erklären müssen.

»Ja, Sonja Schwarz hier.« Sonja stellte sich ans Fenster und blickte beim Telefonierten hinaus. Welch Kontrast zwischen der friedlichen Welt der Bäume und der mörderischen Gentiles. Doch das frische Grün beeindruckte sie jedes Jahr aufs Neue. Der Frühling ging längst in den Sommer über und Katharina und Laura kontrollierten die Reben auf Befall. Das hatten sie sich für heute vorgenommen und Sonja beneidete sie nicht, denn sie spürte, seitdem sie in die Ermittlungen gegen Rossi eintauchte, der kein Eierdieb, sondern ein Schwerkrimineller war – trotz des gediegenen Äußeren und der eleganten Manieren –, mit ganzer Kraft den Jagdinstinkt und wusste nur zu gut, dass er sie trieb, dass sie hierhergehörte, auf ein Polizeirevier, und nicht auf einen Weinberg. Sie hatte mit sich gehadert, gezweifelt, war durch die Hölle gegangen, doch hing das vor allem mit dem Tod ihres Mannes zusammen, für den sie sich die Schuld gab. Und immer die Schuld geben würde, da gab es kein Entrinnen. All das änderte jedoch nichts an ihrer Überzeugung, den richtigen Beruf auszuüben, der mehr als nur eine Tätigkeit, der ihre Form des Lebens war, auch wenn das hieß, weiter durch die Hölle zu müssen.

»Okay, ihr habt was?«, fragte sie hoffnungsvoll den bayerischen Beamten. Von einem Kommissar Ronald Müller erfuhr sie, dass Gentile 2011 nach Kempten gekommen war, schnell aufstieg. Und auch, dass es den Ermittlern bisher nicht gelang, ihm oder der Firma auch nur den geringsten Gesetzesverstoß nachzuweisen, nicht einmal das Falschparken eines Firmenwagens, obwohl sie kräftig im illegalen Glücksspiel, im Schmuggel und in der Schutzgelderpressung mitmischten. Kurz vor Gentiles Weggang wurde ein italienischer Wirt ermordet. Die Ermittlungen dauerten noch an, gestalteten sich aber schwierig: Die vielbeschworene Omertá, sie war nicht nur Folklore, sie war Realität. Sonja und Ronald Müller versprachen, sich gegenseitig auf dem Laufenden zu halten, was Franco Gentile betraf, und kamen sich dabei vor wie der Blinde, der auf den Einäugigen hoffte.

Als Sonja das Handy in ihre Hosentasche schob, entdeckte sie Sofia, blond und blauäugig, mit drollig runden Wangen, die in der Tür stand. Für einen kurzen Moment berührte sie die Begegnung unangenehm, ohne dass sie dafür den Grund hätte angeben können.

»Ich wollte gerade eine rauchen gehen«, sagte Sofia mit unschuldigem Wimpernaufschlag und Sonja buchte den kurzen Eindruck unter der Rubrik »Gespenster sehen« ab.

»Ich hoffe, Jonas nervt nicht zu sehr.«

Sie lachte hell auf. »Jonas, der kann doch gar nicht nerven.«

Sonja zog leicht die rechte Augenbraue hoch, bevor sie sagte: »Na, dann ist ja alles gut.« Die junge Polizistin ging auf Sonja zu und blieb einen Schritt vor ihr stehen, zu dicht, wie Sonja fand. »Wenn Sie mich brauchen, ich stehe Ihnen jederzeit zur Verfügung. Ich will von Ihnen lernen!« Der Ehrgeiz, den sie in den azurnen Augen der Uniformierten las, gefiel ihr. Urplötzlich fühlte sie sich an sich selbst erinnert, daran, als sie vor 20 Jahren bei der Polizei anfing, hochmotiviert, mit einem Übermaß an Ehrgeiz, mit dem sie nicht wusste, wohin. Nach spätestens einer Woche hatte sie die ganze Abteilung entnervt. Sie musste sich etwas einfallen lassen und schaltete erstmal ein paar Gänge zurück, was ihr zwar schwerfiel, aber die Situation entspannte. »Am weitesten und am schnellsten kommen Sie mit einer klugen Zurückhaltung voran. Drängeln Sie nicht zu sehr, weil man dabei immer jemandem, ohne es zu merken, auf die Füße tritt.« Das Lächeln erstarb auf Sofias Gesicht und Sonja schalt sich innerlich, dass sie etwas zu hart mit der jungen Polizistin umgegangen war.

»Lassen Sie sich nicht verunsichern, Sie machen das schon richtig«, lenkte Sonja ein und verunsicherte Sofia damit vollends. Sie ließ die junge Polizistin stehen und ging zu Matteo, um ihn zu informieren, was sie Neues über Gentile erfahren hatte. Kein Wunder, dass er ihnen noch nicht aufgefallen war, denn der Mafioso hielt sich bedeckt. Ein echter Profi, durch und durch. Und ein gefährlicher Typ! Als ob Rossi nicht schon genügte. Die Mafia wollte es wissen.

8.

»Weißt du, was ich da groß und protzig vor mir sehe, Stefano?«, fragte Daniele und seine Stimme klang gereizt. Aber er ließ Stefan keine Zeit, die Frage zu beantworten, sondern tat es gleich selbst. »Berge. Ich frage mich, was sich Gott dabei gedacht hat, die Dinger hinzustellen. Erst fährst du hoch, dann wieder runter, verbrauchst vier Stunden und bist Luftlinie keine zehn Kilometer vorangekommen. Berge sind eine Scheißzeitverschwendung.« Sagte es, schüttelte den Kopf. »Zünd mir mal 'ne Kippe an«, befahl er Francesca, die aus ihrer Hosentasche ein Feuerzeug und eine Packung Lucky Strike fischte, eine Zigarette herausnahm, in den Mund steckte, anzündete und sie Daniele zwischen die Lippen steckte. Der nahm einen tiefen Zug, während sich Francesca auch eine Lucky ansteckte.

»Ich sehe zwar die Scheißberge vor mir, weiß aber immer noch nicht, wo ich hinmuss. Also, wo geht's hin, Kleiner?«

Danieles Frage quälte Stefan, denn er kannte den perfekten Platz für sie, doch wollte er Petra nicht in Gefahr bringen und in seine kriminellen Aktivitäten hineinziehen. Ihr Hotel lag in einer einsamen Gegend, in einem Seitenweg in die Berge, vom Vajolettal weg. Andererseits saß ihnen die Mafia im Nacken in Gestalt eines wütenden Bosses, der Blut sehen wollte. Mehr als Blut!

»Bin gerade dabei zu googeln, ob meine Idee etwas taugt«, spielte Stefan auf Zeit.

»Etwas taugt. Mann, Junge, geht's noch geschwollener? Etwas taugt? Komm endlich in die Hufen, ich will Antworten, okay?«

»Okay«, quittierte Stefan. Die kleine Google-Recherche auf seinem iPhone verriet ihm, dass es nicht allzu gut um das Hotel bestellt stand. Der Außenanstrich blätterte und die Innenaufnahmen belegten, dass Petra Steinbrenner an der Ausstattung, die damals schon hoffnungslos veraltet war, nichts geändert oder erneuert hatte. Das Hotel zerfiel. Wer wollte sich dort schon einmieten, und wenn sich keiner einmietete, fehlte das Geld, um das Hotel in Schuss zu bringen, brachte man das Hotel nicht in Schuss, würde auch keiner buchen. Ein Teufelskreislauf. Der alte Kasten bot ein trauriges Bild, ein Räubernest, wie gemacht als Ausgangspunkt für Raubzüge. Dabei hatte das Hotel auch mal gute Tage gehabt, aber daran konnte sich Stefan nicht mehr erinnern, vielleicht war das vor seiner Geburt gewesen oder er zu klein und seine Familie ohnehin zu arm, um ins Hotel essen zu gehen. Wer ging schon ins Hotel essen? Während er darüber nachgrübelte, lief ihm eine Idee zu wie eine streunende Katze, die er anfangs zu verscheuchen suchte, doch wurde sein Widerstand immer kleiner und das Mitleid immer größer. Das Mitleid mit Petra, die, begnadet, wie sie als Informatikerin war, hätte reich werden können. Das Leben ist die Scheißerfindung eines perversen Gottes, hatte sein Großvater ihm einmal zugeraunt. Einer, der da oben sitzt und dem Leben der Menschen zuschaut wie einer Peepshow. Die Menschen, hatte sein Großvater an diesem denkwürdigen Nachmittag, als sie sich auf einer kleinen Wanderung befanden, ihm erklärt, bitten Gott um Hilfe, doch der Kerl hilft nicht. Wenn du Hilfe benötigst, mein Junge, erwarte sie nicht von Gott. Wollte er Petra damals nicht helfen, als ihr Entschluss feststand, das Studium abzubrechen und das Hotel zu übernehmen, als ihr Vater vom Schlag getroffen wurde? Und? Half er ihr damals? Nein, er machte alles nur noch schlimmer, viel schlimmer. Daran mochte er jetzt nicht denken. Aber vielleicht hätte er jetzt die Möglichkeit dazu, vielleicht ginge es nun? In ihm wuchs die Hoffnung, dass er alles wieder gutmachen konnte, eventuell nicht alles, aber viel, vieles, das meiste. Dem Geld wohnten magische Kräfte inne, für Geld war vieles zu haben, alles, zumindest fast alles – und das war schon mehr, als er sich überhaupt vorzustellen vermochte. Von der Beute konnte er ihr etwas abgeben, so dass sie entweder neu anzufangen vermochte oder endlich über die Mittel verfügte, in die Sanierung des Hotels und eine durchschlagende Marketingkampagne zu investieren.

»Googelst du über China?«, drängelte Daniele.

»Ich will nicht im Auto übernachten«, quengelte nun auch Francesca, nahm noch einen tiefen Zug, fuhr die Scheibe halb herunter und warf die halbaufgerauchte Zigarette raus.

»Ich will nur gründlich sein«, wehrte sich Stefan.

»Merde, ihr Südtiroler seid doch alle Scheißdeutsche, keine richtigen Italiener«, fluchte Daniele. »Gründlich bis ins Grab hinein.« Er fühlte, dass ihn die Unterzuckerung aggressiv machte, und zog hektisch an seiner Zigarette. Das Nikotin beruhigte ihn.

»Vor Trient erfährst du es noch«, versprach Stefan.

»Bis Trient sind es noch 15 Kilometer«, stellte Daniele kühl fest. Ausgeschlossen, dass Stefan aus der Falle, die er sich gerade gebastelt hatte, wieder herauskommen würde. Es würde nichts entschieden sein, wenn sie heute im Vajolettal übernachteten, machte er sich Mut. Jederzeit konnten sie ja weiterziehen. Und verdammt, es gab tatsächlich die Chance, ihr zu helfen. Die Vorstellung, Wiedergutmachung zu leisten, verführte ihn wie eine sinnlich-schöne Frau. Und die Tatsache, dass er mit Francesca zusammen war, würde von Anfang an für Abstand zwischen Petra und ihm sorgen.

»Was ist nun?«, blaffte Daniele.

»Wir fahren ins Vajolettal. Erstmal bis Pozza, dann geht es tief ins Tal hinein. Ich kenn da ein verschwiegenes Hotel.« Danieles Gesichtszüge wurden etwas weicher, weil die Anspannung wich. Er fürchtete il cucchiaio am stärksten, weil er ihn im Gegensatz zu seiner Nichte und Stefan kannte. »Ach Stefano, warum nicht gleich so? Verflucht, wenn du schwul wärst, hättest du ein richtig guter Schauspieler werden können!«, meinte Daniele im Ernst, denn er hielt alle Schauspieler für homosexuell, weil er mal zwei kennengelernt hatte, die tatsächlich vom anderen Ufer stammten. Allerdings waren es keine Schauspieler, sondern Pornodarsteller, doch Daniele verzichtete auf dieserart feinere Unterscheidung.

»Ich habe verschiedene Möglichkeiten gegeneinander abgewogen«, log Stefan.

»Abgewogen? Du hast es echt drauf.« Daniele verdrehte die Augen. »An dir ist ein Bankdirektor oder so ein Scheißpolitiker verlorengegangen.«

»Verschwiegenes Hotel klingt langweilig«, maunzte Francesca.

»Für uns kann es nicht langweilig genug sein«, wurde sie sogleich von ihrem Onkel belehrt. Francesca stöhnte, zückte aber ihr Handy, Stefan rief ihr die Telefonnummer des Hotels zu, die sie eingab. Als sie das Handy nach dem Wählen ans Ohr nahm, blieb ihm förmlich das Herz stehen. So nahe wie jetzt waren Petra und er sich in den letzten sechs Jahren nicht gekommen. Auf der einen Seite stieg die Furcht in ihm, sie wiederzusehen, auf der anderen Seite befreite sich eine Sehnsucht, die er über die Jahre gefangen und versteckt gehalten hatte.

»Hallo, Signora Steinbrenner. Wir würden gern zwei Zimmer bei Ihnen buchen.«

»Drei«, zischte Stefan instinktiv und ärgerte sich sogleich darüber, sollte doch sein Verhältnis mit Francesca die Distanz zu Petra garantieren. Aber so war es schon immer, immer wenn es um Petra ging, handelte er irrational, tat er das Gegenteil von dem, was er sich eigentlich vorgenommen hatte. Mit einem Blick wie ein Flammenwerfer wandte sie sich zu ihm um, so dass er sich geröstet fühlte und schwieg.

»Nein, es bleibt bei zwei Zimmern. Wir sind auf dem Weg zu Ihnen ... In zwei Stunden kommen wir bei Ihnen an. Auf den Namen Stefani bitte.« Während Francesca telefonierte, stellte er sich vor, wie Petra aussehen mochte, ob sie einen Mann hatte, Kinder womöglich. Aus diesen Gedanken riss ihn Francesca, in ihren Augen der wilde, der schöne Zorn: »Kannst du mir verraten, was das gerade sollte?«

»Tarnung.« Stefan wusste selbst, wie blöd diese Antwort war, doch ihm fiel nichts Besseres ein.

»Tarnung? Hältst du mich für blöd?«, erregte sie sich.

»Besonders klug war es jedenfalls nicht, einen Namen zu erfinden«, lenkte er vom Thema ab.

»Vielleicht müssen wir unsere Ausweise nicht vorlegen! Vielleicht bekommst du das ja hin, so unter Südtirolern, Stefano«, entgegnete sie schnippisch und drehte sich wieder nach vorn um. Er spürte nur, dass sein Blut in den Adern zu springen schien wie das Wasser in einem Wasserkocher.

Obwohl Daniele wie immer fuhr, kam es Stefan vor wie eine Achterbahnfahrt, eine Achterbahnfahrt der Gefühle. Kurz nach acht bogen sie am Ausgang von Pozza di Fassa in die kleine Straße ein, die sich, unbeteiligt wie seit Jahrhunderten, nur dass man sie inzwischen asphaltiert hatte, durch das Tal schlängelte. Nicht mehr lange und die Sonne würde hinter dem Massiv des Rosengartens verschwinden. Ihre Strahlen begannen gelegentlich an den Bergspitzen vom Torre Rizzi zu kratzen. Die anhaltende Steigung und die immer wieder auftretenden Serpentinen kannte er wie seine Westentasche. Wieder in den Bergen zu sein, berührte ihn eigenartig. Wie oft hatte er die Straße zunächst mit dem Fahrrad, später mit der Vespa, dann mit dem Motorrad bewältigt, immer mit dem Wissen, ihr gleich unter die Augen zu treten, getrieben von der Ungeduld, von einem Gefühl, das sein Herz fliegen und seine Seele Sprünge ausführen ließ. Was würde er dafür geben, wenn er die Zeit zurückdrehen, noch einmal von vorn anfangen könnte. Aber was bedeutete in diesem Zusammenhang vorn, wann hatte es angefangen. Als sie in der vierten Klasse neben ihn gesetzt wurde in der kleinen Dorfschule von Pozza di Fassa? Als er zu ihrem Geburtstag eingeladen worden war, in der Fünften als einziger Junge, als sie ihre gemeinsame Leidenschaft für das Lesen, bald aber schon für die Mathematik und für den Computer entdeckten? Sie wurden zu Freunden, zu Kumpeln, zu Gefährten und irgendwann verliebten sie sich ineinander – und damit begann das Verhängnis, davor noch einmal einsetzen zu dürfen, sich noch einmal zu verlieben, aber dann alles, oder zumindest das Wichtige, das, worauf es ankommt, richtig zu machen, dieser Wunsch hatte ihn im Schwitzkasten.

Früher liebte er den Anblick der Kurve, weil sie den Blick auf das Hotel, das L-förmig vor der Felswand stand, freigab. Doch diesmal schmerzte ihn der Anblick, denn es sah traurig aus, verlassen, einsam wie die Felswand hinter ihm. Auf dem großen Parkplatz vor dem Hotel stand kein Auto. Das Hotel selbst wirkte trist, ohne Gäste, ohne Leben.

»Perfetto«, schnalzte Daniele. »Du bist ein Genie, Stefano. Der perfekte Ort!« Am liebsten hätte er Daniele für diese Worte verprügelt, wieder und immer wieder, bis Blut aus dem Mund dringen würde, der gerade seine Freude über Petras Probleme, über den Niedergang des Hotels bekundet hatte. Jedes Wort ein Pfeil, der in sein Herz drang.

Daniele spürte nichts von Stefans Wut, parkte den Wagen und stieg aus, wie auch Francesca. Er reckte und streckte sich: »Tut das gut.« Stefan wagte es nicht, auszusteigen. Das Zwitschern der Vögel, ihr kleines Abendkonzert klang vertraut, er hatte nur vergessen, wie laut und frech es sich anhörte.

»Willst du im Auto pennen?«, wunderte sich Francesca. Umständlich quälte er sich aus dem Wagen. Aus der großen schwarzen Hoteltür, die beim Aufspringen knarrte, kam Petra nur mit Jeans und T-Shirt bekleidet. Sie hatte sich nicht verändert, das erkannte er auf den ersten Blick. Sie strebte indes über den Weg vom Hotel zum Parkplatz, um die raren Gäste zu begrüßen, vielleicht auch, um zu verhindern, dass sie beim Anblick des Hotels gleich wieder abfuhren. Plötzlich verlangsamte sich ihr Gang, verlor eine Nuance an Zielstrebigkeit, wie es nur Stefan auffiel. Sie hatte ihn entdeckt, er senkte seinen Blick. Und begann die Steine am Boden zu zählen. Nun hatte sie die Kühlerhaube des BMWs erreicht. Francesca machte zwei Schritte auf sie zu und streckte die Hand aus. »Francesca Stefani, wir hatten telefoniert.«

»Freut mich, Petra Steinbrenner.«

»Und das ist mein Onkel«, stellte sie Daniele vor, der sich zu ihnen gesellt hatte und ihren Händedruck erwidert hatte. Stefan machte einen Schritt auf sie zu. Sie ließ die Hand sinken, er vermochte nicht, sie zu heben. Ein Schleier legte sich über seine Augen.

»Wir kennen uns«, sagte sie tonlos.

»Wir kennen uns«, papageite er.

Francesca schaute verunsichert von einem zum anderen.

»Stefano hat uns viel von Ihnen erzählt«, log Daniele, um zu verhindern, dass Fragen aufkamen. »Er wollte mir und seiner Verlobten seine Heimat zeigen.« Francesca hakte sich demonstrativ bei »ihrem Verlobten« ein. »Schön habt ihr's hier«, sagte sie und es klang ein wenig wie eine Kampfansage.

»Bekommen wir bei Ihnen auch etwas zu essen? Wir waren den ganzen Tag unterwegs«, gab sich Daniele jovial, ganz der Schwiegeronkel und Onkel der Braut.

»Ja, klar, natürlich«, fing sich Petra wieder und fand ihren geschäftsmäßig-freundlichen Ton wieder. »Kommen Sie, ich zeige Ihnen die Zimmer, dann richte ich Ihnen das Abendessen.«

»Wir holen das Gepäck nachher«, entschied Daniele. So trotteten sie hinter Petra Steinbrenner her, Daniele zufrieden, den besten Ort für seine weiteren Unternehmungen gefunden zu haben, Francesca über Stefan verwundert und Stefan vollkommen verunsichert.

Beim Eintreten erschlug ihn die Düsternis des alten Kastens und weckte sofort Erinnerungen. Nichts hatte sich seit damals geändert, außer, dass der Rezeptionstresen noch abgeschabter wirkte. Die dunkle Holztäfelung, wie sie in den 70er-Jahren le dernier cri war, wirkte nur noch lattig wie in einem B-Movie, eine Kulisse für ein Stück, für das Gestern noch Zukunft war. An einem kleinen viereckigen Tisch rechts vom Tresen entdeckte Stefan ein kleines Mädchen, das seine Malereien unterbrochen hatte und neugierig auf die Angekommenen schaute.

»Wie heißt du denn?«, fragte Daniele mit etwas bemühter Freundlichkeit.

»Das ist meine Tochter Leonie«, antwortete Petra für ihre Tochter.

»Läuft wohl nicht so gut im Moment?«, versuchte Daniele herauszufinden, ob noch andere Gäste im Hotel wohnten.

»Im Mai nie. Der August wird es wettmachen.« Stefan fragte sich, ob sie die Hoffnung, die in ihrem Satz stak, teilte. Die Frau, die er geliebt hatte, fand er in einer ausweglosen Situation. Auswegloser vielleicht sogar als seine.

»Sie können sich die Zimmer aussuchen«, rang sie sich zu einer scherzenden Formulierung durch.

»Wir sind also die Einzigen … Keine Sorge, wir bleiben die nächsten 14 Tage und zahlen im Voraus«, beeilte sich Daniele zu versichern. Die Unterkunft erwies sich als idealer, als er gedacht hatte. Des einen Leid, des anderen Glück. Schicksal, da kann man nichts machen, dachte Daniele vergnügt. Stefan, der sich im Hintergrund aufhielt, vermied jeden Blickkontakt mit Petra, dafür begann er, Leonie zu beobachten, die ein blonder, kleiner Sausewind war und deren Fröhlichkeit sogar den dunklen Kasten aufzuhellen vermochte.

»Was malst du denn?«, fragte er sie und fühlte Petras wachsamen Blick, bereit, jederzeit dazwischenzugehen.

»Ein Schiff mit vielen Menschen an Bord.«

»Warst du denn schon einmal auf einem Schiff?«

»Nö, aber wenn ich groß bin, werde ich Kapitän.« Am liebsten hätte Stefan das Kind nach seinem Vater gefragt, was er arbeiten würde, ob ihre Eltern zusammenlebten oder sich getrennt hätten, doch stattdessen hakte er nach: »Warum Kapitän?«

»Weil man da immer woanders sein kann.«

»Ich gebe Ihnen die 24 und die 25, erste Etage, den Gang nach links. Das sind die größten und hellsten Zimmer und Sie haben eine phantastische Sicht auf den Berg.«

Während Daniele seinen Schlüssel in Empfang nahm, griff Francesca nach dem für ihr gemeinsames Zimmer. Stefan warf dem Kind ein Lächeln zu, dann trottete er den beiden nach. »Warum hast du uns verschwiegen, dass du die flotte Wirtin kennst?«, fragte Daniele beim Aufschließen seines Zimmers.

»Ist die Unterkunft nicht ideal?«, konterte Stefan mit verhaltenem Grimm.

»Schon«, lenkte Daniele an.

»Der Rest geht dich nichts an!«, fuhr Stefan ihn an. »Und das gilt auch für dich!«, machte er Francesca klar, dass er nicht über sich und ihre Vergangenheit sprechen würde.

9.

Seit geschlagenen zwei Stunden observierte Matteo Zanchetti nun schon von seinem Audi TT aus Gentiles Spielhalle. Und er wusste, das würde er von nun an jeden Abend und jede Nacht tun, bis er genügend wusste, um hineinzugehen. Nicht früher, nicht vorher. Franco Gentile war ein gefährlicher Mann, gerissen, erfahren und skrupellos, instinktbeherrscht wie ein Bluthund.

Zuvor war Matteo zweimal um die Häuserzeile gekreist, bevor er die Parklücke schräg gegenüber dem Eingang der Spielhalle in der Via del Corso gefunden hatte, die eine effiziente Observation zuließ. Wenn man genügend Geduld mitbrachte, klappte das eigentlich immer, dachte er bei sich, dann versuchte er das Denken herunterzufahren und nur zu beobachten. Eine Weile geschah nichts Außergewöhnliches, Menschen kamen, Menschen gingen, in Gruppen oder auch allein, manche traurig, andere in Sorge, wieder andere zufrieden und froh und einige einfach nur betrunken. Das Übliche also, niemand, der seine Aufmerksamkeit fesselte.

Einer von Gentiles Bulldoggen, das erkannte Matteo sofort, weil Gentiles Schläger alle gleich aussahen, als wären sie in der Mucki-Bude geboren und mit Energy-Drinks großgezogen worden, stieß einen Betrunkenen aus der Tür, der sich wie ein Kreisel zu drehen begann und dann stürzte. Mühsam erhob sich der Mann, wobei aber seine Hände und Füße ein Eigenleben zu führen schienen, so dass der erste Versuch des Aufstehens missglückte und er auf seinem Hintern landete. Erst beim dritten Mal gelang es dem hageren Typ, sich aufzurichten. Matteo staunte, wie groß und dürr er war, dass er ihn unwillkürlich an Nosferatu erinnerte. Der benebelte Vampir wankte durch die Straßen nach Hause und sang halblaut ein selbstgedichtetes Lied: »Ein Spiel, mamma mia, ein Spiel noch und schenk mir Geld, madonna mia. Ein Spiel noch.« Er war schon hinter der nächsten Ecke in die Via Goethe verschwunden, als Matteo ihn brüllen hörte: »Ich will Revanche, ich will Revanche.« Und das Wort Revanche klang in seinem ganzen randvollen Selbstmitleid gefährlich, gefährlich aber nur für ihn, geradezu selbstzerstörerisch.

10.

Stefan hatte gerade, nachdem sie vom Abendessen gekommen waren und das Gepäck vom Auto geholt hatten, die Zimmertür hinter sich geschlossen und ihre beiden Taschen abgestellt, als auch schon Francescas Fragenhagel auf ihn niederprasselte. Unter Aufbietung ihrer gesamten, ohnehin nicht allzu großen Selbstbeherrschung hatte sie sich während des Abendessens zurückgehalten. Dabei befand sie sich in äußerster Anspannung und beobachtete jedes Nicken, jedes »Bitte« und »Danke«, auch wenn es noch so angedeutet war, das zwischen Stefan und der Wirtin hin und her ging. Sie meinte sogar, die Andeutung eines Lächelns wahrgenommen zu haben, das sich auf Stefans Lippen für den Bruchteil einer Sekunde gezeigt hatte. Sollte sich die Wirtin Stefano nähern, würde ihr Francesca die Augen auskratzen – so viel stand fest. Er war nicht der erste Mann, mit dem sie geschlafen hatte, aber der Erste, den sie liebte.

Jetzt, wo sie allein waren, konnte sie sich nicht mehr zurückhalten. Da brach alles aus ihr heraus, ihre ganze Eifersucht, die doch einen Grund besaß, den sie fühlte, aber niemals hätte ausdrücken können, und der darin bestand, dass Stefan ein Leben vor ihr, eine Liebe vor ihr gehabt hatte. Und sie wusste nicht, was sich letztlich als stärker erweisen würde, die Gegenwart oder die Vergangenheit. Dass er ihr nichts erklärte, fachte ihre Furcht nur noch heftiger an. Doch statt sie zu beruhigen, goss er sogar noch Öl ins Feuer, als er ihr kategorisch entgegnete: »Ich rede mit dir nicht über Petra, ist das klar?«

»Nichts ist klar, gar nichts ist klar!«, brüllte sie ihn an. Sie zog sich etwas in sich selbst zurück wie eine zum Sprung bereite Katze. Unbeeindruckt davon wandte sich Stefan zur Tür.

»Heh, wo willst du hin?« Er wollte sie tatsächlich einfach stehen lassen. Das würde sie nicht mit sich machen lassen und schob sich blitzschnell zwischen ihn und die Tür. »Ich rede mit dir!« Ihre Augen sprühten Funken. Sie war jetzt pures Dynamit.

»Ich aber nicht mit dir! Nicht darüber. Und wo ich hinwill: Meine Ruhe will ich haben.«

»Oh Signore, wie konnte ich vergessen, wie anstrengend es ist, der da schöne Augen zu machen!«

»Entweder du akzeptierst das oder ich nehme mir ein eigenes Zimmer«, das hatte er in einer Härte gesagt, die Francescas Alarmsirenen laut schrillen ließ. Sie wirkte verletzt und tat ihm plötzlich leid. Er ging unfair mit ihr um. »Wir können miteinander schlafen, aber über Petra können wir nicht reden.« Und dann sagte er den Satz, den sie brauchte, um loszulassen. »Sie stellt keine Gefahr für dich dar. Es ist vorbei.«

»Ist es so?«, fragte sie etwas sanfter, während sich die Anspannung löste.

»Rühr nicht dran. Lass es, wie es ist. Es geht nicht um Petra. Es geht um mich. Um meine Erinnerung. Dieser miese Ort zieht mich einfach nur runter, deshalb wollte ich nicht hierher! Verstehst du das?« Statt einer Antwort zog sie ihr T-Shirt – wieder ein weißes – über den Kopf und ging zum Bett. Auf dem kurzen Weg dorthin hatte sie, ohne dass er hätte erklären können wie, ihre Hose und ihren Slip verloren. Ihre Klamotten bildeten für ihn einen unübersehbaren Wegweiser.

Noch vor der Morgendämmerung war sie zufrieden und vollkommen befriedigt eingeschlafen, denn er hatte seine ganze Wut über sein Schicksal, sein Pech, seine Mutter und seine Großmutter, über seinen dummen, schweigsamen Vater, den er nie leiden konnte, und seinen Schmerz, Petra verloren zu haben, in den Beischlaf mit hineingenommen und sie hart rangenommen.

»In den Bergen wirst du zum Stier«, hatte sie liebevoll gespottet. »Wenn das anhält, könnte ich hier für immer bleiben«, säuselte sie noch im Einschlafen. Schreck zeichnete sich in seinem Gesicht ab, doch er wusste, dass sie ihn nicht sehen konnte, denn er vernahm ihr leises, gleichbleibendes Schnarchen. Dann fielen auch ihm irgendwann die Augen zu, ohne dass er hätte sagen können, wie lange er noch wach geblieben war. Es hätten 30 Minuten oder 30 Sekunden gewesen sein können, wobei Letzteres wahrscheinlicher war. Im Traum kam Salvatore Frangipani auf ihn zu und redete ohne Punkt und Komma auf ihn ein. Doch Stefan verstand ihn nicht, weil er weder seine Augen noch auch nur den Bruchteil seiner Aufmerksamkeit von dem rotgeränderten Loch in Salvatores Stirn loszueisen vermochte.

11.

Ab drei Uhr morgens war Totentanz – und dann geschah, worauf er gehofft hatte. Fünf Gestalten, drei Männer, zwei Frauen, verließen wie Schatten, wie tote Seelen die Spielhalle. Sie wirkten allenfalls angetrunken, keinesfalls betrunken. Von ihnen ging eine seltsame Unruhe, eine Nervosität aus, wie man sie von Junkies auf Entzug kannte. Aber der Vergleich stimmte nicht, Süchtige schon, aber nicht auf

Rauschgift, es ging bei ihnen um keine chemischen Substanzen, keine bewusstseinserweiternden Mittel, sondern um einen ganz anderen Kick, um Gewinn oder um Verlust, um Freiheit oder Versklavung, um Leben oder Tod, es ging um den Kick, alles, was man hat und was man ist, aufs Spiel, auf eine Karte zu setzen. Spielsüchtige, die nur für einen Augenblick und nur für einen Ort lebten, einen schäbigen Raum in einem Hinterzimmer, beleuchtet von einer großen runden Lampe mit schwarzmattem Schirm aus Blech; dafür, auf einem harten Holzstuhl zu sitzen, um einen grünbezogenen Tisch herum, den sie als Altar verehrten, während die Karten, die auf dem Tisch lagen und die sie ausgehändigt bekamen oder zogen, den heiligen Gral bildeten. Welch Banalität, zu behaupten, dass sie um ihr Leben spielten, das Spiel war ihr Leben. Die übrigen Stunden am Tag galten nur der Notwendigkeit, das Geld zu beschaffen, um am Abend wieder an den Tisch, ins Leben zurückkehren zu können. Am Tag jedoch waren sie Zombies, freilich gefährliche Zombies, die sich zu allem bereitfanden, um in der Nacht wieder in das Hinterzimmer, in das Leben zurückzufinden. Nichts anderes setzte bei ihnen Adrenalin frei, nichts, was sie annähernd auch nur im gleichen Maße erregte. Den Moment, in dem sie die Karten aufnahmen, empfanden sie als Gottesurteil, doch es erging nicht sofort, fiel nicht sofort auf sie wie ein Beil, sondern es vervollständigte sich wie ein Mosaik Karte für Karte. Und auch dann war noch nichts entschieden, zuweilen half der Teufel nach und zeigte ihnen einen Ausweg. Doch was sie verdrängten, war, dass der Ausweg, den der Satan wies, nicht ins Freie, sondern nur tiefer in die Verdammnis führte und somit zum Urteil gehörte, als dessen diabolischer Teil. Und was dann an diesem Tisch geschah, war »Herr der Ringe«, »Game of Thrones«, »Braveheart« in einem. Sie nannten diesen gewaltigen Kampf schlicht: Pokern.

Matteo fotografierte die Spieler. Er musste jetzt entscheiden, wem von den drei Spielern er folgen würde, dem rundlichen Mann mit Halbglatze und Goldrandbrille oder dem schwarzgelockten Typ im Armanianzug, den man in bestimmten Kreisen, die offensichtlich nicht die seinen waren, als halbe Portion ansehen würde, dürr, eher klein mit feingliedrigen Händen und Gliedmaßen und einer leicht femininen Ausstrahlung, oder doch der Frau, die von hinten wie ein Kerl wirkte, der man ansah, dass sie stählerne Muskeln besaß, und die zwischen Fitnessstudio und Spielhalle hin und her tingelte. Er entschied sich für die Frau, Ladys first.

Sie stieg in einen roten Alfa Spider Junior 1600, der, Ende der 70er-Jahre gebaut, bereits als Oldtimer gelten durfte. Matteo pfiff leise durch die Zähne. Die Dame besaß durchaus Geschmack und Stil. Der rote Lack strahlte im Licht der Straßenlaterne, von dem sich die schwarzen Ledersitze abhoben. Genau erkennen konnte er es nicht, aber er tippte darauf, dass der Spider ein Holzlenkrad, hellbraun, mit Klarlack versiegelt, von der Firma Nardi hergestellt, besaß – was denn sonst. Plötzlich kam er sich in seinem Audi TT wie ein protziger Proll ohne Geschmack, Esprit und Raffinesse vor.

Sie parkte zwar vorsichtig aus, schließlich klebten um sie herum die schwarzen Fetzen der Nacht und ihr Oldtimer besaß noch keine Parkdistanzkontrolle, doch dann gab sie Gas. Er hatte keine Probleme, ihr zu folgen. Sie fuhr zwar zu schnell, aber routiniert. Es genügte, Abstand zu halten, um sich nicht zu verraten. Als sie auf die Europa-Allee bog, hätte er wetten können, dass sie nach Bozen fuhr. Die Wette hätte er gewonnen.

Es war vier Uhr morgens und der allmorgendliche Berufsverkehr setzte zaghaft ein. 25 Minuten später fuhren sie auf die SS 38, immer an der Etsch entlang, um schließlich zehn Minuten später die Ausfahrt Bolzano Centro zu nehmen.

Langsam erwachte die Stadt zum Leben. Matteo hasste die Dämmerung, ihre Unentschiedenheit, ihre fade Romantik, die Stunde zwischen Hund und Katze.

Hinter der Ecke Via Leonardo da Vinci und Via Cassa di Risparmio, der Sparkassenstraße, fand sie einen zwar etwas engen, doch noch akzeptablen Parkplatz auf der linken Seite und manövrierte den Spider mit seinem größeren Wendekreis und der fehlenden Servolenkung hinein. Wer Retro will, darf sich über die Mühe, die es machte, nicht beklagen.

Matteo blieb einfach vor der Ecke auf der Straße stehen. Verkehr, den er behindern konnte, gab es nicht, hier und da mal eine Vespa, ein frühes Auto. Schnell wand sie sich aus dem Wagen und schloss die Autotür per Hand ab, denn der Oldtimer besaß weder eine Zentralverriegelung noch eine Fernbedienung. Sie lief, die Schultern leicht hochgezogen, in die Via Leonardo, um vor einem stattlichen Haus mit zwei Türmchen an der Front und einem prächtigen Fresko auf der Fassade unter dem Dach stehen zu bleiben, die Haustür zu öffnen und dann in die Bürgerlichkeit einzutauchen, die sie für die Dauer einer Nacht verlassen hatte. Die Müdigkeit ließ sie frösteln. Er notierte sich die Adresse, dann fuhr auch er nach Hause und legte sich hin. Doch er fand keine Ruhe, setzte sich ans Fenster, rauchte eine Zigarette nach der anderen und starrte auf die Berge, die er tief in seinem Innersten hasste. Er wünschte sich ans Meer zurück, an die Adria, und dass sie noch leben würde.

12.

Der leichte Wind stupste die langen beigen Vorhänge am Fenster immer wieder an, so dass sie mit dem Hauch zu tanzen schienen. Das frühe Licht des Tages ermunterte die Vögel dazu, zu singen, zu streiten, vergnügt und frech jede Menge Krach zu verbreiten. Sonja wurde, wie häufig, davon wach und murmelte wie immer in dieser Situation schicksalsergeben: »Natur …« Und es war dann nicht auszumachen, ob sie diese »Natur« liebte oder verabscheute. Sie wollte sich gerade auf die andere Seite drehen, um noch einmal einzuschlafen, da hörte sie ihr Handy, das auf dem Nachttisch neben ihrem Bett lag, drehte sich zurück und ging ran: »Ja?« Es war Matteo, was sie eigentlich nicht verwunderte, eher hätte es sie erstaunt, wenn er sich nicht gemeldet hätte.

»Na, du Nachteule, was gibt es denn?«, fragte sie gähnend. »Schön, dass du schon wach bist.« Für diesen Satz hätte sie ihn am liebsten durch den Hörer gezogen, denn nun war sie wirklich wach, hellwach!

»Dann kann ich ja schon vorbeikommen.« Sie hörte seiner Stimme an, dass er es gehofft hatte. Und noch etwas nahm sie wahr, die Konzentration des Jägers. Matteo änderte seine Koordination von »legal« auf »von hoher Stelle erlaubt und gedeckt illegal«.

»Ja, kannst du«, kapitulierte sie, überwand sich aufzustehen und eilte dann ins Bad, um zu duschen.

Eine halbe Stunde später stand Matteo auch schon vor der Tür. Sonja hatte sich fast selbst überholt, ihre Morgentoilette beendet und ein kleines Frühstück gerichtet.

Er sah übernächtigt und zerknittert aus. In seine Gesichtsfalten, dachte sie beim Anblick seines verlebten Antlitzes, könnte ich mich hineinlegen und sogar noch zudecken. Sie vermied es aber, den Gedanken ihm gegenüber zu äußern, denn sie konnte nicht wissen, auf welche Gedanken sie ihn dadurch womöglich noch bringen würde.

»Principessa, du hast mit mir gerechnet«, sagte er froh und es kam Leben in ihn.

»Ja, wie wir mit dem Pilzbefall der Weinstöcke im Frühjahr rechnen«, gab sie etwas kratzbürstig zurück.

»Oh, wir sind also bester Laune«, stellte Matteo belustigt fest, ließ sich auf die Bank fallen und hangelte sich ein Brötchen aus dem Korb.

»Aufregende Nacht gehabt?«, fragte sie beiläufig.

Mit vollem Mund, während Sonja in eine große blaue Bechertasse, Typ Kameradenbetrüger, eine schwarze, dampfende Flüssigkeit füllte, deren süßer Röstduft sich in der Küche ausbreitete, antwortete er schmatzend: »Si, Principessa. Sehr aufregend.« Matteo sog den Kaffeegeruch tief ein und schloss dabei die Augen. Ein Lächeln breitete sich auf seinem Gesicht aus. »Göttlich!« Dann trank er gierig, doch in kleinen Schlucken, um sich nicht Zunge und Rachen zu verbrühen.

Sonja verkniff sich ein Lächeln, das sie bei diesem Mann, der sie immer, wenn er den Macho gab, an einen kleinen bockigen Jungen erinnerte, kaum zurückhalten konnte, setzte sich ihm gegenüber auf einen der beiden Stühle und genoss ebenfalls den Kaffee.

»Also, was hast du?«

»Franco Gentile betreibt ein illegales Glücksspiel, schätze, Pokern für gehobene Kreise.« Er griff in seine Tasche und holte einen kleinen Chip heraus. »Ich habe die Spieler fotografiert. Du findest auf den Fotos eine Frau, die einen roten Spider, Baujahr ca. Ende 70er-Jahre, mit einem Holzlenkrad fährt und in der Via Leonardo da Vinci wohnt.« Matteo riss ein Blatt aus seinem Notizbuch und kritzelte ein paar Buchstaben, dann schob er das Blatt zu Sonja. »Kannst du herausfinden, wer sie ist?«

»Sicher«, nickte Sonja.

Matteo hob die Hand. »So leicht ist es nicht, Principessa. Such dir eine vertrauenswürdige Person im Meldeamt. Stelle die Anfrage nicht offiziell und schon gar nicht über unsere Dienststelle. Es darf nicht der Eindruck entstehen, dass wir ermitteln.«

»Du meinst, die Dame könnte Beziehungen haben?«

»Die ist garantiert weit oben angesiedelt. Die Cosa Nostra liebt es, Leute mit Einfluss und Zugang zu Geheimnissen von sich abhängig zu machen.«

»Schon klar. Ich frage Burger, ob er jemanden kennt.«

»Gute Idee!«

Sonja schaute Matteo nachdenklich an, dann lächelte sie leicht und ihr Blick wurde sehr, sehr mitleidig, als sähe sie auf den Armen bereits großes Ungemach zukommen. »Was hältst du davon, wenn du einen Whisky trinkst, vielleicht auch zwei, und dann deinen Audi etwas schredderst?«

Jäher Schreck schoss ihm ins Gesicht. »Meinen Audi, ich …«

»Wir müssen an deinem Ruf arbeiten, du brauchst ein paar Schwierigkeiten. Und zwar jetzt, nicht erst, wenn du versuchst bei Gentile einzudringen …« Matteo wusste, dass Sonja recht hatte, die Gerüchte über einen Kripo-Chef, der mit dem Gesetz in Konflikt geriet, würden sich wie ein Flächenbrand ausbreiten.

»Du bist grausam, Prinicipessa«, sagte Matteo gequält.

»Nicht grausam, nur realistisch. Wer wollte denn unbedingt undercover arbeiten?«

Matteo stöhnte, doch dann hellte sich sein Gesicht auf. »Du hast recht, aber mein Privatwagen bringt nur den halben Effekt. Ich nehme den Dienstwagen, dann kracht es richtig!« Er schmunzelte vergnügt, weil er Sonja ausgetrickst hatte.

»Okay, ich spreche es mit Signora Pisani ab.«

»Aber nicht vom Büro aus!«

Sonja hob entnervt die Hände. »Ich bin keine Anfängerin, Signore Commissario Capo!«

13.

Es war Daniele, der die beiden weckte. Daniele saß auch schon beim Frühstück, als Francesca und Stefan etwas übernächtigt, sie beschwingt und froh, er schweigsam, am Tisch Platz nahmen.

»Kaffee oder Tee?«, fragte Petra, die plötzlich aus der Küche schaute.

»Espresso«, säuselte Francesca, gab Stefan demonstrativ einen knallenden Schmatzer und sagte gutgelaunt zu Petra: »Und ein paar Spiegeleier für den da!« Und es klang so wie: Die hat er sich verdient. Die Bloßstellung brannte wie Feuer in seinem Inneren. Die kleine Natter, dachte er bei sich und fühlte Hass in sich aufsteigen.

Die Spiegeleier schmeckten ihm nicht, was nicht an der Zubereitung lag, sondern daran, dass sie wirkten wie der Knochen für den Hund, der belohnt wurde, weil er gut pariert hatte.

Nach dem Frühstück fuhren sie los – auf Erkundung, um Banken auszuspähen, die sie überfallen konnten. Das Internet hatte bereits wertvolle Dienste in der Vorauswahl geleistet und Stefans Ortskenntnis tat ihr Übriges. Wie üblich Daniele am Steuer, Francesca neben ihm und Stefan hinten. In Deutschnofen entdeckten sie eine Raiffeisenkasse, in Welschnofen eine Sparkasse und eine Raiffeisenkasse, in Aldein wieder eine Raiffeisenkasse und in Auer eine Volksbank. Über Cavalese, wo sie sich eine Volksbank, eine Sparkasse und die Intesa Sanpaolo S.P.A. anschauten, Predazzo, wo sie ebenfalls eine Intesa Sanpaolo S.P.A. und eine Cassa Rurale di Fiemme erfreute, und Moena, das wiederum mit einer Volksbank aufwarten konnte, ging es nach Pozza di Fassa und ins Hotel zurück, wo sie gegen acht Uhr abends eintrafen. Beim Abendessen beschlossen sie, sich die Banken nacheinander näher anzuschauen, Lage, Sicherheitsvorkehrungen und Verkehr. Drei Geldinstitute gedachten sie auszurauben, die drei, die am wenigsten Probleme machen würden.

Sie hatten gerade für den kommenden Tag geplant, Deutschnofen und Welschnofen zu besuchen, als Petra die Lasagne servierte, dazu jeweils ein Bier für Daniele und Francesca, während sich Stefan einen Traminer bringen ließ.

»Schön kühl, Stefan?«, fragte die Wirtin und Francesca fiel sofort die Vertrautheit in der Frage auf, die ihr missfiel.

»Schön kühl«, antwortete Stefan, dem sich dabei unbewusst ein Lächeln über die Lippen legte.

»Warst schon bei der Mutter?«, fuhr Petra im vertrauten Tonfall fort.

»Lass mir Zeit. Und sag ihr nichts. Am besten, du sagst niemandem etwas, dass ich wieder da bin.«

»Is recht«, willigte sie ein und ging in Richtung Küche, drehte sich aber an der Schwelle noch mal um: »Ruft mich einfach, wenn ihr noch was wollt.«

Daniele nickte, dann sagte er zu den beiden: »Wir sollten uns trotzdem beeilen, um unseren Aufenthalt hier nicht allzu lange auszudehnen.«

14.

»Der Anton ist im Weinberg«, sagte die Frau vom pensionierten Commissario Capo Anton Burger zu Sonja Schwarz und zeigte ihr mit der grazilen Hand den Weg durch die Pforte im Zaun zum Weinberg, der sich hinter dem Haus erhob und schließlich an den Felsen brandete wie das Meer gegen die Steilküste, ein Meer aus lauter Grün. Die Trauben konnte man schon an den Reben sehen, kleiner als Pfefferkörner. Sonja bedankte sich bei der ausgesprochen schönen älteren Dame, dann lief sie los. Sie wusste, dass Lissy Burger vor ihrer Pensionierung als Musiklehrerin am Gymnasium gearbeitet hatte. Ihren früheren Chef traf sie an, als der gerade die Rebstöcke mit einem Mittel gegen den Pilz behandelte.

»Ach, findest du mal wieder zu mir?« Burger strahlte über das ganze Gesicht. Er sah jetzt wie ein gütiger Großvater aus, den man für einen pensionierten Buchhalter oder Lehrer gehalten hätte, nicht aber für einen Mann, der sein Leben damit zugebracht hatte, Verbrecher zu jagen. Er unterbrach seine Arbeit mit einem launigen »Zeit für eine Erfrischung« und führte sie zurück zu dem kleinen Hof.

»Wann haben wir uns eigentlich das letzte Mal gesehen?«, kratzte sich Burger nachdenklich am Kopf.

»Zur Beerdigung meines Mannes«, antwortete Sonja trocken.

»Ach, ich Trottel«, schalt sich Burger. »Daran merkt man, dass man alt wird, wenn man sich an das, was vor 40 Jahren passiert ist, besser erinnern kann als an das, was gerade erst vor einem halben Jahr geschehen ist.« Sie legte beschwichtigend ihre Hand auf seinen Arm, als wolle sie ihn oder sich mit dieser Geste trösten. Sonja mochte nicht darüber reden, wie oft sie in den letzten Wochen und Monaten ans Aufhören gedacht hatte, den Bettel hinzuwerfen und nur noch als Winzerin zu arbeiten, doch ließ der Gedanke sie nicht aus seinen Klauen, drückte mal mehr, mal weniger fest zu. »Ist es eigentlich schwer, aufzuhören, Anton?«

»Am Anfang war es schwer. Runterzukommen, zu akzeptieren, dass man nicht mehr der Chef ist, nicht jeden Gendarmen, der sich etwas zu lässig bewegt, zurechtzuweisen …«

»Das hast du gemacht?«, fiel sie ihm belustigt ins Wort.

»Hab ich.« Und schüttelte den Kopf. »Aber weißt du, Madel, wenn man sich dafür ein paarmal blamiert und spöttische und auch mitleidige Blicke eingefangen hat, lässt man das von ganz allein. Die schlimmsten Blicke sind die mitleidigen. Kann es eben nicht lassen, der Alte.«

Der letzte Satz ließ sie aufhorchen. »Kann man es denn lassen? Ich meine: einmal Bulle, immer Bulle?«

Burger lachte. »Man kann es. Aber erst, wenn die Zeit gekommen ist. Nur ein Trottel bekommt nie genug. In deinem Alter hätte ich es auch noch nicht gekonnt. Da hatte ich einen Ehrgeiz.«

Inzwischen hatten sie das Haus erreicht. Sie setzten sich an einen Tisch mit Stühlen unter eine alte Linde, die ihre Krone hoch in den Himmel reckte. Auf dem Tisch hatte sich ein Zitronenfalter niedergelassen, der sich von den beiden gestört fühlte und entschwebte. Die beiden saßen kaum, da stand Burgers Frau mit zwei braunen Tonkrügen und einer Tonkaraffe auf einem Tablett vor ihnen. Sie hatte damit gerechnet, dass ihr Mann den Besuch zum Hof führen und eine Pause einlegen würde. »Gegen eisgekühlte Zitronenlimonade ist sicher nichts einzuwenden?«

»Sage nicht nein, Lissy hat sie selbst gemacht, das heißt auch, dass du sie nachher loben musst, auch wenn sie wie Abwaschwasser geschmeckt haben sollte.«

»Hören Sie bloß nicht auf den alten Zausel«, schimpfte sie zum Schein. Demonstrativ kostete Sonja das Getränk, das sie auf wunderbare Art erfrischte. »Großartig! Lassen Sie ruhig die Karaffe hier, Frau Burger.« Auf dem Gesicht von Anton Burgers Frau breitete sich Zufriedenheit aus, auch wenn sie nichts anderes erwartet hatte.

Es tat Sonja gut, sich an diesem Morgen mit ihrem alten Chef zu unterhalten, der zwischen Enkeldienst und Angeln, zwischen langen Spaziergängen mit seiner Frau und der Arbeit in dem kleinen Weinberg sein Pensionärsdasein genoss. Er hatte ihr geraten, sich im Meldeamt an seine Schwiegertochter Amelie Burger zu wenden, herzlich von ihm zu grüßen und sie um Verschwiegenheit zu bitten.

Burgers Schwiegertochter hatte das Herz auf dem rechten Fleck, duzte Sonja sofort, nachdem sie erfahren hatte, dass ihr Schwiegervater sie geschickt hatte. Als sie das Foto sah, brauchte sie erst gar nicht nach der Adresse zu schauen, sie kannte die Frau, denn es handelte sich um die Landesdirektorin Dr. Innocencia Weißgarten, die Chefin der Steuerbehörde.

Ein Blick in die Daten verriet, dass Weißgarten 35 Jahre alt war. Geboren war sie in Meran.

»Die Eltern? Finden Sie da etwas?«

»Ja, der Vater Zacharias Weißgarten war Priester an der Neuapostolischen Kirche in Bozen.«

»Lebt er noch?«

»Vor fünf Jahren gestorben. Die Mutter ist in einem katholischen Pflegeheim.«

»Ist die Innocencia verheiratet?«

»Nein.«

Als sie auf den Parkplatz der Questura fuhr, registrierte sie, dass der Dienstwagen fehlte. Im Gang gockelte Jonas um die junge und sehr blonde Kollegin Sofia herum und errötete leicht, als er Sonja entdeckte, weil er sich ertappt fühlte.

»Weißt du, wo der VW ist?«, fragte sie ihren Kollegen.

»Den hat der Capo.«

Sonja unterdrückte ein wehmütiges Lächeln und antwortete nur mit einem trockenen »Aha«.

15.

In der Nacht stand Matteo wieder vor der Spielhalle in Meran, diesmal jedoch nicht in seinem Audi TT, sondern in dem Dienst-VW, mit dem er noch etwas vorhatte. Die Observation verlief enttäuschend, nichts Außergewöhnliches geschah und seine drei Glücksspieler ließen auf sich warten. Offensichtlich pokerten sie nicht in jeder Nacht, was einigermaßen normal war, möglicherweise nur einmal die Woche. Die Freuden der Polizeiarbeit, vermutlich würde er 14 Tage benötigen, um den Rhythmus der Pokerrunden herauszufinden. Wenn er nicht einen anderen Weg wählte. Dank Sonja wusste er nun, mit wem er es bei der Spider-Fahrerin zu tun hatte. So brach er gegen drei Uhr die Beobachtung ab und düste nach Bozen zurück, doch fand er den Spider nirgendwo auf oder im Umkreis der Via Leonardo da Vinci. Deshalb stellte er sich einige Meter vor dem Haus, in dem die Landesdirektorin wohnte, vor eine Ausfahrt und wartete, in der Hoffnung, dass sie nach Hause kommen würde. Aus dem Handschuhfach nahm er vorsorglich die Flasche Whisky. Die er aber nicht anrührte. Über die Gebirgskante krochen bereits die ersten Sonnenstrahlen. Es dauerte eine halbe Stunde, bis er endlich im Spiegel einen Spider entdeckte, der rasant zu ihm aufschloss. Unverkennbar, das war sie. Er ließ den Motor an und fuhr, als sie fast auf seiner Höhe war, aus der Einfahrt, die er einfach als Parkbucht benutzt hatte. Im nächsten Moment hörte er einen lauten Knall und spürte eine kleine Erschütterung. Er nahm einen großen Schluck aus der Whiskyflasche und sprang aus dem Wagen. Sein rechter Kotflügel hatte sich in das linke Vorderrad des Spiders gebissen. Innocencia Weißgarten kämpfte sich aus dem Wagen. In ihrem Gesicht spiegelte sich Wut.

»Wir müssen die Polizei rufen«, sagte sie erstaunlich unschlüssig.

»Ich bin die Polizei«, gab Matteo trocken zurück. Sie lachte hysterisch auf. »Ausgerechnet ein Bulle fährt mir in den Spider.« Sie schien seine Fahne nicht zu riechen. Das konnte nur einen Grund haben.

»Wie viel Promille würde denn ein Alkoholtest anzeigen?«

»Wollen Sie mich reinlegen?«, konterte sie angriffslustig.

»Nein, ich will Ihnen helfen.«

»Sie haben mir schon genug geholfen, besten Dank! Den Schaden bekomme ich bei diesem Oldtimer doch nie ganz ersetzt, Sie Traumtänzer!« Sie mochte dieses Schimpfwort. Es war das Lieblingsschimpfwort ihres Lieblingslehrers, der mindere Begabungen in Mathematik unter den Schülern verachtete. »Traumtänzer« nannte er sie, wenn sie es wagten, ihm mit einem falschen Ergebnis unter die Augen zu treten. Traumtänzer hießen alle, deren Noten schlechter als Zwei waren, aber auch unter den Zweiern machte er den einen oder anderen Traumtänzer aus. In ihr jedoch sah er eine Hochbegabung, nur er, nicht ihr Vater, nicht ihre Mutter, nicht die Verwandten, nur er.

»Was machen zwei lonely hearts in einsamen Nächten? Sie trinken ein Glas, sie spielen ein Spielchen.«

»Ich spiele nicht!«, sagte sie zu schnell und zu abwehrend.

»Sie spielen mit ihrem einsamen Herzen.«

»Sie sind wohl betrunken, Sie Traumtänzer?«

»Ja, und etwas mehr als Sie. Aber wegen Ihres Pegels, mag er noch so niedrig sein, bekommen Sie so oder so eine Mitschuld – da muss ich nicht einmal Polizist sein.« Matteo entging nicht, dass ihre Nerven zum Reißen anspannten, denn sie wusste nicht, worauf der Polizist abzielte und was er im Schilde führte. Deshalb ging sie ihn nun direkt an. »Was wollen Sie?«

»Es so drehen, dass die Schuld auf mich geht und Sie draußen bleiben.« Ihr staunendes Gesicht drückte nur eine einzige Frage aus: Warum? Quer über das Pflaster lief gemächlich eine schwarzgraue Straßenkatze. »Auch einsam?«, rief er ihr zu. »Und Sie?«, wurde er plötzlich fast anzüglich direkt.

»Ich bin nicht einsam«, knöpfte sie sich bis zum letzten Knopf zu. Doch Matteo lächelte nur sein selbstsicheres, so sehr verunsicherndes Matteo-Zanchetti-Lächeln de luxe für einsame Herzen. Instinktiv hatte er das Einfallstor gefunden.

»Hören Sie, mir brummen die sowieso eine Strafe auf, Alkohol am Steuer, und dann noch mit einem Dienstwagen. Sie gehen jetzt hoch, holen einen Besen und lassen mir den Wagenschlüssel da. Ich rolle den Wagen in die Parklücke dort vor Ihrem Haus und platziere meinen daneben, dann fege ich die Teile zu den Autos und rufe die Polizei. Sie gehen mit dem Autoschlüssel hoch. Die rufen Sie an und werden Ihnen mitteilen, dass Ihr Wagen einen Unfall hatte. Okay?« Sie schaute ihn prüfend an. Konnte sie ihm trauen? »Wie heißen Sie eigentlich?« Matteo zückte seinen Dienstausweis: »Commissario Capo Matteo Zanchetti. Und Sie?«

»Innocencia … Dr. Innocencia Weißgarten.«

»Ärztin?«

»Finanzwissenschaftlerin.«

Matteo nickte ihr respektvoll zu. »Nun machen Sie schon.«

Als sie wenig später wieder herunterkam mit dem Besen in der Hand, hatte Matteo die beiden Unfallwagen bereits »umgeparkt« und den Unfallort großzügig verlegt. Es sah jetzt so aus, als hätte der Spider vor ihrem Haus gestanden und der Capo wäre mit dem VW hineingefahren. Er fegte die Splitter vom Scheinwerfer zusammen und schob sie in Richtung seines Wagens.

»Hoffen wir, dass uns niemand gesehen hat«, wandte sie geistesgegenwärtig ein.

»Hat niemand, sonst hätte ich Ihnen den Vorschlag nicht gemacht. Aber verlangen Sie kein Unfallgutachten.« Matteo gab ihr seine Karte, sie sagte ihm ihre Telefonnummer, die er sich notierte.

»Versuchen Sie nicht mich reinzulegen, ich habe gute Anwälte«, drohte sie, aber nur, um sich selbst ein gutes Gefühl zu verschaffen. Die Selbstlosigkeit des Polizisten, seine Ritterlichkeit rief ihre Skepsis auf den Plan. Matteo spürte das.

»Wenn ich Sie reinlegen wollte, würden Ihre Anwälte Ihnen auch nicht helfen können, Bella. Aber sieht das nach ›Reinlegen‹ aus?«, zeigte er mit der geöffneten Hand auf die umgestellten Autos.

»Keine Ahnung«, säuselte sie und entschwand mit einem flüchtigen Lächeln auf den Lippen. Der Capo setzte sich in seinen Wagen, rief die Polizei und trank Whisky.

Als die Kollegen kamen, den Unfall aufzunehmen, war er so betrunken, dass sie ihn nach einem Alkoholtest in der Notaufnahme nach Hause fuhren. Es bereitete ihnen keinerlei Vergnügen.

16.

»Es gibt verdammt schlechte Nachrichten«, mit diesem Satz und einem Gesicht wie drei Tage Regenwetter empfing Jonas Kerschbaumer Sonja, die heute etwas später in der Questura eintraf. »Der Capo hat mit dem Dienstwagen einen Unfall gebaut!«

»Ist er verletzt?«

»Nein, betrunken. Voll wie eine Haubitze, wie mein Großvater immer zu sagen pflegte.«

»Der mit den vielen Kriegsgeschichten?«

»Genau der!«

»Halleluja, Freunde«, erscholl plötzlich von der Tür ihres Dienstzimmers eine ihnen nur allzu vertraute Stimme. Vor ihnen stand Zanchetti in Jeans und einem heraushängenden Hemd, das ganz so weiß wie gestern nicht mehr war und dem man eine durchzechte Nacht ansah. Aber nicht nur dem Hemd, sondern auch Matteo, dem Capo, dessen Falten tiefer und dessen Augen müde wirkten. Mit diesen Worten wankte er in sein Zimmer, warf Sonja und Jonas im Vorbeigehen einen belustigten Blick zu. Angesichts der Umstände wirkte Matteo erstaunlich aufgekratzt und kregel. »Ihr solltet euch mal sehen, schaut aus wie die Schafe.« Er blökte und knallte hinter sich die Tür zu. In das Dienstzimmer stürmte Peter Kerschbaumer. »Was ist denn mit dem Capo los?«

»Total betrunken«, klärte Jonas stirnrunzelnd seinen Vater auf. Der schüttelte nur den Kopf und sagte zu sich: »Voll wie eine Haubitze.« Dann richtete er seine Kugelaugen auf Sonja: »Sie müssen mit ihm reden. Er macht ja alles nur noch schlimmer.« Sonja nickte. Während sie in das Zimmer vom Capo ging, bemerkte sie, dass Sofia in der Tür stand.

Sanft schloss sie die Tür hinter sich. Matteo richtete sich in seinem Stuhl auf, jede Trunkenheit schien wie verflogen.

»Hab einen Anhaltspunkt, Frau Dr. Weißgarten wird mir behilflich sein.«

»Daran zweifle ich nicht, dass sie dir behilflich sein wird«, sagte Sonja zweideutig.

»Lust auf einen Streit?«, fragte er und griente breit.

»Aber immer«, griente sie nicht minder breit zurück.

»Ich soll gehen? Ich soll gehen?! Du willst mich doch nur loswerden, bist doch nur scharf auf meine Stelle. Warst du schon immer«, brüllte er plötzlich unvermittelt los und strahlte dabei, als hätte er ihr gerade das schönste Kompliment der Welt gemacht.

»Weißt du was, Matteo Zanchetti, du bist so ein selbstverliebter Scheißkerl, so ein blöder Macho-Arsch.«

Matteo schaukelte mit dem Kopf hin und her und flüsterte: »Wolltest du mir das schon immer einmal sagen?« Sonjas Blick wurde undurchdringlich und ihr Lächeln sibyllinisch. Sie ähnelte jetzt sehr einer Sphinx.

»Vielleicht bin ich ein Macho«, brüllte er wieder, erhob sich, wankte zu Tür und riss sie auf: »Aber du bist nichts weiter als eine Intrigantin.« Sagte es und schob sich mit stolzgeschwellter Brust aus dem Büro, vorbei an Jonas, vorbei an Peter Kerschbaumer. Vor Sofia blieb er stehen, schaukelte vor und zurück und setzte ein anzügliches Lächeln auf: »Wusste gar nicht, dass wir so schöne Polizistinnen haben.«

»Sie gehen jetzt besser nach Hause, Capo!«, entfuhr es Jonas. Erstaunt drehte sich Zanchetti kurz zu Jonas um, bevor er wieder bei Sofia war. Sein Lächeln wurde um einiges anzüglicher. »Begabter Bursche, Bella, aber eben ein Bursche noch.« Dann neigte er sich zu ihr und flüsterte: »Noch nicht ganz trocken hinter den Ohren.« Schaute wissend und ging.

Ratlos schaute Jonas zu Sonja: »Was ist denn in den gefahren?«

»Zu viel Alkohol. Und ein Kummer, dem er sich nicht stellt.« Verwundert ging ihr Blick nun von einem zum anderen: »Was steht ihr hier herum? Habt ihr keine Arbeit?« Matteos Auftritt war zwar die reinste Schmiere, dachte sie, aber für das Kommissariat hat es gereicht. Inständig hoffte sie, dass es in der Questura einen Spitzel gab.

17.

Immer, wenn er nach Bozen musste, fuhr er durch Welschnofen, aber angehalten hatte er hier noch nie, war nie ausgestiegen, hatte niemals den Ort besichtigt. Nun hatte er doch noch Welschnofen kennengelernt und Deutschnofen auch, allerdings ausschließlich unter dem Aspekt, erfolgreich die Banken im Ort ausrauben zu können, Lage, Zugänge, Sicherheit und Fluchtmöglichkeiten auszukundschaften. Das hätte er sich nicht träumen lassen, aber was ließ sich schon voraussehen, wenn man sich nur noch auf der schiefen Bahn bewegte. Für eine überschaubare Unterschlagung hatte ihn der Richter ins Gefängnis geschickt. Sieben Jahre hatte er unter Kriminellen aller Art zugebracht. Dass er das überlebte, ohne Schaden an Körper und Seele zu nehmen, verdankte er Daniele Pravo, der den Jungen unter seine Fittiche und unter seinen Schutz genommen hatte. Seit der Entlassung aus dem Gefängnis hatte er Schlimmeres verübt als das, weshalb der Richter ihn in den Knast geschickt hatte. Richter Josef Pircher, dachte er, kann wirklich stolz auf sich sein, die Erziehungsmaßnahme, wie er es damals ausgedrückt hatte, entfaltete ihre Wirkung.

Nach ihrer Rückkehr von der Erkundung und dem Abendessen zog sich Daniele auf sein Zimmer zurück und Francesca hatte Lust, sich eine Netflix-Serie reinzuziehen. Ihn jedoch zog es nach draußen, er wollte ein paar Schritte gehen, da sah er, dass ein Polo hielt. Er hatte ihn sofort erkannt, klein, zierlich, von der Figur her wirkte der Fahrer wie ein Jockey, nur, dass ihn die letzten Jahre Haare gekostet hatten, denn die waren spärlich geworden. Instinktiv trat Stefan hinter die Wand vom Treppenaufgang. Sein Blick fiel auf Leonie, die wieder an dem kleinen Tisch saß und mit unendlicher Geduld, wie es Stefan schien, an ihrem Bild malte. Verschwörerisch legte er den Zeigefinger längs auf seine Lippen und machte große, bittende Augen. Sie möge ihn nicht verraten. Leonie schmunzelte, dankbar über das Abenteuer. Manuel betrat das Foyer und blickte sich um, entdeckte aber nur seine Nichte. »Hallo, Leonie. Sagst du der Mama, dass ich sie gern sprechen möchte.«

»Ja, Onkel Manuel«, entgegnete das Mädchen brav, stand auf und ging in die Küche. Kurze Zeit später kam sie mit ihrer Mutter zurück. Petra maß ihren Bruder mit einem vernichtenden Blick, erlaubte ihrer Tochter, fernzuschauen. Leonie lief an Stefan, dem sie zuzwinkerte, vorbei in den oberen Flur, an dessen Ende ihre private Wohnung lag, eine Zimmerflucht mit drei Räumen, Bad und Küche, alles in allem 45 Quadratmeter.

Jetzt, da sie allein waren, herrschte Petra ihren Bruder an: »Was willst du?«

»Das weißt du«, grummelte er zurück. »In drei Tagen ist Eisenhart zurück, dann will er von uns eine Entscheidung!« Stefan zuckte unwillkürlich zusammen. Richter Eisenhart war der Spitzname von Josef Pircher, der ihn damals verurteilt hatte. Der Richter war bekannt dafür, dass er sich immer an der Höchststrafe orientierte. Mildernde Umstände kannte der Mann nicht.

»Ich will nicht verkaufen!«

»Dann pfändet er uns die Steuer und wir bekommen gar nichts raus. Besser wenig als nichts.«

»Ich bin mir sicher, dass der Eisenhart den Kredit hintertrieben hat. Bei seinen Beziehungen.« Ihre Stimme war stählern vor Zorn.

»Was spielt das für eine Rolle?«

»Willst du dem das Hotel in den Rachen werfen?«, fragte sie empört und ging auf ihren Bruder zu. Der wich unwillkürlich einen Schritt zurück.

»Wenn's ums Hotel geht, setzt bei dir das Denken total aus! Zahl mich aus und behalte von mir aus den alten Kasten. Wenn du mich nicht auszahlen kannst, musst du allerdings verkaufen.«

Sie maß ihn mit einem vernichtenden Blick, in dem Hass und Enttäuschung miteinander wetteiferten. »Du setzt mir also die Pistole auf die Brust? Wenn das die Mama und der Papa noch erlebt hätten!«

»Das hatten wir doch alles schon einmal, und nicht nur einmal. Ich bin's leid, Petra. Am Donnerstag kommt der Richter aus dem Urlaub zurück. Am Freitag habe ich mein Geld oder der Kasten wird an ihn verkauft. Mein letztes Wort.« Grußlos verließ Manuel das Hotel und stürmte zu seinem Auto. Was hatte er nicht alles versucht, um seine Schwester zu überzeugen. Nicht einmal der Appell, an Leonies Zukunft zu denken, half. Dabei würde Petra bei ihren Fähigkeiten als

Informatikerin mit Sicherheit einen guten Job finden, auch, wenn sie das Studium abgebrochen hatte, weil sie das verdammte Hotel übernehmen wollte. Nur zu gern fügte sie sich damals den Wünschen der Eltern, dass das Hotel nicht in »fremde Hände« kommen dürfe. Ärgerlich fuhr er nach Vich zurück.

Sie war ihm an die Tür gefolgt und schaute ihm noch ein wenig nach, um sich zu beruhigen. »Schuft«, entfuhr es ihr, dann kehrte sie in die Küche zurück, um dort Ordnung zu schaffen.

18.

Problemlos hatte er diesmal einen Parkplatz gefunden, empfand das als gutes Omen, nahm die Blumen und die Tüte mit dem Champagner vom Beifahrersitz und schlenderte zu dem schönen Haus mit den beiden Türmchen und dem Fresko. Er trug braune Schuhe von Scarosso, handgenäht, Blue Jeans von Joop und ein weißes Hemd, dazu eine schwarze Weste, beides von Dolce und Gabbana. Ein Hauch Acqua di Giò Homme von Giorgio Armani umwehte ihn. Für einen Polizisten, der vom Dienst suspendiert war und gegen den wegen Trunkenheit am Steuer und wegen Beschädigung von Staatseigentum ermittelt wurde, wirkte er erstaunlich gutgelaunt.

Ein Blick auf die Namensschilder verriet ihm, dass Signoria Innocencia Weißgarten im 3. Stock wohnte. Beherzt drückte er auf den einst güldenen, aber inzwischen etwas abgewetzten Klingelknopf. Wenig später hörte er ihre Stimme: »Ja, wer ist da?«

»Ihr untröstlicher Unfallgegner«, säuselte Matteo.

»Trost bekommen Sie von mir nicht.«

»Darf ich dennoch hochkommen?«

»Bevor Sie mich aufs Revier vorladen. Na, meinetwegen.« Der Öffner surrte, Matteo drückte mit dem Oberarm die Tür auf und stand bereits im kühlen Halbdunkel des Hausflurs, bewunderte den schmiedeeisernen Aufzug und entschied sich dann doch, die im Halbkreis nach oben führende Treppe zu nehmen. Da stand sie in der Tür, in weißen Flanellhosen mit einem hellblauen engen T-Shirt bekleidet. Ihr durchtrainierter Körper war nicht ohne weibliche Reize, zumindest wenn man ein Faible für einen Hauch Androgynität besaß. Ihre schmalen Augen wirkten belustigt. Matteos Lippen kräuselten sich, als wollte er »O Sole Mio« singen, aber stattdessen sagte er im klingendsten Italienisch: »Ich möchte mich für die Unannehmlichkeiten entschuldigen, die ich Ihnen bereitet habe.«

»Der Wagen ist in der Werkstatt. Ihre Versicherung hat die Kostenübernahme zugesichert. Ich glaube, Ihre Probleme sind größer als meine. Aber kommen Sie herein. Dem Polizisten, der mich anrief, dem war es hörbar peinlich.« Sie trat zur Seite und ließ ihn in die Wohnung. Er tänzelte ein wenig auf den lackierten Holzbohlen. Die Wände waren in dem Hellblau ihres T-Shirts gehalten. Ein langer Gang führte auf ein Zimmer, dessen Tür offen stand, während die fünf Türen, die nach rechts oder links abgingen, geschlossen waren.

»Soll ich Ihnen das abnehmen oder haben Sie noch einen weiteren Besuch vor?«

Mit dem charmantesten Lächeln, zu dem er fähig war, übergab er ihr die Rosen und die Tüte mit dem Champagner. »Nein, das ist für Sie.« Sie verschwand kurz in der zweiten Tür von rechts, offensichtlich der Küche, und kehrte kurz darauf mit den Blumen in einer kristallenen, schlanken Blumenvase, die wie für die Rosen angefertigt zu sein schien, zurück. Sie ging voraus in das große Zimmer mit seinen drei hellen Fenstern. Die spärliche Möblierung verriet Geschmack, denn sie bestand nur aus Sessel, Couch, Tisch, zwei Skulpturen auf Marmorsockeln, alles designt und hochpreisig. Er benötigte eine Weile, bis er begriff, was fehlte: Sie besaß lediglich eine feine Musikanlage mit einem Schallplattenspieler.

»Kein Fernseher?«

Sie schüttelte kurz den Kopf. »Möchten Sie etwas trinken?«

»Erstmal nicht. Ich wollte Sie eigentlich nur zum Essen einladen.« Sie blickte ihn prüfend an und er gewahrte das erste Mal eine kleine Unsicherheit bei ihr.

»Heute bin ich noch im Fitnessstudio. Und morgen … morgen geht es auch nicht.«

»Dann übermorgen. Sagen Sie nicht nein!« Zanchetti setzte seinen treuesten Hundeblick auf.

19.

Als die Rezeption wie ausgestorben dalag, löste er sich von der Wand und verließ das Hotel, das er umrundete, um auf den Felsen zuzuhalten. Am Fuße des Berges angelangt, sah er nun wehmütig zur Felsenkante hoch, die im Abendlicht glühte. Er bedauerte, dass es schon zu spät war, um zum Plateau aufzusteigen.

»Wann warst du denn das letzte Mal oben?«, vernahm er plötzlich Petras Stimme, die überraschend sanft und dadurch vertraut klang. Er hatte sie nicht kommen hören. Aber das konnte sie schon immer gut, sich so leise wie eine Katze zu bewegen.

»Weißt du doch.«

»Sieben Jahre sind eine lange Zeit«, sagte sie versonnen.

»Nicht für den Berg. Wo ist denn der Vater von der Leonie?«

»Bei seiner Schnalln«, antwortete sie schmallippig.

»Misthund!«

»Kann man so sagen«, erwiderte sie mit einem eigenartigen Lächeln in den Augen.

»Manchmal denke ich, es wäre alles anders gekommen, wenn der Pichler mich nicht in den Kasten geschickt hätte. Bewährung wäre doch drin gewesen!«

»Hat er aber, Stefan. Oder soll ich Stefano sagen?«

»Früher hast du mich mal Steff genannt.«

»Früher ist der einzige Ort auf der Erde, den du nicht erreichen kannst.« Stefan lachte laut auf. »Stimmt nicht. Gestern ist auch so ein Ort, und Vorgestern und Vorvorgestern ebenfalls.«

Sie nickte. Dann sagte sie sehr diszipliniert: »Egal, vorbei ist vorbei!«

»Ist es denn vorbei?«

Sie wandte sich zum Gehen, da hielt er sie am Arm fest. Ein Luftzug fuhr über ihr Gesicht. Sie schaute ihn herausfordernd an.

»Läuft wohl nicht so gut, das Hotel?«, klopfte er ein wenig auf den Busch.

Sie seufzte. Weshalb sollte sie ihm etwas vormachen: »Wir sind pleite. Manuel will, dass ich das Hotel verkaufe und als Programmiererin ganz in die Sicherheitsfirma einsteige, in der er arbeitet.«

»Dein Bruder war schon immer ein praktischer Mensch«, höhnte er.

»Ihr habt euch nie gemocht, der Manuel und du.«

»Ein ordentlicher Mensch, der Manuel, und praktisch noch dazu. Meine Eltern hätten ihre helle Freude an ihm gehabt.«

»Wem hilft schon Selbstmitleid?«, sagte sie abweisend. Er nickte. Der Wind spielte mit ihren schwarzen Haaren. Auf einmal erinnerte er sich daran, wie es sich angefühlt hatte, als er an Stelle des Windes war. Der Gedanke verunsicherte ihn. In ihren Augen leuchtete das Blau des Himmels. In diesem Moment wurde ihm schmerzlich bewusst, dass er sie noch immer liebte. Mehr als irgendjemanden, als irgendetwas auf der Welt. Wenn er im Gefängnis gehofft hatte, dass die Liebe mit den Jahren vergehen werde, so täuschte er sich. Jetzt verstand er, dass es seinem Leben einen Sinn geben würde, wenn er ihr helfen könnte, ihr und Leonie. Und dass dies seine letzte Chance war, etwas Gutes und Richtiges im Leben zu tun, etwas, wofür man sich nicht schämen müsste. Sie hatten etwas Besseres verdient, als in diesem alten, dunklen Kasten festzuhängen wie in einer Falle.

»Warum hörst du nicht auf Manuel?« Im Grunde kannte er die Antwort.

»Weil das Hotel mein Leben ist!«

»Warum?« Er verstand sie wirklich nicht. Für ihn wirkte der heruntergekommene Kasten wie eine Endstation, ja wie ein Grab. Zu gern hätte er sie gefragt, ob sie mit ihm nach Argentinien käme, aber das würde sie nicht tun und er müsste sich zudem von Francesca trennen, woran es ihm an Mut gebrach.

»Wenn ich es dir erklären könnte, wäre es nicht mehr mein Leben. Dann könnte ich weg.«

Er verstand sie, obwohl er sie nicht verstand, zumindest begriff er, dass er nicht das Geringste gegen ihre Entscheidung auszurichten vermochte. »Wie viel brauchst du?«, fragte er unvermittelt. Ein wenig verwirrt von der Frage sah sie ihn prüfend an.

»Ich könnte ja ein sehr stiller Teilhaber werden. Also, wie viel brauchst du?«

»Drei bis vier Millionen Euro. Die hast du bestimmt in der Hosentasche«, sagte sie und lachte sarkastisch auf. Er erinnerte sich, wie sie als Kinder alte Schulhefte zerschnitten und aus den quergeteilten Blättern Geldscheine bastelten. Aber da waren sie neun oder zehn Jahre alt. Wie weit lag das alles zurück? Ein Leben und ein Gefängnisaufenthalt und ein Bankeinbruch weit hinter ihm.

»Ich kann das Geld auftreiben, Petra. Ich schwör es, ich kann es.«

»Wie schnell?«

»Sehr schnell.«

In ihr keimte Hoffnung, dass sie der Pfändung des Hotels doch noch entging. Doch schon meldete sich die Skepsis in ihr. »Woher kommt das Geld?«

»Das willst du nicht wissen.«

»Es ist nicht dein Geld. Stimmt's?«

»Wenn ich es habe, ist es meins.« Grinsend fügte er hinzu: »Du weißt doch, ihr Geld ist nicht weg, es hat jetzt nur ein anderer.« Er musste nicht weiterreden, ihr war nur zu klar, worum es ging. Dass seine beiden Begleiter, der ältere Mann, die junge Frau, nur Ganoven sein konnten, daran hatte sie schon bei ihrer Ankunft nicht gezweifelt. Sie hatte zwar keine Fragen gestellt, wozu auch, aber sie auch nicht aus den Augen gelassen.

»Du darfst mich und Leonie in nichts hineinziehen, das ist dir doch klar?«

Er nickte und machte einen Schritt auf sie zu. »Aber ich darf dir doch helfen?«

»Wenn wir nicht in Gefahr geraten. Wenn du das garantieren kannst! Du hast eine große Verantwortung. Ist dir das klar, Stefan?« Sie sah ihm fester in die Augen, als es seine Großmutter oder seine Mutter je vermocht hätten. Nun gab es kein Zurück mehr, denn er hatte Hoffnungen geweckt, die zu enttäuschen grausam gewesen wäre. Diesmal durfte nichts schiefgehen, diesmal durfte er es nicht vermasseln. Er vermochte nicht, seinen Blick von ihr zu nehmen. Er trank sich satt an ihrer Schönheit. Und wusste jetzt erst, wie sehr er sie vermisst hatte. Wie sie da stand, unterhalb des Berges, in dieser idyllischen Landschaft, mit den großen Augen. Nichts sehnlicher wünschte er sich, als dass sie lachen würde, ihr großes mitreißendes Petra-Lachen, das sie erschallen ließ, wenn sie ihn mal wieder beim Programmieren ausgetrickst hatte. Aber die Welt war kein Computerspiel und sie ließ sich auch nicht programmieren.

»Das Hotel ist eigentlich eine Goldgrube, wenn es denn saniert werden würde und ich mir Angestellte leisten könnte, feste Angestellte«, schaltete sie auf einen sachlichen Ton um.

»Aber die Banken geben dir keinen Kredit?«

Jetzt lachte sie doch laut auf, aber bitter und verletzt. »No. Sie sagen, ich hätte keine Sicherheiten. Als ob das Hotel keine Sicherheit wäre.« Sie setzte sich auf einen Felsstein, der aus dem Boden ragte, er auf den Platz, den sie gelassen hatte. Petra erzählte ihm, dass ein Konsortium, dem auch der pensionierte Richter Pircher angehörte, ihr ein Angebot gemacht hätte. Für einen Schleuderpreis wollten sie das Hotel kaufen. »Für einen Schleuderpreis und Manuel ist dafür. Er will endlich ausgezahlt werden – und ist mit wenig zufrieden, wenn er es nur endlich bekommt. Pircher hat ihm das geraten!«

»Das Schwein«, entfuhr es Stefan. Und er wusste nicht einmal selbst, ob er Pircher, ob er den Manuel oder ob er beide damit gemeint hatte. Etwas verhakte sich in seinem Kopf. Wie kamen Pircher und Manuel zusammen, was hatten sie miteinander zu tun? Von Petra erfuhr er, dass Manuel für eine Sicherheitsfirma arbeitete, die Alarmanlagen in der Gegend bis hinauf nach Bozen betreute, Sicherheitssysteme von Banken, aber auch von vermögenden Privatleuten. Sie hatte beim Programmieren gelegentlich ausgeholfen. Stefan strahlte über das ganze Gesicht. Das war der Sechser im Lotto.

»Dann hast du die Zugangsdaten der Firma, mit denen ich in ihr Netz komme.« Sie nickte.

»Niemand kann nachweisen, dass ich sie von dir habe. Niemand.«

»Sicher?«, fragte sie äußerst skeptisch.

»Du bist doch auch Programmierer. Du weißt es. Du weißt, dass ich dazu in der Lage bin. Außerdem hinterlasse ich keine Spuren. Du brauchst keine Angst zu haben.« Er hätte sie jetzt gern berührt, aber er traute sich nicht. Nicht einmal mit seinem ihr Knie zu streifen, leicht und wie aus Ungeschicklichkeit. Sein Blick schweifte stattdessen zum Hotel. Es stimmte, es würde mit den nötigen Investitionen ganz sicher eine Goldgrube, die sich Absahner wie der pensionierte Richter Pircher unter den Nagel reißen wollten.

»Dem Pircher würd ich zu gern mal einen Besuch abstatten«, raunte er dumpf. Am besten ginge er heute Abend, denn übermorgen würde der Richter im Ruhestand, wie er erfahren hatte, aus dem Urlaub zurückkehren. Und wenn er dann seine Wohnung geplündert und verwüstet vorfände, so wäre das eine superfeine Sache, dachte Stefan.

»Lass den Richter in Frieden, es bringt nichts«, sagte sie, nur mäßig von ihren eigenen Worten überzeugt.

»Es wäre eine Lektion. Meinst du nicht, dass er eine Lektion verdient hat?« So wie er sie in Bedrängnis gebracht hatte, würde sie diese Lektion, von der Stefan sprach, als Genugtuung empfinden.

»Ist zu gefährlich«, gab sie nur halb überzeugt zu bedenken.

»Nicht die Bohne! Heh, der will dich eiskalt um dein Hotel bringen. So sind die Schweine, kassieren dicke Pensionen, reden stets vom Allgemeinwohl und haben nur ihre eigenen Interessen im Kopf. Wie es dir und wie es der Leonie geht, ist dem doch völlig egal, wenn er nur raffen kann. Leute wie der kriegen den Hals nicht voll, deshalb muss man ihnen den stopfen!« Stefan hatte sich in eine Wut geredet, die ihn selbst erstaunte, weil er bis zu diesem Moment nicht einmal ahnte, dass er sie in sich trug.

»Ich gebe dir die Codes, aber du lässt mich da raus!«

Wenig später saß er im großen Gastraum, wählte sich mithilfe seines Laptops in die Sicherheitsfirma ein und schaltete den Alarm von Pirchers Anwesen aus. Mit den Codes war es für ihn ein Leichtes.

20.

Zum Schein hatte er sich neben Francesca gelegt. Als er merkte, dass sie fest schlief, wich er aus dem Bett, raffte leise seine Klamotten zusammen und schlich aus dem Zimmer. Auf dem Gang zog er sich an. Da er den zweiten Wagenschlüssel besaß, war es für ihn ein Kinderspiel, mit dem Mégane loszufahren. Den Scheinwerfer stellte er erst hinter der Kurve ein. Eine Dreiviertelstunde später stieg er aus dem Wagen und ging zu dem modernen Haus hinüber, das am Berghang stand.

Wie selbstverständlich betätigte er das Zahlenschloss und öffnete die Tür, so, als ob er das immer täte und hier zu Hause wäre. Nachdem er sie wieder hinter sich schloss, schaltete er die Taschenlampe ein. Durch den Flur gelangte er in ein riesiges Wohnzimmer mit einem Panoramafenster, von dem man das Gebirgsmassiv des Rosengartens sehen konnte, mit zwei Säulen und einem Kamin, mit Sesseln, zwei Couches, Empire-Kredenzen, überladen mit kristallenem und porzellanenem Nippes. An den Wänden hingen Gemälde.

Behaglich, dachte er, sehr behaglich, und fühlte sich an die karge Zelle im Mailänder *Victorio*, oder im *vecchia Vic*, wie die Sträflinge ihr festes Haus nannten, erinnert. An die Wahrscheinlichkeit, versklavt oder vergewaltigt oder beides zu werden, wenn man seine Zelle verließ. Zwar war es dazu nie gekommen, ihn aber in die Gefahr gebracht zu haben, verdankte er dem Richter. Wie eine Flutwelle brach sich die Wut in seinem Innersten Bahn und überspülte leicht alle Widerstände. Stefan riss ein Bild nach dem anderen herunter, schleuderte sie zu Boden, nahm sein Messer aus der Tasche und zerschnitt die Leinwand. Eine tiefe Befriedigung erfasste ihn mit jedem Schnitt, den er durch das Bild trieb, immer noch stärker. Mit seinem rechten Arm fegte er den Nippes von den Kredenzen, der scheppernd zu Boden fiel und zerbrach. Sieben Jahre, dachte er dabei, sieben Jahre, und die Zahl trieb seine Wut. Aus den Schränken schleuderte er die Kristallgläser, nur eine Tür ließ sich nicht öffnen. Er suchte die Küche, fand sie aber sogleich, nutzte die Gelegenheit, um das Geschirr zu zerstören, und entdeckte ein großes Messer. Mithilfe des Messers brach er die Schranktür auf, deren Schlosseinfassung splitterte. Dahinter verbarg sich ein Safe mit einem elektronischen Schloss, dessen Daten er aber besaß. Im Safe befand sich eine Münzsammlung, die er einsteckte, und sehr viel Bargeld, das er ebenfalls in seinen Rucksack packte. Plötzlich hielt er inne, ihm war, als ob er etwas gehört hatte. Richtig, jemand kam in das Haus, den Flur entlang. Das klackende Geräusch, das er hörte, kannte er. Eine Pistole wurde entsichert. Stefan verbarg sich hinter der Wohnungszimmertür. War der Richter etwa vorzeitig zurückgekehrt oder kontrollierte der Mitarbeiter eines Wachdienstes? Stefan hoffte und fürchtete nicht minder, dass es der Richter war, der durch den Flur auf das Wohnzimmer zuhielt. Im gleichen Augenblick flammte das Licht auf. Die Helligkeit hatte für ihn etwas Obszönes, denn sein Zerstörungswerk lag nun nackt vor ihm. Er hielt den Atem an. Nur das Türblatt trennte ihn von dem anderen, dann sah er die Pistole und dessen Arm. Er stach zu, trieb die Spitze des Messers in den Unterarm. Vor Schmerz schrie der auf und ließ die Pistole fallen. Das Messer nahm er nun in die linke Hand, fasste die Tür und schlug das Brett gegen den anderen, der zurückwankte. Blitzschnell hatte Stefan die Pistole aufgehoben und auf seinen Gegner gerichtet. Vor ihm stand ein fast zwei Meter großer Fleischberg, mit einem riesigen stierähnlichen Kopf, einer gigantischen Nase mit großen Löchern und tiefliegenden kleinen Augen wie bei einem Bären. Unverkennbar, das war der Richter Josef Pircher, genannt Eisenhart.

»Hände hoch«, schnauzte ihn Stefan an. Der Richter folgte der Anweisung und Stefan schaute angewidert auf die dicken Finger, die damals bei seiner Urteilsverkündung unentwegt auf der Tischplatte herumgewuselt waren wie eine Koppel von Ferkeln. Von seinem rechten Unterarm troff Blut.

»Erkennen mich Euer Ehren?«

Der Richter konzentrierte sich trotz Schmerzen. Gerüchte besagten, dass er ein Gedächtnis besaß, in dem nichts verlorenging.

»Stefan Karcher. War das nicht die Unterschlagung?«

»Sieben Jahre, sieben Jahre – und nicht einen Tag Bewährung«, heulte Stefan. »Warum keine Bewährung?«

»Pass mal auf, mein Junge. Es gibt zwei Sorten Menschen, die einen werden kriminell, die anderen nicht. Erstere aus schlechtem Holz. Und meine Aufgabe war es, die Kriminellen so lange als möglich zum Schutz derer, die nicht kriminell werden, wegzusperren.«

»Wegzusperren«, wiederholte Stefan tonlos. Er schaute in das zwar schmerzverzerrte, aber selbstgerechte Angesicht des Richters, dem Zweifel vollkommen fremd waren.

»Und jetzt gib mir die Pistole zurück! Das ist hier alles ein bisschen zu groß für einen Kleinkriminellen wie dich.« Pircher nahm seine Arme herunter und reckte seine linke Hand ihm entgegen. Für den Bruchteil einer Sekunde verhakten sich ihre Blicke und er meinte bis auf die Seele des Richters blicken zu können, die aber nur ein kleiner schwarzer Stein war. Mickrig. Jemand mit einer so mickrigen Seele sollte nicht über ihn urteilen dürfen, nicht das Leben Petras zerstören können, um sich mehr Nippes und mehr Münzen und mehr Fett anzuschaffen. In seinem Herzen verurteilte er den Richter Josef Pircher zum Tode und zog den Abzug zurück, einmal, zweimal, dreimal, bis das Magazin leer war. Kalt, sachlich und pedantisch. Es bereitete ihm kein Vergnügen, in die erst fragenden, dann kalten Augen zu schauen, den mächtigen Leib wanken und schließlich stürzen zu sehen, wie eine Eiche, die man gefällt hatte. Heute war Zahltag. Er gab dem Richter die Pistole zurück, Patrone für Patrone, bis das Magazin leer war und der Richter auf dem Rücken lag. Dann ließ er schließlich auch die Pistole auf den massigen Leib fallen. Doch sie hielt sich dort nicht, sondern rutschte herunter auf den Fußboden, auf dem sich eine Blutlache bildete. Stefan kümmerte das nicht. Das Geschäft war zum Abschluss gekommen, der Richter hatte seine Schulden zurückgezahlt – und zwar vollständig. Leben gegen Leben. Denn auch Stefan fühlte sich als Toter, als lebender Toter allerdings, als ein Zombie, und dazu hatte ihn der Richter gemacht. Er verließ das Haus, ging zum Auto, vergewisserte sich, dass ihn niemand gesehen hatte, und fuhr los. Nachdem er in einem hohlen Baum, den er noch aus Kindertagen kannte, in der Nähe des Weges hoch zum Felsen, die Beute versteckt hatte, kehrte er ins Hotel zurück, zog sich auf dem Gang wieder aus, schlich ins Zimmer, ging ins Bad, wusch sich die Hände, betätigte die Spülung und legte sich wieder ins Bett. Im Halbschlaf murmelte Francesca: »Warst du im Bad?«

»Ja, zur Toilette. Schlaf, schlaf«, sagte er nur. Doch ihn selbst hinderten die Gedanken in den Schlaf zu finden. Bisher sah er sich auf Abwegen, aber nicht als Kriminellen, nicht als Verbrecher. Doch das galt nun nicht mehr, was heute geschehen war, das würde nie mehr vergehen. Nun gehörte er zu den Gesetzlosen, den Verbrechern, den Mördern.

21.

Nach dem gestrigen Sonnentag konnte sich Sonja Schwarz nicht vorstellen, dass es jemals wieder regnen würde, doch das Wetter belehrte sie eines Besseren. Seit acht Uhr morgens nieselte es und der alte Spruch, dass das gut für die Natur wäre, kam wieder zu Ehren. Bis vor kurzem hatte sie diesen Spruch gehasst, doch seitdem sie den Weinberg mitbewirtschaftete, gehörte sie zu seinen Fans. Sie wollte gerade ins Auto steigen, nachdem sie mit Katharina und Laura gefrühstückt hatte, da rief sie Jonas nach Vich.

»Eisenhart ist ermordet worden«, sagte Jonas.

»Welches Programm läuft bei dir, Märchenstunde oder ›Herr der Ringe‹?«, fragte sie mit leichtem Ärger zurück.

»Sorry, der pensionierte Richter Josef Pircher, der wegen seiner harten Urteile den Spitznamen Eisenhart bekommen hat, wurde erschossen in seinem Haus aufgefunden.«

»Ich bin auf dem Weg.« Und der Weg wand sich durch die Berge, so dass sie für die knapp 40 Kilometer über eine Stunde benötigte. Vor dem Haus standen bereits zwei Streifenwagen, außerdem Jonas Kerschbaumers Wagen. Sie hatte gerade den Zaun erreicht, da kam Jonas ihr entgegen. Sie begrüßten sich knapp, dann begann Jonas bereits mit seinem Bericht.

»Der Richter war in Urlaub. Ist überraschend zurückgekommen, weil seine Schwester erkrankt ist.«

»Und? Ist die tatsächlich krank? Oder war es eine Falle?« Sonja dachte daran, wie Matteo ihr auf dem Rückweg von Rom von dem Mord an dem Richter Falcone erzählt hatte und dass die Mafia auch nicht vor der Tötung von Richtern zurückschreckte.

»Nein. Der geht's tatsächlich schlecht. Also wahrscheinlich kein gezielter Anschlag. Sieht eher so aus, als hätte er einen Einbrecher auf frischer Tat ertappt.« Im Haus herrschte eine rege Betriebsamkeit, die Spurensicherung arbeitete auf Hochtouren. Sie ließ ihren Blick über das Wohnzimmer schweifen, blieb beim leeren Safe hängen, dann entdeckte sie den großen, schweren und toten Leib des Richters.

»Hat mich mal vor Gericht auseinandergenommen. Hat er gern mit Polizisten gemacht, die nicht gut vorbereitet waren. Ich war echt sauer auf ihn. Aber so was hier hat er nicht verdient«, sagte Jonas leise.

»So was hat keiner verdient«, erwiderte sie nachdenklich. »Für einen Einbruch sieht das hier viel zu chaotisch aus. Da wollte einer sehr viel zerstören. Unser Einbrecher muss eine gehörige Wut auf den Richter gehabt haben.«

Jonas stöhnte. »Ich schau mir mal die alten Fälle des Richters an. Da kommt sicher eine beeindruckende Liste von Menschen zusammen, die eine Mordswut auf Eisenhart haben.«

Sonjas Aufmerksamkeit fesselte das leere Holster unter dem Arm des Toten. »Hatte der Richter deshalb eine Waffe? Weil er um sein Leben fürchtete? Check mal, ob er die offiziell hatte, und wenn ja, mit welcher Begründung!«

»Das kannst du machen«, gab Jonas den Auftrag weiter. Jetzt erst bemerkte Sonja, dass auch Sofia mit von der Partie war. Wie hätte sie auch fehlen können, lächelte Sonja in sich hinein.

»Ach, hast du deine Privatschülerin mitgebracht?«, frotzelte sie.

»Seit der Capo beurlaubt ist, leiden wir wahrlich nicht an Personalüberschuss«, rechtfertigte sich der junge Polizist.

»Schon gut«, lenkte Sonja ein. »Vielleicht wurde Josef Pircher mit seiner eigenen Waffe erschossen. Da bleiben Sie dran, Sofia. Ich will darüber so schnell als möglich eine Auskunft.«

Als sich Sonja umdrehte, stand plötzlich ein schmaler, kleiner Mann mit schütterem Haar in der Wohnung und schaute sich weiß wie Schnee mit offenem Mund um.

»Wer sind Sie denn?«, fuhr Sonja den Mann mit der Werkzeugtasche in der Hand an.

»Ich?«

»Ja, mich werde ich ja wohl nicht meinen!« In diesem Moment wurde der Richter in einen Sarg gelegt und abtransportiert. Zurück blieb ein riesiger rotbrauner Fleck auf dem weißen Teppich.

»Also?«

»Manuel Steinbrenner. Ich arbeite für die Firma Leitner Sicherheit. Wir haben die Sicherheitselektronik installiert und warten sie auch. Es hat geheißen, ich solle vorbeikommen, weil es einen Einbruch gegeben habe.«

»Den hat es auch gegeben. Der Alarm wurde nicht ausgelöst. Warum?«

»Versteh ich nicht, aber ich schaue es mir mal an. Die Anlage war eigentlich scharf«, sagte Manuel nachdenklich.

»Scharf?«, hakte Sofia nach und fing sich dafür einen heftig missbilligenden Blick von Sonja ein.

»Die Alarmanlage war schon deshalb an, weil der Herr Richter im Urlaub war und er erst morgen zurückkehren wollte.«

»Der Sinneswandel hat ihm jedenfalls das Leben gekostet«, sagte Sonja, während Manuel den Kasten neben der Tür öffnete und einen kleinen Rechner anschloss. Und kurz darauf den Kopf schüttelte.

»Ist was?«, fragte Sonja.

»Komisch. Das Gerät ist völlig intakt. Die Anlage hat nicht ausgelöst, weil sie nicht eingeschaltet war. Hätte ich mir eigentlich denken können, denn wenn da jemand dran rumgepfuscht hätte, hätte es einen Alarm in unserer Leitstelle gegeben.«

»Können Sie mit Ihrem Gerät feststellen, wann die Anlage jeweils ein- und ausgeschaltet wurde?

»Nein, das kann ich nur an unserem Zentralrechner. Die Geräte sind extra so gebaut, dass der Zugriff vor Ort sehr begrenzt ist.«

Sonja reichte ihm ihre Karte. »Dann wären wir Ihnen dankbar, wenn Sie das in Ihrer Firma überprüfen und uns so schnell als möglich Bescheid sagen könnten.« Manuel Steinbrenner nickte, doch man sah ihm an, dass er intensiv über etwas nachdachte, während er seine Tasche schloss.

»Noch was?«, erkundigte sich Sonja, der Steinbrenners Nachdenklichkeit aufgefallen war.

»Nein, ich verstehe es nur nicht.« Kopfnickend ging er. Sie sah ihm kurz nach, dann setzte sie für nachmittags 15 Uhr im Büro eine Dienstbesprechung an, um die ersten Ergebnisse auszuwerten, denn die Angelegenheit drängte. Ein erschossener Richter würde die Medien, aber auch die gesamte Öffentlichkeit beschäftigen und die Chefs nervös machen. Sie brauchten dringend Klarheit oder zumindest eine Spur.

Sie eilte zum Auto, um zu Matteo zu fahren. Sie hatten sich schon auf ihrer Hinfahrt verabredet. Als ihr Handy klingelte, wusste sie, wer sie anrief: Carla Pisani. Sonja informierte die römische Beamtin konzentriert über den Fall und konnte weder ein- noch ausschließen, dass die Mafia hinter dem Mord steckte.

»Schauen Sie sich besonders die Fälle an, die der Richter gegen die Mafia geführt hatte«, empfahl die Mafiajägerin.

»Hab ich. Tippen Sie auf Rache?«

»Oder der Richter war so unvorsichtig, ein bisschen auf eigene Rechnung zu recherchieren. Vielleicht hatte er aus seiner Dienstzeit noch einen Fall offen, an dem er gefährlicherweise noch herumlaborierte?«

»Ich halte Sie auf dem Laufenden.«

»Ach, wie geht es denn unserem Schwerenöter?«

»Benimmt sich prächtig daneben.«

»Habe auch nichts anderes erwartet«, schloss Carla Pisani zufrieden das Telefonat und Sonja sah das Lächeln der DIA-Beamtin vor sich, das ihren Satz begleitet hatte.

22.

Nicht nur, dass er wenig geschlafen hatte, nun verkürzte auch noch Francesca mit ihren sehr speziellen Wünschen die Nacht am frühen Morgen. So war er ihr im Halbschlaf zu Willen. Das Frühstück mundete ihm nicht, weil er sich satt fühlte, satt und energielos und alt. Unversehens war er in ein neues Leben gestolpert, hatte eine Grenze übertreten. Aber daran mochte er nicht denken, weder stellte sich bei ihm ein schlechtes Gewissen ein, noch empfand er Trauer über den endgültigen Verlust seiner Kindheit und Jugend. Er war jetzt ein Halm im Wind, obwohl ein Halm noch Verwurzelung bedeutete, eher eine Vogelfeder, die von der Luft so lange gewiegt wurde, bis sie irgendwann auf die Erde fallen und sich auflösen würde. Gedankenlos trottete er den beiden zum Auto hinterher, stieg ein und nutzte die Zeit bis Aldein, wo sie ihre Erkundungen fortsetzten, um etwas zu schlafen. In seinem Traum sah er Petra im Sommerkleid, unbeschwert, lächelnd ... an seinem Grabe.

23.

Wer hätte je gedacht, dass dem Sohn einer Prostituierten, der von klein auf die Welt mondo cane – von der Hundeseite – kennengelernt hatte, einmal von einem Fahrer und Bodyguard die Tür wie einem Präsidenten geöffnet wurde. Freilich im Vergleich zu Franco Gentiles Herkunft konnte seine noch als fast »bürgerlich« durchgehen, aber vor dem Hintergrund von Parco Verde galt selbst ein Bordell als gesittet. Mit Klugheit, Intelligenz und Skrupellosigkeit gelang es dem jungen Francesco Rossi, einen Förderer in der ehrenwerten Familie zu finden, so dass er nur noch selten die traditionellen Jobs eines Mafiosos ausübte, sondern Jura und Betriebswirtschaft studierte. Freilich ganz umsonst war das nicht, denn den Aufbau eines wachsenden Vertriebsnetzes an der Universität voranzutreiben, verstand die Mafia als kleine Gefälligkeit und Francesco selbst als eine sehr individuelle Art angewandter Volkswirtschaftslehre. Francesco Rossi kannte weder Gier noch Loyalität, die weiter als sein mittelbarer Nutzen reichte, sondern hatte von klein auf nur das Ziel vor Augen, aufzusteigen.

Wie ein Präsident, dachte er ausgesprochen zufrieden mit sich, als er in den schweren schwarzen Mercedes stieg, fehlten nur die Standarten rechts und links auf der Kühlerhaube. Wegen seiner Ruhe und gediegenen Gravität nannte man ihn in seinen Kreisen auch: il Presidente. Nichts im Leben würde ihn zu erschüttern vermögen, glaubte er zumindest, und ihm gefiel die Rolle, die er nun auslebte, als wäre sie tatsächlich sein eigenes Leben, ausnehmend gut. Er war sein eigenes Produkt, Francesco Rossi hatte Francesco Rossi erfunden und kreiert. Den Gedanken, dass er im gewissen Sinne mächtiger als der andere Presidente, der Landeshauptmann der autonomen Provinz Südtirol, war, der ihn hin und wieder beschlich, fürchtete er allerdings wie der Teufel das Weihwasser, denn er verführte zu Größenwahn und in der Folge zur Unachtsamkeit. Und die Unachtsamkeit produzierte Fehler – und er durfte sich keine Fehler leisten. Die Eitelkeit, wusste Francesco Rossi als guter Katholik, galt nicht umsonst zusammen mit Stolz und Übermut als Superbia, als eine der sieben Todsünden, denn die Katastrophen der Mächtigen, und als das sah sich Francesco Rossi, begannen nur allzu oft mit der Superbia. Deshalb empfahl sich eine gewisse Demut. Nur indem er sich keinerlei Eitelkeit erlaubte, gelang es ihm, sich über Jahre treuer Dienste in der Mafia so weit hochzuarbeiten, dass er nun als ihr Vertreter, als Pate für Südtirol zuständig war. Es machte ihm zwar nichts aus, einen Menschen zu töten, doch empfand er es als angenehm, es nicht mehr selbst tun zu müssen, wenn es denn unbedingt erforderlich war, um die Geschäfte nicht zu gefährden. Überdies war alles, was an die Öffentlichkeit kam, was in den Medien diskutiert und mit der Mafia in Verbindung gebracht wurde, von vornherein schädlich. Öffentlichkeit war etwas für Leute, die aus ihrer Eitelkeit einen Beruf gemacht hatten wie Schauspieler oder Popstars, nicht aber für Mafiosi. Er sah seine Aufgabe darin, geschickt und ohne Aufmerksamkeit hervorzurufen, die Mafia im Geschäftsleben Südtirols immer stärker zu verankern.

Deshalb ließ er sich nach Meran fahren, um Franco Gentile zur Ordnung zu rufen, dessen Expansionsdrang, der auf Kosten anderer Familien ging, böses Blut erzeugte und dessen Faible für illegales Glücksspiel zudem der Polizei Flanken öffnete, die man sich nicht geben durfte. Er wusste, dass Gentile trotzig und gefährlich war und sich von niemandem Vorschriften machen ließ. Wie er selbst war Gentile ein Aufsteiger, nur, dass der Mann aus Parco Verde nie eine Universität von innen gesehen hatte. Für Rossi standen die Alternativen fest, entweder zeigte sich Gentile einsichtig, oder er würde bald schon zu den Vermissten gehören, die eines Tages aus dem Leben verschwanden und die trotz intensiver Nachforschung nie wieder auftauchten.

Kaum hatte der Fahrer hinter ihm die Tür geschlossen und war losgefahren, als sich Rossis Mobile bemerkbar machte. Ein etwas aufgeregter Sylvio Serini meldete sich, sein Gewährsmann aus dem Vajolettal, und informierte ihn darüber, dass Josef Pircher ermordet worden war. Rossi hörte sich das an, dann unterbrach er das Gespräch und bat Signore Serini ihm die Ehre eines Besuches heute Nachmittag nicht vorzuenthalten. Es wäre für Rossi selbstmörderisch gewesen, nicht stets mit der Möglichkeit zu rechnen, dass ihn die DIA auch ohne richterlichen Beschluss abhören würde.

Das, worüber ihn Serini informiert hatte, war das, was man landläufig eine schlechte Nachricht nannte. Sein Gesicht wirkte nun wie in Stein gemeißelt. Er vermied es, sich auch nur die geringste Emotion ansehen zu lassen, auch wenn er innerlich kochte. Der Richter, den ein außergewöhnlich großes Interesse an heimlichen Treffen mit sehr jungen Männern trieb, schätzte Rossis diskrete Hilfe in der doch sehr delikaten Angelegenheit. Im Gegenzug arbeitete er gern in einem Konsortium mit, das in die touristische Erschließung des Vajolettales investierte. Das galt nicht einmal als illegal und zahlte sich zudem nicht nur in »Naturalien« aus.

Natürlich konnte ein pensionierter Richter nicht die Gelder beisteuern, die benötigt wurden, aber für die Mafia blieb es ein Leichtes. Für Rossi besaß der Richter einen Wert, der nicht mit Geld aufzuwiegen war. Er benötigte nämlich für sein Engagement in der Touristikbranche eine bürgerliche Fassade, einen anerkannten Ehrenmann. Und was vermittelte einen bürgerlicheren Eindruck als ein pensionierter Richter. Neudeutsch nannte man das eine Win-win-Situation, das Geschäftsmodell, das Rossi liebte, denn in Wahrheit lief die Win-win-Situation zu guter Letzt doch immer auf ein Abhängigkeitsverhältnis hinaus.

Und jetzt hatte irgend so ein Bastard den Richter umgebracht. Wer immer das getan hatte, mit heiler Haut würde der nicht davonkommen. In Rossi hatte der Mörder sich einen Todfeind geschaffen. Es eilte jedoch! Dringend musste herausgefunden werden, ob der Mord auf die Kappe eines Mafioso ging.

»Emilio«, sagte er zu seinem Fahrer und Leibwächter. »Irgend so eine Ratte hat den Richter kaltgemacht. Hör dich mal unter den Strichern um, ob einem von Pirchers Favoriten die Sicherungen durchgeknallt sind!«

»Si, Padrino«, antwortete Emilio Laredo.

Rossi ließ die Fingergelenke knacken, eine Angewohnheit, die er hasste und die sich seiner Kontrolle entzog, wenn der Zorn so groß wurde, dass er sich gegen ihn stemmen musste. Der Mord an Pircher störte empfindlich seine Kreise. Die Geschäfte des Richters würden nun zum Gegenstand einer polizeilichen Untersuchung, die auch ihn schnell in das Fadenkreuz der Ermittler bringen konnte. Zudem behinderte die Bluttat den schon als sicher abgehakten Kauf des Hotels der Steinbrenner. Eine Goldgrube, wenn man investieren würde. Doch damit die Besitzerin nicht an die nötigen Mittel kam, hatte Pircher durch seine Kontakte verhindert, dass sie einen Kredit erhielt. Unter diesen Bedingungen stellte der Kauf für die Besitzerin fast eine Enteignung und für Rossi ein Schnäppchen dar. Nun lag alles erstmal auf Eis wie der Leib des bulligen Richters in der Rechtsmedizin.

Den Bullen musste schnell ein Täter präsentiert werden, bevor die auf eigene Gedanken kamen. Und Polizisten, die selber dachten und nicht das für bare Münze nahmen, was man für sie arrangierte, waren für Rossi ein Gräuel. Mit diesen Überlegungen fuhr Rossi in Meran ein. Emilio manövrierte den Wagen zum Hintereingang von Gentiles Spielhalle. Anschließend öffnete Emilio Rossi die Tür, zuvor hatte er jedoch die Waffe im Holster unter dem Arm und unter dem blauen Jackett entsichert. In seiner Hosentasche spürte er das Gewicht seines treuen Pugnolo, wie er liebevoll seinen Schlagring nannte. Der Schlagring hatte mehr Blut gesehen als ein Chirurg. Laredo betätigte die Klingel.

Ein vierschrötiger Typ, neben dem sich Emilio Laredo wie ein Chorknabe ausnahm, mit Halbglatze und einem stechenden Blick über einer Narbe, die sich über das rechte Jochbein zog, öffnete die Tür. Er nickte Rossi zu, dann ging er vor, während Emilio und Rossi im Abstand folgten. Vom Gang aus, in dem es säuerlich roch, kamen sie in ein Büro mit großem imposanten Schreibtisch, hinter dem Gentile mit weißem bis zum Bauchnabel offenen Hemd und einer blauen Jeans saß. Um seinen gebräunten Hals strahlte ein Goldkettchen, an dem ein Goldkreuz hing. Welch Blasphemie und wie billig, dachte Rossi verächtlich. Gentile lächelte professionell, erhob sich, keinesfalls zu schnell und ging selbstsicher zu Rossi. Emilio trat einen Schritt beiseite und die beiden Männer gaben einander den Bruderkuss, ein Ritual, das Rossi nicht sonderlich schätzte. Gentile wies auf die beiden schweren Ledersessel. Während es sich Rossi scheinbar bequem machte, in Wahrheit waren alle Sinne geschärft und wach, nahm Gentile ein längliches Zigarrenetui von seinem Schreibtisch, das in dunkelrotem Leder gehalten war, und ließ sich dann in den freien Sessel plumpsen. Bedächtig öffnete er das Etui und hielt es Rossi hin:

»Magst du?« Der Pate erkannte sofort, dass es sich um eine Cohiba handelte. Was würde ein Parvenü wie Franco Gentile sonst wählen, dachte Rossi verächtlich und vergaß großzügig, dass der Begriff Parvenü auf ihn im gleichen Maße zutraf wie auf Gentile. Allerdings merkte man ihm den Aufsteiger nicht an. Die Selbstverständlichkeit im Umgang mit Reichtum und Luxus, auch den freiwilligen Verzicht darauf, hatte er sich während des Studiums von Kommilitonen aus vermögendem Haus abgeschaut. Deren Lässigkeit hatte ihn zutiefst beeindruckt. Rossi hob ablehnend die Hände. Gentile verzog das Gesicht, dann griff er sich eine Zigarre, die sich gegen Gentiles prollige Übergriffigkeit nicht zu wehren vermochte, so entschlossen packte er zu, biss schließlich die Spitze ab, spuckte sie in den Raum – er musste das in irgendeinem B-Movie gesehen haben –, steckte sie in den Mund und zündete sie mittels eines Feuerzeuges an. Rossi kam das, wenn schon nicht wie eine Vergewaltigung, so doch wie ein Missbrauch vor. Die Zigarre jedoch rächte sich, fein und gnadenlos auf ihre subtile Weise. Sie spielte mit ihm, führte ihn als den Gernegroß vor, der er war, denn eine Zigarre hielt man mit leichtem Handgelenk, lässig, um ihr die Freiheit zu lassen, rauchte sie möglichst kalt und produzierte so eine rein weiße Asche, die man so spät als möglich mit leichter, kaum wahrnehmbarer Bewegung in den Aschenbecher fallen ließ. Eine Zigarre rauchte man nicht, man ging mit ihr ein Verhältnis ein. Vor allem zerstörte man ihr blumiges Aroma, wenn man sie zu heiß rauchte, zu oft an ihr zog – und Franco Gentile nahm ständig einen Zug, ein gewöhnlicher Zigarettenraucher, der mit einer Zigarre dilettierte. Rossi beobachtete es mit Abscheu, trotz der ausgestellten Lächerlichkeit erheiterte es ihn nicht.

»Padrino, womit kann ich Ihnen dienen?«, sagte schließlich Gentile und stieß eine Wolke Rauch aus.

»Bevor wir zum Geschäftlichen kommen, Franco. Der Richter Josef Pircher wurde ermordet. Weißt du, wer es getan hat?« Gentile hob zur Antwort nur die Hände.

»Hast du einen Verdacht oder weißt du etwas über den Mord?«, fragte Rossi ungerührt weiter.

»Woher soll ich das wissen? Ich kenn den Richter nicht einmal.«

»Dann hör dich um. Wir müssen so schnell wie möglich wissen, wer dahintersteckt.«

»Ich tu, was ich kann. Ist er so wichtig für dich?«

»Er war für uns alle wichtig. Mehr, als ich dir sagen kann. Etwas anderes. Mir ist zu Ohren gekommen, dass du Spielhallen in Bozen und Brixen eröffnen willst.«

»Du weißt, wie es ist. Echte Fachleute sind Mangelware. Also hat man mich um Hilfe gebeten.« Er atmete tief ein und stöhnte. »Ein gutes Herz ist eine echte Belastung. Ich konnte die armen Leutchen nicht im Regen stehen lassen. Also helfe ich ein wenig.«

»Nur, dass Mario und Giovanni stinksauer sind, weil du in ihren Territorien wilderst.«

Gentile machte ein bekümmertes Gesicht. »Undank ist der Welten Lohn. Da bemüht man sich, hilft selbstlos und dann wird man verleumdet. Das ist nicht richtig. Jeder weiß, dass ich ein Wohltäter bin, auch Mario und Giovanni wissen das! Und wie sie es wissen! Ich kann nichts dafür, wenn sie ihr Handwerk nicht beherrschen.«

»Ich dulde in meinem Gebiet kein böses Blut! Hast du mich verstanden, Franco? Böses Blut will irgendwann auch fließen. Ich will kein Blutbad in Südtirol, dazu steht viel zu viel auf dem Spiel.«

»Für dich, meinst du wohl«, konterte Gentile und warf zornig die Zigarre in den Aschenbecher.

»Für uns alle«, erwiderte Rossi beherrscht.

»Die Investitionen sind zu hoch, um sich wieder zurückzuziehen«, entgegnete Gentile kühl.

»Das geht mich nichts an, bist du da allein hineingegangen, dann kommst du auch allein da wieder raus.«

»Nein!« Gentile kniff die Augen zusammen.

»Doch!« Rossi wirkte wie die Ruhe selbst.

»Ich kann Mario und Giovanni ja beteiligen an dem Geschäft. Schließlich mache ich Geschäfte für meine Freunde.«

»Wenn sie damit einverstanden sind, bin ich es auch«, schloss Rossi, blieb jedoch sitzen. Gentile sah ihn fragend an.

»Sind deine heimlichen Glücksspielrunden auch gut abgesichert?«

»Die Teilnehmer sind handverlesen. Für sie steht mehr auf dem Spiel, wenn ihre kleine Sünde ans Licht der Öffentlichkeit kommt, als für mich.«

»Ich kenne die Teilnehmer. Ich will dir nicht ins Geschäft pfuschen, zumal ich zu schätzen weiß, dass du dich in dem Metier sehr gut auskennst.«

Gentile nickte erleichtert.

»Aber ich will, dass du die Spiele mitschneidest in Wort und Bild und mir die Aufnahmen überlässt.« Der Spielhallenbesitzer schnitt ein blödes Gesicht.

»Sag mir nicht, das ist gegen die Regeln, denn das würde meine Intelligenz beleidigen.«

»Das ist die Bedingung?«

»Das ist die Bedingung!«

»Hör zu, Francesco«, wechselte er von der rituellen Anrede in die persönliche. »Ich lasse mir den Eingriff in meine Geschäfte nicht bieten. Und von jemandem, der demnächst in der Etsch als Wasserleiche mit zwei Kugeln im Kopf schwimmt, erst recht nicht. Um des lieben Friedens willen werde ich Giovanni und Mario beteiligen an meinen Geschäften in ihren Gebieten, aber das ist auch alles. Und jetzt raus mit dir!«

»Ich bin dein Boss!«, sagte Rossi kalt.

»Du bist ein Toter auf Urlaub«, höhnte Gentile. In dem Moment ging es Rossi wie ein Seifensieder auf, dass Gentile in Neapel gegen ihn intrigierte und nicht nur dort, sondern auch hier, in Südtirol. Er hatte das Gesicht des Feindes gesehen, und es war nicht das eines x-beliebigen, sondern das eines Todfeindes. Er erhob sich, Gentile jedoch blieb sitzen.

Rossi registrierte die Respektlosigkeit. »Ich finde allein raus, danke!«, sagte er trocken, dann verließ er gefolgt von seinem Bodyguard Gentiles Büro. Er konnte sich nicht mehr erinnern, wann er das letzte Mal zu kämpfen hatte, jetzt würde er es wieder müssen. Wenn Gentile so dreist auftrat, dann besaß er verlässliche Rückendeckung in Neapel, dann zweifelten die Bosse an ihm. Dann zogen Gewitterwolken über ihm auf und er hatte klugerweise Vorkehrungen zu treffen.

Fragte man sich, wem der Mord an dem Richter nützte, konnte Gentile als Auftraggeber durchaus in Frage kommen, weil Gentile alles half, was ihm schadete.

Sie hatten die Europastraße gerade erreicht, als Rossi seinen Bodyguard und Fahrer leise fragte: »Emilio, meinst du, dass Franco Gentile für diese Welt unverzichtbar ist?«

»Nein, auch wenn er das denkt.«

»Dann will ich von dir demnächst ein paar Vorschläge hören.«

Doch bei diesen Überraschungen blieb es nicht, denn in seinem Büro wartete bereits ein jungenhaft wirkender Mann um die 50, nicht schlaksig, sondern hager, mit einem verkniffenen, kleinen Mund, einer spitzen Nase und kleinen stechenden Augen. Er wirkte wie aus Holz geschnitzt, doch irgendwie verdorben, kantig, eckig, ohne besondere Sorgfalt angefertigt. Wenn man versuchen sollte, das Nichts zu definieren, dann war er das Nichts, der Typ Mensch, der stets anwesend war, aber dessen Anwesenheit niemandem auffiel.

»Luca Rizzi, Padrino. Mich schicken die Bosse, um …«

»Ja, ich weiß, ihr wollt die ›Bücher‹ kontrollieren«, sagte Rossi abweisend.

»Ich soll mir ein Bild machen, wie die Geschäfte hier laufen, wie stabil die Situation vor Ort ist, denn die Bosse haben vor, den Drogenhandel mit Österreich, Schweiz und Deutschland komplett über Südtirol abzuwickeln. Bei einer Entscheidung dieses Ausmaßes darf nichts schiefgehen!«

»Es wird nichts schiefgehen. Wir haben mehrere Möglichkeiten, eine so sicher wie die andere. Schließlich können wir uns auf einen traditionellen Handel Südtirols mit den genannten Ländern stützen, von Marmor bis Wein, da schaut niemand mehr hin.«

»Beruhigend zu hören, beunruhigend zu wissen, dass schon mal eine Sendung über die Via Vino der Polizei in die Hände fiel.«

»Eine Ausnahme, wir haben jetzt alles unter Kontrolle.«

Rizzi deutete ein kurzes, kaltes Lächeln an. »Nicht meine Aufgabe, das zu bewerten. Ich prüfe nur die Bücher. Ich bin nur der Buchhalter.«

»Ich lasse Ihnen ein Zimmer zur Verfügung stellen.«

»Offen gestanden würde ich gern hierbleiben.« Rossi bemühte sich, sich das Staunen über die Dreistigkeit des kleinen Buchhalters nicht anmerken zu lassen. In diesem Augenblick betrat Emilio Laredo das Büro und flüsterte ihm ins Ohr, dass Sylvio Serini aus Mazin eingetroffen war.

»Sie entschuldigen mich?«, fragte Rossi rhetorisch, wartete aber keine Antwort ab und ging.

Seinen eigenen Buchhalter vertrieb er aus dessen Büro, zog sich dorthin zurück und empfing Sylvio Serini, der ihm berichtete, dass der Richter anscheinend Opfer eines Raubmordes geworden sei. Im gewissen Widerspruch dazu stand, dass der Mörder das ganze Magazin der Pistole in den Leib Pirchers entsorgt hatte. Serini erhielt den Auftrag, alle Hebel in Bewegung zu setzen, um herauszufinden, wer den Mord ausgeführt hatte und wer womöglich dahinterstand oder den Mord gar beauftragt hatte.

In einer Woche sollte die größte Lieferung an Drogen, die jemals von Südtirol aus startete, nach Deutschland abgehen, als Test, denn von nun an wollten die Bosse in Neapel regelmäßig diese Menge an Rauschgiften, die sie im Hafen löschten, in den Norden schmuggeln. Rossi trug dafür die Verantwortung, dass die Passage von Südtirol reibungslos und kontinuierlich erfolgte. Er brauchte Ruhe und Sicherheit, nicht das Geringste durfte noch geschehen. Das war eine Frage der Ehre und seines Lebens.

24.

Die Veranda des Cafés Viennese in Moena ging auf die Piazza Italia hinaus. Sie wirkte verschlafen, weil sich außer Daniele, Francesca und Stefan noch kein Gast eingefunden hatte. Während die Bedienung, eine etwas knochige, alterslos wirkende Frau, die zum Inventar des Lokals zu gehören schien, als habe es sie schon immer gegeben und würde es sie auch hier immer geben, einen Latte macchiato, einen Espresso und einen Espresso duplo brachte, verfügte sich Daniele ins Innere des Cafés zur Toilette.

»Wenn alles gut geht, sind wir in 14 Tagen in Argentinien. Und dann: Bye, bye, Europa, addio, Bella Italia. Das war 'ne geile Idee von dir, Stefano. Bist eben ein Studierter«, sagte Francesca mit einer tiefen Befriedigung in der Stimme. Dass sie nicht bei einem Kleinkriminellen und Möchtegern-Macho hängenblieb wie ihre Freundinnen, sondern sich einen »Studierten« geangelt hatte, empfand sie als pures Glück. Wie es sie auch trieb, den tristen Vorstadtsiedlungen, die sich vom Leben ihrer Bewohner ernährten, zu entkommen. Sie wusste nur zu gut, dass ihre einzige Chance darin bestand, sich das zu nehmen, was ihr von Geburt an vorenthalten wurde.

»Ich hab das Studium abgebrochen«, gab er dem Reflex nach, Wasser in den Wein zu gießen.

»Wen kümmert das, Dottore?!« Sie genoss den Espresso und die Aussicht auf ein Leben, das für sie nicht vorgesehen war und das sie sich nun nehmen würde. Wer behauptet hatte, dass die Sonne nicht für sie scheine, hatte gelogen. Die Piazza Italia, das Ristorante Tyrol, die Autos, all das versank vor einem Tagtraum, in dem sie auf einem Pferd, neben ihr Stefan, über endlose Weideflächen, die alle ihnen gehörten, dem Sonnenaufgang entgegenritt. In ihrer Vorstellung spielte es keine Rolle, dass sie noch nie auf einem Pferd gesessen hatte. Dass ihr Phantasiebild aus einem Italowestern stammte, den sie als kleines Kind einmal gesehen hatte, weil das Fernsehgerät bei ihnen nonstop lief, fiel ihr nicht auf, zumal sie den Film wie viele andere auch vergessen hatte. Nur dieses Schlussbild blieb tief in ihrem Gehirn abgespeichert, weil es sich mit ihrer Sehnsucht verband, die Tore zu öffnen und die Welt zu weiten, um der tristen Vorstadtexistenz zu entkommen. Gerade der Kitsch ihres Tagtraumes tat ihr gut, dem sie sich vollkommen hingab. So hatte sie nicht mitbekommen, dass Daniele verärgert zurückgekehrt war.

»So ein verdammter Mist!«, rief er gallig aus, nachdem er sich auf den Plastikstuhl fallen gelassen hatte, der das mit einem knackenden Geräusch quittierte. Francesca stutzte und schaute ihren Onkel fragend an. Sein zorniger Blick glich einer kalten Dusche.

»Irgend so ein Stronzo hat in Pozza einen Richter umgelegt und dessen Haus ausgeräumt.«

»Wo ist das Problem?«, bemühte sich Stefan um Ahnungslosigkeit.

Daniele riss die Augen auf: »Das Problem, mein Junge, ist, dass die Bullen einen ermordeten Richter als Kampfansage auffassen. Die werden Furz und Feuerstein aufbringen, um den Täter zu finden. Und für uns heißt das, dass es hier von Bullen bald so wimmeln wird wie von Fliegen um einen Scheißhaufen.«

»Haun wir ab?«, fragte Francesca erschrocken. Und auch Stefan gefiel die Vorstellung ganz und gar nicht, denn er wollte Petra helfen. Ihm wurde bewusst, dass seine kleine Privatrache ein großer Fehler war. Im Vergleich zu einem Bankeinbruch wenig Geld, dafür aber ein großes Aufsehen.

»Die werden sich auch wieder beruhigen«, versuchte er zu bagatellisieren.

»Klar beruhigen die sich, wenn sie den Mörder haben«, polterte Daniele.

Missmutig trank Francesca ihren Espresso aus, denn sie sah den Sonnenaufgang und die Endlosweide in endlose Weite entrücken.

»Wo viel Lärm ist, ist auch viel Ruhe«, zitierte Stefan plötzlich grinsend den Spruch, den er als Marginalie seines Großvaters in einem Buch gefunden hatte.

Daniele stutzte und sah Stefan mit großen Augen an, als habe der gerade sämtliche Welträtsel gelöst. »Nicht schlecht. So habe ich das noch nicht gesehen«, kratzte er sich am Kopf, wobei er die Stirn in Falten legte.

»Dann machen wir also weiter?«, fragte Francesca, in der sich Hoffnung regte, und griente ihren Onkel dabei unternehmungslustig an.

»Ja, aber avanti. Ich kann die Scheißberge nicht mehr sehen«, verkündete Daniele, der das weiße Tässchen zum Mund führte und trank, es aber sofort mit angewidertem Gesichtsausdruck abstellte: »Kalt!«

Wie der Richter, dachte Stefan und er gab sich keine Rechenschaft darüber ab, ob er den lebenden oder den toten Eisenhart damit meinte.

25.

Lissy Burger kam ihr auf halbem Weg entgegen. Von weitem konnte man sie in ihrem hellen Sommerkleid für ein junges Mädchen halten. Sie hatte gehört, wie Sonjas Passat auf den Hof rollte und die Räder dabei ein sattes Knirschen erzeugten. Bei dem Anblick der Kommissarin legte sich ein Lächeln auf ihre Lippen und in ihre Augen.

»Sie haben Glück, er gönnt sich seine Siesta, bevor er wieder in den Weinberg geht.« Leicht wie eine Feder schwebte die Hand der älteren Frau zu Sonja, die sie kurz ergriff.

»Um die Wahrheit zu sagen, bin ich nur wegen Ihrer tollen Limonade gekommen.«

»Wer's glaubt?«, lachte die Frau des pensionierten Capos und ließ ein strahlend helles und vor allem vollständiges Gebiss sehen. »Auch wenn das nicht der Grund gewesen sein sollte, bekommen Sie dennoch einen Becher eisgekühlte Limonade.« Mit diesen Worten umrundeten sie das Haus.

»Du hast Besuch«, rief Lissy ihrem Mann zu, der es sich in einem Liegestuhl unter der Kastanie bequem gemacht hatte. Immer noch fit, schnellte er aus seinem Liegestuhl, griff nach dem Strohhut auf dem Tischchen, man will ja vollständig sein, und kam auf sie zu. »Konnte dir meine Schwiegertochter helfen?«

»Ja, bestens. Aber das treibt mich heute nicht zu dir.« Sie nahmen auf den Klappstühlen, die auf der anderen Seite des Tischchens standen, Platz.

»Darf ich dich daran erinnern, dass ich in Pension bin«, gab er sich scherzhaft reserviert. Über den Boden zum Haus und die Häuserwand hoch flitzte eine Eidechse. Sonja schaute ihr kurz nach.

»Richter Josef Pircher wurde ermordet«, sagte sie unvermittelt und wandte sich wieder Burger zu.

Der zog die Augenbrauen hoch. »Ich würde lügen, wenn ich behaupten würde, dass es mich überrascht. Obwohl, weshalb jetzt erst, jetzt, wo er in Pension ist?« Lissy kam mit dem berühmten Krug und den irdenen Bechern zurück, die sie füllte.

»Der Eisenhart ist tot«, informierte er trocken seine Frau.

»Ach, hat's den Schinder doch noch erwischt«, entfuhr es ihr mit einer Kälte, die man ihr nicht zugetraut hätte. Dann lächelte sie verlegen wie ein junges Mädchen, das sich dabei ertappt hatte, eine Zote gerissen zu haben. »De mortuis nil nisi bene«, sagte sie und übersetzte für Sonja, die sie mit leeren Augen anschaute: »Über die Toten rede man nur gut. Und wenn man nichts Gutes zu sagen hat, soll man lieber schweigen, meinte schon der Spartaner Chilon.«

»Einmal Lehrer, immer Lehrer«, schaltete sich Burger in das Gespräch wieder ein, nachdem er einen großen Schluck Limonade genossen und sich mit dem Handrücken die Mundwinkel gewischt hatte.

»Sie mochten den Richter nicht?«, fragte Sonja die Lehrerin.

»Wir mochten ihn beide nicht«, kam er seiner Frau zuvor.

»Er war zu hart, verstehen Sie, das ist auch nicht richtig. Zu hart sein ist genauso falsch wie zu weich sein. Das Maß macht's. In modum hoc facit.« Sie blinzelte. »Ich kann es nicht lassen. Wenn Pircher in einen Raum kam, sank die Temperatur.«

»Lissy hat seinetwegen aufgehört, als Schöffin zu arbeiten«, erklärte Burger.

»Er hat uns Schöffen unter Druck gesetzt, wenn wir nicht seiner Meinung waren.«

»Unter seinen ehemaligen Mitarbeitern dürfte ein Freudenfest ausbrechen.«

»Und unter denen, die er verurteilt hatte, auch. Der kannte nichts anderes als die Höchststrafe«, ergänzte Lissy Burger. »Ich lass euch jetzt allein«, sagte sie und schlenderte zum Haus zurück. Tief im Inneren wird sie immer ein junges Mädchen bleiben, dachte Sonja.

»Kann auch die Mafia dahinterstecken?«, gab Sonja dem Gespräch eine andere Richtung. Burger machte ein langes Gesicht, er wirkte sichtlich überfragt. »Die Mafia war in Südtirol immer ein randständiges Problem, Sonja.«

»War, Anton. Wir haben belastbare Hinweise, dass sich die Mafia auch bei uns ausbreitet wie Unkraut.«

Burger schlug sich auf die Oberschenkel. »Das will ich schon glauben. Man nennt es wohl Globalisierung.«

»Was, Anton?«

»Die Ausbereitung der Mafia-Syndikate. Aber warum soll die Mafia einen Richter töten, der zudem pensioniert ist?«

Diese Frage hatte sich Sonja auch schon gestellt, doch nachdem sie von Carla Pisani erfahren hatte, was ihr alles entgangen war, fühlte sie sich unsicher und ging vorsichtiger mit ihren Bewertungen um.

»Ich weiß es nicht. Ihr müsst in alle Richtungen ermitteln. Bei so vielen Feinden kann es ja auch ein Freund gewesen sein.« Sonja schaute ihren Ex-Chef an wie eine Erscheinung.

»Es gibt Gerüchte, dass der Richter auch junge Freunde hatte für gewisse Stunden, die er bezahlte. Du verstehst?« Sonja hatte verstanden. Sie verabschiedete sich und raste in die Questura, um pünktlich zur Lagebesprechung, die sie selbst anberaumt hatte, einzutreffen. Auf dem Weg informierte sie Matteo über den Stand. Wenn sie gehofft hatte, durch ein Gespräch mit Anton Burger den Kreis der Verdächtigen einzugrenzen, so hatte sie das Gegenteil erreicht. Wahrscheinlich lebten weniger Menschen im Südtirol ohne Motiv, den Richter zu ermorden, als mit Motiv.

Jonas heftete noch die letzten Tatortbilder an die Ermittlungswand, während ihre vier Mitarbeiter, Peter Kirschbaumer, Sofia und ihre beiden ebenfalls uniformierten Kollegen, Platz genommen hatten.

»Bin ich zu spät?«, fragte Sonja rhetorisch.

»Pünktlich auf die Minute«, gab Jonas zurück, schloss das Fenster, damit sie nicht vom Straßenlärm gestört werden würden, und setzte sich an seinen Schreibtisch, allerdings zu ihr gewandt. Mit einem Blick überflog sie die Ermittlungswand.

»Ihr wart zwar alle am Tatort, aber damit wir wirklich alle auf dem gleichen Stand sind, fasst Jonas für uns zusammen, was wir über den Mord an Richter Josef Pircher wissen.« Der junge Commissario sprach von seinem Schreibtisch aus, während Sonja mit halbem Ohr zuhörend über die Wut nachdachte, die der Täter empfunden haben musste, wenn er ein ganzes Magazin mit Patronen in den Körper des Richters entleerte, das wies zumindest darauf hin, dass der Raub mit einer Beziehungskomponente verbunden war. Lange hatte Jonas nicht geredet, denn man wusste ja in der Tat noch nicht viel.

»Okay, gibt es Fragen?«, übernahm Sonja, nachdem Jonas geendet hatte. Sie blickte in gespannte Gesichter, von denen sie nur die eine Frage ablesen konnte, welche konkreten Aufgaben sie angehen sollten. Die Ermittlung in Richtung Mafia würde sie nicht thematisieren, sondern selbst mit Matteo übernehmen, denn sie wollte nicht, dass ein übereifriger oder nur unerfahrener Ermittler ihre Kreise störte und die Undercover-Aktion gefährden würde. Kurz ließ sie ihren Blick von einem zum anderen wandern. Einen Moment dachte sie darüber nach, ob sie Jonas einen Gefallen tun sollte oder ob seine Zusammenarbeit mit Sofia die Arbeit behindern würde, andererseits wäre es auch nicht dienlich, wenn er nur darüber nachdachte, einen Grund zu finden, um ins andere Büro zu entfleuchen. Ließ sie beide zusammenarbeiten, so ließe sich einfacher Druck aufbauen.

»Was wissen wir über die Tatwaffe, Sofia?«

Wie eine besonders beflissene Schülerin, die im Unterricht von ihrem Lehrer gefragt wurde, schnellte sie hoch. Fehlt nur noch, dass sie die Hände an die Hosennaht nimmt, dachte Sonja spöttisch.

»Eindeutig die Waffe des Opfers.«

»Was schlussfolgern Sie daraus?«

»Der Richter hat den Dieb überrascht. Der Dieb kam an die Waffe des Richters und erschoss ihn.«

»Okay, und wie erklären Sie die Wut? Es war nicht nötig, sieben Kugeln in seinen Körper zu feuern!«

Sofia rollte mit den Augen und setzte sich sichtlich unter Druck, eine Antwort zu finden.

»Grübeln Sie nicht weiter, ich weiß es auch nicht. Und für Mutmaßungen ist es noch zu früh«, winkte Sonja ab. Die junge Polizistin wirkte erleichtert und setzte sich wieder. Die Kommissarin faltete die Hände vor ihrer Brust, schaute von einem zum anderen und wies mit befehlssicherer Stimme an: »Es gibt Hinweise, dass der Richter Beziehungen zum Schwulen-, vielleicht sogar zum Strichermilieu hatte. Darum kümmert ihr euch, Jonas und Sofia!« Unwillkürlich flitzte ein kurzes, aber seliges Lächeln über die Lippen des jüngeren Kerschbaumers. »Peter und Luigi, ihr untersucht alle alten Fälle des Richters. Mich interessieren Fälle, die eine bestimmte Wut des Verurteilten oder seiner Freunde und Angehörigen rechtfertigen. Vielleicht wurden Drohungen ausgestoßen. Aber mich interessieren auch Fälle, die nicht zur Verhandlung kamen oder in denen es zum Freispruch kommen musste aus Mangel an Beweisen. Fälle, die der Richter als persönliche Niederlagen werten konnte und die er vielleicht als Pensionär weiterverfolgte. Peter, du kanntest den Richter. Versuch mit seinen Augen die Fälle durchzusehen.« Peter Kerschbaumer nickte, ja er kannte den Richter nur zu gut, die verletzende Art, die auch er, Peter, mehr als einmal über sich ergehen lassen musste, wenn er die Fragen des Richters nicht so zu beantworten vermochte, wie der Richter sich das wünschte, weil der theoretische Verlauf einer Ermittlung selten mit ihrem praktischen übereinstimmte. Verfahrensordnungen waren das eine, das Leben das andere. Pircher hatte, wie Peter Kerschbaumer fand, keinen Zugang zum wirklichen Leben mehr, er sah es nur noch als eine unendliche Kette von Verfahren, die sich der Verfahrensordnung zu unterwerfen hatten.

Der ältere Kerschbaumer kratzte sich am Kopf. »Das wird eine Weile dauern, in ca. 30 Jahren sind da eine Menge Verfahren zusammengekommen«, gab er zu bedenken.

»Deshalb seid ihr auch zu zweit«, scherzte Sonja feixend, dann wurde sie wieder ernst. »Fangt mit den letzten an und arbeitet euch nach hinten vor.« Der ältere Kerschbaumer nickte.

»Und Sie, Marco, gehen die Briefe und E-Mails, Whatsapp, falls vorhanden, durch nach Drohungen und Verabredungen, ebenfalls Twitter und Facebook oder ähnliche Accounts. Übersehen Sie nicht einen elektronischen Pups des Richters! Andiamo, Jungs und Mädels!«, schloss Sonja die Dienstbesprechung und schaute ihren Beamten hinterher, die aus ihrem Büro strömten. Jonas sandte ihr noch einen kurzen, dankbaren Blick zu. Dann verschwand sie in Matteos Büro und schloss hinter sich die Tür. Sie fuhr den PC hoch und loggte sich mithilfe des Passworts, das ihr Matteo gegeben hatte, in die geschützte Datei zur Mafia ein. Matteo hatte schon seit Längerem versucht, ein Organigramm der Mafia in Südtirol zu erstellen, und dieses Organigramm mit den Informationen von Carla Pisani vervollständigt, doch stellte das Wort »vervollständigen« eine Beschönigung dar, denn außer Rossi, dessen Leibwächter und Buchhalter und Franco Gentile und dessen Helfer hatte Matteo nur Giovanni noch einzeichnen können, zwei der Unterbosse fehlten, außerdem einige »Soldaten der Mafia« und vor allem die Kontakte in Politik und Wirtschaft. Mit Fragezeichen hatte er Gentiles Pokerrunde notiert. Durch ihren Kopf ging nur ein Gedanke, den sie überhaupt nicht gern dachte: Matteo, du musst da rein! Anders kommen wir nicht weiter.

26.

»Kommst du mit hoch?«, fragte Francesca Stefan. Das Geschirr vom Abendessen stand noch auf dem Tisch des Hotelrestaurants. Daniele hatte das Abendessen verschlungen und entsprechend rasch die Runde verlassen, weil er die Ergebnisse ihrer Recherchen auf seinem Zimmer durchgehen wollte. So waren sie allein zurückgeblieben.

Ohne seinen Blick von der fetten Fliege mit ihrem grün leuchtenden Leib zu nehmen, die gerade über eine Scheibe Salami, die auf dem Teller zurückgeblieben war, krabbelte, antwortete er, dass er gleich nachkommen werde. Sie zuckte mit den Schultern und erhob sich ungerührt: »Lass mich nicht so lange warten«, sagte sie neutral und ging.

Auf den Augenblick schien Petra nur gewartet zu haben. Wie aus dem Nichts stand sie neben ihm und herrschte ihn halblaut an: »Komm mit, wir müssen reden!« Dass sie richtig mies drauf war, hatte er schon gespürt, als sie das Essen servierte. Er wusste auch, warum. Schicksalsergeben erhob er sich und folgte ihr nach draußen, dann übernahm er plötzlich die Initiative. Er hielt auf den Baum zu, in dem er die Beute versteckt hatte. Kurz vor dem Versteck und weit genug vom Haus entfernt, gab Petra ihre Zurückhaltung, die sie mühsam bewahrt hatte, auf und legte los: »Spinnst du komplett? Du hast einen Menschen getötet!«

»Du weißt es?«, fragte er, um Zeit zu gewinnen.

»Im Ort wird von nichts anderem mehr gesprochen.«

»Tut mir leid«, gab er kleinlaut von sich.

Petra griff sich an die Stirn, sie fiel jetzt wirklich aus allen Wolken: »Du ermordest einen Menschen – und es tut dir nur leid?«

»Nicht der Mord.«

»Wie, nicht der Mord?« Sie hatte Augen wie Wagenräder.

»Na ja, es ist etwas kontraproduktiv. Zu wenig Geld, zu viel Aufsehen.« War das wirklich der Junge, mit dem sie befreundet, der Mann, den sie geliebt hatte, der so emotionslos über den Tod eines Menschen sprach, den er zudem selbst verursacht hatte? Stefan spürte, dass Petra ihm entglitt. Vielleicht war das gut so, er wollte ihr nur helfen, leben konnte er mit ihr nicht, nicht mehr, das hätte ihr Leben und Leonies zerstört. Nein, für sie gab es keine gemeinsame Zukunft, sosehr er sich das auch wünschte. »Ich wäre so gern für immer bei dir geblieben«, sagte er leise. »Aber das geht nicht mehr.« Weil der die Augen auf den Boden geheftet hatte, spürte er nur ihren überraschten Blick auf sich ruhen. Er hatte es immer wieder verdrängt, aber jetzt, wo er hier am Baum stand und eine Haftstrafe und ein Mord einen unüberwindlichen Graben aufgerissen hatten, wurde es ihm in seiner ganzen Dimension bewusst. »Du musst es nicht verstehen, du brauchst es nicht zu verstehen, aber Eisenhart hat mein Leben genommen und ich nun seins. Er ist in der besseren Lage, ich muss ohne Leben weiterleben.« Petra versteinerte, sie verstand ihn nicht und wollte es auch nicht, weil sie das, was Stefan meinte, instinktiv nicht an sich heranlassen mochte. »Ich will nur eins, dir helfen. In ein paar Tagen bin ich weg. Der Baum«, und als er das sagte, musste er lächeln, aber in der Freude steckte ein tiefer Schmerz, »ist deine Sparbüchse. Es ist schon was drin. Ich fülle sie in den nächsten Tagen, wenn ich weg bin, ist sie voll. Denk nicht drüber nach, die Bullen können keine Verbindung zu dir finden, ich hab's im Griff.« Immer noch unfähig, etwas zu sagen, ja auch nur zu denken, stand sie da wie ein Eiszapfen. Er wollte die Hand nach ihr ausstrecken, sie am Haar berühren, aber ihm fehlte der Mut, den Abstand zu überwinden. So wandte er sich ab und schlurfte zum Hotel. Zu gern hätte er sich jetzt betrunken, aber er fürchtete, sich dann nicht mehr unter Kontrolle zu haben und Francesca oder Daniele misstrauisch zu machen.

27.

In den letzten Tagen überkam ihn eine zärtliche Aufwallung, wenn er auf die tadellose Karosse seines Audis TT, die auch nicht den kleinsten Kratzer aufwies, blickte, sich in sein Auto setzte und den Motor anließ. Er mochte sich nicht vorstellen, wie sein Flitzer ausgesehen hätte, wenn er mit ihm statt mit dem Dienst-VW in Innocencia Weißgartens Auto gefahren wäre.

Er benötigte eine halbe Stunde, um von seiner Wohnung in die Via Leonardo da Vinci zu gelangen. Der Verkehr hatte sich zum Abend etwas gelegt, so dass er gut durchkam. Vor ihrem Haus parkte er den Flitzer in zweiter Reihe, betätigte die Warnblinkanlage, stieg wie der Mann von Welt aus, schritt mit zur Schau gestelltem Selbstbewusstsein zur Haustür und klingelte bei Innocencia Weißgarten. Durch die Wechselsprechanlage klang nach ein paar Minuten ihre geschäftsmäßig kühle Stimme: »Commissario?«

»Si, Signora!«

»Ich komme.« Sie erstaunte ihn, keine vier Minuten später stand sie auf der Straße. Er hatte vermutet, dass sie ihn erstmal gehörig warten lassen würde. Gestriegelt und gebügelt: engsitzendes, kleines Blaues, hochhackige Schuhe, aber keine High Heels. Die blonden Haare zu einem gewollt unordentlichen Dutt hochgebunden. Erstaunt stellte er fest, dass sie, obwohl sie keine Schönheit war, trotzdem verführerisch wirken konnte. Ihre Figur war ihm zu androgyn, zu viel Muckibude, zu kleine Brüste, zu harte Muskeln und dennoch ging von ihr eine Entschlossenheit aus, die er körperlich fühlen konnte. Über Bozen hatte derweil der Abend einen samtenen Himmel gelegt und die ersten Sterne deuteten sich an.

»Wo soll es denn hingehen?«

»Zu Rossi«, antwortete er mit der nachlässigen Selbstverständlichkeit in der Stimme, als käme gar nichts anderes in Frage.

Sie zog die rechte Augenbraue hoch: »Sie lassen sich die Wiedergutmachung etwas kosten.«

»Ich weiß, was ich einer schönen Frau schuldig bin«, erwiderte er mit charmantem Lächeln, das noch in seinem Gesicht stand, als er ihr die Beifahrertür des Autos öffnete.

»Ihre Karosse?«, fragte sie und schob ihren harten Hintern auf den Sitz und zog dann die langen Beine nach.

»Ja«, antwortete er, schloss sanft die Tür, umrundete den Wagen, setzte sich und ließ den Audi TT an, der willig und tatendurstig seinen Motor hören ließ.

»Es wäre zu schade für Sie gewesen, wenn Sie den Audi in meinen Spider geparkt hätten.«

»Schade, Signora? Es hätte mir das Herz gebrochen.«

»Kann das eine Frau auch?«

»Was?«

»Ihnen das Herz brechen?« Er warf ihr einen kurzen Blick zu. Auf ihrem Gesicht entdeckte er jedoch nicht das geringste

Anzeichen eines Lächelns. Auch klang ihre Stimme neutral, als erkundigte sie sich nach einer Steuersache.

»Eine Frau kann mein Herz gewinnen, Signora«, erwiderte er mit großem Ernst, so ernst, wie nur die Lüge sein kann.

»Ach, hören Sie doch endlich mit dem ewigen Signora-Quatsch auf.«

»Wie soll ich Sie dann nennen?«

»Für den Anfang reicht Sie und Innocencia.«

»Wie im Business?«

»Wie im Business«, bestätigte sie.

Vor Rossis Restaurant fand sich noch ein freier Parkplatz, in dem er rückwärts einparkte. Sie schmunzelte. »Sie gehören also zu der ›Wenn ich rückwärts einparke, kann ich vorwärts rausfahren‹-Fraktion.«

»Durchschaut!«

»War nicht so schwer.«

»Woran haben Sie es erkannt?«

»Machos sind so und Perfektionisten auch.«

»Touché!« Er stellte den Motor aus, glitt aus dem Wagen, den er wieder umrundete, um ihr die Tür zu öffnen. Er registrierte, dass sie ihm die notwendige Zeit dafür ließ, denn für Matteo Zanchetti unterschieden sich die Frauen darin, ob sie darauf warteten, dass ihnen die Tür aufgehalten wurde, oder ob sie das aus emanzipatorischen Gründen, aus Ungeduld oder Unkenntnis, dass Männer so etwas bisweilen tun, wenn sie denn Gentlemen sind, verhinderten.

Das warme, einladende Licht des Restaurants fiel wie ein Teppich auf die Straße, den Bürgersteig. Er öffnete die reichlich mit Glas versehene schmiedeeiserne Tür, die Transparenz und Solidität, das Leichte und das Widerständige verband. Als sie an ihm eine Spur zu dicht vorbeiging, übermannte ihn der frische Duft von Chance von Chanel.

Rossis Restaurant war gut besucht. Ein akustischer Teppich von Lauten, die aus den Gesprächen kamen, hatte sich über das Restaurant gelegt wie eine angenehm anheimelnde Hintergrundmusik.

Matteo ging leicht voraus, sie blieben im Gang zwischen den Tischen neben der riesigen, massiven Mahagonitafel mit gedrechselten Beinen, auf der eine Amphore mit verschwenderischen Blumen von zwei Champagnerkühlern eingerahmt wurde, in denen sich Flaschen ausgestreckt hatten, stehen. In jedem Kühler ragte eine über den Rand, die statt des Korkens einen Sektverschluss trug, in dem die Reflexion des Kerzenlichtes spielte.

»Ich habe einen schönen, ruhigen Tisch in der Ecke für Sie reserviert«, hörte er hinter sich den sonoren Bariton Francesco Rossis. Matteo wandte sich um und sah in die lächelnden Augen des Restaurantbesitzers.

»In welch charmanter Begleitung Sie heute sind, Commissario. Beneidenswert«, gelang es Rossi, seine Stimme weich wie Rindertalg klingen zu lassen. Er ging vor, rückte einen der geschwungenen, dunklen Holzstühle nach hinten, damit Innocencia Platz nehmen konnte, um anschließend die Prozedur mit Matteo zu wiederholen.

»Als Aperitif würde ich Ihnen einen Prosecco empfehlen, einen Bisol Relio Valdobbiadene.«

»In dieser Hinsicht vertraue ich Ihnen«, antwortete Matteo hintersinnig.

»Sie können mir in jeder Hinsicht vertrauen. Zum Beispiel, wenn Sie einen guten Anwalt benötigen.« Rossi sah aus, als hätte er nichts gesagt.

»Die Ochsenländchen in Rotweinsauce sind heute besonders deliziös«, zog er sich zurück.

»Anwalt? Haben Sie Ärger?«, hakte Innocencia nach.

Matteo machte eine wegwerfende Handbewegung. »Ein Unfall mit Dienstwagen wird immer untersucht.«

»Besonders dann, wenn der Ordnungshüter unter Alkoholeinfluss stand«, provozierte sie.

»Das ist das Salz in der Suppe. Ohne wäre es viel zu einfach. Zu langweilig«, versuchte er zu scherzen.

»Tut mir leid. Ich danke Ihnen, dass Sie nicht versucht haben, sich da rauszuwinden, und mich sogar rausgehalten haben«, schob sie sanfter hinterher und deutete sogar ein Lächeln an. Sie musste eine große Sparbüchse mit Lächeln besitzen, denn sie geizte offensichtlich damit.

»Wo kamen Sie denn so spät her?«

Innocencia Weißgarten taxierte Matteo und dachte ein wenig nach. Sie wollte gerade antworten, als ein Kellner den Prosecco in zwei eleganten Flöten servierte.

»Haben Sie schon gewählt?«, erkundigte er sich dezent.

»Wir haben die Karte noch nicht.«

»Oh«, erbleichte der Kellner, zählte dann aber die Antipasti, Primi piatti, Secondi piatti mit Erläuterungen auf. Wies auf die heutigen Spezialitäten hin. Als er verstummte, schaute Matteo Innocencia erwartungsvoll und neugierig an, er tippte auf Vegetarierin und lag vollkommen falsch. Es beschlich ihn der Verdacht, dass er sich bei dieser Frau immer verschätzte. In seinem Kopf schrillten, wenn auch noch dezent, die Alarmsignale.

»Gebratenen Spargel mit Filetspitzen vom Schwein als Vorspeise und danach nehme ich Ihren Loup de mer als Hauptspeise.«

»Signor Commissario Capo?«

»Den gebratenen Pulpo, anschließend Agnello al forno con patate.«

»Das macht die Weinauswahl zur Herausforderung. Ich schlage vor, wir orientieren uns an der Signora.« Matteo nickte zum Zeichen, dass das doch selbstverständlich wäre.

»Perfetto. Ich empfehle einen Chardonnay aus Sizilien.«

»Was denken Sie?«, fragte Matteo Innocencia.

»Besser geht es nicht.«

»Also, dann soll es der Chardonnay sein.«

»Sie haben meine Frage noch nicht beantwortet«, nahm er sie prüfend in den Blick, nachdem der Kellner gegangen war.

»Ganz der Ermittler.«

»Sie wissen, ich bin suspendiert.«

»Signor Rossi weiß es anscheinend auch.«

»So etwas spricht sich schnell in unserem kleinen Bozen herum. Also, befriedigen Sie meine Neugier.«

Jetzt entnahm sie ihrer Sparbüchse doch ein Lächeln und sogar ein großes und sehr breites. Es wirkte fast ein wenig zu groß. »Sie wissen doch: bei Freunden. So kommt man doch nur von Freunden.«

»Um diese Zeit? Freunde verlässt man doch noch vor Mitternacht.«

»Das kommt ganz auf die Freunde an.« Mehr musste Innocencia nicht sagen. Er wusste, was das nur für Freunde sein konnten, mit denen man bis zum Morgengrauen zusammensaß.

»Pokern oder Black Jack?«, wagte er den direkten Vorstoß. Ein wenig auf den Busch zu klopfen und zu sehen, welche Vögel in den Himmel stiegen, half gelegentlich. Und selbst, wenn kein Vogel aufflog, brachte es zumindest die Erkenntnis, dass keiner im Busche war.

»Welch ausgeprägte Déformation professionnelle«, konstatierte sie.

Sie spielte also nicht nur in Meran, sondern nahm auch an Pokerrunden in Bozen teil.

»Stimmt«, lenkte er ein. »Ich muss Ihnen ein Geständnis machen.«

Sie schaute ihn erwartungsvoll mit großen Augen an, als wolle sie sagen: Nur zu.

Matteo setzte seinen Schwerenötergesichtsausdruck auf, Typ Bernhardiner, und senkte verschwörerisch die Stimme. »Wenn niemand da ist, den ich verhören kann, quetsche ich mich selbst aus.«

»Und ich bin sicher, sie holen jedes Geheimnis aus sich heraus«, kommentierte sie nun tatsächlich unter Lachen.

Als sie geendet hatte, sagte er ernst: »Sie sollten öfter lachen, es steht Ihnen.«

Zwischen Hauptspeise und Dessert und am Fuße der Flasche Chardonnay, als Innocencia sich das »Näschen pudern« ging, stand plötzlich Rossi wieder an seinem Tisch.

»Ich hoffe, meine Küche hat Sie nicht enttäuscht.«

»Ihre Küche enttäuscht nie.«

Rossi beugte sich zu Matteo und sprach halblaut: »Scheußliche Sache mit dem Richter.«

»Habt ihr eure Hände da im Spiel?«

Rossi richtete sich wieder auf und sein Gesicht wurde undurchdringlich. »Ich weiß nicht, wen Sie mit ›ihr‹ meinen, Commissario Capo. Aber glauben Sie mir, ich habe mit dem Richter einen guten Gast verloren. Und das bekümmert. Wenn Sie wissen, wer es gewesen sein könnte, würde ich mich über einen Hinweis freuen. Ach, ich kenne übrigens einen ausgezeichneten Anwalt, der am Anfang kein Geld nimmt.«

Matteos Stimme grollte, leise und gefährlich: »War das ein Bestechungsversuch, Rossi?«

»Der Versuch, einem guten Gast zu helfen. Sie machen sich keine Vorstellungen, Commissario, wie ich unter meinem guten Herzen leide. Will man den Menschen einen Gefallen tun, ihnen gar selbstlos helfen als guter Katholik, argwöhnen sie sofort eine Falle und unterstellen unsaubere Absichten. Ach, die Welt befindet sich in einem schlimmen

Zustand.« Malerisch leidend verdrehte Rossi die Augen. Matteo bemerkte, dass Innocencia zurückkehrte, Rossi auch.

»Möchten Sie noch ein Dessert?«

»Obst«, sagte Innocencia wie aus der Pistole geschossen.

»Obst«, sagte auch Matteo.

»Ist das klug, mit dem Pegel zu fahren?«, fragte sie beim Einsteigen. »Bei der ›Vorgeschichte‹?«

»Das Leben ist nicht klug«, antwortete er und brauste los. Wenig später parkte er vor ihrem Haus und begleitete sie zur Tür. Der Abend hatte sich inzwischen die Nacht mit den vielen blinkenden Sternen auf schwarzem Tuch wie einen Pullover übergezogen. Matteo holte ein Zweieurostück aus seiner Hosentasche und hielt es ihr entgegen.

»Wollen Sie oder soll ich die Münze werfen?«

»Worum geht es?«

»Liegt Kopf oben, komm ich auf einen Kaffee noch mit hoch, ist es Zahl, verfüge ich mich ins Auto und düse gleich nach Hause.«

»Sie sind ein Spieler!«, stellte sie mit Pokerface fest.

»Ein Spieler erkennt den anderen Spieler«, hielt er gegen. Sie nahm ihm, ohne ein Wort zu sagen, die Münze aus der Hand, warf sie in die Luft und trat drauf, nachdem sie auf den Steinen des Bürgersteigs klingend aufgeschlagen war. Keiner von beiden schaute zum Boden, sondern sie maßen sich stattdessen mit Blicken und steigerten die Spannung ins Unerträgliche. Sternenlicht stand ihrem Gesicht, wirkte wie ein Weichzeichner. Wer zuerst etwas sagte, das Gesicht verzog oder den Blick senkte, ihn gar aus dem Duell nahm, hatte verloren. Unversehens gerieten sie in ein Spiel. Ein Mann auf einer Vespa knatterte an ihnen vorbei.

»Jetzt ist der Ruf ruiniert«, spielte er auf den Vorbeifahrenden an. Sie nahm den Fuß von der Münze. Die Zahl leuchtete im Licht der Laterne.

»Kopf«, sagte sie nur.

Wenig später schloss Innocencia die Wohnungstür auf und am anderen Morgen würde für irgendeinen Passanten, der die Zweieuromünze fände, der Tag gut beginnen.

28.

Rossi war froh, dass Luca Rizzi, der Buchhalter, endlich in sein Hotel abgedampft war. Der trockene Schleicher, der überall seine Nase reinsteckte, Augen und Ohren offen hielt und überall herumschnüffelte, nervte ihn. Dessen Emotionslosigkeit, dessen kalte Glätte signalisierte ihm Gefahr. Wenn ihm in Anwesenheit Rizzis Fehler unterlaufen würden oder Dinge, die wie Fehler aussahen, konnte das für ihn unangenehme Konsequenzen haben. Er kannte die Gesetze der ehrenwerten Gesellschaft gut genug, hatte sie selbst angewandt und sich ihnen entsprechend konsequent verhalten. Im Büro seines Buchhalters, das nun für die Zeit von Rizzis Inventur zu seinem geworden war, wartete bereits Sylvio Serini aus Mazin.

»Danke, dass du dir die Mühe gemacht hast«, begrüßte er ihn. »Hast du was?«

»Ja. Wir konnten sehr viele ausschließen.«

Rossi thronte auf seinem Stuhl und fixierte Serini. Er wirkte im Lauern wie eine große Bulldogge. Jeglicher Charme, jegliche Freundlichkeit hatte er mit Betreten des Büros abgelegt. Serini fühlte sich sichtlich unwohl.

»Ich will wissen, wer es war, und nicht, wer es nicht war!«, knurrte Rossi.

»Wir haben einen Hinweis, wer es sein könnte.«

Rossi sagte nichts, sondern starrte Serini nur wie ein Insekt an. Und Serini wusste, dass ihn Rossi wie eine Fliege zerquetschen konnte. Noch nie hatte er den Mafiaboss so stählern erlebt.

»Ein schräger Typ, sehr merkwürdig, hatte mit dem Richter eine Rechnung offen!«

»Okay, schnapp ihn dir. Ich will, dass er sich der Polizei stellt.«

»Warum sollte er das tun?«

»Weil du ihn darum bittest. Überzeug ihn, dass Knast seine Chance zu überleben ist.«

»Und wenn er es doch nicht war?«, wandte Serini zaghaft ein.

»Dann mach ihm klar, dass es besser für ihn ist, dass er es war. Ich will, dass die Bullen aufhören herumzuschnüffeln und – möge es Gott verhüten – uns dabei gefährlich nahe kommen. Capito!«

»Si, padrone«, zischte Serini.

Rossi erhob sich. »Morgen Mittag stellt er sich in Bozen!« Damit war für ihn das Problem des ermordeten Richters erledigt.

Der Pate fühlte sich müde, abgespannt, er wollte nur noch ins Bett und mit Kompositionen von Ludovico Einaudi einschlafen. Einaudi klang zwar in seinen Ohren wie Yogi-Tee als Musik, aber zum Einschlafen ging es, war vielleicht sogar genau das Richtige.

29.

Wie ein großes schwarzes Tier lag die Nacht auf dem Hotel. Da sich im Unterschied zum klaren Himmel in Bozen die Wolken an den Dolomiten stauten, lag das Tal im Dunkeln. Daniele hatte sogar seine kleine Taschenlampe angestellt, um den Weg zum Auto zu beleuchten. Obwohl im Haus kein Licht brannte, wusste Stefan, dass Petra hinter dem Fenster ihres Schlafzimmers stehen und sie beobachten würde, auch wenn sie die Schemen der drei Gäste im Dunkeln nur zu ahnen vermochte. Es roch nach Nacht, nach Regen und nach Ginster. Er hätte sich gern umgeschaut und ihr gewunken.

Daniele fuhr auf die Berge schimpfend in Richtung Welschnofen. Sie hatten sich für die Raiffeisenbank entschieden. Noch im Hotel hatte sich Stefan in die Sicherheitsfirma eingeloggt und die Alarmanlage ausgestellt.

Das Öffnen der Hintertür zur Bank, das Vordringen zum Tresorraum und schließlich das Knacken des Safes durch Daniele waren dann nur noch ein Kinderspiel. Vor ihnen lagen viele Bündel mit Euroscheinen. Stefan reichte sie Francesca, die sie zuerst in den einen und anschließend im zweiten großen Rucksack verstaute. Leise und unbemerkt wie sie gekommen waren, gelang ihnen der Rückweg zum Auto.

Daniele hatte kaum den BMW aus dem Ort gelenkt, als Stefan darauf bestand, dass die Beute aufgeteilt würde.

»Wieso das? Willst du 'ne Flocke machen?«

»Nein«, sagte Stefan lustlos. »Aber es ist reeller.«

»Und du, Francesca? Willst du auch deinen Anteil?«, polterte Daniele. Die gute Laune über den problemlos verlaufenen Bruch war wie verflogen. Sein Instinkt verriet ihm, dass etwas nicht stimmte. Schon bei der Ankunft im Hotel spürte er, dass er in eine Geschichte geraten könnte, die er weder kannte noch zu überschauen in der Lage sein würde. Die schon deshalb nicht ohne Risiko für ihn war. Daniele Pravo hasste Dinge, die sich seiner Kontrolle entzogen. Dinge, die sich seiner Kontrolle entzogen, hatten ihn schließlich in den Knast gebracht.

Das Hotel besaß offenbar für Stefan eine Vergangenheit, die ihn nichts anging, die sich im Tal erstreckte wie ein Morast. Wenn sie nicht aufpassten, bestand die Gefahr, dass auch Francesca und er in diesem Sumpf des Gestern mit Stefan versinken würden.

Noch zwei, vielleicht auch nur einen Bruch, dann würden sie das Südtirol auf Nimmerwiedersehen verlassen, beschloss er. Er wollte weg, so schnell als möglich, etwas Ungutes rankte sich um sie.

»Heh, Stefano, wie hast du es als Kind nur ausgehalten mit diesen vollkommen überflüssigen Bergen. Ach, hol's der Teufel, ich freue mich auf die argentinische Ebene, auf die Weiden, die endlos sind. Kein Hügel, kein Fels, nichts verstellt dir den Blick.« Stefan antwortete nicht, Daniele erwartete das auch nicht.

Gegen 3.30 Uhr kamen sie wieder im Hotel an. In seinem Zimmer gab er Stefan dessen Anteil an der Beute.

Im Bett fragte ihn Francesca, ob er Daniele nicht mehr vertrauen würde.

»Darum geht's nicht. Schlaf!«

»Belüg mich nicht, Stefano!«

»Mach ich nicht.«

»Betrüg mich nicht, Liebster«, flehte sie plötzlich. Er spürte die Angst in ihrer Stimme. In diesem Moment tat sie ihm leid, umso mehr, als dass er inzwischen wusste, sie niemals wirklich lieben zu können, so, ja so, wie er Petra liebte. Er nahm Francesca in die Arme, wie man ein Kind in die

Arme nimmt, das ein Alptraum gequält hatte. Sie genoss es und schlief darüber ein. Fetzen flachen Schlafes reihten sich an Wachphasen zu einem löchrigen Lumpen. Im Morgengrauen machte er sich sacht frei, ging zum Schrank, in dem sein Anteil lag, warf einen prüfenden Blick zum Bett, doch sie befand sich im Tiefschlaf. Auf leisen Sohlen verließ er das Zimmer, das Hotel, schlich durch den Tau und einen leichten Nieselregen, schaute sich um, bevor er das Geld im hohlen Baumstamm versteckte.

Als er das Hotel betrat, stand Petra in einem fliederfarbenen Nachthemd, über das sie eine Strickjacke aus grüner Wolle geworfen hatte, im Foyer. Vom Fenster rechts von ihr rieselte Licht wie heller Nebel in den Gang. Sie hatte offene Augen, Augen voller Sehnsucht, voller Einsamkeit. Traurige Augen, alte Augen. Augen, die erlöschen konnten. Er wollte das nicht, dass jemals diese Augen ihren Glanz verlören und alt werden würden, vor der Zeit. Er sagte kein Wort und ging auf sie zu, nahm sie in seine Arme und hielt sie fest, in der Hoffnung, den Griff niemals lockern zu müssen. Dann küssten sie einander wild und mit Verlangen, als gelänge es, in einem Kuss all die entgangenen der letzten sieben Jahre nachzuholen. Ihr Kuss schmeckte nach Heimat, danach, wieder zu Hause zu sein. Doch er betrog sich selbst, denn die Heimat hatte er verloren, sie bestand nur aus Erinnerungen und genau genommen war auch dieser Kuss nur ein Wiedergänger der Vergangenheit. Sie machte sich los und rannte die Treppen hoch. Er blieb wie angewurzelt stehen. Wie lange er dort gestanden hatte, vermochte er nicht zu sagen, dann machte er auf dem Absatz kehrt, verließ das Hotel und folgte dem Weg, der den Berg hoch zum Felsenvorsprung führte. Das Gras war nass, seine Füße in den Sneakern auch bald und der Morgen empfindlich kalt, so dass er zu frieren begann. Doch was machte das schon? Die Kühle. Sie konnte ihm nichts, solange sie nicht sein Herz erreichte. Doch das wartete oben auf dem Berg auf ihn.

30.

Dämmerung schlich in ihr Schlafzimmer, kitzelte seine Lider. Langsam öffnete er die Augen und stellte fest, dass Innocencia fest schlief, eingewickelt in ihre Decke. Ihre entspannten Gesichtszüge hatten fast etwas Kindliches, so eins mit sich und ihrer Welt, wie im Schlaf nur Kinder sind. So weit weg von allem Bösen. Nicht Zärtlichkeit, sondern Rührung kam in ihm auf, und gleich darauf Erinnerung, die ihn schmerzte und an der Gurgel packte. Erinnerungen an Lucia, die seinetwegen sterben musste. Vorsichtig erhob er sich, schlich ins Wohnzimmer, anstatt zu fliehen, weit weg von hier, wozu alles in ihm ihn drängte. Hatte nicht schon einmal eine verdeckte Ermittlung die Frau getötet, die er liebte? Fand Lucia nicht einen grausamen Tod, gefoltert und hingerichtet von der Mafia, weil ihm ein Fehler unterlaufen war? Blieb man denn ewig ein Gefangener seiner falschen Entscheidungen? Niemals, wurde ihm plötzlich klar, hätte er sich mit Innocencia einlassen dürfen. Nie! Nun gab es kein Zurück. Wenn er jetzt heimlich ihre Wohnung verließe oder alles zu einem großen

Irrtum erklärte, würde er sich den Weg verbauen, der ihn ins Innere der Mafia führen sollte, den Pfad zu Franco Gentile. Er war Profi, durch und durch, daran durfte er nicht einmal denken. Was hatte er denn gedacht? Innocencia Weißgarten war erfolgreich im Beruf und einsam, eine Spielerin und hungrig nach Liebe. Ihre Einsamkeit erstickte sie in immer neuen Trainingseinheiten im Fitnessstudio, die Sehnsüchte ihres Körpers begrub sie unter stählernen Muskeln, die sie sich antrainierte, und suchte sie im Spiel zu vergessen. Woher die Spielsucht bei ihr rührte, wusste er noch nicht, doch er würde es herausfinden. Der Grund dafür lag zweifelsfrei in ihrer Vergangenheit. Ihr Vater hatte eine christliche Sekte geleitet, aber deshalb brauchte die Tochter nicht dem Spiel verfallen.

Irgendetwas ist bei dir schiefgelaufen, Inno, dachte er. Inno, so nannte er sie, als er mit ihr schlief, als sie ihn forderte wie nie eine Frau zuvor. Dass sie sehr lange keinen Mann gehabt hatte, spürte er, und dass sie stattdessen viel trainiert hatte, auch.

Er trat zum großen Fenster und schaute raus. Es war ihm egal, ob ihn jemand, so wie ihn Gott erschaffen hatte, sehen konnte. Die Stadt erwachte. Das hatte etwas. Wenn die ersten Lieferwagen durch die Straßen donnerten, Händler zum Großmarkt fuhren oder bereits von dort zurückkamen. Die letzten Nachteulen nach Hause stolperten, vom Morgen überrascht. Und zu allem die Vögel ein Spektakel veranstalteten, als stünden sie in einem erbitterten Wettstreit. Matteo spürte hinter sich eine Bewegung. Er wusste, dass sie es war. Sie lehnte sich an seinen Rücken, dass er ihre Brüste fühlen konnte, und flüsterte ihm ins Ohr: »Tut es dir leid, dass du mitgekommen bist?«

»Nein«, log er. Sie schlang die Arme um seinen Brustkorb.

»Mir auch nicht. Was wird nun mit uns beiden Schönen?«, versteckte sie ihre Hoffnungen hinter einem schnoddrigen Ton.

»Das ist doch klar. Wir heiraten, ich mache dir viele Bambini, du bleibst zu Hause und ich beginne als Pizzabäcker zu arbeiten.«

»Blödmann!«

»Im Ernst: Wir lassen es laufen und schauen, was es mit uns macht.«

»Komm ins Bett, es ist noch früh, zu früh, um auf zu sein.«

Drei Stunden später improvisierte sie ein Frühstück, obwohl Frühstück zu viel gesagt war, denn sie servierte ihm einen Espresso und teilte mit ihm ein paar Müsliriegel.

»Ich esse meistens erst mittags etwas«, sagte sie zu ihrer Entschuldigung.

»Ich bin noch nicht so lange in Bozen.«

»Willst du eine Stadtführung?«

»Nein, pokern. Black Jack spielen«, tastete er sich vor. »Ich hab schon Entzugserscheinungen.«

»Lass uns jetzt nicht darüber reden«, wiegelte sie ab. Und fügte doppeldeutig zu: »Ich will nicht mit dir spielen.«

31.

Die Sonne sog den Nebel aus den Tälern. Er fühlte sich wie in einer Woge aus Dunst. Aus Dunst werden Wolken, dachte Stefan. Sein Blick schwenkte über das Vajolettal, über das Hotel, von dem Rauch aufstieg, über den Fluss hin zum gegenüberliegenden Gebirgsstock. Sein Großvater hatte hier viele Stunden zugebracht, bis er gesprungen war, er auch.

Das Vibrieren des Smartphones riss ihn aus seinen Gedanken.

»Ja«, rief er rein.

»Verdammt noch mal, wo steckst du? Bist du verduftet?«, brüllte Francesca ins Handy. Ihre Panik konnte er körperlich spüren. Er wusste, dass sie, nachdem sie ihn nicht finden konnte, nach seinem Beuteanteil geschaut und festgestellt hatte, dass auch der verschwunden war.

»Ich bin auf dem Berg.«

»Auf welchem Berg?«, rief sie fassungslos.

»Geh mal aus dem Hotel. Nun mach schon!« Er hörte sie fluchen und schimpfen, dann sah er sie auf dem Parkplatz.

»So, jetzt drehst du dich einmal um die eigene Achse und schaust hoch zum Felsen.« Sie kam seiner Aufforderung nach. Er winkte ihr zu. Francesca schüttelte nur den Kopf, legte auf und ging zurück ins Hotel.

Als er sich eine Stunde später in den Frühstücksraum begab, saß er allein. Francesca und Daniele hatten bereits gefrühstückt. Petra brachte ihm Kaffee, Butter, Käse, Wurst, während Leonie voller Stolz den Brotkorb hinterhertrug.

»Gehst du schon zur Schule?«, fragte er die Kleine.

Sie schüttelte den Kopf und verkündete, während sie den Brotkorb abstellte: »Im Herbst werde ich eingeschult.«

»Freust dich drauf?« Das Mädchen nickte eifrig. Auf einmal verspürte er den heftigen Wunsch, dass sie sich zu ihm setzten und sie gemeinsam frühstückten wie eine richtige Familie. Auch wenn Leonie nicht seine Tochter war, so würde er sie adoptieren. Ihm gefiel das aufgeweckte Mädchen. Doch diese Sehnsucht durfte er nicht äußern. Nicht jetzt und auch nicht in Zukunft. Vor seinem geistigen Auge sah er den Richter, der unter seinen Schüssen zusammenbrach, und es linderte seinen Schmerz, dass er deshalb das Leben mit Petra verspielt hatte. Er schaute den beiden nachdenklich nach, dann trank er den Kaffee und schmierte sich ein Marmeladenbrötchen. Er hatte das Brötchen noch nicht ganz verzerrt, da machte sich sein Smartphone in der Hosentasche bemerkbar.

»Ja.«

»Komm auf mein Zimmer, wir wollen mit dir reden«, hörte er die düstere Stimme Danieles.

»Gleich, ich ess nur auf.«

Nachdem Stefan das Frühstück beendet hatte, begab er sich zu Daniele. Da er das Geld, das Petra brauchte, um den alten Kasten flott und zur Goldgrube zu machen, für sie im Baum versteckt hatte, war ihm völlig gleichgültig, was jetzt kommen würde. Mochte kommen, was wolle, er hatte sich einer Pflicht entledigt.

Als ob sie zu Gericht sitzen, dachte Stefan beim Anblick von Onkel und Nichte, die mit finsteren Mienen am Tisch saßen.

»Setz dich«, befahl Daniele und seine Stimme klang wie ein Motor im Leerlauf. Der Ältere knackte mit den Fingern. Als Zellenkumpel wusste Stefan, dass der das immer tat, wenn er sich mühsam zu beherrschen suchte.

»Hab ich dich im Knast beschützt?«

»Ja, das hast du?«

»War ich nicht immer Kumpel zu dir?«

»Das warst du!«

»Habe ich dich irgendwann mal belogen?«

»Nein.«

»Warum belügst du mich dann?«

»Okay, Daniele, ich habe dir nicht alles gesagt, aber belogen habe ich dich nicht! Glaub's oder lass es!«

Danieles Ader schwoll. »Was hast du mir nicht gesagt?«

»Was mit meiner Vergangenheit zusammenhängt und was dich nichts angeht, weil es nichts mit heute und nichts mit uns zu tun hat.« Danieles finsterer Blick glitt an Stefans hartem Gesicht ab. Er spürte, dass er so nicht weiterkam.

»Wo ist dein Geld?«

»Da es mein Geld ist, geht dich das nichts an.«

»Wovon bezahlen wir die Hazienda, wenn du dein Geld verschleuderst?«

»Mit der Beute vom nächsten Bruch.«

»Willst du verduften, mich, ich meine, uns verlassen?«, fragte Francesca rau.

»Nein, ich schwöre, dass ich mit euch nach Argentinien gehe. Ich bin einverstanden, dass für diesen Zweck mein nächster Beuteanteil bei Daniele bleibt.« Unschlüssig warfen sich Nichte und Onkel einen Blick zu.

»Ich gehe wirklich mit euch mit! Aber fragt nicht weiter. Okay?«

Daniele nickte. »Keine Alleingänge, nichts Unabgesprochenes! Das musst du mir schwören, Stefano! Denn so etwas bringt einen in den Knast. Und ich fahr nicht mehr ein!« Entschlossen fügte er hinzu: »Nie wieder!«

»War es das?«, fragte Stefan schmallippig, der sich plötzlich so unendlich müde fühlte, Knochen wie Blei, Muskeln, als wären sie gar nicht vorhanden, schlaff, als schliefen sie. Daniele nickte nur.

»Dann hau ich mich noch mal hin.« Stefan stand auf und wenige Minuten später lag er in seinem Bett und schlief, tief und fest und traumlos.

32.

Es war ein einziger Zusammenprall des Lärms. Als Sonja das Büro betrat, läuteten die Glocken und schrillte ihr Telefon gleichzeitig. Die Gendarmerie teilte ihr mit, dass die Raiffeisenbank in Welschnofen überfallen wurde und die Kirchturmuhr, dass es 10 Uhr morgens war.

»Komme sofort!«, rief sie ins Telefon, legte auf und fluchte. Auch das noch! Kaum spricht man von der Mafia, ist das Verbrechen da, dachte sie grimmig und fragte sich, wo Jonas steckte. Einer Ahnung folgend wechselte sie über den Gang in das gegenüberliegende Büro. Aus dem kam ihr Gelächter wie von einem Schulpausenhof entgegen, das verstummte, als sie in den Raum trat. Sie erkundigte sich nach den Ermittlungsergebnissen, aber da musste Jonas passen. »Die Schwulen halten dicht, wir laufen wie gegen eine Wand.« Sie bereute, dass sie die beiden zusammen eingeteilt hatte. Von der Psychologie von Verliebten verstand sie offenbar nicht allzu viel, zumal, wenn erwachsene Menschen sich plötzlich in 14-Jährige verwandelten.

»Wir haben einen Banküberfall in Welschnofen. Du kommst mit mir. Und Sie, Sofia, rufen die Truppe zusammen, ich will sie alle in einer guten halben Stunde am Tatort haben«, wies sie mit harter Stimme an.

»Zu Befehl«, echote Sofia. Aber das hörte Sonja nur noch halb, denn sie eilte bereits in den Hof zum Auto. Jonas hatte Mühe, Schritt zu halten. Sie trieb ein ungeheurer Ärger.

»Checke mal, ob die Spurensicherung auf dem Weg ist«, schnauzte sie ihn fast an.

Jonas hatte die Tür noch nicht geschlossen, da brauste Sonja bereits los und stellte die Sirene und das Blaulicht an, das Jonas auf das Dach hob. Ihr Handy schrillte. Mit einem Blick auf das Display erkannte sie die Nummer von Carla Pisani, davon sollte Jonas jedoch nichts wissen, also verzichtete sie auf die Freisprechanlage und hielt sich das Smartphone ans linke Ohr.

Carla Pisani erkundigte sich, ob sie nach Bozen kommen sollte.

»Das wäre nicht günstig, aber ein paar Ermittler mehr können wir schon gebrauchen, Ermittler mit Ortserfahrung«, womit sie Carla Pisani zu verstehen gab, dass jede personelle Hilfe aus Rom die Undercover-Operation gefährden konnte. Die DIA-Beamtin begriff sofort durch die verklausulierten Antworten, dass Sonja nicht frei sprechen konnte, versprach, sich um Verstärkung zu kümmern, und bat um Rückruf in einer günstigeren Situation. Jonas sah seine Chefin fragend an, doch Sonja ignorierte das. Schließlich hielt er es nicht mehr aus. »Wer war denn das gerade?«

»Die Vorgesetzten, wer sonst? Denkst du, der Papst?«, gab sie harsch zurück.

Jonas zuckte unwillkürlich zusammen, dann nahm er einen zweiten Anlauf: »Und weshalb sollte ich das Gespräch nicht mithören?«

»Wieso nicht mithören?«

»Weil du nicht die Freisprechanlage benutzt hast!« Ermittler vermuteten hinter jeder auch noch so kleinen Anomalie eine Straftat, deshalb bohrten sie nach, Berufskrankheit – und Jonas war ein Ermittler, ein guter, wenn auch zurzeit aus Verliebtheit nicht ganz zurechnungsfähig, dachte sie, da half jetzt nur noch die irrationale Frauennummer.

»Machst du mir jetzt einen Vorwurf, weil ich nicht die Freisprechanlage genutzt habe?«, blaffte sie ihn eine Oktave höher an. Jonas rutschte auf seinem Sitz zusammen, hob beschwichtigend die Hände und senkte den Kopf mit starrem Blick auf seine Knie.

»Nein, nein, ich dachte nur, dass wir keine Geheimnisse …«

»Wir sind kein altes Ehepaar, Commissario Kerschbaumer. Ich bin deine Chefin. Und ich lass mir von dir nicht vorschreiben, ob ich die Freisprechanlage benutzen soll oder nicht.«

»Sie ist ja auch nicht so wichtig, die Freisprechanlage, meine ich«, versuchte Jonas zurückzurudern.

»Jetzt kommst du wieder mit der saublöden Freisprechanlage daher … Du scheinst ja ganz besessen zu sein von der Freisprechanlage.« Jonas rollte mit den Augen. Scheinbar konnte er nur das Falsche sagen.

»Ich will von der Freisprechanlage nichts mehr hören, haben wir uns verstanden?«

»Ja, Boss«, sagte er in der Hoffnung, dass er dadurch aus der Reichweite ihres Zorns geriet. Sie war sich sicher, dass er nun nicht mehr darüber nachdenken würde, ob sie Geheimnisse vor ihm hatte, denn das hatte sie. Die gesamte Undercover-Aktion Matteos blieb topsecret. Armer Jonas, dachte sie, aber um glaubwürdig zu sein, musste sie noch etwas grantig bleiben.

»Ausgerechnet jetzt ist Matteo beurlaubt. Tolles Timing für einen Unfall mit dem Dienstwagen unter Alkoholeinwirkung. Männer!«, fluchte sie. Mit diesen Worten würde sie Jonas das Gefühl vermitteln, dass ihre schlechte Laune von der Sorge um Matteo herrührte.

Und richtig. »Der Capo ist nicht blöd. Der wird sich da schon rauswinden, mit ein paar blauen Flecken, aber der packt das schon«, beschwichtigte Jonas.

»Das ist mir egal! Vollidiot«, schimpfte sie weiter und es blieb offen, ob sie damit Matteo, Jonas oder beide meinte.

Der junge Kerschbaumer atmete auf, als das zweistöckige Doppelhaus der Raiffeisenbank vor ihnen erschien. Im linken Gebäude befand sich der Kundeneingang an zwei Säulen vorbei durch die üblichen Glastüren. Links davon befand sich ein kleiner Turm mit Durchgang, der zwischen der Bank und einem Fachwerkhaus mit Balkon eingezwängt war. Auf der Straße standen zwei Polizeiwagen, der Wagen der Spurensicherung und Gruppen von Menschen, die schauten und eifrig diskutierten. Einen Bankeinbruch hatte es in Welschnofen, aber auch in den Nachbargemeinden nie gegeben, selbst an einen kleinen Ladendiebstahl konnte sich niemand erinnern. Was sich hier ereignet hatte, war sensationell. Man fühlte sich plötzlich in der großen Welt, das war Chicago pur.

Sonja Schwarz betrat die Schalterhalle, in der sich die Angestellten aufhielten, und wurde von Peter Kerschbaumer in Empfang genommen und in den Tresorraum geführt. Dort traf sie auf Johann Gebauer, den neuen Chefforensiker, einen jungen Mann, schlaksig, wie ein Nerd wirkend. Mit der großen Nerdbrille auf der Nase, aber ohne Pickel im Gesicht.

»Klasse«, schwärmte der.

»Was ist klasse?«, fragte Sonja erstaunt.

»Da waren absolute Profis am Werk. Wir suchen jeden Millimeter ab, aber wir werden keine Spuren finden«, sagte er bewundernd.

Etwas irritiert musterte Sonja den jungen Wissenschaftler. »Und die Alarmanlage?«

»Ist ausgeschaltet. Das hat ja den Bankdirektor gleich misstrauisch gemacht, als er die Bank aufschloss. Deshalb hat er sofort die Polizei gerufen.«

»Verstehe.«

»Wer ist denn für die Wartung der Alarmanlage zuständig?«

»Leitner Sicherheit.«

Sonja und Jonas wechselten einen Blick. »Wie beim Richter. Haben wir denn von Manuel Steinbrenner inzwischen etwas gehört?«

Jonas Kerschbaumer schüttelte den Kopf. »Ich fahr mal zu Leitner Sicherheit.« Sonja nickte.

»Wie kommst du zurück ins Revier?«

»Mit deinem Vater. Düs los! Das alles kann kein Zufall sein.« Während sich Jonas zur Sicherheitsfirma begab, befragte Sonja den Bankdirektor, aber wie erwartet ohne nennenswerten Erkenntnisgewinn.

33.

Rossi telefonierte gerade mit Franco Gentile, um zu erfahren, ob er etwas mit dem Banküberfall zu tun hatte, selbstverständlich kodiert, als Luca Rizzi, ohne anzuklopfen, Rossis Ersatzbüro betrat. Mit einem missbilligenden Blick nahm er das wahr, verabschiedete sich von Gentile und legte auf.

»Profis …«, begann Rizzi und wirkte dabei magenleidend.

Doch Rossi fiel ihm hart ins Wort: »Ich schätze es ganz und gar nicht, wenn man, ohne anzuklopfen, in mein Büro bricht. Setzen Sie sich!«

Luca Rizzi ließ sich auf dem spartanischen Holzstuhl gegenüber vom Schreibtisch nieder. »Dann bitte ich dafür um Entschuldigung. Die Bosse baten mich, mit Ihnen zu reden. Deshalb. Ich bin quasi ihre Vertretung«, näselte er blasiert.

»Die Bosse können mich anrufen«, konterte Rossi. Dass sie nicht direkt mit ihm kommunizierten, war ein schlechtes Zeichen. Er würde sich mit ihnen in Verbindung setzen.

»Nun bin ich in ihrem Auftrag da. Es ist nichts Persönliches, ich erfülle nur ihre Wünsche«, wand sich Rizzi.

Wie ein Wurm, dachte Rossi. »Sicher.«

»Der Mord an einem Richter …«

»Ist geklärt!«, herrschte Rossi ihn an.

»Geklärt?«

»Ja, der Mörder stellt sich in den nächsten zwei Stunden der Polizei. Damit ist das erledigt.«

Rizzi lächelte süßsauer. »Wenn Sie es sagen. Dann hätten wir nur noch ein Problem. Der Bankeinbruch in Welschnofen. Da sollen Profis am Werk gewesen sein.«

»Ein Bruch ist keine einfache Sache. Klar waren Profis am Werk. Aber hören Sie, ich habe damit nichts zu tun, und meine Leute auch nicht. Und ich bin nicht die Polizei, dass ich alle Verbrechen aufklären müsste. Wir sind die ehrenwerte Gesellschaft, nicht die Bullen.«

»Wir sind ein Unternehmen. Für einen Erfolg unserer Geschäfte benötigen wir Ruhe«, dozierte Rizzi blasiert.

»Sie rauben meine Zeit. Das weiß ich selbst. Und vor allem räumen Sie mein Büro und ziehen hier ein! Haben wir uns verstanden?!« Den letzten Satz hatte Rossi gebrüllt. Er wusste, dass es wie Schwäche aussah, wenn man die Ruhe verlor, dass man dann gehetzt, nicht souverän wirkte. Aber dieser trockene Schleicher ging ihm gewaltig auf die Nerven.

»Wenn Sie meinen«, sagte der pikiert. »Vergessen Sie nie, dass ich nur Anweisungen ausführe.« Rossi fasste Rizzis letzten Satz als Drohung auf. Seinen Plan, den aufsässigen Gentile aus dem Weg zu räumen, musste er leider verschieben. Mehr Unruhe konnte er nicht gebrauchen.

Als beide in Rossis eigentlichem Büro standen, bat Rizzi, ob ihm nicht jemand helfen könne, die Akten in das Buchhalterbüro zu bringen. Es klang unterwürfig, aber gerade darum blieb Vorsicht angebracht. Rizzi würde ihn nicht täuschen, dachte Rossi, während er seinen Leibwächter anwies, Rizzi beim Transport der Akten zu unterstützen. Endlich allein, ließ er sich in seinen großen Armstuhl, der hinter seinem Schreibtisch stand, fallen. Sobald der große Drogentransport abgewickelt und seinen Weg nach Deutschland genommen hatte, würde er mit eiserner Hand Ordnung schaffen. Es lief in letzter Zeit zu viel aus dem Ruder. Und der Ort der Unruhe war Gentile. Wahrscheinlich hatte er es auch Gentiles Intrigen zu verdanken, dass er diesen Kontrolleur wie eine Laus im Pelz sitzen hatte. Alles, was er wusste und erfahren hatte, ließ nur einen Schluss zu, dass Gentile ihn zu entmachten und zu beerben suchte. Gentile musste unschädlich gemacht und die Familien reorganisiert werden, schon um die künftigen Aufgaben zu schultern. Ursprünglich stimmte die Struktur für das Südtirol, weil keine großen Aufgaben zu meistern waren, doch jetzt änderte sich das. Es galt, sich der neuen Zeit anzupassen. Er würde das mit den Familien am Tisch besprechen, wer nicht an diesem Tisch erscheinen würde, war Gentile. Sein objektives Fernbleiben würde alle anderen seinen Plänen gefügig machen.

Bald schon, sobald der verfluchte Transport erst durch sein würde.

34.

Petra hatte einen Blick in den hohlen Baum geworfen und festgestellt, dass dort tatsächlich Geld versteckt war. Verborgen in ihrer alten Kraxel brachte sie das Geld in ihre Wohnung und verbarg es unter einer lockeren Diele. Zufrieden hatte sie festgestellt, dass es in der Tat reichen würde, ihre Probleme zu lösen und das Hotel zu sanieren. Sie empfand ein Gefühl der Dankbarkeit gegenüber Stefan. Und eine Wehmut regte sich in ihr, weil auch sie wusste, dass es keine gemeinsame Zukunft für sie gäbe. Das Leben war ein mieser Verräter. Es ließ sich die Aussicht auf ein bisschen Glück nur allzu teuer bezahlen. Sie schob die Gedanken weg und nahm die Wäsche aus der Maschine und hing sie draußen auf. Auf den Stufen zum Hotel saß Leonie und schaute blinzelnd in die Sonne.

»Willst du mir helfen, Leonie?«, fragte sie. Das Kind nickte.

»Fein, dann kannst du mir die Wäsche zureichen.« Sie stellte die Schüssel auf den Boden neben der Wäschespinne. Leonie gab ihr brav Kleidungsstück nach Kleidungsstück, das sie an die Leine hängte, während Mutter und Tochter scherzten. Plötzlich sagte Leonie wie aus heiterem Himmel: »Warum kann Stefan nicht mein Papa sein?« Petra fiel die Hose aus der Hand, die sie gerade aufhängen wollte. Sie bückte sich nach ihr und fragte ihre Tochter völlig entgeistert: »Wie kommst du denn darauf?«

Leonie schaute ihre Mutter mit großen, ernsten Augen an. »Es ist richtig toll, mit ihm zu spielen. Und zu malen.« Stimmt, dachte Petra, früher malte und zeichnete Stefan gern. Die Abizeitung zierten seine Karikaturen. Wie konnte man mit so einer großen Begabung nur auf die schiefe Bahn kommen?

»Wann habt ihr denn gespielt miteinander?«

»Gestern Nachmittag.«

»Und was?«

»Na Kapitän und erster Offizier doch.« Petra lächelte etwas schmerzlich, sie kannte und fürchtete das Lieblingsrollenspiel ihrer Tochter. Sie hasste Rollenspiele und empfand es als Qual, wenn sie aus Liebe zu Leonie in dieses Spiel einwilligte. Rollenspiele spielen Kinder am besten unter sich, dachte sie, nur, was sollte sie machen, das Hotel lag so einsam, dass sie keine Nachbarn hatten und demzufolge auch keine Kinder in der Nachbarschaft. Darüber machte sie sich immer wieder Vorwürfe und schon aus schlechtem Gewissen ließ sie die Rollenspiele ihrer Tochter geduldig über sich ergehen. Sollte sie Stefan den Umgang mit Leonie verbieten? Einerseits wollte sie nicht riskieren, dass das Kind eine Bindung zu ihm aufbaute, und andererseits rührte es sie und für Leonie stellte es schließlich eine Abwechslung dar. Vielleicht stellte es keinen Zufall dar, dass Leonie sich zu Stefan hingezogen fühlte und er offensichtlich Zeit mit ihr verbrachte, schließlich waren sie, was Petra vor allen geheim hielt und was nur sie wusste, Vater und Tochter. Blut ist eben dicker als Wasser. Möglich, dass sie es ihm sagen müsste, aber würde das nicht alles noch viel schlimmer machen? In ihre Überlegungen drang das Geräusch von knirschenden Autoreifen. Noch bevor sie sich umzudrehen vermochte, rief Leonie aus: »Onkel Manuel!«

Seine zerfurchte Stirn signalisierte ihr, dass es kein angenehmes Gespräch werden würde.

»Lässt du uns allein?« Leonie nickte und lief ins Haus zurück.

Im Eingang traf Leonie auf Stefan, der gerade aufgestanden war und ein paar Schritte gehen wollte.

»Spielen wir wieder?«, fragte das Mädchen.

»Nichts lieber als das«, antwortete Stefan und meinte es auch so. Eigentlich hatte er mit Kindern nichts am Hut, aber Leonies unverblümte Verschmitztheit gefiel ihm und stieß für ihn die Tür auf in eine andere, unkomplizierte Welt, in der es keine Gefängnisse und keinen Mord und keine Einbrüche und all diesen Dreck, der an ihm haftete, gab.

Und während Stefan im Foyer mit Leonie ein Bild zu malen begann, von einer Insel, einer Schatzinsel, zu der der Kapitän Leonie mit seiner Mannschaft hin unterwegs war, geriet Petra mit ihrem Bruder vor der Wäschespinne in einen Streit.

»Es gab wieder einen Einbruch bei einem unserer Kunden. In der Raiffeisenbank in Welschnofen. Wie beim Richter, der den Täter überraschte und jetzt tot ist«, begann er düster.

»Hast du dir den Weg hier raus gemacht, um mir das zu erzählen?«

»Die Polizei will, dass ich ihr helfe, rauszukriegen, ob da jemand die Alarmanlagen manipuliert hat.«

»Und was denkst du?«

»Du weißt, dass eigentlich nur du oder ich die Anlage hätte ausstellen können.«

»Willst du sagen, dass ich den Richter getötet und die Bank überfallen habe? Mit Leonie zusammen?«

Manuel Steinbrenner schüttelte den Kopf. Dass seine Schwester einen Mann tötete und in eine Bank einbrach, das traute er ihr nicht zu.

»Du nicht. Hast du dich mit irgendwelchen Leuten eingelassen?« Hysterisch lachte Petra auf. »Mit wem soll ich mich denn einlassen?«

»Wer sind deine Gäste?«

»Leute aus Mailand! Kannst du dein blödes Detektivspiel mal lassen? Aus dem Alter solltest du langsam raus sein.« Er ging wortlos an ihr vorbei und mit großen Schritten auf das Hotel zu. Für einen Moment blieb sie stehen, dann folgte sie ihm.

»Stefan Karcher?«, wie angewurzelt blieb Manuel Steinbrenner im Foyer stehen und glaubte seinen Augen nicht zu trauen. Er starrte Stefan, der mit seiner Nichte ein Bild malte, an wie ein Gespenst aus der Vergangenheit. Er schaute auf und jetzt auch Leonie. Hinter Manuel trat jetzt auch Petra ins Foyer. Manuel wandte sich um und warf seiner Schwester einen ratlosen Blick zu.

»Ich muss nachdenken«, sagte er tonlos. Dann ging er kopfschüttelnd zurück zu seinem Wagen und fuhr los. Alarmiert schaute Stefan Petra an.

»Kümmere dich um Leonie, ich erledige das«, rief sie ihm zu, dann war auch sie aus der Tür und lief Richtung Berg.

35.

Eine merkwürdige Ruhe beherrschte das Büro, das sonst immer einem Taubenschlag glich, denn alle ihre Leute außer Peter Kerschbaumer, der sie vom Tatort mit in die Questura genommen hatte, befanden sich noch in der Bank oder bereits auf dem Rückweg, während Jonas zur Firma fuhr, in der Manuel Steinbrenner arbeitete. Sonja stand vor der Ermittlungswand, dachte nach und entschloss sich schließlich, zwei Teams zu bilden, eines unter Jonas, das sich um den Mord am Richter kümmern, und eines um dessen Vater, der weiter den Bankeinbruch ermitteln sollte. Sie hatte Peter Kerschbaumer gar nicht gehört, der mit zwei kleinen Tassen in der Hand ihr Büro betrat.

»Ein Espresso gefällig?«, fragte er und stellte eine der beiden Tassen vor Sonja auf den Tisch. Die nahm die Tasse, führte sie zum Mund, pustete leicht und genoss den bitteren Geschmack des Getränks.

»Du bist der Mann, der die Wünsche den Frauen von den Augen ablesen kann«, scherzte sie.

»Und nicht nur das. Ich habe auch einiges herausgefunden. Wie das Ganze zusammenpasst, weiß ich allerdings noch nicht.«

»Na dann, schieß los«, sagte Sonja, setzte sich auf ihren Stuhl und bot Peter den gegenüberliegenden Platz seines Sohnes an. Der folgte der Einladung, trank in Ruhe den Espresso aus und begann: »Leitner hatte früher mal Probleme mit der Steuer, aber die Sache ist bereinigt. Der Laden brummt. Kein Grund, sowas zu riskieren. Aber einer der Techniker hat Probleme. Manuel Steinbrenner betreibt mit seiner Schwester ein Hotel im Vajolettal, das nicht besonders gut läuft. Deswegen geht er auch arbeiten. Aber einen konkreten Verdacht gibt es bisher weder gegen ihn noch einen anderen der Mitarbeiter.«

»Einen konkreten Verdacht haben wir auch nicht, aber es fällt doch auf, dass Herr Steinbrenner noch nicht zurückgerufen hat. So lange kann es doch nicht dauern, im Computer nachzusehen, wann die Alarmanlage ausgeschaltet wurde.« Sonja nahm den Hörer und wählte Leitners Nummer und hatte auch gleich den Chef am Apparat.

»Leitner Sicherheitssysteme, was kann ich für Sie tun?«

»Sonja Schwarz, Kripo Bozen. Der Techniker, den Sie uns geschickt haben, wollte in Ihrem Hauptrechner was nachsehen und uns dann zurückrufen, hat er aber nicht gemacht. Könnten wir ihn mal sprechen?«

»Der ist leider nicht da, Herr Steinbrenner ist nicht mehr hier. Weiß auch nicht wieso. Eigentlich hätte er heute Bereitschaft.«

»Okay, mein Kollege Jonas Kerschbaumer ist auf dem Weg zu Ihnen. Unterstützen Sie ihn und zeigen Sie ihm alles.«

»Selbstverständlich!« Anschließend rief sie Jonas via Handy an, um ihn zu informieren. Vor allem sollte er sich mit Leitner an den Computer setzen, um herauszufinden, wie es zu den Abschaltungen der Alarmanlagen kommen und wer sie vornehmen konnte.

Nachdem sie aufgelegt hatte, wandte sie sich wieder Peter Kerschbaumer zu, wurde aber vom Klopfen an der geöffneten Tür ihres Büros von der Fortsetzung des Gesprächs abgehalten. Neben dem Polizisten stand ein etwa 30-jähriger Mann in Jeans, buntem Hemd und Lederjacke, mit wulstigem Mund, Basedow-Augen und einer quellend schwarzen Lockenpracht.

»Der Herr wollte unbedingt die Ermittler im Fall Pircher sprechen.«

»Danke, Sie können gehen«, beschied Sonja den Polizisten, dann forderte sie den jungen Mann auf, mit in Zanchettis Büro zu kommen. Kerschbaumer folgte den beiden.

»Sie sind?«, begann Sonja geschäftsmäßig.

»Tobi, Tobi Hinterseer.«

»Gut, Tobi Hinterseer, was möchten Sie hier?« Sonja fiel der unstete Blick des hübschen, vielleicht etwas zu hübschen jungen Mannes auf. Seine manikürten Finger bewegten sich unablässig, als kreisten sie umeinander wie bei einem Kriegenspiel.

»Eine Aussage machen.«

»Dann schießen Sie mal los!«

Schweiß perlte vom Gesicht des jungen Mannes. Sonja spürte, wie er sich überwinden musste. Nachdem er drei Anläufe genommen hatte, stieß er plötzlich abgehackt hervor: »Ich war's … ich war's … Ich habe das alte Schwein kaltgemacht.«

Sonja und Peter Kerschbaumer sahen sich verblüfft an.

»Wollen Sie damit sagen, dass Sie Josef Pircher getötet haben?«

»Ja … ja … ja, ich, ich war's.«

»Warum haben Sie das getan?«

»Weil der alte Schmutzfink mich nicht in Frieden ließ.«

»Können Sie das näher erläutern? Und wieso Schmutzfink? Wir sprechen von einem pensionierten Richter«, hakte der ältere Kerschbaumer nach.

Der junge Mann zog mehrmals kurz hintereinander die Nase hoch. »Vor zehn Jahren hatte ich ein Problem und der Richter musste entscheiden, ob er mich in den Knast schickt oder zur Bewährung rauslässt.«

»Und er hat sie auf Bewährung verurteilt?«, mutmaßte Sonja.

»Aber das hatte seinen Preis«, antwortete Tobi Hinterseer angeekelt.

»Welchen?«

»Das wollen Sie nicht wissen, gnädige Frau.« Seh ich schon so alt aus, dass er mich gnädige Frau nennt, schoss es Sonja durch den Kopf.

»Wollen will ich wirklich nicht, aber wissen muss ich es schon. Also!«, sie beschloss, ihn hart anzufassen.

»Der Alte hatte so gewisse Neigungen, vor allem liebte er Buben in meinem Alter. Ich musste immer als Hausmädchen im kurzem Rock vor ihm posieren. Das hat ihn angemacht.«

»Ist das alles?«

»Nein, aber das ist noch das Harmloseste. Wenn einer eine dreckige Phantasie hatte, dann war es er. Als ich mich schließlich weigerte, hat er meinen Freund verknackt, für drei Jahre. Als Warnung für mich. Der Bertschie hat den Knast nicht lebend verlassen. Vor einer Woche habe ich die Nachricht bekommen. Dabei haben wir uns auf seine Entlassung gefreut. Wir wollten ganz neu anfangen, verstehen Sie, ganz neu.« Bei diesen Worten brach Tobi Hinterseer in heftige Tränen aus.

Dann sagte er voller Wut: »Die Sonne scheint nicht für euch! Das hat das fette Schwein immer gesagt: Die Sonne scheint nicht für euch. Das hat die Natur entschieden, wer gut ist und wer verderbt, und ihr, ihr seid's halt verderbt, hat er immer gesagt, deshalb könne er alles mit uns machen, was ihm gefällt, weil er ein Guter sei.«

»Fühlen Sie sich erleichtert, dass der Richter tot ist?«, fragte Sonja kühl.

Der junge Mann starrtc sic an, als hätte sie so rein gar nichts begriffen. »Erleichtert? Nein. Befriedigt. Jetzt scheint die Sonne nämlich nicht mehr für ihn. So schnell kann es gehen. Als ich von Bertschies Tod erfuhr, hatte ich so eine Wut im Bauch und dachte, das Leben ist zum Kotzen. Wissen Sie, ich vermisse den Bertschie, habe ihn immer vermisst in den drei Jahren, jeden verdammten Tag habe ich ihn vermisst.«

Jetzt wirkte er wie ein kleiner Junge, ratlos, hilflos, unendlich traurig, verloren in der großen weiten Welt.

»Wie heißt denn der Bertschie?«, fragte Sonja sanft.

»Wie, ach so, ja, Bert, Bert Maierl.«

Sonja rieb sich die Augen. Dann beorderte sie einen Polizisten zu sich.

»Bringen Sie Herrn Hinterseer in eine Zelle.« Und zu dem jungen Mann gewandt: »Wir müssen erstmal Ihre Angaben überprüfen, dann reden wir weiter.«

»Ich war's doch aber«, insistierte er mit großem Schrecken.

»Ja, natürlich, aber dennoch. So gehen wir vor.«

Hinterseer nickte, auch wenn er nichts verstand.

Sonja und Peter schauten sich verwundert an, nachdem der Polizist den jungen Mann abgeführt hatte.

»Seltsam«, sagte Sonja. »Wie soll der die Alarmanlage ausgeschaltet haben? Der findet ja nicht einmal den Lichtschalter in seiner Wohnung.«

»Und die Bank hat er sicher nicht ausgeräumt. Er passt nicht ins Bild«, ergänzte Peter Kerschbaumer.

»Ja, aber das kann auch an unserem Bild liegen. Überprüf mal die beiden Fälle, vom Hinterseer und vom Maierl, Bert.«

»Nichts anderes hatte ich vor«, sagte er und verschwand in sein Büro.

36.

Aus zwei großen Umzugskartons, die sie auf Schatzsuche im Keller gefunden hatten, bauten im Foyer Stefan und Leonie ein Flugzeug mit Ruder, mit Tragflächen und Höhenleitwerk. Sie schnitten die entsprechenden Teile aus und klebten sie an. Während Stefan das Höhenleitwerk anbrachte, bemalte Leonie den Rumpf des Flugzeuges. In diesem Moment kam Francesca um die Ecke. Die beiden waren jedoch so ins Spiel vertieft, dass sie die junge Frau nicht bemerkten. Sie zog sich hinter die Ecke zurück und beobachtete Stefan und Leonie. Es öffnete ihr das Herz, als sie Stefan so ins Spiel mit dem kleinen Mädchen vertieft sah. Er würde sicher ein guter Vater sein. Und als sie das dachte, spürte sie den Schmerz in ihrer Seele, weil sie keine Kinder mehr bekommen konnte. Zum ersten Mal in ihrem Leben fühlte Francesca über das, was sie immer als sehr praktisch empfand, denn man musste sich keinerlei Gedanken über Verhütung machen, eine tiefe Trauer, denn nie würde Stefan so mit ihren leiblichen Kindern spielen können. Nie! Und in dem Augenblick, in dem ihr das angesichts der beiden, die auf sie wie Vater und Tochter wirkten, bewusst wurde, stürzte sie in ein schwarzes Loch ohne Grund. Würde sie ihn denn halten können? Würde er sich nicht eines Tages eine Frau suchen, die ihm Kinder gebären konnte?

Sie wandte sich ab und schlich auf ihr Zimmer zurück. Kummer, das letzte Mal hatte sie ihn gefühlt, als ihre Mutter starb. Sie wollte ihm nie wieder begegnen, diesem hässlichen, hinterhältigen, perversen Kerl, der vom Schmerz der Menschen, vom Verlust und vom Ungenügen lebt.

Doch davon hatte Stefan nichts mitbekommen, der ganz im Spiel mit Leonie aufging und für den es in diesem Moment nur eines gab und auch nur eines wichtig war auf der Welt: der Bau des Flugzeugs, mit dem er mit Leonie in den Himmel ihrer Phantasie und Träume fliegen würde, so hoch und so weit weg von der tristen Realität.

37.

Jonas Kerschbaumer hatte Sonja mitgeteilt, dass er einen Computerfachmann von der Forensik angefordert hatte. Sobald der an Ort und Stelle wäre, würde er mit ihm und Leitner den Rechner durchgehen, um herauszufinden, weshalb die Alarmanlagen ausgestellt waren. Als es auf dem Flur laut wurde, ging sie hinaus, konnte sich aber ein Lächeln nicht verkneifen, als sie ihre »Truppe« eintreffen sah, und beorderte die ganze Mannschaft gleich in ihr Büro, rief per Telefon auch noch Peter Kerschbaumer hinzu und teilte die beiden Ermittlungsgruppen auf, die zum Banküberfall unter Leitung des älteren, die zum Mord am Richter unter Führung des jüngeren Kerschbaumers. Sie hatte die Einteilung gerade abgeschlossen, als ein feucht-fröhlicher Gesang vom Gang her tönte: »Azzurro/il pomeriggio è troppo azzurro/e lungo per me.« Ihr schwante nichts Gutes und tatsächlich wankte Matteo Zanchetti mit einem Hawaiihemd bekleidet und einer großen Sonnenbrille auf der Nase, natürlich volltrunken, ins Büro. Alle sahen ihn befremdet an, manchem wie Peter Kerschbaumer war es peinlich, seinen Chef so zu sehen. »Mi accorgo/di non avere più risorse«, sang er noch, dann brach er mitten im Lied ab. »Mit so stocksauren Mienen werdet ihr keinen einzigen Verbrecher fangen. Die nehmen vor eurer schlechten Laune schon Reißaus.« Das fand er selbst so komisch, dass er sich in einem Labyrinth erst aus Lachen, dann aus Kichern verlor.

»Du bist beurlaubt, Matteo. Geh nach Hause und schlafe deinen Rausch aus.«

»Was seid ihr Deutschen für ein langweiliges Volk.« Matteo ließ sich auf Jonas' Stuhl fallen. »Was habt ihr denn in meiner Abwesenheit herausgefunden. Ich höre!« Sonja ging auf ihn zu und stellte sich vor ihn, wobei sie ihm die Hand entgegenhielt. »Komm, ich bring dich nach Hause.«

»Nach Hause? Wieso das? Ich bin doch gerade erst gekommen. Behandelt man so seinen Chef?«

»Wenn du so weitermachst, dann wirst du die längste Zeit mein Chef gewesen sein. Komm, ich bring dich nach Haus, und diesen ›Besuch‹ vergessen wir, okay!« Matteo stierte unschlüssig von einem zum anderen Polizisten und glitt an deren abweisenden Gesichtern ab. Bei Sofias Anblick grinste er. »Salute, schöne Frau.«

»Komm, Matteo«, mahnte Sonja. Der Capo ergriff ihre Hand, zog sich hoch, dann sie an sich, doch Sonja machte sich frei, so dass er nun auf sie gestützt und zufrieden grinsend das Büro verließ. Er wankte von ihr geführt zum Auto und sang dabei: »Azzurro/il pomeriggio è troppo azzurro/e lungo per me.« Sie hatte einige Mühe, den betrunkenen Capo auf den Beifahrersitz zu bugsieren, weil die fixe Idee von ihm

Besitz ergriffen hatte, selbst zu fahren. Nachdem er zu der Auffassung gelangt war, genügend Aufmerksamkeit erzeugt zu haben, ließ er es schließlich zu.

Sobald Sonja mit dem Wagen die Questura verlassen hatte, trat ein Wunder ein, denn der betrunkene Commissario wurde plötzlich stocknüchtern, nur grinste er zudem verschmitzt: »Und? Wie hat dir mein Auftritt gefallen?«

»Du wirst immer besser. Wäre schön, wenn du mal ein anderes Lied singen würdest«, scherzte sie.

»Würd ich gern, ich kenn nur kein anderes. Außerdem passt es prima zu meinem Outfit.«

»Outfit? Andere würden es eine Karambolage mit dem guten Geschmack nennen.«

»Nennen wir es *volkstümlich*. So, jetzt bring mich auf den neuesten Stand!«

Vor ihr lag die Straße in Sonnenlicht gehüllt und selbst die Luft, die Häuser und der Straßenbelag hatten etwas von dem güldenen Licht des Fixsterns angenommen. Nachdem sie alle Fakten und Geschehnisse zusammengefasst hatte, schwiegen sie.

»Der Einbruch in die Volksbank ist der Beweis, dass die Mafia nicht hinter dem Mord an dem Richter steckt, wenn beide Verbrechen vom gleichen Täter ausgeführt worden sind.« Sonja nickte. So weit war sie auch schon.

»Jedenfalls werden sie ihre Geschäfte nicht durch einen simplen Bankeinbruch gefährden«, pflichtete Sonja bei.

»Und dennoch könnte es eine Verbindung des Richters zur Mafia geben.«

»Du meinst, die Mafia schickt uns jemanden, den wir für den Täter halten sollen …«

» … um die Nachforschungen über den Richter einzustellen.«

»Von der ausgestellten Alarmanlage beim Richter und bei

der Bank, von diesem Zusammenhang können sie nichts wissen.«

»Und die Bank interessiert sie auch nicht, nur der Richter.«

»Okay, wir sind dran. Wie kommst du denn vorwärts?«

Matteo stöhnte. »Gut, aber zu langsam, doch schneller geht es nicht. Rossi hat mir das Angebot gemacht, dass ein Anwalt für mich kostenlos arbeitet.« Sonja musste schmunzeln. »Du Fuchs. Deshalb also der Auftritt heute.« Matteo blickte wie der unschuldigste Mensch von der Welt. »Findest du nicht, dass ich nach diesem Auftritt einen Anwalt brauche?«

»Den besten Mafiaanwalt von der Welt, dem du auch erklären musst, weshalb du so von der Rolle bist.«

»Ja«, sagte Matteo ernst, »weil ich Lucia verloren habe, weil sie durch meine Schuld gestorben ist.«

»Du willst also mit der Wahrheit lügen?«

»Ja, das ist das sicherste Mittel.«

»Und das gefährlichste. Weil du den ganzen Schmerz wieder durchleben musst.«

»Ich durchlebe ihn doch so schon ständig«, sagte Matteo so leise, dass es wie eine hingeworfene Bemerkung wirkte, wenn die Bitterkeit nicht so stark in ihr gewesen wäre.

»Pass auf dich auf, Matteo«, sagte sie zu ihm, als er vor seiner Wohnung ausstieg.

»Claro, Principessa«, erwiderte er mit einem resignierten Lächeln.

38.

Er wusste gleich, dass etwas nicht stimmte, als Petra aschfahl im Raum stand.

»Jetzt wirst du einen Flug zu den Großen Butterblumeninseln allein machen, weil ich mit deiner Mama zu reden habe, und danach fliegen wir nach Taka-Tuka-Land zum Titicacasee und zum Popocatepetl.« Das Kind lachte aus vollem Herzen und fand aus dem Lachen nicht mehr heraus. Er fuhr Leonie übers Haar, dann folgte er Petra nach draußen. Sie zitterte am ganzen Körper.

»Ich habe meinen Bruder getötet«, stieß sie hervor, als müsse sie sich selbst sagen, was geschehen war. Er nahm sie in den Arm und drückte sie fest an sich. Es war ihm egal, ob Francesca sie sehen würde, es gab nur sie und ihn und etwas Schreckliches, eine dunkle Bedrohung, vor der er sie zu beschützen hatte. Stefan sagte nichts, er hielt sie nur fest, ließ ihr Zeit und wartete geduldig darauf, dass sie die Worte fand, um ihm zu erzählen, was geschehen war. Sie weinte, weinte, völlig hemmungslos wie ein Kind. Nach geraumer Zeit fand sie zu sich. »Er hat herausgefunden, dass mit meiner Hilfe die Alarmanlagen ausgestellt worden sind. Er konnte sich das nicht erklären. Als er dich vorhin gesehen hatte, schwante ihm was.« Sie legte eine Pause ein, als müsse sie Anlauf nehmen, um weiterzuerzählen.

»War er oben auf dem Berg?« Sie nickte, was er nicht sah, aber fühlte.

Doch plötzlich anklagend: »Du hast mir doch versprochen, dass man mich damit nicht in Verbindung bringen kann.«

»Die Polizei kann das nicht, auch nicht Leitner, nur dein Bruder kann es vermuten, doch beweisen, beweisen wird er es nicht können.«

»Er wollte von mir, dass ich mich der Polizei stelle und dich anzeige. Sonst würde er es tun. Ich habe ihm gesagt, dass es für das Hotel ist und dass unsere Zukunft gesichert ist. Das hat ihn alles nicht interessiert.« Fassungslos, erschüttert, voller Wut und Enttäuschung: »Nicht einmal, dass Leonie ins Kinderheim kommen würde, wenn sie mich einsperren.«

»Schwein!«

Sie machte sich frei. Gerade und schön und entschieden stand sie vor ihm, auf einmal klar, fast emotionslos. »Das hätte ich mir früher überlegen sollen, hat er mir geantwortet.«

»Und dann?«

»Ich schlug ihn ins Gesicht. Wo er doch so gar kein Mitleid mit meinem kleinen Mädchen hatte. Er stieß mich weg und brüllte mich an, dass er zur Polizei gehen werde, wenn ich es nicht täte. Und das Hotel endlich wegmüsse, es bringe nur Unglück. Und da habe ich zurückgestoßen, beide Hände habe ich gegen seine Brust gestoßen. Er verlor das Gleichgewicht, wankte und ich stieß noch mal zu, da fiel er über die Felsenkante und stürzte.« Sie deutete mit dem Finger gegen die Felswand. »Irgendwo da unten muss er liegen.«

»Felsen bringen uns kein Glück, weil sie Abgründe haben.« Er dachte an seinen Großvater, an seinen Traum schließlich.

»Wie meinst du das?«

»Du hast deinen Bruder nicht getötet. Es war ein Unfall.«

»Ein Unfall?«, fragte sie ungläubig.

»Ja, ein Unfall«, redete er auf sie ein. »Ein dummer, tragischer Unfall. Aber wer weiß schon, dass du an dem Unfall beteiligt warst? Niemand? Er ist gestrauchelt, gestürzt. Was geht er auch so nah an den Abgrund? Was glotzt er da auch hinein? Was geht ihn dieser Abgrund überhaupt an?«

»Ja, du hast recht. Was geht ihn dieser Abgrund an?«

»Dein Bruder war fahrlässig. Und Petra«, sagte er entschieden. Sie schaute ihn verwundert an, weil sie diesen

Nachdruck in seiner Stimme nicht kannte. »Denk an deine Tochter. Nur das ist wichtig. Sei für sie da. Sie ist ein so tolles Kind. Du hast genug Geld, geh vorsichtig damit um und restauriere das Hotel.« Sie biss die Zähne zusammen und nickte.

»Wie gern hätte ich … Ach, es ist so, wie es ist«, brach er ab. Sie nickte und ging ins Haus. Er lief zum Felsen, am hohlen Baum vorbei, und fand ihn schließlich in einem Himbeerstrauch liegen, verdreht, mit starren offenen Augen. Manuel Steinbrenner lag am Fuße des Felsens. Stefan empfand kein Mitleid, nur Verachtung für ihn. Wer nicht wenigstens seine Familie zu schützen versuchte, taugte nichts, wie seine Mutter auch nichts taugte, die sich nie für ihn eingesetzt hatte. Doch mit Manuels Tod wurde es nur umso notwendiger, sobald als möglich hier zu verschwinden, denn er stellte das Missing Link dar, das die Bullen benötigten, um Petra mit den Raubzügen in Verbindung zu bringen. Plötzlich kam ihm eine Idee. Er rannte zum Hotel. Petra saß hinter Leonie in der Kiste, die für beide in diesem Augenblick ein Flugzeug darstellte.

»Hallo, hier Bodenstation. Bitte landen, bitte landen.«

»Hier Flugzeug, warum?«, fragte Leonie schalkhaft. Und diesem fröhlichen Kind wollte der eigene Onkel das Glück nehmen, dachte Stefan bitter.

»Das Flugzeug muss betankt werden.«

»In Ordnung, wir landen.« Stefan nahm ein paar Blätter vom Tresen und rollte sie ein. Die gab er Leonie, als sie aus der Kiste stieg. »Betankst du mal das Flugzeug? Ich muss etwas mit deiner Mutter bereden.« Stolz nahm Leonie die eingerollten Blätter, die im Spiel für sie einen Tankstutzen darstellten, und hielt sie an die hintere Ecke der Kiste, wie sie es von der Betankung von Autos kannte. Stefan nahm Petra beim Arm und zog sie zur Tür.

»Wenn die Polizei dich fragt, sag, dass du das Hotel aufgeben wolltest. Manuel wollte es unbedingt behalten. Sag, dass er dir versprochen hat, das Geld aufzutreiben.« Sie schaute ihn verdutzt an, dann begriff sie. Der Verdacht würde auf Manuel fallen, den man nicht mehr befragen konnte. »Sag auch, in letzter Zeit kam er dir etwas verändert vor, stiller, in sich gekehrter. Aber sag nicht zu viel, lass es dabei. Es wirkt oder es wirkt nicht. Die Bullen sind auch nicht doof, die merken, wenn du versuchst, ihnen was einzureden. Lass es eher wie nebenbei und erst auf Nachfrage fallen, so als fiele dir das erst jetzt ein.« Sie nickte. »Übermorgen sind wir weg.« Sie hätte darüber erleichtert sein müssen, doch sie war es nicht.

Er wollte ihr noch etwas sagen, doch dann sah er, dass Daniele mit seinem BMW auf den Parkplatz fuhr.

»Er muss uns nicht zusammen sehen«, raunte er ihr zu, dann ging er auf sein Zimmer. Auf der Treppe hörte er Leonies glockenhelle Stimme. »Wo ist denn Stefan?«

»Er musste eine andere Maschine nehmen«, sagte Petra.

»Schaaaaadeee«, tönte es aus der Kiste, die das schönste Flugzeug der Welt war, für Leonie und auch für Stefan. Bald schon würde er in einem großen Flugzeug sitzen, das ihn weit, weit fort brächte, dachte er. Dahin, wo er nicht sein wollte, weil er nicht mehr sein durfte, wo er inzwischen am liebsten geblieben wäre.

39.

Als sie der Anruf von Jonas ereilte, befand sie sich auf dem Rückweg in die Questura. Sie stellte die Freisprechanlage an und lächelte. Armer Jonas, dachte sie.

»Wir sind alles durchgegangen.«

»Und?«

»Viele Kunden geben an, wann sie in Urlaub fahren, weil sie wollen, dass die Firma dann besonders aufpasst.

»Und die Firma hat eine Liste der Codes?«

»Nein. Die Codes kennt nur der Kunde.«

»Aber was ist, wenn ein Kunde seinen Code vergisst und dadurch einen Alarm auslöst?«

»Dann rufen sie den Kunden an. Wenn er sich meldet, muss er ein Passwort nennen. Ist das richtig, wird von hier aus der Alarm ausgeschaltet.«

»Das geht also.« Innerlich fluchte sie über die schlecht eingestellte Ampelschaltung, die zuverlässig an dieser Kreuzung jeden Tag einen Stau verursachte. Aber da half nur Geduld, und Geduld kostete Zeit, die sie nicht hatte.

»Ja, aber da gibt es ein Protokoll, in dem jede Aktivität dieser Art gespeichert wird. Das ist wie eine Blackbox beim Flugzeug. Die kann man nicht löschen.«

»Hast du sie kontrolliert?«

»Ja, aber da ist nichts.«

»Mist«, fluchte Sonja.

»Moment, ich bin noch nicht fertig, der Forensiker und ich haben uns das näher angesehen.«

»Und?«

»Jemand hat das System manipuliert. Eine Art Virus, der den Leuten die Möglichkeit gibt, auf das Netzwerk zuzugreifen und Alarmanlagen auszuschalten, ohne dass das im Protokoll auftaucht.«

»So eine Art Hackerangriff?«

»Nein. Dazu ist das System zu gut geschützt. Das muss jemand hier in der Firma gemacht haben.«

»Wie?«, fragte Sonja und hoffte, dass Jonas sie mit den notwendigen Details verschonte und ihr gleich das Ergebnis mitteilte, die Benutzeranweisung sozusagen.

Jonas tat ihr den Gefallen, ohne dass eine Absprache vonnöten gewesen wäre. »Das Programm muss jemand geschrieben und in das System gespielt haben. Danach konnten die von außen ins Netzwerk und auf die Alarmanlagen zugreifen.«

»Kann man das Schadprogramm irgendwie loswerden?«

»Nur indem man das ganze System runterfährt und es komplett neu aufbaut. Das dauert sicher zwei Tage. So lange sind alle Kunden ungeschützt.«

»Da wird Leitner wohl nichts anderes übrig bleiben. Okay, sprich mit Leitner alles ab. Er kann morgen damit starten. Wir brauchen eine Liste der Objekte, die von Leitner gesichert werden. Dann müssen wir schauen, wie wir was so lange polizeilich absichern können. Wir erstellen auf der Grundlage von Leitners Angaben eine Prioritätenliste.«

»Gut.«

»Wir haben es hier mit einer professionellen Diebesbande zu tun, die wir bis jetzt nicht auf dem Zettel hatten«, sagte Sonja und dachte: die auch nichts mit der Mafia zu tun hat.

»Ich schicke eine Streife zu Manuels Wohnung. Fahr doch auf dem Rückweg mal im Hotel Alpenglühen vorbei, das führt Steinbrenners Schwester. Vielleicht weiß die etwas.«

»Und wenn nicht?«

»Schreiben wir Manuel Steinbrenner zur Fahndung aus. Er hängt da irgendwie mit drin.« Auflegen und das Auto auf dem Hof der Questura einparken waren eins. Es existierten einfach zu viele Details, aber sie spürte, langsam Ordnung in die Sache zu bekommen.

40.

Matteo Zanchetti sah schlimm aus, die Haare zerzaust, der Blick wirkte etwas gejagt, Kinn und Wangen hatten bereits seit drei Tagen keinen Rasierer mehr gesehen und sein modischer Dreitagebart ähnelte einem verwilderten Beet. Er hatte sich mit Rossi verabredet. Sie trafen sich im Hintereingang seines Restaurants. An der Wand stapelten sich Kisten mit leeren Wasser- und Bierflaschen. Dafür, dass Rossi direkt auf Matteos Erscheinungsbild reagieren würde, war er viel zu professionell. Das wusste der Capo. Aber die Wirkung der Musik machte das Arrangement aus.

»Vielleicht benötige ich doch einen guten Anwalt.«

»Stehe Ihnen gern zu Diensten.«

»Nur damit wir uns richtig verstehen, Rossi, ich stehe damit nicht in Ihrer Schuld.«

»Natürlich nicht.«

»Gut.«

»Ich frage mich, was ist los mit Ihnen, Commissario Capo? Für einen Auftritt wie heute in Ihrer Dienststelle sind Sie viel zu klug.«

»Davon wissen Sie schon?«, brummte er. Matteo spürte, dass Vorsicht geboten war, denn Rossi ließ sich nicht so einfach etwas vormachen. Er witterte die Falle. Aber Matteo wusste auch, dass es bei jeder Undercover-Aktion die Momente der Unsicherheit und des Misstrauens gab, die es zu überwinden galt.

»Bozen ist klein«, flötete Rossi.

»So klein auch wieder nicht. Reichen Ihre Ohren und Augen bis in mein Büro?«

Rossi lachte. »Wissen Sie, Commissario, wir leben im Zeitalter der Informationsflut. Man sollte kein Nachrichtenmessi werden und sich von Informationen zumüllen lassen. Weniger ist mehr. Aber wer kann schon vor den aufdringlichen Spatzen, die es von den Dächern pfeifen, ständig die Ohren verschließen?«

»Was pfeifen denn die Spatzen von den Dächern?«

»Dass Sie in Schwierigkeiten stecken. Aber das beschäftigt mich nicht.«

»Was dann?«

»Ich verstehe nicht, wie ein Musterbulle wie Sie ins Straucheln gerät. Es passt nicht zu Ihnen. Aber es geht mich auch nichts an. Ich führe ein Restaurant und keine psychologische Praxis.« Rossi zog die Augenbrauen hoch.

»Richtig, es geht Sie auch nichts an!«, erwiderte Matteo zugeknöpft. »Sie wollten mir einen Anwalt empfehlen, nicht Sigmund Freud.«

Rossi lachte herzhaft auf, etwas zu herzhaft. Süditaliener, dachte Matteo, sie kennen nie das rechte Maß.

»Gehen Sie zu Dottore Schmalfuß, ein exzellenter Fachmann für öffentliches Recht. Hat in der Josephsgasse 15 seine Kanzlei. Die Telefonnummer werden Sie wohl ermitteln können, bei Ihren Fähigkeiten, Commissario, ein Kinderspiel«, sagte Rossi launig. Matteo verkniff sich ein Schmunzeln, denn der Pate hatte sich einen, wenngleich kleinen, Fehler erlaubt. Sein Spott zeigte, dass er Matteo Zanchetti nicht mehr ganz für voll nahm, dass er sich über ihn erhob. Genau das wollte er erreichen, genau das würde er weitertreiben. Erst, wenn Rossi ihn für schwach hielt, würde er in dessen Organisation eindringen können. Es wunderte ihn auch nicht, dass Rossi einen Spezialisten für öffentliches Recht aus dem Ärmel zu ziehen vermochte, denn die Mafia benötigte inzwischen diese Fachanwälte öfter und dringender als die für Strafrecht.

»Danke für den Rat«, sagte Matteo beiläufig, nickte Rossi zu und ging zu seinem Flitzer. Im Nacken spürte er Rossis nachdenklichen Blick. Er saß kaum in seinem Audi, da klingelte sein Handy. Innocencia, die er Inno nannte, meldete sich.

»Wo bist du gerade?«

»In einer Spielhalle«, log er.

»In einer Spielhalle?«, fragte sie verwundert. Er konnte ihre aufgerissenen Augen vor sich sehen, das Innehalten beim Schaukeln in ihrem Bürostuhl.

»Ja, ich weiß, eine Spielhalle ist für einen Spieler wie ein Kasten alkoholfreies Bier für einen Trinker. Man trinkt und trinkt und hofft, dass am Ende doch noch der Kick kommt«, antwortete er zerknirscht. Die Pause, die eintrat, hatte er erwartet, sie überlegte.

»Bist du noch dran?«, fragte er nach einer Minute.

»Ja, ja«, fing sie sich. »Willst du um 17 Uhr bei mir sein?«

»Und wie ich will«, sagte er charmant, mit einer leichten, kaum wahrnehmbaren erotischen Anspielung im Unterton.

»Zieh dir was Schönes an. Vielleicht gehen wir ja noch weg«, sagte sie etwas unentschieden.

»Auch die Verpackung soll stimmen. Bis 17 Uhr, Bella«, beendete er das Telefonat, schmunzelte vergnügt und gab

Gas. Sie hatte sich zwar noch nicht entschieden, ob sie ihn zu ihrer Pokerrunde mitnehmen würde, aber er war einen halben Schritt weiter.

41.

In seinem Zimmer traf er auf eine grollende Francesca. Sie saß in dem klobigen braunen Sessel, der in den 70er-Jahren einmal der letzte Schrei war. Er blickte kurz zu ihr, dann wandte er sich zu dem massiven Schreibtisch, auf dem sein Laptop stand.

»Du fragst nicht mal, was los ist«, raunzte sie ihn an.

»Was ist denn los?«, echote er mechanisch.

»Schau mich an, wenn ich mit dir rede!« Wie ein Schulbub drehte er sich zu ihr.

»Setz dich in den Sessel. Ich will nicht, dass du auf mich herabblickst!«, sagte sie nicht mehr ganz so harsch. Stefan ließ sich widerwillig in den Sessel fallen. Zwischen ihnen stand nur der viereckige Glastisch mit seiner Messingeinfassung.

»Wenn du mich verlassen willst, dann sag es. Ich will, dass wir ehrlich zueinander sind!« Ihr rechter Oberschenkel wippte panisch hoch und runter.

»Ich verlasse dich nicht. Das habe ich dir gesagt!«

»Du lügst!«

»Nein.« Wie sollte er sie denn verlassen, wenn er nur mit ihr eine Zukunft hatte, in Argentinien, doch nicht hier, nicht im Vajolettal, noch sonst in Südtirol, in Italien.

»Ich gehe mit dir nach Argentinien!«, bekräftigte er.

»Das soll ich dir glauben?«

»Wir haben die Mafia im Genick. Der Pate von Mailand sucht uns, weil wir seinem Sohn das Licht ausgeblasen haben. Meinst du, ich habe Lust, seine Rache zu erleben?« Mit jedem Wort, das er sagte, schienen ihre Augen zu ersterben, sie wirkten plötzlich tot.

»Ach so. Du hast nicht einmal von Liebe gesprochen.« Sie schluckte. Er wusste, welchen Satz er sagen musste, und es war genau der Satz, den er nicht über die Lippen bekam.

»Ich möchte mit dir zusammen sein!«, rang er sich ab. Der Satz klang zwar nicht wie der, den sie zu hören begehrte, doch auch nicht ganz anders.

»Ja, willst du das? Und willst du auch Kinder haben?«

Die Frage erwischte ihn kalt. »Wie kommst du da drauf?«

»Weil ich dich mit dem Balg von der Wirtin habe spielen sehen. Du würdest einen guten Papa abgeben«, sagte sie so kalt, dass die Temperatur auf den Gefrierpunkt fiel. Aber jetzt gelang es ihr nicht mehr, sich zurückzuhalten.

»Wär doch perfekt, hier einzuheiraten, deine Jugendflamme zurückzubekommen. Mit Kind zwar, aber mit dem verstehst du dich ja richtig geil. Und Geld, um den alten Kasten aufzumotzen, hast du ja genug.«

»Du siehst Gespenster!«, brüllte er sie an, weil sie das aussprach, was er sich wünschte. Ja, natürlich würde er am liebsten hierbleiben und mit Petra und Leonie ein neues Leben, sein Leben anfangen, aber das hatte er gründlich vermasselt. Und auf einmal bereute er bitter, dass er nach der Entlassung sich hatte treiben lassen, mit Daniele mitzog, weil er zu feige war, nach Südtirol zurückzukehren und sich seinem Leben zu stellen. Hier hätte er etwas Neues anfangen müssen. Nun wusste er, dass es mit Petra gegangen wäre. Weshalb nur die Angst, ihr unter die Augen zu treten? Diese Angst hatte alles zerstört.

Sie hatte etwas gesagt, etwas Entscheidendes. Sehr leise, so dass er es kaum verstanden hatte, etwas, das er mühsam aus seinem Unterbewusstsein, in das es sank, wieder an die Oberfläche zu befördern sich bemühte. »Ich habe Angst«, hatte sie gesagt. Dann nichts mehr. Er schaute sie an. Und sie tat ihm leid. Was konnte sie denn für seine Feigheit? Seine Hand schwebte langsam über den Glastisch und berührte ihre. »Das musst du nicht.«

»Ich kann keine Kinder bekommen.«

»Ich weiß.«

»Und wenn du eines Tages einen Sohn haben willst?«

»Ich will keinen Sohn haben.«

»Alle Väter wollen Söhne. Gut, und wenn du eine Tochter haben willst?«, bohrte sie weiter. Sie benötigte irgendeine Sicherheit, irgendeine, wenn er schon den Dreiwortsatz nicht über die Lippen bekam.

»Ich will keine Kinder.« Vor einem Tag hätte er diesen Satz noch aus voller Überzeugung gesagt.

»Heute nicht, aber …«

Er drückte fester ihre Hand, so dass sie verstummte. »Nur heute ist wichtig. Wer weiß, was morgen ist. Morgen, morgen findet die Medizin auch ein Mittel, eine Technik, damit auch du Kinder bekommen kannst. Lass uns nicht an morgen …« Er kam nicht weiter und war auch ganz dankbar darüber, denn Daniele platzte, ohne anzuklopfen, ins Zimmer. Er blickte sie kurz an, hatte aber offenbar keine Lust, über die Szene, die sich ihm bot, nachzudenken. »Scusi, dass ich euch Turteltäubchen stören muss, aber wir müssen reden.« Er nahm sich einen Hocker. »Wir müssen weg. Mir brennen die Sohlen, es wird für uns langsam zu heiß hier. Wär auch gut, nicht noch einmal eine Bank auszurauben.« Jetzt blickten beide doch erstaunt zu ihm.

»Wenn die rausfinden, dass wir die Alarmanlage lahmlegen, könnten sie die Banken besonders sichern. Schaut mal.« Daniele zückte sein Smartphone und zeigte beiden Fotos. »Das ist ein Juwelier in Neumarkt. Günstig gelegen, gute Fluchtmöglichkeiten. Da ist richtig was zu holen. Der Laden hat einen Hintereingang. Das Gute ist, dass der nicht direkt auf dem Hinterhof ist, sondern in einer kleinen Tiefgarage. Das heißt, man kann uns nicht beobachten, wenn wir die aufbrechen.« Daniele schaute zufrieden in die Runde, vor allem freute ihn, die beiden überrascht zu haben. Er war eben immer noch der alte Meister.

»Was ist mit dem Schmuck und den Uhren? Das hat der doch sicher in 'nem Safe«, fragte Stefan, den es erleichterte, vom Gespräch mit Francesca erlöst worden zu sein.

Die Frage zauberte auf Danieles Lippen ein breites Grinsen. »Ja, über Nacht. Hab mir den Laden heute früh noch mal angesehen. Nur Dekoware in den Vitrinen. Der Besitzer ist faul. In seiner Mittagspause bleiben die Sachen in den Vitrinen.« Und wieder weidete sich Daniele an den beiden verblüfften Gesichtern seiner Komplizen. Stefan fand als Erster nach zweimaligem Räuspern die Sprache wieder. »Du willst da am Tag rein?«

»In der Nacht fallen wir da sofort auf. Außerdem: kein Muster entstehen lassen.«

»Denkst du, am Tag ist es besser?«, wandte Francesca ein, die nicht weniger am Plan zweifelte als Stefan.

»Am Tag wimmelt es da von Touristen, und wenn drin das Licht aus ist, sieht man von der Straße aus so gut wie nichts. Kommt, wer hat Erfahrung, ihr oder ich?!«

»Du«, lenkte Stefan pflichtschuldig ein, den an der Idee eigentlich nur begeisterte, dass sie morgen die Segel streichen würden.

»Natürlich du, Onkelchen«, flötete Francesca, die wie Stefan dachte, doch aus Eifersucht, denn es trieb sie mit aller Kraft von diesem Hotel weg, das von der Ex ihres Liebsten geführt wurde. Aus Eifersucht und Sorge, ihn doch noch verlieren zu können.

»Morgen also«, sagte Stefan und er empfand zum ersten Mal in seinem Leben eine ebenso große Erleichterung wie Schmerz.

42.

Verloren, so saß Tobi Hinterseer, das Gesicht in die Hände gestützt, Peter Kerschbaumer und Sonja Schwarz gegenüber, Augen voller Verzweiflung und Selbstmitleid. Während der ältere Kerschbaumer die Standardfragen abarbeitete, ließ Sonja den jungen Mann nicht aus dem Blick. Dass der, auch wenn er in der Tat eine große Wut im Bauch auf den Richter hatte, gleichzeitig den Mumm besessen haben sollte, ein ganzes Patronenmagazin in dessen massigen Körper zu entleeren und ihn dann auch noch kaltblütig zu bestehlen, deckte sich nicht mit ihrer Menschenkenntnis. Tat und Tätertyp passten einfach nicht zusammen.

Im Grunde sollte Kerschbaumer ihn durch die Standardfragen nur mürbe machen, doch dessen bedurfte es eigentlich nicht. Tobi Hinterseer glich keinem Nervenbündel, er war der Prototyp des Nervenbündels schlechthin. Deshalb warf Sonja kurz ein: »Wie haben Sie eigentlich die Alarmanlage außer Betrieb gesetzt?«

»Die Alarmanlage … ich?«, stotterte Tobi Hinterseer.

»Sie wissen, was eine Alarmanlage ist?«, hakte Sonja nach.

»Sicher, klar, das weiß doch jedes Kind.«

»Ja, aber Kinder können sie für gewöhnlich nicht ausstellen. Können Sie das?«, forschte Sonja. Peter hatte ihr jetzt ganz das Feld überlassen.

»Darauf antworte ich nicht!«, bockte Tobi und schnitt sogar einen Schmollmund.

»Kennen Sie einen Herrn Leitner?«

»Leitner?«

»Also nicht. Um die Alarmanlage auszuschalten, hätten Sie in das Betriebssystem der Firma Leitner Sicherheit eindringen müssen«, stellte Sonja fest. Tobi kratzte mit seinen Nägeln auf der Tischplatte. Das ergab unschöne Geräusche.

»Wie viel haben Sie in der Raiffeisenbank in Welschnofen erbeutet?«, blaffte Sonja ihn an, dass er mit Kratzen innehielt und sie mit tellergroßen Augen anschaute.

»Wie kommen Sie auf die Raiffeisenbank, ich habe nur Eisenhart kaltgemacht«, stieß er panisch hervor. Sonja roch seine Angst.

»Der Mörder von Josef Pircher ist auch der Einbrecher in die Bank in Welschnofen!«

»Ich lasse mir nichts anhängen! Jetzt … jetzt … jetzt sage ich gar nichts mehr. Ich will einen Anwalt. Jawohl, ich will einen Anwalt«, wurde Tobi trotzig. Es fehlt nur, dass er mit dem Fuß aufstampft, dachte Sonja belustigt.

»Sie brauchen keinen Anwalt. Sie brauchen nur die Wahrheit. Sie haben uns davon überzeugt, dass Sie nicht der Mörder von Josef Pircher sind. Sie dürfen gehen. Sie sind frei.«

Tobi sackte zusammen, als wurde gerade das Todesurteil über ihn verhängt. »Ich war es doch aber, Sie müssen mir glauben, ich schwöre, ich habe den Richter abgeknallt«, bettelte Tobi. So hatte in ihrer langen Zeit noch niemand seine Unschuld beteuert wie Tobi Hinterseer seine Schuld.

»Wovor haben Sie Angst?«

»Ich habe doch keine Angst. Wie kommen Sie mir denn daher? Darf man denn in diesem Land nicht einmal mehr seine Schuld beteuern?«, pampte Tobi jetzt.

Sonja schüttelte nur den Kopf. »Ich habe einen Raubmord und einen Bankeinbruch aufzuklären und Sie rauben mir wertvolle Zeit. Wir werden Sie jetzt entlassen.« Sonja erhob sich, Peter auch. An der Tür hörten sie sein nüchternes: »Dann bin ich tot.«

Sonja wandte sich um: »Wovor haben Sie Angst? Ich kann Ihnen nur helfen, wenn Sie mir die Wahrheit sagen.«

»Und wenn ich Ihnen die Wahrheit sage, dann auch. Mir kann niemand mehr helfen.« Tränen liefen aus den Basedow-Augen Tobi Hinterseers, dicke, große Tränen des reinen Elends.

Sonja kehrte an den Tisch zurück, Peter Kerschbaumer blieb an der Tür stehen. »Vielleicht doch. Sie sagen mir, was Sie wissen, und ich behalte Sie in Haft, bis wir den Fall gelöst haben.«

Tobi sah die Polizistin durchdringend an und dachte nach. »Aber es wird auffallen, wenn Sie nach dem Raubmörder suchen«, gab er zu bedenken.

»Nicht die Spur! Ihr Auftraggeber weiß offensichtlich nicht, dass der Raubmörder und der Bankeinbrecher derselbe Täter sind. Wir suchen nach dem Bankeinbrecher. Wenn wir den geschnappt haben, dann lassen wir Sie laufen.«

»Klingt plausibel«, gestand Tobi Hinterseer ein. Sonja gefiel die Wendung, denn sie bot den ermittlungstaktischen

Vorteil, dass Hinterseers Auftraggeber annehmen würde, dass sie seinen Köder geschluckt hatten.

»Okay, ich sage Ihnen, was ich weiß. Aber ich werde nie zu dieser Aussage stehen und ich werde auch nicht vor Gericht aussagen.«

»Deal!«, sagte Sonja.

»Ein Mann aus Mazzin …«

»Wer?«

Tobi zögerte etwas, Sonja nickte zum Zeichen, dass sie seine Bedingungen akzeptiert hatte.

»Sylvio Serini, er ist bei uns eine große Nummer, unterhält ein Hotel. Ein Geschäftsmann.«

»Okay.«

»Er hat mich in sein Hotel bestellt, weil er einen lukrativen Job für mich habe, und dort mit mir gesprochen. Er sagte zu mir, dass er wisse, dass ich den Richter gehasst habe. Da sollte es mich doch freuen, dass der ein solches Ende gefunden habe. Ich wusste nicht, was der Typ von mir wollte. Plötzlich lief unsere Unterhaltung darauf hinaus, dass ich Eisenhart erschossen hätte. Ich versuchte ihm klarzumachen, dass ich es nicht war. Das ging ein paarmal hin und her. Schlussendlich sagte er, dass es ihn nicht interessiere, ob ich schuldig oder unschuldig sei, ich solle mich als der gesuchte Raubmörder der Polizei stellen.«

»Warum haben Sie das gemacht?«

Tobi lachte auf. »Er hatte überzeugende Argumente.«

»Welche?«

»Zwei Tage lang einen qualvollen Tod sterben oder zehn Jahre Knast. Wenn ich rauskomme, bin ich 43 und habe noch ein Leben.«

»Wie Ihr Freund«, stellte Sonja kühl fest.

Tobi erbleichte. »Zumindest die Chance auf ein Leben. Er hat mir gesagt, was er wusste, das mit dem Magazin und so weiter.«

»Ja, aber über die ausgeschaltete Alarmanlage wusste er nichts«, warf Peter Kerschbaumer von der Tür her ein.

»Zumindest erwähnte er das nicht. Da ich meine Wut über den Richter in die Welt hinausposaunt hätte, hätte ich ein sehr starkes Motiv. Die Bullen liebten starke Motive.« Er blickte auf und in Sonjas Augen, schlug die Augen wieder nieder und murmelte: »Verzeihung, die Polizisten, meine ich.«

»Schon gut, Tobi. Sie bleiben die nächsten Tage in Untersuchungshaft und wir machen unseren Job.«

»Meinen Sie, dass ich davonkomme?«, fragte er mit großen waidwunden Augen.

»Wir sind Profis, Tobi«, antwortete Sonja noch, dann war sie bereits auf dem Gang.

»Du hast dem Geständnis von Anfang an misstraut?«, wollte der ältere Kerschbaumer wissen.

»Ich habe mal gelernt: Nimm nie die Lösung an, die man dir anbietet«, antwortete Sonja. »Du musst dir neben den alten Fällen auch die geschäftlichen Aktivitäten des Richters anschauen. Ich möchte wissen, welches Interesse die Mafia am Richter hat.«

»Du meinst, Serini gehört zur Mafia?«

Sonja verdrehte die Augen: »Serini gehört so sicher zur Mafia wie ich zur Polizei.«

43.

Petra war in das Spiel mit ihrer Tochter geflohen und ging ganz darin auf, weil sie vergessen wollte, dass ihr Bruder tot am Fuße des Felsens lag, und sie nicht mit sich ringen mochte, wann sie der Polizei melden würde, dass sie ihren Bruder gefunden habe, und auch, dass sie Stefan immer noch liebte, der bald schon, zu bald und auch wieder nicht bald genug, weitergezogen sein würde. Sosehr sie seine Anwesenheit brauchte, sosehr bedeutete sie auch Gefahr.

Sie hatte die Tür nicht gehört, wurde erst aufmerksam, als sich neben ihr ein junger Mann räusperte.

»Entschuldigung, Commissario Kerschbaumer.«

Sie schrak auf, dann musterte sie den jungen Polizisten.

»Sind Sie Frau Steinbrenner?«

Petra nickte und erhob sich. »Ja, und das ist meine Tochter Leonie.«

Jonas blickte sich um. »Nicht viel los?«

»Zu dieser Jahreszeit nie. Schön, wenn man auch mal Zeit für seine Tochter hat. Aber deshalb sind Sie nicht gekommen. Wie kann ich Ihnen helfen?«

»Wir suchen Ihren Bruder«, sagte Jonas knapp.

»Onkel Manuel war vorhin hier«, trompetete Leonie.

»Was wollte er denn?«

Diese Frage traf Petra auf dem falschen Fuß. »Hat er was angestellt?«

»Wieso vermuten Sie das?«

Zufrieden stellte sie fest, dass ihr kleines Ablenkungsmanöver gelungen war. »Was würden Sie denn denken, wenn die Polizei Ihren Bruder sucht?«

Jonas lächelte. »Stimmt. Aber Sie haben meine Frage noch nicht beantwortet.«

Petra bückte sich und hob ihre Tochter aus dem Pappkarton, der nur noch in Leonies Vorstellung das schönste Flugzeug der Welt war. »Magst du oben in der Wohnung ein bisschen malen, das Flugzeug zum Beispiel?«

»Mit Tusche?«

»Meinetwegen mit Tusche, aber lege das alte Laken drunter!« Vergnügt sprang Leonie die Treppen hoch. Jonas schaute ihr kurz hinterher, dann richtete er seinen fragenden Blick auf Petra.

»Wir haben über das Hotel gesprochen. Wissen Sie, er liebt das Hotel. Deshalb schuftet er ja auch bei Leitner, damit wir das Hotel behalten können, aber mit der Steuerschuld, die sich inzwischen angesammelt hat, werden wir es wohl verkaufen müssen. Das geht ihm sehr an die Nieren. Dabei hat er doch dem Papa auf dem Totenbett geschworen, das Hotel unbedingt zu halten«, log Petra und versuchte selbst, an das Gesagte zu glauben. Mit jedem Wort, das sie sprach, kam es ihr wahrscheinlicher vor. So hätte es ja eigentlich sein sollen. Dass Manuel verlangt hatte das Hotel zu verkaufen, stellte für sie einen Verrat an der Familie dar. In drei Generationen hatten die Steinbrenners das Hotel aufgebaut. Und nun? Nun schiss er drauf! Sie kämpfte darum, ihre Wut hinter einem gleichgültigen Gesichtsausdruck zu verbergen.

»Um jeden Preis?«, hakte Jonas nach.

»Die Frage kann ich nicht beantworten.«

»Und nach dem Gespräch?«

»Setzte er sich in seinen Wagen und fuhr los.«

»Hatten Sie sich gestritten?«

»Nein, aber er war sehr traurig. Ich hatte ihm sagen müssen, dass wir den Sommer noch keine Buchung haben. Noch keine, verstehen Sie!«

»Wo wollte er hin?«

»Nach Hause sicher. Hat er mir nicht gesagt. Er wohnt in einer kleinen Wohnung in Mazzin.«

»Warum nicht im Hotel?«

»Sehr viel näher zur Firma.« Sie rieb Daumen und Zeigefinger. »Spart Benzin und Zeit, also Geld.« Petra griff zum Handy und drückte eine Taste. »Ich kann ihn ja mal anrufen!« Sie hörte eine Weile, dann: »Manu, wenn du den Anruf hörst, rufe mich bitte sofort zurück!«

»Haben wir auch schon probiert und auch nur die Mailbox drangehabt. Geben Sie mir die Adresse Ihres Bruders, dann schicken wir einen Kollegen hin!«, sagte Jonas.

»So langsam mache ich mir Sorgen, das passt nicht zu ihm.«

44.

Auf dem Weg zu Innocencia Weißgarten hatte Sonja Matteo auf den neuesten Stand gebracht. Wenn Rossi hoffte, dass die Ermittlungen eingestellt werden würden, weil er der Polizei einen Schuldigen offerierte, um eine andere Straftat zu decken, so hatte er das Gegenteil erreicht.

»Rossi muss stark unter Druck stehen, wenn er in diesem Fall va banque spielt«, hatte Matteo noch zu Sonja gesagt. Seine Intuition verriet ihm, dass eine größere Veränderung im Gange war. In der Not würde Rossi sich auch an Matteo halten, dann würde die Falle zuschnappen, aber dazu musste Matteo noch weiter abrutschen und Rossi müsste tatsächlich in Not geraten. Um dem näherzukommen, hatte er sich in Schale geworfen. Matteo glich nicht mehr dem heruntergekommenen Commissario, der sich mit Francesco Rossi am Hinterausgang des Restaurants getroffen hatte, sondern strahlte wieder ganz als Mann von Welt.

Der Himmel trübte sich ein wenig ein. Es war ziemlich viel Verkehr am späten Nachmittag, so dass er Mühe hatte, einen Parkplatz zu finden.

Wider Erwarten empfing sie ihn kühl. Sie ließ den Kuss zwar zu, doch hatte er das Gefühl, das Gefrierfach seines Kühlschranks geküsst zu haben.

»Ist was?«, fragte er verunsichert. Sie ging vor ins Wohnzimmer und setzte sich in einen ihrer weißen Sessel. Matteo nahm neben ihr Platz.

»Woher weißt du, dass ich spiele, Matteo?«

»Intuition? Das Näschen? Nenne es, wie du willst, Erfahrung, Berufskrankheit. Aber das reicht nicht«, antwortete er mit scherzendem Unterton. Doch sie blieb unnahbar. »Das reicht nicht! In der Tat!«

»Sehe ich auch so. Eines fehlt noch«, er legte eine Pause ein, sie sagte nichts und wartete. »Ein Spieler erkennt den anderen«, formulierte er mit Verve. Doch indem er es sagte, wusste er, dass er damit nicht durchkam. Spielte sie nur mit ihm oder hatte sie wirklich etwas in der Hand gegen ihn?

»Habe ich auch erst gedacht, dass ein Spieler den anderen erkennt. Aber du bist kein Spieler.« Matteo verzog keine Miene. Er ließ sie kommen, weil er nur falsch reagieren konnte.

»Für einen Spieler hast du zu viel Geld auf dem Konto, keine großen Barabhebungen, keine Unregelmäßigkeit.

Dein Konto, mein lieber Matteo, ist das spießigste der Welt«, schloss sie mit kalter Lust an der Boshaftigkeit.

»Du hast also Zugriff auf mein Konto?«, versuchte er Zeit zu gewinnen.

»Mach dich nicht lächerlich. Ich bin hohe Finanzbeamtin. Wir können, wenn wir wollen, auf jedes verdammte Konto in diesem Land schauen. Es gibt nur zwei Institutionen, denen nichts entgeht, der Finanzbehörde und der Mafia. Also stell dich weit hinten an, Commissario.«

»Oft wollt ihr auch nicht.«

»Das ist eine politische Ermessensfrage. Nicht alles, was möglich ist, ist auch gewollt.«

»Nennt man das eigentlich Korruption?«, giftete Matteo.

»Nein, Demokratie. Du hattest jetzt genügend Zeit, dir eine Antwort auszudenken, ich höre«, keilte sie kühl zurück.

»Ich brauche mir keine Antwort auszudenken. Was meinst du, was passiert, wenn ein Verdächtiger oder dessen Anwalt behauptet, ich sei korrupt. Was würde man als Erstes tun?«

»Man würde auf dein Konto schauen.«

»Okay, was würde man denken, wenn dort ständige und erhebliche Schwankungen festzustellen wären? Ich kann ja schlecht mit der Wahrheit um die Ecke kommen, dass ich gern spiele. Oder?« Sie erblasste, denn sie begriff plötzlich, welche Blöße sie sich mit ihren Kontobewegungen gab.

»Wenn du mit ganzer Seele spielst, wenn das deine Leidenschaft ist, dann solltest du ein paar Sicherheiten haben, nämlich genügend Geld unter deinem Kopfkissen, unter der Diele. Wo auch immer. Nicht aber auf deinem Konto.« Sie nickte brav wie eine Schülerin.

»Und bevor du weiterfragst. Alle Einkünfte außer meinem Gehalt, alle Spielgewinne habe ich bar kassiert, die haben nie mein Konto gesehen. Wo es ist, verrate ich dir nicht, nicht mehr jedenfalls.« Er stand auf.

»Wo willst du hin?«

»Dass du das noch fragen kannst?«

Sie sprang auf wie ein kleines Mädchen, dem man das Lieblingsspielzeug wegnehmen wollte, und umarmte ihn wild. »Es tut mir leid. Es war dumm von mir, aber …«

Matteo machte sich frei. »Wenn du Fragen hast, kannst du mich einfach fragen und brauchst mich nicht zu verhören!«

Sie ärgerte sich über ihren Gefühlsausbruch. »Dann war es das jetzt?«, fragte sie nüchtern. Der Ton erstaunte ihn. Es ging bei ihr zu wie in einer mathematischen Gleichung: Sie hatte einen Fehler gemacht, sie merkte, dass er nicht reparabel war, also zog sie die Konsequenzen. Mit großer Härte gegen sich selbst.

»Sag mir dein wichtigstes Wort, das, was für dich am wichtigsten ist«, prüfte er sie.

Sie zog die Augenbrauen hoch und legte die Stirn in Falten.

»Denk nicht drüber nach, sichere dich nicht ab!«, forderte er sie auf.

»Korrektheit?«

Matteo schüttelte den Kopf: »Weit gefehlt. Disziplin!«

»Disziplin«, wiederholte sie nachdenklich.

»Disziplin – auch gegen dich selbst – ist dein Halt und auch dein Gefängnis. Um aus diesem Gefängnis auszubrechen, spielst du.« Er fixierte sie.

»Sehr beeindruckend, Dr. Freud«, sagte sie spielerisch. »Und was ist dein wichtigstes Wort?«

»Spießiges Konto?«, grinste er.

»Nein, im Ernst!«

»Finde es heraus.«

Sie griff ihm in den Schritt und hauchte ihm ins Ohr: »Freunde?«

»Spieler?«

»Schuft!«

Gegen 22 Uhr preschten sie mit ihrem Spider im Nieselregen nach Meran. Den Wagen parkte sie unweit der Spielhalle. Sie hatte über ihr kleines Blaues ein weißes Regencape geworfen. Die Spielhalle empfing sie mit dem ewigen Automatengeräusch, dieser seltsamen Mischung aus Licht und Halbdunkel. Ein rundlicher Typ mit pomadigem Haar, weißem Hemd und roter Lederjacke kam aus der Tiefe der Spielhalle auf sie zu, statt von Geigen von einer Serenade von Automatenstimmen und Geldgeräuschen begleitet.

»Das ist Franco Gentile«, flüsterte sie ihm zu.

»Und wer ist Gentile?«, fragte Matteo.

»Der Boss«, zischte sie. Dann stand der bullige Mafioso vor ihnen. Er lächelte schleimig. »Schön, dass Sie uns wieder beehren, Signora. Heute in Begleitung?« Auch wenn Gentile Inno anschaute, wusste Matteo, dass er ihn längst abgecheckt hatte und ihn nicht aus dem Seitenblick ließ.

»Matteo Zanchetti«, stellte Inno ihn vor. Gentile deutete eine leichte Verbeugung an. »Habe ich Ihren Namen schon einmal gehört?«

Matteo wusste, das war der erste Flaschenhals, durch den er durchmusste.

»Möglich, aber ich bin rein privat hier.«

»Rein privat?« Gentiles Lächeln war süßer als ein Soufflé und nicht weniger fragil.

»Wäre ich nicht privat hier, hätten Sie jetzt ein Problem«, antwortete Matteo mit breitem Grinsen, das ins Soufflé stach und es zum Platzen brachte.

»Ich bin Polizist und ich habe eine dunkle Leidenschaft: das Spiel.« Hinter einem pomadigen Grinsen versuchte Gentile seine Ratlosigkeit zu verbergen.

»Bürgen Sie für ihn, Signora?«, fragte Gentile.

»Ich bürge für ihn.«

»Okay, Bullen gehen ins Bordell, Bullen lassen sich schmieren, Bullen spielen Glücksspiele – ich wollte Ihnen nicht zu nahe treten, aber auch Bullen haben ein Privatleben. Die Hauptsache ist doch, dass wir Dienst und Freizeit gut voneinander trennen können, oder?«, lächelte Gentile pomadig.

Gentiles Einsatz war nicht besonders hoch, das wusste Matteo, darauf setzte er. Aber ein spielsüchtiger Polizist konnte für einen Mafioso zu einem Ass im Ärmel werden. Darauf wettete schließlich Gentile und Matteo auf seine Art auch.

Sie waren die Letzten, die den schmucklosen Raum betraten. Ein runder Tisch und Stühle wurden von einer großen Schirmlampe, die ein nacktes Licht verbreitete, kalt und direkt beleuchtet. Die drei Spieler, die Matteo damals beobachtet hatte, saßen bereits auf ihren Plätzen, und dazu ein Langer, Dürrer mit einem verschlagenen Gesicht. Sie nickten Inno zu. Gentile wies auf den Polizisten: »Meine Herren, wir haben einen neuen Mitspieler, Signor Matteo.« Zu Matteo gewandt: »Die Spieler sprechen sich nur mit Vornamen an. Nachnamen sind verboten, auch alle Unterhaltungen und Fragen zu Privatem. Sie sind hier nur Spieler, nichts sonst. Wer die Regeln bricht, wird ausgeschlossen. Das Spiel überwacht Simone.« Gentile wies auf den Verschlagenen. »Signor Matteo«, setzte der Mafioso fort, »das ist Signor Carlo.« Carlo nickte leicht. »Das ist Signor Gabriel.« Auch Gabriel neigte den Kopf. »Und last, not least, Signor Thomas. Die Jetons können Sie bei Simone erwerben und auch wieder einlösen. Von Zeit zu Zeit wird ein Kellner nach Ihnen schauen, der Ihre Wünsche erfüllen wird. Da die Herren schon gewählt haben, sagen Sie mir einfach, was die Signora und Sie fürs Erste wünschen.«

»Für mich einen Prosecco«, sagte Inno.

»Und für mich ein Wasser und einen Bourbon on the rocks«, bestellte er lässig.

»Perfetto«, quittierte der Mafioso. Gentile war kaum verschwunden, da bekamen sie auch schon ihre Getränke. Und das Spiel begann.

Gegen zwei Uhr morgens verließen sie das Hinterzimmercasino müde und ausgelaugt. Zu seiner Überraschung waren die Mitspieler nicht besonders gut. Mit Ausnahme von Inno. Matteo richtete es so ein, dass er gewann und verlor und mit einem kleinen Plus den Spieltisch verließ. Auf dem Weg zum Auto flüsterte sie ihm eingehakt ins Ohr: »Du hast betrogen!«

»Ich? Wieso?«

»Du hast dein Können noch verborgen.«

»Kluges Mädchen. Aber lass mich erstmal in der Runde ankommen.« Es ärgerte ihn, dass sie es bemerkt hatte. Das machte es nicht einfach, glaubhaft haushoch zu verlieren.

»Soll ich fahren?«, fragte er.

»Ich kenn jetzt dein wichtiges Wort«, triumphierte sie.

»Und?«, fragte er erstaunt.

»Kontrolle, du bist ein Kontrollfreak. Aber ich fahre doch lieber selbst.« Matteo seufzte: »Durchschaut.«

Sie fuhren zum Ende der Nacht in die Erwartung des Morgens.

»Schade, dass du gleich arbeiten musst«, sagte er verführerisch.

»Ich kann ja in ein anderes Auto fahren«, zog sie ihn auf.

»Oder dich krankmelden.«

»Na, den Arzt muss ich ja nicht mehr rufen«, scherzte sie gnadenlos.

45.

»Begleich die Rechnung«, rief Daniele ihm zu, der damit beschäftigt war, sein Gepäck im Auto zu verstauen. Nicht nur ihre, sondern auch Stefans Sachen trug Francesca zum BMW, um zu verdeutlichen, dass Stefano zu ihr gehörte. Sie hatte den Kampf gewonnen, deshalb sollte er seinen Abschied von seiner Jugendflamme haben. Schließlich wollte sie sich nie im Leben vorwerfen lassen, dass sie in dieser Situation kleinkariert gewesen wäre.

Petra stand hinter dem Tresen, Stefan davor.

»Das war's dann also?«, fragte Petra.

»Sieht so aus.«

»Soll ich jetzt sagen: Schreib mal?«, versuchte sie zu scherzen.

»Wir müssen das vergessen«, sagte er und meinte damit alles, obwohl er spürte, dass es restlos wohl nie gelänge.

»Ja, müssen wir.«

Sie legte ihm die Rechnung vor, auf der die Summe von 150 Euro stand. Stefan schob zwei 500-Euro-Scheine über den Tresen. »Stimmt so, der Rest ist Trinkgeld. Kauf was Schönes zur Einschulung von Leonie. So eine Tochter hätte ich auch gern gehabt«, sagte Stefan.

Petra biss sich auf die Lippen. »In diesem Jahr werde ich am Hotel nichts machen, sondern bescheiden vom Geld leben. Und zum letztmöglichen Termin die Steuer bezahlen. Vielleicht bekomme ich auch eine kleine Stundung hin. Wenn ein wenig Gras über die Sache gewachsen ist, fange ich im nächsten Jahr mit der Sanierung an. Danke, Stefan.«

Sie sahen sich noch einmal tief in die Augen, dann riss er sich los. Was sollte er noch sagen. Worte führten doch zu nichts mehr. Es war ihm egal, was jetzt kam.

46.

In den Abendstunden hatte Sonja mit den beiden Kerschbaumers die Einsatzpläne erstellt, wie die Banken zwischen Rosengarten und Bozen durch Streifen und Polizeikontrollen besonders zur Nachtzeit gesichert werden sollten während der beiden Tage, in denen das Sicherheitssystem neugestartet wurde. Leitner und seine Mitarbeiter informierten die Kunden über den Neustart und die Risiken und wiesen darauf hin, dass die Polizei seit heute eine Hotline für Informationen und Absprachen eingerichtet hatte.

Da die Einsatzplanung bis tief in die Nacht reichte, stand Sonja etwas später auf, frühstückte allein, weil Schwiegermutter und Tochter bereits im Weinberg arbeiteten, und fuhr dann los. Unterwegs erreichte sie der Anruf von Jonas, dass der Wagen von Manuel Steinbrenner gefunden worden war und auch der Leichnam. Sie bog erst gar nicht ab, um zur Questura zu gelangen, sondern fuhr gleich weiter zum Hotel Steinbrenner in das Vajolettal.

Vor dem Hotel wimmelte es von Fahrzeugen und Menschen, Forensiker, Polizisten. Sonja lenkte den Wagen auf den Parkplatz, stieg aus, da kam ihr schon Jonas entgegen.

»Morgen, Sonja, komm mal mit.« Sie gingen am Hotel vorbei, vorbei am hohlen Baum, einen gewundenen Trampelpfad entlang zum Fuß des Felsens. Vor der Leiche im Himbeerstrauch kniete die Gerichtsmedizinerin Heidi Grüner.

»Und?«, fragte Sonja. Heide blickte sich um, lächelte Sonja an und erhob sich. Es würde Sonja immer ein Rätsel bleiben, wie man in einem Beruf, in dem man mit geschundenen, geschändeten, missbrauchten, vergewaltigten und ermordeten Menschen zu tun hatte, die auch zu sezieren waren, ein so sonniges Gemüt zu bewahren vermochte.

»Bis auf die Verletzungen vom Sturz keine Anzeichen äußerer Gewalteinwirkung. Herr Steinbrenner ist schlicht vom Berg gestürzt und hat sich das Genick gebrochen. Soll vorkommen, wenn man aus großen Höhen fällt. Unfall oder Selbstmord, müsst ihr feststellen. Ich kann keine Anzeichen eines Kampfes erkennen.«

»Aber geschupst worden könnte er doch wohl sein?«, hakte Sonja etwas umständlich nach.

»Auch, dass ihn jemand hypnotisiert hat, ist im Bereich des Vorstellbaren. Nee, Sonja, was die Wissenschaft dir sagen kann, habe ich gesagt.«

»Die Fingernägel?«

»Ich schaue sie mir gern noch mal an, aber ich mache dir nur wenig Hoffnung«, grinste sie Heidi nur keck an.

Sonja schaute nach oben, zum Felsengrat. »Er muss den Berg gekannt haben.«

»Klar, ist ja hier aufgewachsen. Gehen wir zur Schwester, Petra Steinbrenner.« Sonja riss sich von dem Anblick los und folgte Jonas zurück zum Hotel. Er führte sie zur Rückseite, wo auf einer kleinen Terrasse Petra an einem Tisch saß mit einem Taschentuch in der Hand und Tränen in den Augen.

»Dürfen wir?«, fragte Sonja.

»Bitte!«, versuchte sich Petra zu beherrschen.

»Ich bin Commissario Schwarz und meine Kollegen kennen Sie schon. Ist es denkbar, dass Ihr Bruder vom Berg gestürzt ist?«

Sie schüttelte den Kopf. »Er kannte den Berg sehr gut. Es war der Ort da oben, wohin er sich zurückzog, um über ein Problem nachzudenken.«

»Hatte er ein Problem?«, fragte Sonja behutsam.

Petra stöhnte. »Es klingt blöd, aber ich kenn meinen Bruder nicht so gut. Wir standen uns nicht besonders nahe. Manu war immer ein Eigenbrötler, ein Bastler.«

»Sie haben mir doch erzählt, dass Manu das Hotel unbedingt behalten wollte, das passt doch nicht zu einem Bastler, der sich am liebsten von der Welt zurückzieht«, warf Jonas ein.

Petra zuckte mit den Schultern. »Das müssen Sie Manu fragen. Vielleicht dachte er, dass er es meinen Eltern schuldig war.«

»Wieso sagen Sie ›meinen‹ und nicht ›unseren‹ Eltern?«, bohrte Sonja nach.

»Eine schlechte Angewohnheit von mir. Meine, okay, unsere Eltern hatten Manu adoptiert, weil sie glaubten, dass sie keine Kinder bekommen würden. Und kaum hatten sie ihn angenommen, da kam ich. Ich glaube, er hatte immer das Gefühl, beweisen zu müssen, dass er genauso ihr Kind war wie ich. Vielleicht kämpfte er auch deshalb so sehr um das Hotel.«

»Würden Sie Ihrem Bruder zutrauen, dafür auch kriminell zu werden?«

Petra legte das Taschentuch auf den Tisch und straffte sich. »Die Frage kann ich Ihnen nicht beantworten.«

»Ich weiß«, lenkte Sonja ein, »aber die Einbrüche, die hier stattgefunden haben, wurden von einer Diebesbande begangen. Sie hatten nur leichtes Spiel, weil jemand bei Leitner Sicherheit vorher die Alarmanlagen heruntergefahren hatte.«

»Und Sie meinen, dass Manu das war«, fassungslos ging ihr Blick von Sonja zu Jonas und wieder zurück. »Das kann ich mir nicht vorstellen. Manu war ein Überkorrekter.«

»Vielleicht gerade deshalb. Vielleicht hat er sich in einer schwachen Stunde auf etwas eingelassen, was er hinterher bereut hat, zumal es nicht bei Raub blieb, sondern Mord. Und Ihr Bruder hat die Leiche des Richters gesehen.«

»Ich kann einfach nicht glauben, dass er sich auf die Bande eingelassen hat. Aber wenn, dann hätte er mit dem Tod des Richters nicht leben können. Sicher nicht«, sagte Petra trocken.

»Kannten Sie eigentlich den Richter?«

»Nur dem Namen nach.«

Als sie zum Auto gingen, schloss Jonas: »Also Selbstmord.«

»Sieht ganz danach aus.«

Jonas fiel der nachdenkliche Ton in Sonjas Stimme auf. »Du bist dir nicht sicher?«

»Nicht wirklich.«

47.

Er hing keinen Gedanken nach. Eine so große Leere wie jetzt hatte er nicht einmal nach dem Urteilsspruch in sich gespürt. Die Straßen, die Berge, die Dörfer und Häuser und Kirchen und Bäume waren an ihm vorbeigeglitten, ohne dass er sie wahrgenommen hatte. Jetzt, wo das Auto auf einem Parkplatz unweit des Largo Municipio in Neumarkt stand und Francesca ihn ansprach, tauchte er aus seinem Dämmern auf.

Diese Stadt schien nur aus Touristen zu bestehen, aus Postkartenhäusern mit Postkartengeschäften und Postkartenweinhandlungen. Sie mischten sich unter die Touristen und ließen sich von ihnen nicht mehr unterscheiden. Entsprechend Danieles Plan ging Stefan zu den Arkaden, in denen das Juweliergeschäft sich befand. Francesca postierte sich vor dem Schaufenster eines Modegeschäftes, Daniele vor einer Weinhandlung. Eine Streife der Gendarmerie patrouillierte gemächlich die Straße entlang.

Lange konnte es nicht mehr dauern, bis der Besitzer den Laden schließen würde, denn eigentlich hatte die Mittagspause bereits begonnen, doch eine hartnäckige Kundin schien ihn aufzuhalten, eine hartnäckige und betuchte.

Doch dann schloss der Besitzer, ein Mittfünfziger, groß und elegant, im blauen Anzug mit einer golden eingefassten ovalen Brille auf der zierlichen Nase, mit seinen grazilen, überlangen Fingern das Geschäft und schob das Gitter davor. Überhaupt wirkte der Juwelier mit seinen überlängten Gliedmaßen wie eine von Botticelli gemalte Figur. Wie auf ein Zeichen gingen Daniele, Francesca und Stefan ohne Hast, immer noch im Flaniermodus, auf die Tiergarage neben dem Juwelierladen zu, dann die Abfahrt hinunter. In der Tiefgarage empfing sie eine erfrischende Kühle, denn dieser Tag drohte inzwischen, der heißeste Tag des Monats in Südtirol zu werden. Die Täler und Städte verwandelten sich in den Mittagsstunden in einen einzigen Backofen. Jetzt, im Schatten der Tiefgarage, legten die drei ein ganz anderes Tempo vor. Die Gangart des Touristen hatten sie aufgegeben.

Daniele öffnete routiniert die Hintertür zum Juwelierladen, zumal er auf kein Alarmsystem Rücksicht zu nehmen brauchte. Im nächsten Moment befanden sie sich im Innern, folgten dem Gang an einem kleinen Lagerraum und an einem Büro vorbei, vorbei auch an einer kleinen Tür, hinter der sich entweder eine Toilette oder ein Abstellraum befand, in den Laden. Danieles Augen blitzten, als er die vollen Vitrinen und Glasschränke sah. »Andiamo!«, rief er vergnügt. Unverzüglich begannen sie die Vitrinen aufzubrechen und den Schmuck und die Uhren in ihre Rucksäcke zu verpacken. Daniele nahm sich die Kasse vor und schaute auch noch in den Lagerraum und in das Büro. Im Büro entdeckte er einen kleinen Safe, den er gerade knacken wollte, als er Stimmen aus dem Laden vernahm. Es durchfuhr ihn eisig, als er in der Tür den Besitzer sah, der dort wie angewurzelt stand. Offensichtlich hatte er etwas vergessen und war noch einmal zurückgekommen. »Merde«, fluchte Daniele. Doch der Besitzer rief: »Policia, Policia!«, und wollte herauslaufen, als ihn ein Schuss aus Danieles Pistole niederstreckte. »Los, weg!«, brüllte der. Eilig flohen die beiden durch den Gang, die Hintertür, die Tiefgarage, die Auffahrt hoch, um sich nach links zum BMW zu wenden.

»Stehen bleiben oder ich schieße«, hörten sie einen Polizisten brüllen. Instinktiv schoss Daniele in die Richtung, aus der der Ruf kam, und hörte einen Aufschrei. Doch gleich darauf schwirrte durch die Luft ein zweiter Schuss und Stefan vernahm nur Francesca, die mit schmerzverzerrter Stimme brüllte: »Merde, das Schwein hat mich getroffen!« Stefan sprang zu ihr und fing sie auf. Er legte ihren Arm um seine Schulter, umfasste ihre Hüfte und schleifte sie mit zum Auto. Daniele sprang auf den Fahrersitz und brauste los. Sie hinterließen einen schwerverletzten Juwelier, einen angeschossenen Polizisten und panische und zutiefst erschrockene Touristen, die entweder in die Geschäfte gedrängt waren, sich an die Wände und Schaufenster drückten oder auf Straße und Bürgersteig lagen.

Francesca wimmerte vor Schmerzen. Der Schuss hatte sie in der Bauchgegend getroffen. Ihr Oberkörper sank auf seine

Knie. Erschüttert streichelte er ihr Haar. In seinen Augen stand Angst, Angst um Francesca. Das entlockte ihr unter höllischen Qualen so etwas wie ein kleines Lächeln. Er war da, war da für sie.

»Wir brauchen einen Arzt, sie verblutet«, rief Stefan.

»Dann können wir uns gleich selbst einliefern in den Knast!«, heulte Daniele vor Wut.

»Wo willst du denn hin?«

»Jedenfalls nicht in den Knast!«, brüllte Daniele, der inzwischen raste.

»Sie stirbt!«, flehte Stefan und seine Stimme zitterte.

»Sie stirbt nicht, meine Nichte stirbt nicht. Halt endlich dein verfluchtes Maul!« Ein Blick aus dem Fenster zeigte ihm, dass sie Richtung Vajolettal fuhren.

»Willst du ins Hotel zurück?«

»Deine Jugendliebe wird sich um sie kümmern. Sie kennt bestimmt einen verschwiegenen Arzt. Niemand wird Francesca dort suchen, wir waren ja nie offiziell im Hotel.«

Das würde Petra und Leonie gefährden, schoss ihm durch den Kopf. »Das lass ich nicht zu! Wir müssen jetzt zum Arzt!«

»Noch ein Wort und ich knall dich ab! Du gehst mir sowas von auf die Nerven!«, knurrte Daniele wie ein Wolf.

48.

Während Sonja ein Eis aß – wegen der Hitze waren die Fensterläden geschlossen und der Ventilator an der Decke sorgte tapfer für Luftbewegung – und im Internet über Petra Steinbrenner recherchierte, kamen beide Kerschbaumers ins Zimmer gestürzt.

»Wer zuerst?«, fragte Sonja belustigt über den dienstbeflissenen Eindruck, den beide vermittelten.

»Jugend vor Schönheit«, sagte der ältere Kerschbaumer generös.

»Eisenhart gehörte einem Konsortium an, das sich ›Neue Tourismusoffensive‹ nennt, zu dem ein paar Anwälte und übrigens auch Sylvio Serini gehört.«

»Also die Mafia!«

»Um in dieses Konsortium einzusteigen, musste man ein beträchtliches Eintrittsgeld hinterlegen, mehr, als ein pensionierter Richter hätte aufbringen können, selbst wenn er ein ganzes Leben streng gespart hätte.«

»Die Villa vermittelte nicht den Eindruck der Sparsamkeit.«

»Im Vajolettal gehen Gerüchte um, dass das Konsortium Einfluss auf Banken nimmt, dass sie keine Kredite an kleine oder in große Schwierigkeiten geratene Hotels vergeben, um sie dann billig aufzukaufen. Die Sanierung der Hotels wird dann teils mit Bankkrediten finanziert, damit auch die Banken zu ihrem Geschäft kommen.«

»Eine tolle Geldwaschmaschine«, staunte Sonja. »Ich verstehe, dass Rossi kein Interesse daran hatte, dass wir auf diese Verbindung stoßen.« Wenn Jonas erwartet hatte, dass sie das weitere Vorgehen in dieser Angelegenheit abstimmten, sah er sich enttäuscht, denn Sonja wandte sich ostentativ Peter Kerschbaumer zu. Er konnte nicht ahnen, dass Sonja sobald als möglich mit Carla Pisani und mit Matteo über diese Entdeckung zu sprechen sich vorgenommen hatte.

»Ein Fall ist mir schon aufgefallen. Pircher hatte vor sieben Jahren einen Informatikstudenten wegen einer kleinen Unterschlagung ungewöhnlich hart bestraft. Stefan Karcher hieß der Student. Er wurde vor ein paar Tagen in Mailand entlassen.«

»Informatiker«, wurde Jonas hellhörig. »Das ergibt Sinn. Manuel Steinbrenner ist Techniker, er hätte kaum die Schadsoftware schreiben können. Aber Karcher als Informatiker …«

»Student!«, rüffelte sein Vater.

»Die Jungs sind manchmal schon erstaunlich fix im Programmieren, bevor sie überhaupt mit dem Studium angefangen haben.«

»Der soll erstaunlich fit gewesen sein. Immer im Wettstreit um den Jahrgangsbesten mit einer Studentin.«

»Und wie hieß die junge Dame?«, hakte Sonja nach.

»Petra Steinbrenner«, antwortete der ältere Kerschbaumer. Jonas und Sonja wechselten Blicke. Dann schrillte das Telefon. »Was?«, brüllte Sonja, die rangegangen war. Sie schrieb beim Zuhören etwas auf einen Zettel. Dann legte sie auf. »Die Bande hat wieder zugeschlagen in Neumarkt bei einem Juwelier. Zur Mittagspause. Hätte fast geklappt, wenn der Juwelier nicht noch einmal in den Laden zurückgekommen wäre. Der Juwelier ist schwer verletzt, ein Polizist auch. Wir haben es mit einer dreiköpfigen Bande zu tun, ein Bandenmitglied wurde von dem Kollegen angeschossen. Vielleicht braucht der Dieb einen Arzt. Sie sind mit BMW entflohen, die Angaben habe ich hier notiert. Okay, Peter, du kümmerst dich um Straßensperren. Warne die Kollegen, die sind schießwütig und gefährlich. Sofia soll mit den Kollegen nach Neumarkt fahren, den Tathergang aufnehmen und Zeugen befragen. Schickt die Spurensicherung hin.«

Peter Kerschbaumer nickte. Nachdenklich schaute Sonja Jonas an. »Nur so eine dumme Idee von mir. Das Hotel wäre das ideale Versteck für die Bande. Und es ist klüger, dort abzutauchen, weil sie damit rechnen müssen, dass wir Straßensperren errichten. Wir haben es mit Profis zu tun.«

»Karcher und Manuel Steinbrenner könnten gemeinsame Sache gemacht haben.«

»Das werden wir noch rausfinden, komm!«

49.

Das Glücksspiel bis weit nach Mitternacht, das Liebesspiel bis zum Morgen bei Inno ließ ihn übermüdet wirken. Das passte ihm gut ins Konzept. Fehlte nur ein kleiner Klamottentausch, dabei dachte er an das Outfit, das er im Gespräch mit Rossi trug. Ein Zwischenstopp bei sich zu Hause sollte ihm dazu verhelfen und dann ging es ohne Voranmeldung direkt zum Anwalt. Unter Protest hatte er Inno gegen Mittag verlassen und ihr versprochen gegen 16 Uhr zurück zu sein.

Um 13 Uhr stand er verschwitzt und etwas verwahrlost im Vorzimmer des Anwalts Schmalfuß. Seine Assistentin hätte er nirgends anders vermutet als hier, jung, schlank, blond und blauäugig, mit unüberbietbarem Dünkel musterte sie ihn, als ob der Toilettenreiniger vor ihr stünde.

»Ich will den Anwalt sprechen!«, forderte Matteo.

»Wer sind Sie? Und haben Sie überhaupt einen Termin?«

Matteo beugte sich über den Schreibtisch zur Assistentin und grinste breit: »Ich brauch keinen Termin. Mein Name ist Matteo Zanchetti und wenn ihm der nichts sagt, dann soll er Rossi anrufen. So und jetzt schieb dein hübsches Popöchen mal da rüber …« Mit dem Kopf wies Zanchetti auf das Büro des Anwalts. »… und sag dem Maestro, dass ich da bin.« Empört schraubte sich die Blondine nach oben, klopfte ehrfürchtig an und kam mit einem freundlichen Gesichtsausdruck, als hätte Matteo inzwischen Kleidung und Auftreten geändert, zurück.

»Der Dottore empfängt Sie.«

»Na, warum nicht gleich so, Schätzchen«, behielt Matteo seinen gerade etablierten Personalstil, Marke burschikos, bei. Die Blondine lächelte süßsauer.

Dottore Schmalfuß wirkte streberhaft, wie das Kind, das nicht verlieren kann und so lange alle terrorisiert, bis sie einlenken, dass es doch gewonnen hatte. Mittelgroßer, aber etwas schmächtiger Kerl, schwarze Haare, eher gewollter denn geglückter Dreitagebart. Er stand von seinem gläsernen Schreibtisch auf, lächelte und bot Matteo mit geölter Stimme, an der mehrere Coaches gearbeitet haben dürften, einen Platz in der Gesprächsecke an. Bequeme Stühle, um einen runden Tisch verteilt.

»Wie darf ich Ihnen helfen?«, fragte er seidig. Matteo erzählte ihm von dem Unfall, von seiner Beurlaubung und den Auftritten im Büro. Der Anwalt hörte ihm mit gleichbleibender Freundlichkeit zu, ohne eine Regung zu zeigen. Matteo hatte keinen Zweifel, dass Rossi den Anwalt beauftragt hatte, ihn zu checken, herauszubekommen, weshalb er sich so verhielt.

Nachdem Matteo seinen absichtsvoll weitschweifig angelegten Bericht beendet hatte, gelang dem Anwalt mühelos die Freundlichkeit seines Gesichtsausdrucks zu erhöhen. »Um die Wahrheit zu sagen: Sie brauchen dringend einen Anwalt. Um bei der Wahrheit zu bleiben: Ich bin genau der richtige für Sie. Möchten Sie, dass ich Sie vertrete?«

»Wär ich sonst hier?«, antwortete Matteo mit Pokerface.

»Schön, dann hätten wir das schon mal geklärt. Meine Assistentin wird Ihnen beim Rausgehen eine Vollmacht vorlegen, die Sie nur zu unterschreiben brauchen – dann läuft alles von allein.«

»Das Honorar?«

»Erstmal nichts. Ich teile Ihnen mit, ab wann es nicht mehr kostenfrei ist. Erstmal würde ich Sie bitten, die Questura zu meiden. Sie sind beurlaubt, genießen Sie die Zeit.«

»Und wenn es mir doch wieder unterläuft?«, sagte Matteo mit großen Augen, als spreche er über etwas, das er fürchtete, weil er darauf keinen Einfluss hatte.

»Einfacher würde es das nicht machen, aber dann müssten wir damit umgehen.«

Matteo lachte und schüttelte den Kopf. »Sie sind wirklich der richtige Anwalt für mich.« Es perlte an Schmalfuß ab.

»Sie müssen nicht darauf antworten, aber es wäre für meine Strategie wichtig, vor allem, wenn wir ›damit umgehen‹ müssten, aber eines verstehe ich nicht. Sie sind ein geachteter Ermittler, ein Vollprofi, der schon einiges gesehen hat, anders als die Landeier hier. Warum lassen Sie sich so gehen?«

»Die Wahrheit?«

»Ich hasse Zeitverschwendung!«

»Gut. Eine alte Leidenschaft, die ich überwunden zu haben glaubte, ist wieder ausgebrochen.«

»Alkohol?«

»Nein.«

»Frauen?«

»Wär kein Problem. Nein, das Spiel: Pokern.«

»Warum?«

»Weil eine Schuld und ein Schmerz, den ich für überwunden hielt … Na, Sie wissen schon.«

»Nein, weiß ich nicht. Was für eine Schuld? Was für ein Schmerz?«, forschte der Anwalt.

Matteo hob die Hände, dann stand er auf. »Ich habe schon zu viel gesagt. Lassen wir es dabei bewenden, Herr Anwalt. Ich find momentan nur im Spiel Sicherheit, das Spiel stellt alle anderen Gedanken ab, es ist besser als Alkohol und als Koks. Das Spiel lässt dir keine Zeit für das, was dich bedrückt, es fordert dich ganz. Danke, Herr Anwalt. Ich meld mich, wenn ich etwas von der Inneren höre.«

»Soll ich Druck machen?«

»Ich weiß nicht.«

»Geben Sie mir Bescheid, wenn Sie es wissen.«

Er hatte kaum die Tür hinter sich geschlossen, als ihm die Blondine die Vollmacht in die Hand drückte, die er auf ihren Schreibtisch legte und unterschrieb.

»Für Sie würde ich glatt jeden Tag kommen«, sagte er mit anzüglichem Lächeln.

»Kommen Sie Sonntag, da ist geschlossen«, lächelte sie anzüglich zurück.

Er musste sich eingestehen, dass er sie unterschätzt hatte.

50.

Weil Leonie gequengelt und gequengelt hatte und schließlich behauptete, Stefan wäre mit ihr zur Butterblumeninsel geflogen, gab Petra nach und stieg mit ihrer Tochter in den Karton. Sie waren gerade von der Erde abgehoben, als die Tür aufging und Stefan Francesca untergehakt ins Hotel trug. Hinter ihnen erschien Daniele mit der Pistole in der Hand.

»Geh nach oben«, zischte Petra zu ihrer Tochter.

»Stopp, du bleibst hier, junge Dame«, brüllte er das Kind an und richtete die Pistole auf Petra.

»Waffe runter!«, schrie Stefan Daniele Pravo an.

»Halt's Maul«, antwortete der nur. »Du willst doch nicht, dass ich nervös werde?«

»Stellt drei Tische zusammen, auf die wir Francesca legen können«, befahl er. Mutter und Tochter gingen in den rechts vom Tresen gelegenen und von ihm einsehbaren Frühstücksraum und rückten die Tische zusammen. Vorsichtig zog Stefan Francesca zu den Tischen und legte sie darauf. In ihm hämmerte mit aller Gewalt die Gewissheit der Schuld, des Versagens, es wieder verdorben zu haben. Daniele folgte.

»Setz dich da hin!«, befahl er Leonie und zeigte kurz mit dem Lauf auf einen Stuhl neben dem improvisierten Lager. Petra nickte widerwillig und Leonie ging zu dem Stuhl und kletterte verschüchtert drauf. Der Schreck saß so tief bei ihr, dass sie zu keinem Wort und keiner Reaktion in der Lage war.

»Du besorgst Jod und Verbandsmittel«, befahl er Petra und drohte: »Damit du nicht auf dumme Ideen kommst, bleibt deine Tochter bei mir.«

Mit Angst und Wut im Bauch lief Petra in den Raum hinter der Rezeption, wo sich auch der Medizinschrank befand, griff

Jod, Tupfer, Pflaster, Binden und Kompressen und kehrte wie der Blitz zum improvisierten Lager zurück.

»Wir brauchen noch warmes Wasser«, erklärte sie und verschwand in der Küche, um kurz darauf mit einer Schüssel zurückzukommen. Stefan öffnete das Hemd von Francesca, die im Fieber zu delirieren und Unverständliches zu brabbeln begann. Petra wusch sanft um die Wunde herum, dann versuchte Stefan mit den Kompressen den Blutfluss zu stoppen.

»Sie verblutet. Wir brauchen einen Arzt«, rief Stefan in Panik Daniele zu. Doch dessen Gedanken liefen wirr im Kopf herum. Schließlich stand er auf, bedeutete mit dem Lauf seiner Waffe, dass sich Petra und Stefan von Francesca zurückziehen sollten, ging zu ihr und küsste sie auf die Stirn. In seinen Augen standen Tränen. Das hatte Stefan in all den Jahren im Knast nicht bei Daniele gesehen, nicht eine einzige Träne.

»Du weißt, dass ich dich liebe wie eine Tochter. Scheiße, das weißt du doch …« Er rang mit sich, doch dann sagte er wie ein verzweifelt-trotziges Kind: »Aber ich kann nicht mehr in den Knast gehen, verstehst du, Francesca, das kann ich einfach nicht.« Er riss die Kompresse ab, so dass das Blut ungehindert aus der Wunde floss und zu Boden tropfte, während er sich abwandte. Stefan wollte sich auf ihn werfen, doch Daniele drehte sich blitzschnell um die eigene Achse und presste ihm den Lauf der Pistole auf die Stirn. »Soll ich dir dein Spatzenhirn wegblasen? Wir hauen ab. Du fährst, die Kleine nehmen wir als Geisel mit. Wenn wir weit genug weg sind, lassen wir sie frei.«

»Aber sie ist doch noch ein Kind«, entfuhr es Petra in größter Verzweiflung.

»Das waren wir alle mal, Kinder. Und was hat das Leben aus uns gemacht? Den einen wird Zucker in den Arsch geblasen, die anderen haben die Arschkarte gezogen. Wir lassen sie schon nicht in der Wildnis raus.«

»Das lasse ich nicht zu!«, brüllte Stefan ihn vor Wut zitternd an. Aber es war die Wut, die aus der Ohnmacht stieg. Die giftigste und rachsüchtigste von allen.

»Okay, Italien ist eine Demokratie. Du hast die Wahl. Entweder wir nehmen die Kleine mit und du siehst sie wieder oder ich erschieße euch beide. Als ob es darauf noch ankommen würde. Ich habe auf einen Polizisten geschossen und einem Mafia-Kronprinzen das Lebenslicht ausgeblasen, wenn die mich kriegen, ist mein Leben vorbei. Keine Woche Knast überstehe ich. Also wähle!«

»Leonie und ich werden schweigen, bitte«, flehte Petra.

»Ja, sie werden schweigen. Was wollen wir uns auf der Flucht mit einem Kind belasten …«, redete Stefan in einer irren, weil vergeblichen Hoffnung auf Daniele ein.

»Halt mich nicht für blöd, los jetzt«, schnauzte der ihn nur an. Stefan verzog das Gesicht zu einer schiefen Grimasse der Verachtung. Aber er hielt sich nicht bei Daniele auf, denn jedes Wort, das er an ihn richtete, würde vergeblich sein, und wandte sich Petra zu. »Ich pass auf sie auf«, versuchte er sie zu trösten. Doch die blickte ihn mit ganzer Entschlossenheit an und sagte ihm flüsternd, so dass es Leonie nicht hören konnte, was sie ihm niemals verraten wollte. »Das musst du auch. Sie ist deine Tochter.«

Stefan fühlte, wie der Boden unter ihm nachgab und er in den Abgrund stürzte. So wurde zum schlimmsten Schlag für ihn, was zu anderen Zeiten die schönste Nachricht gewesen wäre. Er schüttelte abwehrend den Kopf, als wollte er sagen: Warum hast du mir das nicht früher gesagt? Aber sie las die Frage von seinen Augen ab. »Ich konnte nicht, ich wollte ja, du hast doch jeden Kontaktversuch von mir abgeblockt. Die Briefe kamen ungeöffnet zurück, Besuche hast du nicht angenommen.«

»Ich wollte dich da nicht mit hineinziehen.«

»Nun stecken wir beide drin«, sagte sie resigniert und fühlte, wie ihr Leben ihr entglitt.

»Genug gequatscht! Es geht los!«, raunzte Daniele die beiden an.

Petra riss sich mit aller Kraft zusammen, um Leonie nicht noch mehr Angst einzujagen. »Du machst mit den beiden einen kleinen Ausflug und nachher bist du wieder zu Hause.«

»Ich will aber nicht!« Leonie sprang auf und wollte zu ihrer Mutter laufen, doch Daniele packte ihr Ärmchen und hielt sie fest.

»Es geht nicht anders, Schatz. Aber schau mal, Stefan kommt doch mit.«

Verwundert blickte Leonie zu Stefan hoch. »Ich komme mit. Soll ich dein Pferdchen sein?« Stefan wartete die Antwort nicht ab, sondern setzte das Kind auf seine Schultern. Das lenkte es etwas ab. Er wieherte wie ein Ross und lief hinaus zum Auto, gefolgt von Daniele Pravo.

Stefan setzte sich ans Steuer, Leonie wurde auf den Beifahrersitz verfrachtet und angegurtet, während sich Daniele auf die Rückbank lümmelte.

Dann brausten sie los. Hinter einer Serpentine wichen sie mühsam einem VW aus, der in großer Geschwindigkeit auf das Hotel zuhielt.

»Die Bullen«, sagte Daniele ahnungsvoll. »Gib Gas!«

51.

Sonja wunderte sich über den BMW, der ihr in hoher Geschwindigkeit entgegenkam und mit dem sie fast zusammenstieß, entschied dennoch, erstmal zum Hotel zu fahren. Sie raste weiter und bremste erst unmittelbar vor dem Hoteleingang. Fast synchron glitt sie mit Jonas aus dem Wagen, zog wie er die Dienstwaffe und stürmte in wechselseitiger Deckung den Eingang. Im Hotel fanden sie jedoch nur eine verzweifelte Petra Steinbrenner auf einem Stuhl sitzend und am ganzen Leibe zitternd vor.

»Sie haben Leonie«, brach es aus ihr tonlos heraus. Die beiden Polizisten steckten die Waffen ein, rannten zum Auto zurück und rasten los.

»Wir hätten die gleich verfolgen sollen!«, schimpfte Jonas.

»Das weiß ich allein«, keilte sie in ihrem Ärger auf sich, die falsche Entscheidung getroffen zu haben, zurück. Dass sich in ihrer Erinnerung das Bild nun verdichtete, auf dem Beifahrersitz ein Kind gesehen zu haben, setzte sie innerlich nur noch mehr unter Druck. Sie zwang sich, nicht panisch zu werden, denn dann würde sie in eine Fehlerspirale stürzen.

»Die sollen einen Streifenwagen zum Hotel schicken, einen Psychologen und uns ein Bild aufs Handy von Stefan Karcher, damit wir wissen, wie das Bürschchen aussieht«, befahl sie Jonas kühl. Es war ihr gelungen, ihre Gefühle in einen Zustand von Schockgefrierung zu versetzen, um wieder professionell handeln zu können.

Wenig später wurde ihr, die über die Serpentinen sauste, von Jonas das Bild auf dem Display seines Smartphones gezeigt. Es war der Mann am Steuer des BMW.

»Schreibt ihn und den BMW zur Fahndung aus, gebt das Bild an alle Straßensperren«, wies Sonja ihn an und Jonas übermittelte den Befehl an seinen Vater, der in der Dienststelle die Koordination der Einsätze übernommen hatte.

Bei Muncion stieß Sonja auf eine Weggabelung. Sie entschied, sich links zu halten und der kleineren Straße zu folgen, die sich in Serpentinen am Gebirge hielt und immer wieder eher einem breiteren Wanderweg ähnelte als einer Straße.

»Wir kommen in die Pampas«, warf Jonas ein.

»Die größeren Straßen sind gesperrt. Und Karcher kennt sich doch hier aus«, erklärte Sonja.

»Ist zumindest ein Argument«, lenkte Jonas wenig überzeugt ein.

Sonja rief Peter Kerschbaumer an. »Neuigkeiten?«

»Nein, aber an allen größeren Straßen im Umkreis haben wir jetzt Straßenkontrollen. Die können uns nicht entkommen.«

»Gut gemacht. Versucht mal, Kontrollen auch auf den kleineren Straßen wie der Strada di Gardecia oder der Strada Dolomites delle Dolomiti einzurichten.«

»Geht klar!« Sonja meinte aus der Stimme des älteren Kerschbaumers geradezu ein Salutieren zu hören.

52.

»Die können nicht alle Bergstraßen sperren, streng dich an, sonst erschieß ich uns alle. Wenn ich schon draufgehen soll, dann geht ihr mit!«, drohte Daniele.

»Du bist verrückt!«

»No, im Gegensatz zu dir nur lebenstüchtig.«

»Ich will zu meiner Mama«, begann Leonie, heftig zu weinen.

»Ich tu, was ich kann, um uns hier rauszubringen, aber du hältst jetzt den Mund und erschreckst das Kind nicht. Klar?«, sagte Stefan mit großer Entschiedenheit. Er nahm kurz die Hand des Kindes in seine und drückte sie, bevor er sie zurück ans Lenkrad nahm. »Beruhig dich, Leonie, wir sind doch schon auf dem Weg zurück«, log er. »Du glaubst mir doch, oder?«

Das Mädchen hielt im Weinen inne, Stefan spürte Leonies Unsicherheit. »Du kannst mir vertrauen, der Onkel da hinten tut nur so böse. Und weißt du, warum?«

»Mhmh!«

»Weil er Angst vor Kindern hat. Er hat Angst davor, dass ihn Kinder auslachen. Nicht mehr lange und wir sind wieder zu Hause, okay? Großes Fliegerehrenwort.« Leonie antwortete nicht darauf, aber sie hörte jetzt ganz auf zu weinen.

»Mist«, fluchte Stefan und bremste. Jetzt sah auch Daniele, dass oberhalb der Straße, dort, wo sie in einen Waldweg überging, ein Wagen der Gendarmerie stand. Der Posten hatte sie noch nicht entdeckt. Stefan knallte den Rückwärtsgang rein und fuhr hinter die Biegung zurück.

»Los, raus«, brüllte Daniele. »Wir schlagen uns durch den Wald durch.«

»Wir schicken Leonie zum Posten, dann kommen wir schneller voran«, schlug Stefan vor.

»Vergiss es, aber ganz schnell. Das Mädchen ist meine Lebensversicherung. Du kannst es ja auch tragen.« Während Daniele die beiden Rucksäcke mit der Beute auf den Rücken nahm, nahm Stefan Leonie huckepack und beschloss, die Flucht zu beenden, denn die Tour durch den Wald und über die Berge würde Leonie nicht durchstehen. Er hoffte darauf, dass die Ermittler auf die Idee kommen würden, wenn sie den BMW hier sehen würden, dem Weg, der links von der Straße abging, zu folgen, denn dieser Weg führte zum Felsen, auf dem sein Großvater und auch er oft gestanden hatten. Es gelang ihm, einen Hinweis wie bei einer Schnitzeljagd zu hinterlassen.

»Hier lang«, sagte Stefan.

»Du voran«, knurrte Daniele.

53.

Vor ihr tauchte der BMW auf. Sie trat das Bremspedal durch und vollführte fast eine Vollbremsung. Hätte er hinter der Biegung gestanden, wäre sie unweigerlich draufgefahren. Obwohl der Wagen verlassen wirkte, stiegen Sonja und Jonas mit gezogenen Pistolen zügig aus und checkten die Umgebung. Als sie in den offenen Kofferraum schauten, klingelte Sonjas Handy.

Sofia war dran. »Wir sind im Hotel. Außer Frau Steinbrenner ist hier nur eine schwerverletzte junge Frau?«

»Okay, dann ist die Bande nur noch zu zweit unterwegs. Verständigt den Notarzt …«

»Schon geschehen«, fiel ihr Sofia ins Wort.

»Okay, befrag Frau Steinbrenner nach Stefan Karcher. Ich brauche Infos über ihn, aber subito!« Sonja legte auf. Als sie um die Ecke bogen, entdeckten sie die Sperre. Jetzt wurde Sonja klar, weshalb sie den Fluchtwagen stehen gelassen hatten. Sie blickte sich suchend um. Ihr Blick fiel auf den ansteigenden Pfad, der links von der Straße in den Wald führte. »Los, den Weg da entlang.«

»Sicher, dass sie ihn genommen haben?«

Etwas Glitzerndes am Anfang des Weges fesselte ihre Aufmerksamkeit. Sie hob es auf. Ein Kinderring. »Ganz sicher«, sagte sie.

Schnellen Schrittes folgten sie dem Weg.

Sie hatten einige Meter zurückgelegt, als Sonjas Handy vibrierte, denn sie hatte den Klingelton abgeschaltet, wie übrigens Jonas auch.

»Die junge Frau ist tot. Es war für sie schon zu spät, als der Arzt eintraf.«

»Okay«, hauchte Sonja ins Handy. Schweiß lief von ihrer Stirn, denn der Weg stieg immer steiler an.

54.

Nach zwei Stunden hatten sie das kleine Felsplateau erreicht, den Karst, in dessen ausgewaschenen Vertiefungen Moos wuchs. Und von dem sich ein großartiges Panorama über das Vajolettal bot. Verwundert schaute sich Daniele um. »Und wie geht es jetzt weiter?«

»Durch den Wald rechterhand. Nach einer Pause.«

»Ich mach keine Pause.«

»Dann erschieß uns. Das wäre genauso gut. Wir brauchen eine Pause für den Weg, der vor uns liegt. Oder wir lassen Beute und Kind hier. Dann schaffen wir es vielleicht auch ohne Rast. Was jetzt kommt, ist nämlich nicht ohne.« Daniele knurrte bloß. Wie er die Berge hasste.

Wenn Stefan in den Wald eintauchen und dem kleinen Pfad folgen würde, käme er zur Alm seiner Familie. Aber dort wollte er nicht hin, dort konnte er nicht hin. Für die Familie war er tot wie sein Großvater. Genau genommen mochte er nirgendwo mehr hingehen. Hier wollte er es beenden, hier sollten die Bullen sie stellen. Und er hoffte, dass sie bald eintreffen würden, denn er hatte so gar keine Idee, außer sich in einer günstigen Situation auf Daniele zu stürzen, so ließ er ihn nicht aus seinen Augen, während er Leonie ein Märchen erzählte.

»Los, weiter!«, drängelte schließlich Daniele nach einer Viertelstunde.

»Sie gehen nirgendwo mehr hin, Hände hoch«, hörte Daniele eine Frauenstimme, die vom Weg herkam, jetzt erkannte er auch die Polizistin und einen Polizisten in Zivil, die hinter Bäumen Deckung gefunden hatten. Blitzschnell, so dass es Stefan nicht mehr verhindern konnte, griff Daniele nach dem Kind, hielt es vor seinen Körper und setzte ihm die Pistole auf den Kopf. Geschockt sprang Stefan auf und versuchte es in einem ruhigen, bittenden Tonfall: »Lass sie los. Francesca ist so gut wie tot. Reicht das nicht? Müssen denn noch mehr sterben?«

Danieles gehetzter Blick pendelte zwischen den beiden Polizisten und Stefan hin und her.

»Bitte, Daniele, tu ihr nichts!«, flehte er.

»Es ist vorbei … Lassen Sie das Kind los«, sagte Sonja mit ruhiger, eindringlicher Stimme.

»Ich gehe nicht wieder in den Knast … Ich will einen Fluchthelikopter, der mich dort hinbringt, wohin ich will. Wie sieht's aus?«

»Lassen Sie das Kind los«, wiederholte Sonja und zielte auf Danieles Kopf.

Doch das schien ihn nicht zu beeindrucken, noch schien es eine Möglichkeit zu geben, zu entkommen. »Ich zähle bis drei … Dann erschieße ich sie. Eins!«

»Daniele!«, appellierte Stefan an sein Gegenüber und der Angstschweiß rann wie eine kleine Sintflut über seine Stirn. Nie zuvor in seinem Leben hatte Stefan eine so große Angst verspürt. Nicht einmal in den ersten Wochen im Knast.

»Ich lass mich nicht im Knast ausweiden«, brüllte Daniele trotzig. Er wusste, dass ihn die Wärter nicht vor der Rache des Mailänder Paten beschützen konnten und es vermutlich auch nicht wollten.

»Bitte Daniele, bitte, sie ist meine Tochter!« Stefan raufte sich vor Aufregung die Haare, während seine Augen vor Angst irre blickten.

Von dieser Nachricht überrascht, ließ Daniele Pravo Leonie los und wandte sich ganz Stefan zu. »Ich habe Francesca geopfert, weshalb sollte ich deine Tochter …« Doch er brachte den Satz nicht zu Ende, denn in dem Augenblick, in dem er die Hand von Leonie genommen hatte, sprintete Stefan gepardengleich los. Daniele richtete instinktiv die Pistole auf ihn, zum Abdrücken kam er jedoch nicht mehr, denn Stefan prallte schon gegen ihn, so dass er mit ihm zu Fall kam, und riss ihn rollend mit in den Abgrund, während in seinem Kopf nur ein Gedanke hämmerte, der ihm so etwas wie Glück zuteilwerden ließ: »Ich habe eine Tochter … und sie wird leben. Meine Tochter …« Aus dem Abgrund hallte nur kurz ein Schrei, Daniele Pravos Schrei.

55.

Das Telefonat ödete Francesco Rossi unendlich an. Er saß an seinem Schreibtisch und verzog das Gesicht. Am heftigsten aber ging ihm gegen den Strich, dass er das Problem nicht lösen konnte, solange dieser Buchhalter aus Palermo in seinen Akten stöberte und auch sonst die Augen offen hielt, dieser schmierige kleine Spitzel, der Mücken in Elefanten verwandelte, nur um sich wichtig zu machen. Am liebsten hätte er ihn mit diesem Proll Gentile tief im Wald eingraben lassen, um den Würmern ein Festmahl zu bereiten. Der fette Gentile würde sie für den hageren Rizzi entschädigen. Er beruhigte seinen Brixener Statthalter Giovanni und stellte eine baldige Lösung in Aussicht. Und, um den Worten Taten folgen zu lassen, begab er sich, nachdem er aufgelegt hatte, zum Büro seines Buchhalters, das dieser für Rizzi hatte räumen müssen. Ohne anzuklopfen, stürmte Rossi, ganz der Hausherr, das Büro. Rizzi, der über einem Berg von Akten hockte, schreckte auf. In seiner rechten Hand hielt er einen sehr spitzen Bleistift, mit dem er sich Notizen in ein kleines schwarzes Heft machte. Die Anscheißerkladde, dachte Rossi.

»Sie haben mich zu Tode erschreckt. Können Sie nicht anklopfen?«, protestierte Rizzi mit leicht näselnder Stimme.

Rossi verbarg ein Grinsen. »Nein!«, sagte er dagegen hart. »Ich klopfe in meinem Haus nicht an. Tun Sie das?«

Rizzi ging auf die Provokation nicht ein. »Was wollen Sie?«

»Dass Sie endlich fertig werden.« Rossi ließ den Buchhalter nicht aus den Augen.

»Nicht meine Entscheidung, die Bosse lieben Gründlichkeit«, entschuldigte er sich in servilem Ton.

»Glauben Sie im Ernst, Sie finden da drin irgendwas, das die Behörden gegen mich oder die Familie verwenden könnten?«, fuhr er den Buchhalter an, dessen Tändeln zwischen Servilität und Impertinenz ihm gewaltig auf die Nerven ging.

»Passiert leider viel zu oft, viel zu oft«, nuschelte der Buchhalter auf die Akten schauend. »Selbst, wenn sich die Handschellen schon um ihre Gelenke schlossen, behaupteten diese Leute, dass sie alles im Griff hätten«, dozierte der Buchhalter.

»Nicht bei mir«, entgegnete Rossi, den das Brummen einer Fliege, die am Fenster hin und her surrte, noch mehr auf die Palme brachte. Rossi hasste Fliegen.

»Freut mich, das zu hören. Dann wird sich das auch so herausstellen und ich trage zu ihrer Reputation bei. Hören Sie, ich entscheide das nicht. Aber, wenn ich das richtig verstanden habe, sind in den letzten Jahren viele Dinge nicht so glatt gelaufen, wie man das von jemandem wie Ihnen erwartet hat. Hat einige ›Probleme‹ gegeben«, schlug Rizzi plötzlich einen jovialen Ton an, der ihm, wie Rossi fand, nicht zustand.

»Die ich, wie man in Palermo weiß, alle bereinigt habe. Und am Ende hat die Familie einen satten Gewinn gemacht«, konstatierte Rossi und ärgerte sich über das, was er gesagt hatte, weil es sich ein wenig nach einer Verteidigung anhörte und er hatte sich vor diesem Buchhalter nicht zu rechtfertigen, wenn es so wäre, wäre das sein Ende.

»Dennoch wurde die Aufmerksamkeit der Behörden auf unsere Geschäfte gelenkt, und das sieht man zu Hause nicht gern. Ich sag das nur ungern, aber ich befürchte, man ist der Meinung, dass Ihnen die Sache hier ein wenig ›aus den Händen gleitet‹«, ging Rizzi kurz aus der Deckung.

In diesem Augenblick begriff Rossi, dass der Buchhalter Luca Rizzi kein gewöhnlicher Mafia-Buchhalter war, sondern einen Plan verfolgte.

»Wissen Sie, was ich will, Rizzi?«, fragte Rossi kühl.

»Nein, Padrino.«

»Dass Sie endlich verschwinden. Also tun Sie mir und sich den Gefallen, fertig zu werden!«, grollte Rossi und erntete dafür nur ein sibyllinisches Lächeln. Wenn Spinnen lächeln könnten, dachte Rossi, dann so.

56.

Es fühlte sich an wie eine zweite Geburt, als Petra ihre Tochter in den Armen hielt, auch wenn das Kind völlig überfordert in Tränen zerfloss. Sonja geduldete sich etwas und ließ sich von Sofia aufklären, wer die angeschossene und schließlich verblutete junge Frau war, deren Leichnam gerade abtransportiert worden war. Sie wollte sich gerade Petra zuwenden, als sie einen Anruf von Peter Kerschbaumer bekam, der ihr mitteilte, dass die Beute, die sie beschlagnahmt hatten, die Summe, die bei den beiden Einbrüchen ergattert worden war, übertraf. Ihre Aufgabe bestand nicht darin, zu ermitteln, woher das überzählige Geld stammte. Somit konnte sie die Ermittlungen über die Diebesbande, die ihre Verbrechen nicht überlebt hatte, schließen. Der Hergang stellte sich für sie ohne logischen Bruch so dar: Stefan Karcher buchte sich mit seinen Komplizen in dem unauffälligen Hotel ein und versprach Manuel Steinbrenner einen Anteil, wenn er die Alarmanlage ausschaltete. Der brauchte dringend Geld, um das Hotel zu erhalten. Eine klare Angelegenheit, zu klar jedoch für ihren Geschmack.

»Frau Steinbrenner? Darf ich Sie kurz noch einmal sprechen? Passen Sie auf das Kind auf«, sagte sie zu Sofia, deren Gesichtsausdruck man ansah, dass sie das überfordern würde. Sie setzten sich in die hintere Ecke des Frühstücksraumes an ein Fenster. Zwischen ihnen stand in einem grünen Plastikbecher trostlos und trist eine Kunstblume.

»Ich glaube nicht, dass Manuel Steinbrenner der Komplize der Bande war«, warf Sonja einen Stein ins Wasser. Doch Petra, die gerade erfahren hatte, dass Stefan gestorben war, weil er ihrer gemeinsamen Tochter das Leben gerettet hatte, klangen wie ein Vermächtnis seine Worte im Ohr: »Du musst an Leonie denken.« Er hatte es zumindest getan, so war es nun an ihr, das Ihrige zu tun. Was wollte diese Frau Commissario denn von ihr, deren Geld jeden Monat pünktlich vom Staat kam – auch von ihren Steuern, die ihr beinah den Hals abdrückten? War diese Frau Commissario dem pensionierten Richter in den Arm gefallen, der verhinderte, dass die Banken ihr einen Kredit gewährten? Nein, Petra Steinbrenner konnte kein Unrecht darin sehen, mit dem Geld des brutalen Richters und dem der kaltherzigen Bank ihr Hotel aufzubauen – und sie würde dabei klug zu Werke gehen. Das war sie Leonie schuldig, und Stefan auch. Sie hasste diese Frau, die es darauf anlegte, dass ihr Kind ins Kinderheim und sie ins Gefängnis kommen würde, die das Glück ihrer Tochter zerstören wollte.

»Wird man so, wenn man den ganzen Tag im Dreck wühlt?«, fragte sie offen heraus die Frau Commissario.

Sonja wich verblüfft zurück. »Wird man wie?«

»Übermisstrauisch, hart, jederzeit bereit, das Glück anderer Menschen, das Glück unschuldiger Kinder zu zerstören.« Auch wenn sich Sonja nichts anmerken ließ, hatte der Tiefschlag gesessen. Sie dachte unwillkürlich an Laura, an Laura, als sie fünf Jahre alt war.

»Wenn Sie falsch gehandelt haben, haben Sie das Ihrer Tochter angetan, nicht ich«, erwiderte Sonja schroff, die sich darüber ärgerte, dass sie sich hatte provozieren lassen.

»Das kann ich nicht«, sagte Petra mit großer Wahrhaftigkeit.

»Was?«, hakte Sonja nach, die das Gefühl nicht loswurde, dass die Frau gegenüber mit ihr Katz und Maus spielte.

»Mir vorstellen, dass Manuel mit denen gemeinsame Sache gemacht hat. Stefan tauchte vor ein paar Tagen überraschend hier auf mit seiner neuen Freundin und dem Schwiegeronkel. Und da ich zufällig ein paar Zimmer frei hatte«, lachte sie bitter auf, »konnte ich es mir nicht leisten, sie abzuweisen. In dieser Zeit kam Manuel ein paarmal vorbei. Hat mit Stefan gesprochen, obwohl sie sich hassten wie die Pest. Was das Trio getrieben hat, kann ich Ihnen nicht sagen, schließlich spioniere ich meinen Gästen nicht hinterher«, antwortete sie sachlich und ruhig, als hätte der Wortwechsel zuvor nicht stattgefunden.

»War das nicht komisch für Sie?«

Plötzlich erinnerte sich Petra an etwas. »War das nicht komisch, dass Sie gegen Ihren Mann ermitteln mussten?«

Sonjas Gesicht wurde hart. Erinnerungen stiegen in ihr auf, die sie mühsam zurückdrängte. »Und Leonie? Sie ist doch auch seine Tochter?«

»Ich habe es ihm erst gesagt, als der andere sie als Geisel nahm, weil ich wollte, dass Stefan sie schützt. Sonst hätte er es nie erfahren.« Das glaubte Sonja ihr.

»Haben Sie noch Fragen? Ich möchte mich um meine Tochter kümmern. Sie hat genug durchgemacht. Finden Sie nicht?« Da war er wieder, der klare Blick, der einen ins Unrecht setzte. Sonja schüttelte den Kopf. Sie spürte, dass diese Frau in irgendeiner Weise mit in der ganzen Geschichte hing, und sie ahnte, dass sie das Ausmaß wohl niemals herausbekommen würde, und wenn, dass sie es niemals beweisen konnte, denn auch das Geld hatte sich gefunden.

Sonja Schwarz stand auf. Sie mochte diese Frau nicht, weil sie von ihr mit der Frage konfrontiert wurde, was sie in ihrer Situation getan hätte. Jetzt wollte Sonja nur noch hier raus. Der Fall war ja auch eigentlich abgeschlossen.

So verließ Sonja das Hotel mit dem Gefühl einer Niederlage im Bauch. »Fahr mich nach Hause«, sagte sie erschöpft zu Jonas.

57.

Bevor sie ins Haus ging, lief sie im Hof auf und ab, brachte Matteo auf den neuesten Stand und ließ sich von ihm berichten. Dann rief sie Carla Pisani an und einigte sich mit ihr darauf, dass eine Gruppe aus Finanzpolizei und DIA-Agenten die Geschäfte des Richters, der beteiligten Banken und Silvio Serinis unter die Lupe nehmen sollte, vorsichtig und getarnt als normale Bankrevision.

Danach schaltete Sonja das Handy aus und betrat ihr Haus. In der Küche traf sie auf Laura.

»Bist du zum Abendessen da?«, fragte ihre Tochter mit einem Anflug von Hoffnung.

»Bin ich«, antwortete Sonja müde.

»Dann mach ich uns ein schönes Essen und wir lassen bei Lasagne und Traminer unter der alten Kastanie den Abend ausklingen«, jubelte sie. Plötzlich überfiel Sonja wie aus dem Hinterhalt die Frage, was aus Laura geworden wäre, wenn sie mit fünf Jahren in ein Kinderheim gekommen wäre.

»Ist dir nicht gut?«, fragte Laura besorgt.

»Nein, ich bin nur etwas abgespannt. Eine Dusche und alles ist wieder okay«, rang sie sich ein Lächeln ab.

»Dusch in Ruhe, du hast alle Zeit.«

»Laura«, hörte sich Sonja sagen.

»Ja?«, fragte Laura überrascht über den ernsten Tonfall ihrer Mutter.

»Ich hab dich sehr lieb, Tochter. Du bist das Wichtigste in meinem Leben. Auch wenn ich es nicht immer zeige.«

In Lauras Gesicht ging die Sonne auf: »Das weiß ich doch, Mum. So, jetzt ab unter die Dusche, wir wollen heute noch zum Essen kommen.«

»Sagtest du nicht gerade, ich hätte alle Zeit der Welt?«

Laura verdrehte die Augen »Ich meinte, alle Minuten und Sekunden der nächsten halben Stunde.«

»Oha, dann muss ich mich sputen!«, sagte es und verschwand.

Sie duschte heiß und seifte sich zweimal ab, sie wollte den ganzen Dreck, in dem sie »herumwühlte«, abwaschen. Es musste eine Trennung geben zwischen der Welt da draußen und hier drin. Für Matteo, fiel ihr ein, als sie zufrieden aus der Dusche stieg, existierte diese Welt nicht mehr, jetzt so gar nicht mehr, wo er undercover arbeitete.

58.

Matteo wollte gerade mit Inno das Casino verlassen, als sie von Franco Gentile aufgehalten wurden. Der Mafioso grinste wie eine Versammlung von Kellnern, denen man eine Gehaltsverdoppelung versprochen hatte, und flötete: »Darf ich Sie kurz sprechen, Commissario?«

Matteo nickte: »Bitte!«

Gentile lächelte ölig: »Wenn es der verehrten Signora nichts ausmacht, entführe ich Ihren Freund kurz. Es dauert auch nicht lange.« Matteo warf demonstrativ Innocencia einen Blick zu.

»Wenn ihr kein heimliches Spiel anfangt, gern«, beschied sie mit Pokerface, ohne sich ihre Überraschung anmerken zu lassen.

Die Spielhalle gähnte vor Leere und nicht weniger gähnende Kellner und Security-Leute räumten ein wenig auf. Gentile kehrte mit Matteo in das Hinterzimmercasino zurück und begann ohne Lächeln, ohne Umschweife: »Sie mauern, Commissario. Sie hätten denen doch die Hosen ausziehen können.«

»Dann würden sie nicht mehr mit mir spielen«, gab Matteo zu bedenken.

»Macht Ihnen das Spaß, mit Kindern zu spielen?« Gentile war jetzt ganz bei der Sache.

»Natürlich nicht, aber besser als gar nicht spielen«, schaute Matteo den Mafiaboss an, als leide er wie ein Weltmeister im Skilaufen, der Anfänger zu unterrichten hatte.

»Oder mit Profis spielen«, warf Gentile wie nebenbei ein, so als hätte er es gar nicht gesagt.

»Wenn es die Runde gibt, steige ich gern ein.« Matteos Augen überzog ein hungriger Glanz, während sie größer wurden.

»Absolute Diskretion?«

»Absolute Diskretion.«

»Der Eintritt kostet aber.«

»Wie viel?«

»Zehn Riesen. Und ein Geheimnis von Ihnen, das Sie kompromittieren würde, wenn ich es veröffentlichen würde, und das ich in mein Safe lege als Sicherheit.«

Matteo schaute ihn prüfend an. »Geht es nicht ohne?«

»Nein, leider nicht. So sind die Regeln«, stellte Gentile klar.

»Woher weiß ich, dass dieses Kuvert und auch das Geheimnis in Ihrem Safe bleiben?«, hakte Matteo nach.

»Mein Ehrenwort garantiert dafür!«, sagte Gentile.

»Ohne Ihnen zu nahe treten zu wollen, aber das ist mir zu wenig. Sie hätten mich dann in der Hand.«

Gentile grinste breit. »Dann lassen wir es. Ohne ein Mindestmaß an Vertrauen geht es hier nicht.«

»Haben die anderen Spieler auch ein Geheimnis bei Ihnen abgegeben?«

»Ja. So sind die Regeln. Wir reden von einer ›First Class‹-Runde. Absolute Premium League. Nicht so ein Kinderkram. Verstehen Sie. Das Geheimnis gehört zum Spieler. Also, wenn Sie ein echter Spieler sind, greifen Sie zu, wenn nicht, lassen Sie es.«

»Okay. Wann geht es los?«

»Das sage ich Ihnen, wenn ich das Geld und Geheimnis habe.«

»Morgen Abend haben Sie es.«

»Ich wusste, dass ich mich in Ihnen, Commissario Capo, nicht getäuscht habe«, versprühte Gentile seinen ranzigen Charme.

Vor der Tür erkundigte sich Inno danach, was Gentile von ihm wollte.

»Er warf mir vor, beim Spielen mein Licht unter den Scheffel zu stellen.«

»Ich hoffe, du wirst das ändern«, provozierte sie.

»Ja, das werde ich«, sagte er und küsste sie leidenschaftlich. Auch wenn es zu nieseln begann.

59.

Das Läuten ihres Handys riss sie aus dem Tiefschlaf. Eine Weile wehrte sie sich noch dagegen, aufzuwachen, und versuchte das Telefonklingeln in ihren Traum zu integrieren, doch es misslang. Schlaftrunken suchte sie auf dem Nachttisch nach dem Smartphone. Beinah wäre es ihr, nachdem sie es endlich gefunden hatte, wieder aus der Hand gerutscht.

»Ja?«, sagte sie so schlaff wie missgelaunt. Jonas berichtete ihr von einem Toten im Marmorwerk Steinhauer. Er sei gerade von der Gendarmerie verständigt worden und befinde sich schon auf dem Weg. Die Forensik sei unterwegs.

»Ich komme«, stöhnte sie wenig begeistert. Wenn das so weiterginge mit den Morden, dachte sie sarkastisch, wäre bald ganz Südtirol entvölkert, die eine Hälfte wäre tot, die andere säße wegen Mordes ein. Die Dusche erfrischte sie nur für einen Moment, dann kehrte die Müdigkeit zurück. Ein sicheres Anzeichen für eine Grunderschöpfung, diagnostizierte sie.

Der Morgen begegnete ihr fremd und abweisend in seiner Kühle und dem Nieselregen. Es war ein Morgen, den man am liebsten verschlafen würde. Auf dem Weg zum Marmorwerk hatte sie das Gefühl, dass die Natur noch nicht die Farbe ausgeteilt hatte; Landschaft, Straßen und Gebäude lagen nur stumpf Grau in Grau dar. Ein Blick zur Uhr verriet ihr, dass es gerade einmal sieben Uhr war, als sie durch das Tor fuhr und auf der Straße, die von riesigen Marmorblöcken gesäumt wurde, hielt. Vor ihr entdeckte sie Peter Kerschbaumer, der mit einigen Arbeitern sprach. Ihr Blick fiel auf den Berg, der vis-à-vis sich vor ihr erhob und der sich wie die Ummantelung einer riesigen Höhle ausnahm. Der Eingang erinnerte

Sonja an das gewaltige Portal eines Domes, was von der Tatsache verstärkt wurde, dass er nach oben spitz zulief. Es fehlten nur die Verzierungen rechts und links. So in Betrachtung vertieft hatte sie Jonas nicht gehört, der plötzlich links neben ihr auftauchte.

»Morgen, Sonja.« Der junge Polizist sah blass um die Nase herum aus.

Sie schrak unmerklich zusammen. »Morgen, Jonas. Wer ist der Tote?«

Jonas wies den Weg zum Berg und ging voraus, während er sie einwies: »Robert Auer, arbeitet schon 20 Jahre als Fahrer hier im Betrieb.« Von dem Berg gingen Kälte und Feuchtigkeit aus. Den Boden hatten die schweren Maschinen zerwühlt. Das Innere des Berges erinnerte an ein Kirchenschiff, das von Laternen erhellt wurde. Zur Lagerung standen rechts einige Marmorblöcke, einer der Blöcke lag vor den gestapelten, als wäre er hier unordentlich abgestellt worden.

»Kein schöner Anblick«, warnte der jüngere Kerschbaumer. Sie umrundeten den Block und stießen auf Heidi Grüner.

»Platt wie eine Briefmarke. Ich bin Gerichtsmedizinerin und keine Philatelistin«, schimpfte die eigentlich stets gutgelaunte Ärztin. »Ein sauberer Schuss hätte es doch auch gemacht. Aber diese Schweinerei ...« Sonja wurde leicht übel, denn sie hatte noch nie einen zerquetschten Menschen gesehen, während sich Jonas so eingedreht hatte, dass er die Leiche nicht zum zweiten Mal anschauen musste.

»Geh mal davon aus, dass ihr Unfall oder Selbstmord als Todesursache ausgeschlossen habt?«, resümierte sie zynisch. »Ungefährer Todeszeitpunkt?«

»Kann ich noch nicht genau sagen, aber ich schätze gegen 23 Uhr.«

»Arbeiten die hier so lange?«, entfuhr es ihr.

»Eigentlich nicht, aber Auer ist Fahrer, hilft aber auch bei der Wartung der Maschinen. Deswegen war er oft noch spät im Betrieb«, erklärte Jonas, der gern den Ort gewechselt hätte. Ihr Blick fiel auf einen Radlader, dessen Schaufel halb oben stand und den zwei Forensiker penibel untersuchten. »Und das ist vermutlich die Tatwaffe«, stellte sie trocken fest.

»Und die muss man gut bedienen können, denn wer lässt sich schon freiwillig mit einem Marmorblock bewerfen?«, ergänzte Heidi Grüner. »Und der«, wies die Gerichtsmedizinerin mit einem Rest grimmigen Humors auf die sterblichen Reste von Robert Auer, »kommt nicht in die Kühlkammer, sondern ins Herbarium. Obwohl ein Herbarium nur für Pflanzen ist, also in die Käfersammlung.«

Heidi Grüner, dachte Sonja, ist wirklich richtig schlecht gelaunt. Den Tag musste sie sich rot im Kalender anstreichen, der Tag, an dem die quirlige Gerichtsmedizinerin einmal übellaunig war.

Sonja indes dachte nicht daran, sich vom Tatort zu entfernen, denn sie hatte sich inzwischen an den gepressten Toten gewöhnt. »Wer hat ihn gefunden?« Jonas deutete auf einen der Arbeiter, der am Rand stand und dessen Gesichtsfarbe mit dem Marmor konkurrierte. Aus einem unerfindlichen Grund ging Jonas zum Flüstern über, obwohl ihn aus der Gruppe niemand hören konnte: »Schlimme Sache. War sein eigener Sohn, der ihn gefunden hat. Der arbeitet auch hier.«

Sonja musterte den lockigen jungen Mann, der von hagerer Statur war. Ihr fielen sofort die leeren graublauen Augen auf. Dann ging sie zu ihm hinüber und stellte sich vor: »Sonja Schwarz. Kripo Bozen. Mein Beileid. Ist es okay, wenn ich Ihnen ein paar Fragen stelle?«

»Ja, sicher«, sagte der ungewöhnlich gefasst. Sie verließen die Gruppe und suchten sich einen Platz abseits von den übrigen Arbeitern.

»Hatte irgendjemand einen Grund, Ihrem Vater sowas anzutun?« Martin Auer schüttelte nur traurig den Kopf.

»Die Arbeiter, die als erste zur Arbeit gekommen sind, haben ausgesagt, dass der Wagen Ihres Vaters vor dem Tor stand, das Tor aber abgeschlossen war. Hat Sie das nicht gewundert?«, fragte Jonas, der sich, froh über den Ortswechsel, zu den beiden gesellt hatte.

»War heute spät dran, dachte, er ist schon früher gekommen. Die Fahrer haben andere Arbeitszeiten als wir.«

»Tut mir leid, aber ich muss Sie das fragen: Wo waren Sie denn gestern Abend gegen 23 Uhr?«, übernahm Sonja wieder.

Diese Frage brachte Martin Auer sichtlich in Verlegenheit. Er zog die Nase kraus, dann antwortete er: »Bin durch ein paar Kneipen gezogen.«

»Hat Sie da jemand gesehen?«

»Klar. 'ne Menge Leute.«

»Wir hätten gern eine Aufstellung der Kneipen, die sie gestern besucht haben«, forderte Jonas streng. Martin Auer nickte.

»Haben Sie schon mit Ihrer Familie gesprochen?«, erkundigte sich Sonja mitfühlend.

Er schüttelte befremdet den Kopf. »Sowas sagt man doch nicht am Telefon!«

»Verstehe, dann fahren wir zusammen hin.«

»Muss arbeiten«, sträubte er sich.

»Das ist ein Tatort, denke nicht, dass hier heute noch gearbeitet wird«, erklärte Jonas kühl.

»Und selbst wenn. Ihr Chef wird sicher Verständnis haben, dass Sie heute bei Ihrer Familie sein wollen«, wurde Sonja mütterlich.

»Dann hol ich mal meine Sachen«, sagte er etwas unschlüssig und schlurfte zur Umkleide.

Sonja sah ihm einen Moment lang nachdenklich hinterher, dann wandte sie sich an Jonas: »Wenn das Tor abgeschlossen war, hatte der Täter entweder Schlüssel oder er ist über den Zaun reingekommen. Sag den Kollegen von der Spurensicherung, sie sollen ihre Suche bitte nicht nur auf den eigentlichen Tatort beschränken.« Weil sie etwas in ihrem Rücken fühlte, drehte sie sich um und sah in das Gesicht von Peter Kerschbaumer, das nach drei Tage Regenwetter aussah.

»Hatte gerade einen Anruf. Es gibt Probleme im Präsidium. Die Beamtin von der Antimafiaeinheit ist wieder da«, brummte der nur.

»Carla Pisani?«

»Ja. Sie will mit dem Capo sprechen, aber er ist weder auf seinem Handy noch unter seiner Festnetznummer zu erreichen.«

»Fahr zu Matteo nach Hause und bringe ihn aufs Revier«, befahl sie Jonas. Sie wies einen Gendarmen an, Martin Auer nach Hause zu bringen und ihm auszurichten, dass sie etwas später nachkommen würde, weil sie zunächst ins Präsidium müsse.

Sonja brach zeitgleich mit Jonas auf, versuchte aber, nachdem sie aus dem Tor der Firma Steinhauer gefahren war, Matteo auf dem Notfallhandy zu erreichen.

60.

Obwohl der Morgen bereits in das Schlafzimmer eingedrungen war, lag Inno zufrieden schlafend neben ihm. Für ihre Zufriedenheit hat sie auch allen Grund, dachte Matteo lächelnd und ein wenig machohaft.

Nachdem sie aus Meran zurückgekehrt waren, hatten sie sich wild und stürmisch geliebt. Sie schlief danach erschöpft ein, während er über ihre Trennung nachdachte. Sie konnte ihm nicht helfen, hatte ihm den Weg in Gentiles eigentliches Casino geöffnet, nun ging von ihr mehr Gefahr als Hilfe aus. Aber es hieß auch mit Bedacht vorzugehen. Bevor er nicht in die andere Runde eingestiegen war, würde er kein Porzellan zerschlagen wollen, aber dennoch beginnen, sich etwas rarzumachen. Doch sobald er Fuß gefasst hatte in der Profi-Runde, würde Matteo einen Streit entfachen und mit ihr brechen. Er wusste nicht, ob sie ihm leidtat, aber er mochte auch nicht darüber nachdenken, seine Aufgabe bestand einzig und allein darin, Rossi zur Strecke zu bringen. Scheinbar anständige Typen, ehrbare Geschäftsleute entschieden letztlich über Leben und Tod und hatten damals auch den Stab über Lucia gebrochen, Typen wie Rossi. Den tiefsten und geheimsten Grund, weshalb Matteo eingewilligt hatte, undercover zu gehen, hatte er weder Carla Pisani noch Sonja verraten. Er wollte Rache, Rache für Lucia, und er hatte inzwischen erfahren, dass Rossi damals in Bari war und an der Entscheidung, dass Lucia gefoltert und getötet worden war, einen Anteil hatte. Ihm ging es um ein Duell und darum, dass sich Rossi würde verantworten müssen. Sein Handy vibrierte im Sakko, das Notfallhandy. Matteo glitt aus dem Bett, schnappte seine Sachen, schlich in den Flur und ging ran.

»Carla Pisani ist in der Questura und Jonas ist auf dem Weg zu dir, um dich abzuholen, weil du nicht erreichbar bist.«

»Okay, danke«, flüsterte Matteo und zog sich rasch an, rannte aus der Wohnung, sprintete die Treppen herunter, sprang in sein Auto und gab Gas. 15 Minuten später erreichte er seine Wohnung trotz dichtem Verkehr und Stau. Teils war er sogar über den Bürgersteig gefahren. Wäre er der Polizei aufgefallen, hätte das sogar seinem »Ruf« gedient. Sich schlecht benehmen zu dürfen, hatte was, befand er. In seiner Wohnung zog er sich blitzschnell die lässige Kluft an, die er bei Rossi und bei seinem letzten Auftritt im Revier trug, und rieb sich Kopf und Hals mit Schnaps ein wie mit einem Parfüm, um einen Alkoholdunst zu verströmen. Da klopfte es bereits heftig an seiner Tür. Auf dem Weg dorthin verwuselte er sein Haar.

»Capo, sind Sie da?«, brüllte Jonas.

»Ja, ja, ich komme ja schon«, grummelte Matteo und öffnete die Tür. Vor ihm stand ein tadelloser, aber beunruhigter Jonas Kerschbaumer. Matteo registrierte den mitleidigen Blick, mit dem ihn der jüngere Kerschbaumer musterte.

»Was machst du für einen Lärm? Du weckst ja die Leichen auf«, fuhr ihn Matteo an.

Jonas blickte ihn perplex an. »Was für Leichen?«

»Die Alkoholleichen«, antwortete Matteo mit ernstem Gesicht und rollenden Augen, bevor er in ein unbändiges Gelächter ausbrach und mehrmals wiederholte, als wäre es der beste Witz, der je gerissen wurde. »Die Alkoholleichen … Die Alkoholleichen.«

»Signora Pisani will Sie sprechen«, sagte Jonas pikiert.

»Ah, es geht nach Rom.«

»Nein, sie ist hier, in der Questura.«

»Ach, hat sie wieder Urlaub?«, spottete Matteo.

»Ich fürchte nicht«, warf Jonas ein. »Wollen Sie schnell duschen?«

»Nein«, antwortete Matteo fest. »Bei Signora Pisani ist es besser, wenn man nach Mann riecht, nicht nach einem Duftwasserpapagallo! Verstehst du, nach Mann!«

Eine halbe Stunde später betrat in Begleitung des Commissarios Kerschbaumer der beurlaubte Commissario Capo Matteo Zanchetti das Büro, das sich Commissario Sonja Schwarz und Commissario Jonas Kerschbaumer teilten und das dem Dienstzimmer des Capos vorgelagert war. Peter Kerschbaumer, Sofia, zwei weitere uniformierte Polizisten und Sonja werteten die ersten Informationen in dem Mordfall Auer aus, als Matteo in Jeans, mit heraushängendem und schiefgeknüpftem Holzhackerhemd eintrat. Matteo ließ sich gegen den Türpfosten fallen. »Heh, ragazzi, wie öde seid ihr denn drauf?«

»Wir ermitteln in einem Mordfall«, sagte Sonja knapp.

»Dass die guten Leute sich immer umbringen müssen … Aber wie gut, sonst hätten wir ja nichts zu tun …«

»Wenn Sie mit dem Philosophieren zu Ende sind, will ich Sie in Ihrem Büro sprechen!«, fiel ihm Carla Pisani hart ins Wort. Matteo richtete sich auf und knallte die Hacken zusammen. »Zu Befehl!« Dann ging er alle angrinsend in sein Zimmer.

»Und Sie, Commissario Schwarz, möchte ich auch dabeihaben!«

Nachdem sich Carla Pisani Matteos Bericht angehört hatte, schüttelte sie den Kopf. »Merde! Du bist zwar gut vorangekommen, aber wir werden etwas überrollt. In den nächsten Tagen soll der Transport abgehen.«

»Und wir haben nicht die geringste Ahnung davon, wie das logistisch vonstattengehen soll«, ärgerte sich Sonja. Matteo wirkte wieder vollkommen nüchtern. »Sagen wir es der

Abteilung! Wenn wir eine undichte Stelle haben, erfährt die Mafia, dass wir es wissen.«

»Und wird vielleicht Fehler machen.«

»Verzweifelt kleine Hoffnung«, schätzte Carla Pisani ein.

»Wir hatten schon mal weniger!«, streute Matteo Optimismus.

»Andiamo«, entschied Carla Pisani.

Als die drei Polizisten Sonjas Büro betraten, richteten sich alle Blicke auf sie. Sonja registrierte, dass Jonas wieder neben Sofia stand.

»Die Direzione Investigativa Antimafia hat Informationen über eine große Drogenlieferung erhalten, die über Bozen nach Deutschland geschleust werden soll«, begann Sonja.

»Wir haben noch zu wenige Erkenntnisse darüber, auf welchem Weg die Lieferung nach Bozen kommt und wie sie nach Deutschland weitergeleitet wird.«

»Aber Anhaltspunkte haben Sie?«, fragte Sofia interessiert.

»Mehr als das, deshalb werden wir verstärkt vor Ort ermitteln und den Spuren folgen.«

»Ich hab Commissario Pisani darauf hingewiesen, dass der Mord in der Marmorfabrik all unsere Kräfte bindet und dass das eher die Aufgabe des Rauschgiftdezernats ist …«

Doch Carla fiel Sonja ins Wort und sprach die beiden Kerschbaumers direkt an. »Aber Sie können vielleicht trotzdem Ihre Augen aufhalten. Ich weiß, dass Sie beide sehr gute Kontakte haben. Vielen Dank«, mit den Worten ließ sie die Polizisten stehen und zog sich in Matteos Büro zurück. An der nunmehr geschlossenen Tür stand Matteo. Ihre Blicke kreuzten sich. »Findest du's gut, in diesem Zustand zum Dienst zu kommen?«, fragte Sonja besorgt.

Doch Matteo antwortete nur mit einen Seitenblick auf Jonas: »War nicht meine Idee. Wär lieber zu Hause geblieben.«

»Ich würde sagen, du gehst jetzt nach Hause und kommst wieder, wenn du nüchtern bist.«

»Auch wenn du's offenbar vergessen hast. Ich bin dein Vorgesetzter.«

»Nicht mehr lange, wenn du so weitermachst«, entgegnete sie besorgt.

»Sägst du an meinem Stuhl?«, fragte er süffisant und ging.

Man konnte den beiden Kerschbaumers ansehen, wie peinlich es ihnen war, der Unterhaltung beizuwohnen.

61.

Rossi kam gerade von Sylvio Serini zurück, der sich darüber beschwert hatte, dass Gentile eine Spielhalle in seinem Gebiet übernahm, indem er Serinis Leute zusammenschlug, bedrohte und verjagte und seine Männer an ihre Stelle setzte. Rossi gelang es nur mühsam, seinen Zorn zu unterdrücken. Gentile ging zu laut, zu rücksichtslos und ohne Respekt vor, er musste gestoppt werden, doch möglichst nicht in Anwesenheit des Buchhalters. Mit schnellen Schritten ging er zu dessen Büro und trat ein. Rizzi maß ihn mit einem langen Blick und schüttelte betreten den Kopf.

Rossi wunderte sich. »Was ist los? Sie sehen aus, als hätten Sie eine Null zu viel in meinen Abrechnungen gefunden.«

Doch davon ließ sich Rizzi nicht beeindrucken, der ihn ansah, als stünde der Weltuntergang bevor. »Man hat heute Morgen im Marmorwerk eine Leiche gefunden«, sagte der halblaut.

Rossi verbarg unter seinem Pokerface, dass ihn die Nachricht zutiefst beunruhigte. »Für einen ›Buchhalter‹ sind Sie aber erstaunlich gut informiert.«

Doch Rizzi ließ sich nicht auf diese Diskussion ein, sondern setzte fort: »Dabei handelt es sich um einen der Fahrer: Robert Auer.«

Nun konnte man doch die Wut in Rossis Augen und in den sich verhärtenden Gesichtszügen erkennen. »Franco Gentile«, sagte er halblaut. Gentile schien alles zu tun, um ihn zu stürzen.

»Ich will mich auf keinen Fall in Ihre Geschäfte einmischen, aber Gentile ist Ihnen unterstellt. Wenn er das getan hat, ohne es mit Ihnen abzusprechen, wird die ›Familie‹ Ihnen das als Führungsschwäche auslegen. Sie sollten das vielleicht rasch in Ordnung bringen …«, setzte Rizzi fort. Nun funkelte Rossi den Buchhalter an, der deutlich seine Kompetenzen überschritt. »Sie müssen mir nicht sagen, was ich zu tun habe. Oder hat man Sie deshalb hergeschickt?«, ging Rossi zum Gegenangriff über. Gentile würde nicht so dreist auftreten, wenn er keine Rückendeckung hätte.

»Nein, natürlich nicht … War nur ein guter Rat. Sonst nichts. Ich dürfte Ihnen das eigentlich so nicht sagen, aber: Sie stehen unter Beobachtung. Noch eine Panne und Sie riskieren, dass es zu ›grundsätzlichen Umstrukturierungen‹ kommt. Sie verstehen, was ich meine?« Rossi musterte Rizzi, der sich wieder geflissentlich an die Arbeit setzte, ganz der kleine Buchhalter, als der er sich ausgab. Vor dem, der dir den guten Rat gibt, sieh dich vor, dachte Rossi, der ist dein Feind. Für einen Moment argwöhnte er, dass Rizzi Gentile steuerte, ihn benutzte. Aber warum? Er verließ den Raum und wechselte in sein Büro, in dem sein Leibwächter auf ihn wartete.

»Ruf Sylvio Serini an. Sag ihm, er soll sofort herkommen. Aber er soll aufpassen, dass ihn keiner sieht.«

62.

Es war kein allzu großes Bauernhaus, das da im Nieselregen lag, aber das eingezäunte Blumenbeet fiel ihr auf. Es wirkte ordentlich und gepflegt und der Zaun sollte es vor Tieren schützen. Die Tür des Hauses stand offen. Sonja folgte dem halbdunklen Flur in die Wohnstube. Eine hagere, schwarzhaarige Frau saß an dem runden Holztisch, das Gesicht von den aufgestützten Armen gehalten. Sie starrte die hölzerne und rissige Tischplatte an. In einem Lehnstuhl saß eine sehr alte Frau.

»Ah, Frau Commissario«, sprach sie Martin an, der sich vom Tisch erhoben hatte. In dem Haus roch es nach Alter, nach Gestern, nach Leid. Die hagere Frau blickte auf und wollte aufstehen, doch Sonja winkte ab. »Bleiben Sie ruhig sitzen, Frau Auer. Ich bin Sonja Schwarz von der Kripo Bozen.« In Elisabeths erloschenen Augen standen Tränen. Ihre Gesichtszüge waren verhärmt und in die Stirn hatten sich tiefe Gräben eingegraben. Sonja setzte sich Elisabeth

Auer gegenüber, während Martin sich an der Seite seiner Mutter niederließ.

»Ich habe ein paar Fragen, aber ich kann auch später kommen.«

»Was soll das besser machen? Er wird auch nachher noch tot sein. Wie er uns das nur antun kann, einfach zu sterben.«

»Er ist nicht einfach gestorben, er wurde ermordet. Hatte Ihr Mann Feinde oder mit irgendjemandem Streit?«

»Der Robert doch nicht, der ist doch so friedfertig.«

»Haben Sie sich nicht gewundert, dass Ihr Mann in der Nacht nicht nach Hause gekommen ist?«

»Nein. Wenn er zu lange arbeiten muss, schläft er auf einer Pritsche in der Firma. LKW-Fahrer können überall schlafen, sagt er immer.« Die Spur eines Lächelns wehte über ihr Gesicht. Sonja entdeckte an der im Rücken von Elisabeth Auer stehenden Wand neue und auch sehr alte Bilder vom Marmorwerk, von der Familie, sogar von einem Mann in einer k. u. k. Uniform aus der Zeit des Ersten Weltkrieges, ein Hochzeitsfoto von der alten Frau mit ihrem Mann, dann das von Elisabeth Auer, schließlich ein sehr neues Bild von einem Jungen, der eine gewisse Ähnlichkeit mit seinem Vater und seinem Bruder aufwies, das allerdings einen Trauerflor trug. Das Bild überraschte Sonja. »Wer ist das?«, fragte sie vorsichtig.

Martin Auer brauchte sich nicht einmal umzudrehen, um zu wissen, wen Sonja Schwarz meinte. »Jakob, mein kleiner Bruder. Ist vor einem Jahr gestorben … Kreislaufversagen.«

Und auf einmal hatte Sonja das Gefühl, dass die Traurigkeit, die dieses Zimmer ausfüllte, auch sie berührte.

Sie atmete erst auf, als sie das Haus verlassen hatte, mit dem Auto zum Marmorwerk gefahren und am Tor ausgestiegen war. Der Forensiker stürzte förmlich auf Sonja zu, als er sie entdeckte, und führte sie zu einer offenen Stelle im Zaun, wo der untere Spanndraht gekappt war. Ein paar Maschen des Zaunes hatten sich nach oben verschoben und an den spitzen Drähten, die aus den zerstörten Maschen ragten, fand sich Blut. Na bitte, dachte Sonja und sagte zu dem Forensiker: »Untersuchen Sie das?«

»Ach, wirklich, da wäre ich jetzt nicht drauf gekommen«, gab der leicht genervt zurück.

63.

Rossi hatte keinen Blick für die Landschaft, durch die ihn sein Fahrer fuhr, er fühlte sich nur angegriffen, gehetzt, in Gefahr. Die Familie traute ihm nicht mehr und Franco Gentile sägte unverhohlen und vor aller Augen an seinem Stuhl. Der Pate begriff, dass es Gentile nicht um das eine oder andere Spielcasino ging, sondern dass er es auf Rossis Position, auf seine Macht abgesehen hatte. Die Übernahme von Casinos, das Agieren auf fremden Gebieten sollte nur das Vertrauen von Rossis Gefolgschaft erschüttern. Es stellte gewiss keinen Zufall dar, dass Gentile seine Offensive zeitgleich mit Rizzis Eintreffen eröffnete. Rossi blieb nur noch eins, den gordischen Knoten zu zerhauen, bevor es zu spät war.

Erinnerungen an Rauch und süßlich-saurer Geruch von Schweiß und Alkohol hingen noch im Halbdunkel. Restaurants, vor allem aber Spielcasinos wirkten nackt und bloß und fremd ohne Kundschaft, irgendwie verlassen. Sie lebten nur durch ihre Gäste. Kaum hatten Rossi und dessen Leibwächter Emilio das Casino betreten, als schon Gentile mit seinem Leibwächter aus dem Raum hinter der Bar kam und sich trotzig vor Rossi aufbaute.

»Was verschafft mir die frühe Ehre!«, flapste er. Wies sogleich auf die Hocker an der Bar. Rossi warf einen kurzen Blick Emilio zu, der einen Schritt zurück an eine Säule trat, dann nahm er auf einem der Hocker Platz, neben ihn fläzte sich Gentile.

»Also was gibt's?«, fragte er demonstrativ gelangweilt, als wäre ihm die Sache lästig.

Rossi wiegte bedenklich den Kopf hin und her. »Dein Pate kommt zu dir und du bietest ihm nicht einmal ein Getränk an. Was sind das für Manieren«, schulmeisterte Rossi mild.

»Wir haben noch geschlossen!«, provozierte Gentile.

Rossi lächelte dünn, dann versiegte das Lächeln auf seinen Lippen und er stellte fest: »Deine Leute haben Auer umgebracht!«

Gentile verlor für einen Moment die Beherrschung und warf Rossi einen erstaunten Blick zu, bevor er wieder sein Pokerface aufsetzte: »Ich hab mit dem Tod von Auer nichts zu tun. Wir schlachten die Kuh nicht, solange sie noch Milch gibt.«

Rossi lachte sarkastisch. »Ach Franco, mach dir und mach mir nichts vor. Was versteht der Metzger von Kühen?«

»Willst du sagen, dass ich lüge?«, brauste Gentile auf.

»Wär nicht das erste Mal, dass deine Leute übers Ziel hinausschießen«, blieb Rossi provozierend ruhig. Er sprach jetzt ganz wie der gute Onkel zum störrischen Neffen.

»Meine Leute haben damit nichts zu tun«, konterte er etwas zu heftig.

»Nein, aber vielleicht weißt du nicht, was deine Leute so treiben. Vielleicht hast du deinen Laden nicht mehr im Griff. Zu Hause wird man darüber nicht erfreut sein«, drehte Rossi brutal den Spieß um.

»Du weißt, wie viel Geld ich für die Familie mache. Die wissen, was sie an mir haben. Hab gehört, dass das bei dir anders aussieht«, ließ sich Gentile zum direkten Angriff verleiten.

»Was hast du gehört?«, fragte Rossi verständnisvoll wie ein Psychiater, der der Ursache einer Neurose auf die Spur kommen wollte.

»Dass dein Stuhl wackelt. Oder was glaubst du, warum die dir Rizzi ins Haus geschickt haben. Vielleicht solltest du netter zu mir sein. Kann sein, dass du demnächst deine Anweisungen von mir bekommst«, sagte Gentile kalt und kostete die Schadenfreude aus. Rossi indes lächelte nur und stand langsam wie ein geschlagener Mann auf. Gentile grinste gehässig in sich rein. Man konnte seinem selbstzufriedenen Gesicht den Gedanken ohne Schwierigkeiten ablesen: Dem habe ich es gegeben. Als der Barhocker, den Rossi gegriffen und erhoben hatte, mit Wucht auf Gentiles Kopf niederging, so dass der mit einem Aufschrei zu Boden ging. Gentiles Leibwächter griff nach der Pistole im Holster unter seinem Arm, doch Emilio war schneller und richtete seine Beretta auf den überraschten Leibwächter Gentiles. Der Spielhallenbesitzer griff sich an den schmerzenden Kopf und fühlte etwas Nasses. Blut! Unbeeindruckt schaute Rossi auf Gentile wie auf einen Wurm, den er zertreten könnte, herab. »Du kannst ruhig davon träumen, dass du irgendwann meinen Job kriegst, aber bis es so weit ist, zeigst du mir gefälligst den nötigen Respekt.«

Damit drehte er sich um und ging. Das Problem war nicht endgültig gelöst, das wusste er, und auch, dass die Lösung zeitnah erfolgen musste. Gentiles öffentlich zur Schau getragene Respektlosigkeit und Renitenz alarmierten ihn. Seine

Position war angegriffener und unsicherer, als er bisher gedacht hatte.

64.

Er nahm es als gutes Zeichen, dass sich der Anwalt bei ihm meldete und um seinen Besuch bat. Matteo zog sein Lotter-Outfit wieder an und machte sich auf den Weg. Die Blondine im Vorzimmer ließ ihn mit einem verächtlichen Blick auf seine Kleidung wissen, was sie von ihm hielt, und meldete ihn mit professionellem Lächeln an.

»Wenn Sie auch so gern wandern wie ich, könnten wir ja mal einen Ausflug machen?«, baggerte er völlig ungeniert, schließlich hatte er einen schlechten Ruf zu verteidigen.

»Von welcher Kneipe zu welcher Kneipe soll es denn gehen?«, konterte sie kühl. Zu einer Entgegnung kam er nicht mehr, denn den Türrahmen der gerade geöffneten Bürotür füllte Anwalt Dr. Schmalfuß aus.

»Ah, mein lieber Commissario Capo, treten Sie doch ein.« Matteo folgte wortlos der Aufforderung und nahm ohne Einladung am Besprechungstisch Platz.

»Einen Kaffee?« Eigentlich verspürte Matteo darauf keine Lust, doch die Aussicht, dass die Sekretärin ihn servieren würde, ließ ihn zustimmen. Doch er hatte sich verrechnet, doppelt verrechnet, denn der Anwalt füllte in die Tasse, die auf der obersten Platte eines Aktenregals stand, den Kaffee aus einer Thermoskanne, die ebenfalls dort stand. Thermoskannenkaffee! Schmalfuß war also nicht der Genießer, für den ihn Matteo gehalten hatte, und die blonde Sekretärin würde nicht ihren Hintern ins Büro schieben.

»Kommen wir zur Sache. Ich habe mich näher befasst mit der Angelegenheit und gehört, dass eine Agentin der DIA in der Questura aufgetaucht ist und Ihr Büro in Beschlag genommen hat«, leitete der Anwalt, der sich keinen Kaffee eingeschenkt hatte, ein.

»Woher wissen Sie das?«, fragte Matteo pflichtschuldig erstaunt.

Selbstzufrieden machte der Anwalt eine Handbewegung, die andeuten sollte: »Kleine Fische für mich.«

»Dann wissen Sie vermutlich auch, dass die Beamtin Carla Pisani ist?«

»Natürlich. Sie ist hier, weil die DIA eine Mafia-Aktion vermutet. Aber das interessiert uns nicht. Für uns ist die Frage interessant, ob man Sie absägen will. Ich frage noch konkreter, ob Carla Pisani Sie absägen will, weil sie auf ihren Job scharf ist.«

Matteo winkte ab. »Glaub ich nicht, das will wohl eher Sonja Schwarz.« Der Anwalt grinste breit und genoss seinen überlegenen Standpunkt: »Kann sie ja wollen, aber keine Chance. Die Deutsche wird nie und nimmer Capo. Da kann sie alt und grau drüber werden, über den Wunsch.«

»Mag sein, das heißt ja nicht, dass sie glaubt, es werden zu können, und mir deshalb schadet«, konterte Matteo spitzfindig.

Das Gesicht des Anwalts wurde undurchdringlich und die Lippen schmal. »Stimmt, und damit würde sie Carla Pisani in die Karten spielen. Signora Pisani darf keinen Erfolg haben, denn das wäre Ihr Ende als Commissario Capo, Signor Zanchetti. Verstehen Sie das?«, revanchierte sich der Anwalt für die Belehrung. Kleinlicher Typ, dachte Matteo.

»Und wie soll ich das anstellen? Soll ich Carlas Ermittlungen sabotieren?«

Der gewiefte Anwalt wurde in diesem Moment das Opfer seiner eigenen Überlegenheit und konnte sich ein breites Lächeln nicht versagen. »So würde ich das nicht ausdrücken. Aber wer kann etwas dafür, wenn der andere den falschen Weg nimmt, der ihn in eine Sackgasse führt.« Der Anwalt verlangte tatsächlich, dass er alles dafür täte, dass die Ermittlung gegen die Mafia, gegen Rossi ins Leere laufen würde, und sie hatten in der Tat einen Maulwurf in der Questura, jemand, der anwesend war, als Carla Pisani von ihrem Verdacht sprach.

»Denken Sie vor allem dran, es geht um Ihren Job. Signora Pisani denkt zumindest ständig daran«, schloss der Anwalt.

Zufrieden verließ er das Büro des Anwalts und baute sich vor der Sekretärin auf. Ungeniert schaute er auf ihre Brüste: »Ich dachte mehr an eine Wanderung von Gipfel zu Gipfel.«

»Flegel«, zischte sie. Matteo grinste. Sie übernahm sein Grinsen: »Sind Sie sicher, dass Sie mit ihrem mickrigen Wanderstab eine Gipfelwanderung überhaupt durchstehen?«

Die Sekretärin gefiel ihm immer besser.

»Ach, Signor Zanchetti!«, setzte die Blonde noch einen drauf: »Nicht vergessen, Sie spielen in der Thermoskannenkaffeeliga. Da ist noch viel Luft nach oben.«

»Ich schätze, bis zum persönlich von Ihnen zubereiteten Latte macchiato?«, grinste Matteo schief.

»Gott, haben Sie bescheidene Ansprüche«, maß sie ihn mit Verachtung und widmete sich dann wieder ihrem Computer. Und Matteo verließ die Kanzlei erneut wie ein begossener Pudel.

65.

Sein Restaurant war nur mäßig gut besucht, war es immer um die Mittagszeit. Sein eigentliches Geschäft fand abends statt, aber mittags zu schließen, würde am Ruf kratzen. Mit einem Blick hatte er Rizzi erfasst, der sich auf seine Kosten den Bauch vollschlug. Drei Gänge, was sonst. Rossi hasste diesen Typ, den man einen schlechten Futterverwerter nannte, hager, schlaksig, aber mit einem Magen wie ein schwarzes Loch. Alles verschwand darin. Rossi stapfte zu ihm. »Wohl bekomms«, sagte er sarkastisch.

»Sie haben eine ausgezeichnete Küche!«

»Sie ist so gut, dass das Essen sogar kalt schmeckt.« Verdutzt sah Rizzi auf.

»Kommen Sie mit, aber subito!«, schnauzte Rossi. Der Buchhalter verabschiedete sich mit einem melancholischen Blick von seinem Loup de mer, der es sich zwischen dem Spinat mit Pinien und dem Kartoffelgratin bequem gemacht hatte. Dank seiner langen Beine musste er sich nicht sonderlich anstrengen dem Paten ins Büro zu folgen.

Doch kaum hatte Emilio hinter dem Buchhalter die Tür geschlossen, da legte Rossi auch schon los. »Ich weiß nicht, welchem Zweck die Buchprüfung dienen soll und ob sie nicht ein Vorwand ist, meine Autorität zu erschüttern …«

Rizzi wollte etwas einwenden, doch Rossi funkelte ihn nur gefährlich an und Emilio verpasste ihm eine Kopfnuss, zu der er maulfaul raunte: »Nur zuhören, Cretino!«

»Sie haben doch so gute Kontakte, dann sagen Sie denen da unten, dass ihre Aktivitäten die Lieferung gefährden. Sie, Rizzi, sind das Problem.«

»Ich hab in dieser Angelegenheit wirklich nichts zu melden, aber wenn Sie mich schon fragen, würde ich vorschlagen, dass Sie das nicht mit mir klären, sondern mit Gentile. Man macht sich Sorgen. Die Lieferung kommt in ein paar Tagen in Genua an. Noch kann der Transport nach Bozen gestoppt werden«, haspelte Rizzi.

Rossi lächelte breit. Nun wusste er, worauf Rizzi hinauswollte, nur kannte er den Grund noch nicht: »Ah, das wär's doch. Der Beweis, dass ich nicht mal dieses einfache Problem lösen kann. Und Gentile steht schon bei Fuß, um zu übernehmen, oder was?«

Rizzi kam aus der Deckung und schaute ihn prüfend an: »Ist nur eine einfache Frage, auf die man von mir ein Ja oder Nein haben will: Ist die Lieferung sicher?«

»Natürlich ist sie das. Sagen Sie das Lagagna oder wem auch immer Sie Bericht erstatten. Und damit das auch so bleibt, packen Sie Ihre Sachen und fahren nach Hause.«

»Aber ich habe eine ganz klare Weisung von ganz oben«, drohte Rizzi unverhohlen. Rossi trat ganz dicht an Rizzi heran und flüsterte ihm ins Ohr: »Wenn Sie weiteressen wollen, dann empfehle ich Ihnen in Neapel zu speisen, statt in Südtirol von Würmern verspeist zu werden. Ihre Entscheidung!« Rossi nickte Emilio zu, der seine Pistole zog. Rizzi erblasste und starte auf den Lauf der Beretta. »Sie können doch nicht«, stammelte er und das Wasser rann von seiner Stirn wie von einem Wasserfall in den Bergen. Rizzi verneigte sich. Er wagte kein Wort zu sagen, ging in das Büro von Rossis Buchhalter und holte seine Sachen. Als er zurückkam, stand ein Kellner vor ihm.

»Ich soll Sie nach Milano bringen.«

»Milano«, stammelte er.

»Flughafen oder Bahn.«

Der Buchhalter dachte kurz nach. »Flughafen.«

Rossi hatte währenddessen in seinem Büro darüber nachgedacht, ob er Sylvio Serini einbestellen sollte, doch erschien ihm das als zu riskant. Er hatte sehr hoch gepokert. Wenn nur das Geringste schiefginge, würde es seinen Kopf kosten. Deshalb beschloss er, sich persönlich um den Schmuggel der Drogen nach Deutschland zu kümmern.

»Ruf Cento an, er soll herkommen, aber subito!«, rief er Emilio zu.

66.

Bevor sie etwas zu Mittag essen wollte, rief sie das Team zusammen, um die ersten Ermittlungsergebnisse zusammenzutragen. Sie stand an der Ermittlungstafel, Jonas neben Sofia neben der Tür zu Matteos Dienstzimmer, Peter Kerschbaumer hatte sich auf den Platz seines Sohnes gesetzt, während zwei uniformierte Kollegen am Türrahmen zum Flur standen. Vor dem Fenster tanzten Lindensamen in der Luft. Die Straße würde später weiß sein. In der Ferne stritten zwei Krähen mit ihren hässlichen, altklingenden Stimmen.

»Was haben wir bisher?«, fragte Sonja in die Runde. Die Art und Weise, wie Robert Auer ermordet worden war, gab Rätsel auf, sie hatten es offenbar mit keinem gewöhnlichen Mord zu tun. Etwas war anders. Schrankenloser, persönlicher Hass? Eine Demonstration von Macht? Eine Warnung? Die letzten beiden Möglichkeiten würden auf die Mafia verweisen. Aber sie wusste nur zu gut, dass sich Theorien in diesem frühen Stadium noch verboten, weil sie die Breite und Offenheit der Ermittlungen einschränken würden. Darin bestand bei jeder Untersuchung einer Straftat die große Gefahr, entweder zu spät oder zu früh zu fokussieren.

»Die Spurenlage ist widersprüchlich. Das Auto von Robert Auer stand vor dem Tor, als die ersten Arbeiter zur Schicht kamen, und das Tor war verschlossen. Aber Auer hatte keinen Schlüssel bei sich. Der Täter muss ihm die Schlüssel abgenommen haben«, eröffnete Jonas die Berichte.

»Aber warum dann die Blutspuren am Zaun, die eindeutig frisch sind? Warum macht sich der Täter die Mühe, so zu fliehen und Spuren zu hinterlassen, wenn er einfach durch das Tor spazieren konnte?«, hakte Sonja nach. Sie blickte zu Peter Kerschbaumer. »Was wissen wir über das Werk?«

»Das Marmorwerk ist auf jeden Fall sauber. Ein Traditionsunternehmen. Keine Beschwerden. Niemals vor Gericht. Die Arbeiter und Angestellten sind der Firma eng verbunden. Zum Teil seit mehreren Generationen. Gute Arbeitsbedingungen, daher so gut wie keine Konflikte.«

»Okay, dennoch wurde Auer mit einer Maschine der Firma getötet«, wandte Sonja ein. Und zeigte auf Sofia, der sie ansah, dass sie etwas sagen wollte.

»Die Schlüssel der Maschinen bleiben eigentlich über Nacht nicht in den Fahrzeugen, sondern werden in einem kleinen Schuppen aufbewahrt …«

»… Wer auch immer die Maschine gefahren hat, kannte sich in dem Betrieb aus«, vollendete Sonja Sofias Gedanken.

»Das ist ein Riesenbetrieb mit jeder Menge Publikumsverkehr«, warf Jonas ein, der sich darüber ärgerte, dass – in seinen Augen – Sonja Sofia über den Mund fuhr. Sie warf Jonas einen vernichtenden Blick zu. »Dann weißt du ja, was du zu tun hast«, konterte sie schmallippig.

Der ältere Kerschbaumer räusperte sich. »Aber wir haben das Handy von Auer ausgewertet. Er hat in der Zeit von 22 bis 23 Uhr mehrfach die Nummer eines nicht registrierten Prepaid-Handys angerufen. Der Teilnehmer lässt sich nicht ermitteln«, warf er in die Runde.

»Das hört sich nach organisierter Kriminalität an«, schlussfolgerte Jonas. Das dachte Sonja zwar auch, aber diese Spur war für sie und Matteo reserviert, alles, was mit OK zu tun hatte, war für Jonas tabu. Sonja musterte Jonas kühl und watschte ihn im Grunde mit Worten ab: »Was hat Auer mit solchen Leuten zu tun? Halte dich an das Marmorwerk. Freundschaften, Feindschaften? Vielleicht ist er ja auch mit der Frau eines Kollegen fremdgegangen – das würde die Wut hinter dem Tathergang erklären.« Fremd, Sonja war ihm plötzlich fremd, für ihn nicht mehr erreichbar, das irritierte und verletzte Jonas. Er schaute zum Fenster, auf die alte Kastanie, deren Blätter im Wind rauschten, und dachte nur: »Verdammte Scheiße«, als das Telefon klingelte. Er ging zu seinem Tisch, fischte nach dem Hörer und meldete sich: »Commissario Kerschbaumer!« Alle Blicke richteten sich auf ihn. Aus Matteos Dienstzimmer kam Carla Pisani, weil sie mit Sonja sprechen wollte. Jonas' Gesichtsausdruck verfinsterte sich: »Das darf doch nicht wahr sein. Tut nichts, wir kommen.« Er legte auf und blickte in die Runde, während er sich auf die Lippe biss.

»Was ist?«, fragte Sonja ungeduldig.

»Der Capo ist in einem Gasthaus in den Bergen.« Jonas machte eine Pause, weil er es nicht vor allen sagen wollte.

»Und!«, drängelte Sonja.

»Kann ich dich unter vier Augen …«

»Wir sind unter vier Augen«, fuhr sie ihn an.

»Und … und er randaliert. Der Wirt hat die Polizei gerufen und die waren so nett, uns anzurufen, statt ihn einfach festzunehmen«, antwortete Jonas widerwillig.

Sonja ging zu ihrem Stuhl und nahm ihren Blazer. »Ich fahr hin.«

»Ich komme mit«, entschied Jonas.

Sonja schüttelte den Kopf: »Nein, ich komm klar. Kümmert euch weiter um den Fall!«

»Aber …«, warf Jonas ein, der sich instinktiv ausgebootet vorkam.

»Nicht nötig«, tönte es von Carla Pisani. »Ich fahre mit!«

Sonja verdrehte die Augen. »Wenn es nicht anders geht«, reagierte sie etwas eingeschnappt.

»Geht nicht anders!«, beschied sie Carla Pisani, die keinen Widerspruch duldete. Jonas schaute zu seinem Vater, der zwar nicht so ein finsteres Gesicht wie sein Sohn machte, doch sich auch ausgesperrt fühlte.

Als die beiden Frauen auf den Flur der Questura traten, registrierte Sonja, dass Sofia in einer Ecke stand und mit ihrem Handy telefonierte. Wann ist die denn rausgegangen, fragte sie sich, doch vergaß sie die Frage gleich wieder, weil sie an Matteo dachte.

Eine Stunde später parkten sie vor dem Goldenen Ochsen neben Matteos Audi TT. Sonja wies mit einem Nicken auf den Wagen. Vor ihnen thronte ein typischer Berggasthof mit Fachwerk, holzverkleidetem Giebel, Blumenampeln an den Pfosten. Sie schauten sich kurz an, dann betraten sie den Goldenen Ochsen. In dem holzgetäfelten Lokal standen zwei Gendarmen ratlos dem Capo gegenüber, während der Wirt hinter dem Tresen in Deckung gegangen war. Matteo bewegte sich geradezu tänzelnd wie der große Zampano und funkelte die Polizisten an. »Was wollt ihr? Mir Handschellen anlegen? Na, dann mal los, versucht euer Glück. Aber ich weise euch darauf hin, ich kann Karate und Jiu-Jitsu und Judo und Aikido und Kendo, auch wenn ich gerade kein Schwert dabeihabe«, lallte er und wandte sich an den Wirt: »Heh, kannst du ein Schwert besorgen oder besser zwei, weil es sonst unfair wäre. Fair Trade – wir wollen fair handeln. Aber Fair Trade ist auch nur ein Fairytale«, sagte er«, sagte es und musste ungeheuer über seinen Witz lachen. Als er sich beruhigt hatte, nahm er Sonja und Carla wahr.

»Hah, jetzt werden die starken Geschütze aufgefahren. Die Kripo kommt … die Kripo kommt. Ja, meine Herren, da habt ihr nichts zu lachen, wenn die beiden euch in die Mangel nehmen.« Matteo nahm einen kräftigen Schluck aus der Rotweinflasche, die er in der rechten Hand hielt.

»Gehen Sie ruhig. Wir kommen schon mit ihm klar«, raunte Sonja den beiden Gendarmen zu, die skeptisch blickten, sich aber der Weisung fügten, dann doch froh und erleichtert, der peinlichen Situation zu entkommen. Carla Pisani machte ein paar beherzte Schritte auf Matteo zu. Der blickte ihr mit tiefem Schwerenöterblick in die Augen und sank zu ihren Füßen: »Meine wunderbare Kollegin, die ich so furchtbar enttäuscht habe … Es tut mir leid, tut mir leid.« Sonja half Carla, Matteo hochzuziehen und ihn auf die Beine zu stellen und ihn dann untergefasst auf den Parkplatz zu bringen. Kopfschüttelnd sah ihnen der Wirt nach und nahm schließlich das Telefon, um Sylvio Serini über den Vorfall zu unterrichten.

»Komm, wir bringen dich nach Hause«, sagte Sonja beruhigend. So schafften sie ihn schließlich unter großen Mühen zum Auto und verfrachteten ihn auf den Rücksitz.

»Deine Autoschlüssel!«, forderte Carla.

»Kann ich dir meine Liebe anvertrauen?«, fragte Matteo doppeldeutig.

»Du kannst mir alles anvertrauen«, gab Carla kurz angebunden zurück und streckte fordernd die Hand aus. Unter Stöhnen legte Matteo den Schlüssel des Audi TTs hinein.

Sonja folgte der geschwungenen Straße, die zu einem Stausee führte, dicht hinter ihr fuhr Carla Pisani im Audi des Capos. Sonja lenkte in eine Haltebucht, in der auch eine Bank stand. Carla parkte den Audi daneben. Die beiden Frauen stiegen aus, Matteo, der wie durch ein Wunder völlig nüchtern war, auch.

»Hab ich zu dick aufgetragen?«, fragte er belustigt.

»Nö, ganz und gar nicht. Es war geradezu sublim«, log Sonja sichtlich.

»Die Polizisten haben's geschluckt«, bremste Carla Matteos Eitelkeit.

»Dein Ruf ist definitiv ruiniert«, stellte Sonja fest.

»Solltet ihr mal probieren, so ein ruinierter Ruf ist was Tolles. Man kann tun, wozu man schon immer mal Lust hatte.«

»Allein dafür scheint es sich ja gelohnt zu haben«, kommentierte Sonja ungeduldig.

»Wie läuft es?«, erkundigte sich Matteo.

»Mir gefällt nicht, dass wir Jonas und seinen Vater außen vor lassen«, wandte Sonja ein.

»Geht nicht anders«, warf Carla Pisani kühl ein, während Matteo nur dazu nickte.

»Der Mord an Auer könnte auch mit der Mafia zu tun haben – als eine Warnung«, mutmaßte Sonja.

»Schutzgelderpressung? Wir sollten jedenfalls die Mafia nicht ausschließen«, stimmte Matteo zu und berichtete vom Besuch beim Anwalt. »Er hat mir jedenfalls zu verstehen gegeben, dass ich deine Arbeit sabotieren soll, wenn ich verhindern will, dass ich draußen bin und du Chef wirst.«

»Ein bisschen plump, aber konsequent«, zog Carla Pisani das Fazit.

»Zumindest ein Anfang, sie beginnen mich abzuchecken.« Matteo machte ein zufriedenes Gesicht.

Doch damit landete er bei der DIA-Agentin nicht. »Es geht zu langsam, uns rennt die Zeit davon.«

»Okay, Gentile will, dass ich als Einstieg in die Profirunde zehn Riesen einzahle und ein Geheimnis in Schriftform niederlege, das mich kompromittieren könnte, falls ich die Regeln der Runde breche.«

Über Carlas Gesicht flitzte ein Lächeln. »Das klingt vielversprechend. Hast du eine Idee?«

»Eine Beurlaubung und ein Klinikaufenthalt wegen Spielsucht?«, schlug Matteo verschmitzt vor.

»Kriegen wir hin. Ich bring dir am späten Nachmittag Geld und die entsprechenden Aktennotizen vorbei«, willigte Carla ein.

»Ach, findet sich so etwas in meinen Akten?«, fragte Matteo spöttisch.

»Das solltest du am besten wissen. Was du bekommst, ist ein Fake.«

»Meine Autoschlüssel«, bat Matteo.

»Eigentlich schade«, neckte Carla.

»Weiß ich, aber dennoch …«, beharrte Matteo. Sie wollten sich bereits verabschieden, als Matteo bei seinem Audi noch einmal stehenblieb. »Übrigens hat sich der Anwalt verraten, Rossi hat einen Informanten in unserer Abteilung. Er weiß erstaunlich gut Bescheid.«

67.

Anspannung lag in der Luft, die Atmosphäre zum Bersten gespannt. Den drei Männern, die rechts und links von Matteo saßen, troff der Schweiß von der Stirn und Inno fixierte ihn wie eine Natter, als er nach allen Jetons griff, die auf dem Tisch lagen. Er hatte brutal gespielt und seinen Mitspielern »die Hosen ausgezogen«.

Inno war schon verärgert gekommen, weil sie sich erst in Meran im Casino getroffen hatten. Sie durfte nicht wissen, dass er Franco Gentile das Eintrittsgeld und das »Geheimnis« im Kuvert, das Gentile geöffnet hatte, um den Inhalt zu begutachten, übergeben hatte, so wie sie nichts über die Profigruppe mitbekommen durfte. Der Mafioso hatte den Polizisten breit angegrinst und ihm mitgeteilt, dass er gern morgen gegen ein Uhr nachts zur Profirunde dazustoßen dürfe, und Matteo hatte die Einladung angenommen und Gentile mitgeteilt, dass er heute zum letzten Mal mit den Laien spielen würde. Deshalb hielt ihn nichts zurück.

Inno stürmte aus der Tür. Vor ihrem Auto hatte Matteo sie schließlich eingeholt.

»Du bist doch nicht etwa ein schlechter Verlierer?«, provozierte er sie.

Mit funkelnden Augen drehte sie sich zu ihm um. »Frag dich, ob du ein schlechter Gewinner bist«, fuhr sie ihn an.

»Hast du nicht gesagt, dass ich keine Rücksichten nehmen soll? Ein Spiel ist ein Spiel.«

»Ein Spiel ist ein Spiel. Ohne Rücksichten, ja, aber nicht rücksichtslos!«, hielt sie ihm entgegen.

»Wir können den Gewinn teilen«, bot er ihr grinsend an, wissend, dass sie das Angebot verletzen würde.

»Schuft!« Sie wandte sich ab, stieg in ihr Auto und fuhr los. Matteo hoffte, damit das Problem gelöst zu haben.

Doch er hatte kaum seine Wohnung betreten, als sein Handy klingelte. Er ging nicht ran, ließ sie schließlich die Mobilbox vollreden, die er anschließend abhörte. »Tut mir leid. War dumm von mir. Ein Spiel ist ein Spiel. Ich habe dich ja wirklich aufgefordert, die Samthandschuhe auszuziehen ... ich war nur ... ich habe ... es hat mich ... du warst plötzlich so kalt und fremd ... sind wir ja alle im Spiel, aber ... ach verdammt, es tut mir leid ... sehen wir uns morgen ... lass uns uns sehen! Gute Nacht ... Du kannst jederzeit anrufen ... ich lasse das Handy an, melde dich, jederzeit ... kann sowieso nicht schlafen ... also ... du hast doch noch meine Nummer?«, versuchte sie am Ende ihrer eher stammelnd vorgetragenen Nachricht zu scherzen. Matteo runzelte die Stirn, er wollte ihr nicht wehtun, aber sie nützte ihm nichts mehr. Sie konnte ihm nur noch schaden, zumindest zu viel Zeit kosten, Zeit, die er nicht hatte. In einem anderen Leben, aber in einem anderen Leben wären sie einander nicht begegnet.

68.

Als Matteo gegen Mittag die Augen aufschlug, bekam er einen Schreck. Erst nahm er einen Schatten wahr, der sich zu einer Gestalt verdichtete, die auf seiner Bettkante saß. Er brauchte drei, vier Sekunden, bis er registrierte, dass die Gestalt Carla Pisani war.

»Hab ich dir einen Schreck eingejagt?«

»Wie bist du hier reingekommen?«

Carla lächelte vieldeutig.

»Stimmt, mit Schlössern kennst du dich aus. Wie konnte ich das vergessen?«

»Wir haben mal ein Spiel draus gemacht, unentdeckt in die Wohnung des anderen zu kommen«, erinnerte sie sich mit leichter Wehmut in der Stimme.

»Wir haben vieles gemacht.«

»Vielleicht zu viel?«, räumte sie mit Bedauern ein. Er richtete sich im Bett auf und sie ihren Blick auf seinen nackten Oberkörper. »Geht es unter der Decke so weiter?«, fragte sie frivol.

»Du weißt, wie es dort weitergeht!«, blockte er.

»Erinnerungen …«

»Lassen wir es dabei bewenden.«

Sie nickte. »Vielleicht wäre damals alles anders gekommen, wenn …«

»… wenn ich mich nicht in Lucia verliebt hätte?«

»War reichlich unprofessionell von dir!«

»Und dafür habe ich auch gezahlt.«

»Und diesmal?«

Er wusste sofort, dass sie auf sein Verhältnis mit Innocencia Weißgarten anspielte. »Ich hab alles im Griff!«

»Sicher?«

»Ja, weil ich gestern die Sache beendet habe, denn sie ist jetzt zu nichts mehr nütze, nur noch ein Klotz am Bein.« Er kam sich gemein vor, indem er das sagte. Niederträchtig.

»Wenn es so ist, bin ich zufrieden.« Carla stand auf.

»Du hättest auch ein Gigolo werden können«, versetzte sie ihm einen Schlag unter die Gürtellinie.

»Danke für die Blumen!«, sagte er neutral. Ärger ließ er sich nicht anmerken.

»Übrigens sucht Emilio, Rossis Leibwächter, nach einem Mario Cento. Den Namen schon mal gehört?«

»Nein, wer soll das sein?«

»Ist ein Bauunternehmer.«

Mit diesen Worten ging sie und ließ einen alarmierten Matteo zurück, denn Carla Pisani ließ weder Gefühlen noch Erinnerungen Raum, wenn sie ihr nichts nutzten. Sie war alles andere als sentimental, sondern klar strukturiert. Er riss sich aus seinen Gedanken, weil er hier nicht weiterkam. Es genügte einstweilen, auf der Hut zu sein.

Matteo stand auf und genoss die Dusche. Ein Blick auf das Handy, während er sich abtrocknete, informierte ihn darüber, dass Inno noch fünfmal angerufen hatte. Irgendwann wird das schon aufhören, sagte er sich, nahm ein trockenes Brötchen, einen Kaffee und googelte den Bauunternehmer Mario Cento.

69.

Wie ein Häufchen Elend saß Mario Cento auf einer Kiste in Rossis Keller unter dem Restaurant.

»Ich frage dich zum letzten Mal: Wer hat den Fahrer getötet?«, brüllte Rossi Cento an, dass der zu zittern begann. An der roten Nase erkannte der Pate, dass Cento kokste.

»Wenn ich es doch nicht weiß, Padrino!«, jammerte Cento. »Werde ich denn meinen Paten belügen? Das wär der reinste Selbstmord.«

»Das wäre es«, bestätigte Rossi. »Doch wenn du zu der Überzeugung gekommen wärst, dass bald ein anderer Pate hier das Sagen hat …«

»Wer sollte das denn sein?«

»Schweig, wenn ich rede, sonst lasse ich dir das Maul polieren«, herrschte Rossi den Bauunternehmer an. »Gentile hat es auf meinen Stuhl abgesehen. Hat er dir befohlen, den Fahrer zu ermorden?«

»Aber wie denn? Ich kenn doch Gentile nicht einmal?«, barmte Cento. Rossi machte Emilio ein Zeichen, der Cento einen Schwinger in die Magengrube versetzte, so dass der aufheulte.

»Du spielst bei Gentile! Du hast bei Gentile Spielschulden! Bei der nächsten Lüge kostet es ein Körperteil und dann immer so weiter. Kein Problem für mich, denn ich brauche dich nicht mehr. Was wir hier veranstalten, ist deine Chance und nicht meine, und zwar deine letzte Chance, die ich dir aus reiner Gutmütigkeit einräume«, sagte Rossi gelangweilt.

»Ja, aber ich habe Gentile nichts erzählt. Das müssen Sie mir glauben. Er weiß ja nicht einmal, dass der Drogenschmuggel über mich läuft.«

»Weiß er nicht?«, fragte Rossi scharf nach. Cento zerfloss in Servilität. »Er steht im Krieg gegen Sylvio Serini. Serini hat mich beauftragt, die praktische Möglichkeit für den Schmuggel zu schaffen. Ich arbeite für Serini und Serini arbeitet für Sie. Meinen Sie, ich hab Bock, in die Schusslinie zwischen Gentile und Serini zu geraten? Dafür bin ich ein viel zu kleines Licht. Ne, in den Baumkronen habe ich nichts zu suchen!« Das klang ehrlich.

»Hör zu, Cento. Ich gebe dir noch eine Chance. Du sagst niemandem etwas über unser Gespräch, weder Serini noch Gentile noch einer Menschenseele. Du gehst jetzt nach Hause und versteckst dich dort und hältst dich bereit. Emilio gibt dir ein Prepaid-Handy. Wenn wir dich anrufen, bist du zur Stelle, um bei der Abwicklung des Transportes zu helfen! Kapiert?«, nahm Rossi Mario Cento streng in den Blick.

»Ja, ja, natürlich, danke, Padrino, danke, dass Sie mir noch eine Chance geben …«

Rossi machte eine unwillige Handbewegung, dass Cento schweigen solle. »Gab es mit dem Fahrer Schwierigkeiten?«

»Ein bisschen, nicht viel. Als der mitbekam, dass es sich bei der Fracht um Drogen handelte, bekam der seinen Moralischen. Den habe ich ihm gründlich ausgetrieben«, prahlte Cento.

»Hast du irgendeine Idee, wer den Block auf ihn gekippt hat?«

»Nein, Padrino, nein, ich habe nicht die geringste Ahnung.«

»Wie hast du ihn überhaupt kennengelernt?«

»Durchs Spielen. In Serinis Spielcasino, wo er seinen Monatslohn durchgebracht hatte.« Vielleicht hatte Auer auch in Gentiles Spielhalle gespielt und Geld verloren. Auf diese Weise könnte Gentile Wind von der Sache bekommen haben. Dazu benötigte er Cento nicht. Die Spur führte immer noch zu Gentile, dachte Rossi, wandte sich ab und kehrte in sein

Büro zurück. Er musste vor Eintreffen der Lieferung Gentile loswerden – und zwar garantiert für immer. Er benötigte eine »nachhaltige« Lösung.

70.

Die Nacht war von Sternen übersät und der Mond hing wie die Klinge eines Krummschwertes über dem Etschtal. Auf dem Weg zum Casino wurde er das Gefühl nicht los, verfolgt zu werden. Spionierte ihm Rossi nach? Dann war er schon weiter, als er dachte. Aber was würde Rossi von ihm wollen, außer Carlas Arbeit zu erschweren? Er würde das im Blick behalten müssen. Oder waren es Carlas Leute? Niemals würde sie sich in die Karten schauen lassen.

Er betrat leise das Casino durch die Hintertür und tastete sich durchs Halbdunkel, denn es war offiziell bereits geschlossen. Der Gang, dem er zu einem Hinterzimmer folgte, lag im roten Licht der Notbeleuchtung. Kurz vor der Ecke, an der der Flur um 90 Grad bog, stoppte er, weil er Stimmen hörte. Eine gehörte Gentile, die andere kannte er nicht. Die unbekannte Stimme klang sehr aufgeregt. »Cento ist bis jetzt noch nicht da! Was, wenn er nicht kommt? Er schuldet mir viel Geld!«

»Beruhigen Sie sich, Michele! Ich bürge für ihn. Notfalls bekommen Sie das Geld von mir. Bevor irgendein Ärger unser schönes Spiel trübt, springe ich lieber ein. So bin ich nun mal«, besänftigte Gentile mit öliger Stimme.

»Na gut«, beruhigte sich der andere.

Matteo ging weiter und stieß auf den Casinobesitzer, der im Türrahmen stand. Bei seinem Anblick zerfloss Gentiles Gesicht in ein Lächeln, das niemand falscher hinbekommen hätte als er. »Matteo, schön, dass Sie zu uns stoßen. Uns hat ein Spieler versetzt – gut, dass Sie ihn ersetzen. Ich hoffe, Sie sind zuverlässiger.«

»Zuverlässigkeit ist mein zweiter Vorname«, scherzte er, ohne auch nur ein Lächeln anzudeuten.

Gegen vier Uhr morgens, als draußen der Tag bereits die Nacht vertrieb, hatte Matteo drei Gläser Whisky on the rocks getrunken und 40.000 Euro verspielt.

»Nicht mein Tag heute«, stellte er lakonisch fest. »Wann bekomme ich Revanche?«

»Morgen, wenn du willst und wenn du die 15.000 Euro, die du nicht bei dir hast, mitbringst«, sagte Gentile emotionslos.

»Morgen werde ich euch das Fürchten lehren«, lallte Matteo, stand auf und verließ das Zimmer. Im Gang holte ihn Gentile ein. »Habe ich mich in dir verschätzt? Willst du wieder in die ›Kinderrunde‹?«, forschte der Mafioso.

»Nein, um alles in der Welt, nein, sagte doch schon, das ist heute nicht mein Tag.«

»Hast du Probleme, Commissario?«, fragte Gentile kumpelhaft. »Für jedes Problem findet sich eine Lösung!«

»Inno hat mich verlassen«, log Matteo.

Franco Gentile verdrehte die Augen. »Ich hab ein paar Adressen, da wird man dich sehr gut behandeln.«

Matteo schüttelte den Kopf. »Morgen ist ein anderer Tag als heute!«

Gentile nickte nur, wer wollte daran schon zweifeln.

Als Matteo Gas gab, war er sehr zufrieden mit sich. Doch er hatte Meran kaum verlassen, als er wieder das Gefühl hatte, verfolgt zu werden. Er beschleunigte, fuhr aber hinter einer Kurve auf eine Bucht und löschte die Scheinwerfer. Da schoss ein dunkler Toyota an ihm vorbei. Matteo setzte sich an seine Hinterräder. An den Geschwindigkeitsschwankungen erkannte der Polizist, dass sein Verfolger nun wusste, dass er ihn verloren hatte. Kurz vor Bozen fuhr der Toyota auf einen kleinen Parkplatz. Matteo glitt mit seinem Wagen neben ihn, sprang aus dem Audi TT, zog seine Waffe und zerrte einen dicklichen Mann mit langen, blonden, strähnigen Haaren, denen eine Wäsche sicher gut tun würde, aus dessen Auto.

»Tun Sie mir nichts, tun Sie mir nichts, Signore Commissario«, bettelte der Mann.

»Wer bist du?«

»Lorenz Singhammer, Privatdetektiv«, antwortete der Mann, der am Tage sicher eine große verspiegelte Sonnenbrille trug.

»Okay, Lorenz Singhammer, Privatdetektiv, wer hat dich denn angeheuert, mich zu beobachten?«

»Ich darf meine Klienten …« Doch ein scharfer Blick Matteos erst auf seine Dienstwaffe, dann in Singhammers Augen belehrte den Privatdetektiv eines Besseren. »Dottore Innocencia Weißgarten«, presste er hervor.

»Wenn du gewaltigen Ärger vermeiden willst, dann schlage ich vor, dass du die Beobachtung abbrichst und den Auftrag zurückgibst. Und wo ich in Meran war, bleibt unser Geheimnis! Ich kann dir wirklich ’ne Menge Ärger machen, dass es für zwei Leben reicht!«

»Schon gut, schon gut, ich geb den Auftrag zurück und halte meinen Mund«, beteuerte Singhammer.

Während Matteo ihn musterte, kam ihm ein Gedanke. »Willst du mir einen Gefallen tun?« Singhammer nickte eifrig.

»Gib den Auftrag so spät als möglich, aber nicht vor übermorgen zurück. Vielleicht vertragen sich Inno und ich wieder?«

»Mach ich, mach ich. Mit Singhammer nie Katzenjammer!«

Matteo ließ den unbeholfenen Privatdetektiv stehen, stieg ins Auto und fuhr nach Hause. Mit Inno musste er sich etwas einfallen lassen. Als er seine Wohnung betrat, wusste er, was zu tun war.

71.

Nachdem sich Laura zur Uni verabschiedet hatte, saß Sonja mit Katharina allein beim Frühstück.

»Sobald du deinen Fall gelöst hast, brauchen wir Zeit zum Reden. Wir drei«, sagte Katharina und goss ihrer Schwiegertochter Kaffee nach.

»Was Schlimmes?«, argwöhnte Sonja plötzlich hellwach.

»Schlimm? Nein. Aber etwas Grundsätzliches. Es geht um Laura.«

»Hat sie Probleme?«

»Trink von deinem Kaffee, bevor er kalt wird.« Sonja kam ungeduldig der Aufforderung nach, weil sie wusste, dass Katharina vorher nicht weiterreden würde. Von wegen zu kalt, sie verbrühte sich fast den Mund.

»Laura möchte gern in Deutschland studieren. Traut sich aber nicht, dir das zu sagen, weil sie auf dem Hof gebraucht wird. Und wir können uns außerhalb der Saison keine Helfer leisten.« Sonja spürte, wie ein großes schlechtes Gewissen von ihr Besitz ergriff. Wann hatte sie sich das letzte Mal Zeit für ihre Tochter genommen? Sie gefragt, ob sie glücklich sei? Ob sie Probleme habe? Das musste sich ändern, sie musste das ändern. Der Beruf durfte nicht wichtiger sein als die Menschen, die sie liebte. Hatte sie sich nicht vor kurzem daran erinnert, wie es war, als Laura so alt war wie die fünfjährige Leonie? Spürte sie nicht daran, dass es für sie wie gestern war, wie schnell die Zeit verging? Und keine vergeudete Minute würde man je zurückerhalten.

Sie legte ihre Hand auf Katharinas. »Du hast recht. Ob der Fall gelöst ist oder nicht, wir werden am Sonntag reden und eine Lösung finden.«

Wenig später saß sie im Auto und fuhr zu den Auers. Auf dem Weg entschied sie, Jonas von zu Hause abzuholen, staunte aber, als ihr im Hauseingang Sofia entgegenkam. Die junge Polizistin errötete, nuschelte einen Gruß hin und huschte vorbei. Sonja konnte sich eines Lächelns nicht erwehren. Sie stieg die beiden Treppen hoch und klingelte an der Tür ihres Kollegen.

Beschwingt die Tür öffnen und fragen waren eins: »Hast du was ver…« Doch in dem Moment, in dem er Sonja wahrnahm, breitete sich Enttäuschung auf seinem Gesicht aus.

»Wir haben einen Mordfall, Herr Kollege«, überspielte sie die Peinlichkeit, denn die Ohren des jüngeren Kerschbaumers begannen sich zu röten.

»Hast du noch …«, fragte er unsicher.

»Als ich ankam, traf ich noch auf eine bezaubernde junge Kollegin. Aber weißt du was, Jonas? Ich kann schweigen. Und nun komm!«

Während der Fahrt ließ sie sich von Jonas auf den neuesten Stand bringen. Die Ergebnisse der Alibiüberprüfung des Sohnes des Ermordeten ließen sie aufhorchen. Zumindest brachten sie eine vollkommen neue Perspektive in den Fall. Sonja parkte den Wagen vor dem Hof, dann gingen sie in Richtung Haus. Obwohl die Sonne schien, blies ein Wind, der eine empfindliche Kälte ausbreitete, wenn die Sonne von schwarzgrauen Wolken verdeckt wurde. Im eingezäunten Garten arbeitete Elisabeth Auer. Jenseits des Zaunes stand ihr Sohn. Elisabeth Auer sah auf, erkannte Sonja und erhob sich schließlich mit erwartungsvollem Blick.

»Guten Tag, Frau Auer. Das ist mein Kollege Kerschbaumer«, stellte sie Jonas vor.

»Ist was passiert?«

»Nein. Aber es sind da noch ein paar Fragen aufgetaucht. Dürfte sich mein Kollege wohl bei Ihnen umsehen?«

Elisabeth Auer zögerte einen Moment, doch willigte sie dann ein. »Ja, sicher … wenn's bei der Ermittlung hilft.« Während Jonas im Haus verschwand, wandte sich auch Martin der Polizistin zu. Elisabeth Auer schaute traurig auf die Blumen. Dann sagte sie wie zu sich: »Seine Blumen. Sind dieses Jahr alle wiedergekommen. Nur er kommt nicht wieder. Der Jakob hat Blumen gerngehabt. War so zart für sein Alter. Aber so wollt er nicht sein, wollt sein wie die anderen.«

»Der Papa ist grad ermordet worden. Was fängst jetzt mit Jakob an?«, erregte sich Martin Auer. Doch Elisabeth Auer konnte sich unter dem Druck, der auf ihr lastete, nicht mehr zurückhalten, obwohl sie nie eine besonders große Rednerin war. »Da hat's doch alles begonnen. Der Tod vom Jakob, der hat ein Loch in unser Leben geschlagen. Und das war genau zwischen uns. Deinem Vater und mir. Wir sind nicht mehr zusammengekommen. War zu tief.« Traurig schüttelte sie den Kopf und setzte fort, weil die Worte nicht mehr in ihr verschlossen sein wollten. »Dein Vater konnt's nicht mehr sehen, unser Elend. Ist weggelaufen, immer wieder. Hat ihm nix genützt. Am Ende hat's ihn doch verschluckt. Wo warst in der Nacht, als dein Vater gestorben ist, als du ihn angeblich gesucht hast?« Ihr Zorn entlud sich auf ihren Sohn, als ob der schuld an allem war. Doch der wehrte sich. »Ich hab ihn nicht ›angeblich‹ gesucht. Ich war in jeder verdammten Kneipe, in jedem Spielsalon. Frag doch nach …«

»Das stimmt, Frau Auer, wir haben das Alibi Ihres Sohnes überprüft. Er ist tatsächlich durch Kneipen und Spielsalons gezogen, ohne zu spielen und ohne zu trinken«, mischte sich Sonja ein. Aber für Elisabeth Auer war die Kommissarin Luft, war es so, als ob sie nicht da wäre.

»Und in welcher Kneipe hast du Marmorstaub an deine Schuhe bekommen?«

»Ich hab Marmorstaub an all meinen Schuhen.«

»Was hast du gemacht?«, fragte sie nun mit dem heiligen Zorn einer Rachegöttin.

»Nix hab ich gemacht. Wir tun doch nie was. Wir sagen, *das ist unser Schicksal, und das müssen wir hinnehmen.* Du hast dich doch auch nur weggeduckt und zugesehen, wie er langsam die Familie ruiniert hat«, brach es aus dem stillen, sonst immer zurückhaltenden Martin heraus. Doch von allen unbemerkt war die alte Frau aus dem Haus getreten und sprach mit einer Energie, die man ihr, die schon wie halb in der anderen Welt wirkte, nicht zugetraut hätte: »Schluss! Hört auf damit!« Und wandte sich dann direkt ihrem Enkel zu: »Wennst schon keinen Respekt vor deiner Mutter hast, dann hab zumindest Respekt vor den Toten.«

»Gehen wir ins Haus«, schlug Elisabeth Auer vor, die sich wieder beruhigt hatte.

Sie nahmen wieder an dem langen Tisch Platz, während sich die Alte in ihren Schaukelstuhl zurückzog.

»Warum haben Sie mir nichts von der Spielsucht Ihres Mannes erzählt?«, begann Sonja sanft.

Elisabeth faltete die Hände wie zum Gebet: »Wir haben uns dran gewöhnt, nicht davon zu reden, weil dem Robert sowieso nicht zu helfen war. Hatte er immer schon, das Problem.« Dann drehte sie den Kopf und schaute auf das Bild des Jungen mit dem Trauerflor und fuhr mit zerbrechlicher Stimme fort: »Sogar als unser Bub gestorben ist, war er nicht da, hat irgendwo gespielt. Und danach ist es noch schlimmer geworden.«

»Wie ist das mit Ihrem Sohn passiert?«

»Ist weggeschlichen. Auf eine Party gegangen, obwohl ich's ihm verboten hab. Da hat ihm jemand Drogen gegeben. Er hat vorher nie sowas genommen, kannte sich nicht aus. Aber er wollt halt dazugehören … Sein Kreislauf ist zusammengebrochen … Auf dem Weg ins Krankenhaus ist er gestorben.« Manchmal gibt es Geschichten, die man nicht hören will, weil sie so unerlöst sind, dachte Sonja und nahm ihre ganze Professionalität zusammen.

»Ich muss noch mal wegen vorgestern Abend fragen. Hat Ihr Mann Ihnen denn gar nichts gesagt? Was er in der Firma will, wie lange er bleibt?«

»Er hat mir gesagt, dass er in der Firma mit jemandem verabredet ist. Mit Mario.«

Sonja glaubte, sich verhört zu haben. »Mario Cento?«

»Ja. Aber ich hab ihm sowieso nicht geglaubt. War sicher, dass das nur 'n Vorwand ist und er wieder spielen geht.«

Endlich, durchfuhr es Sonja, das war die Spur, die sie gesucht hatte, das Missing Link. »Was hatte Ihr Mann mit Mario Cento zu tun?«

»Weiß nicht. Dachte, die arbeiten in der Firma zusammen. War ein paarmal hier. Kein angenehmer Mensch.«

In der Tür erschien Jonas und räusperte sich, Sonja wandte sich zu ihm um.

»Kommst du mal?«

»Entschuldigen Sie«, sagte Sonja zu Elisabeth Auer und folgte Jonas in den Hausflur. In den Händen hielt er ein T-Shirt mit einer Blutspur am Rücken. »Hab ich in der Wäsche gefunden. Ich nehm an, das gehört dem Sohn.« Sonja ging zur Wohnzimmertür und rief Martin in den Flur.

»Zeigen Sie mir bitte Ihren Rücken«, befahl Sonja dem jungen Mann. Schicksalsergeben zog er sein T-Shirt hoch, wodurch ein tiefer Kratzer auf seinem Rücken zum Vorschein kam.

»Wir haben am Zaun Blut gefunden, das nur von Ihnen stammen kann.«

»Es stammt auch von mir«, lenkte Martin Auer gefasst ein.

»Wir warten auf eine Erklärung, Herr Auer.« Der junge Mann starrte auf die groben Bohlen des Flures. »Meine Mutter hat sich Sorgen gemacht, dass mein Vater wieder spielt und noch mehr Schulden macht. Also bin ich los und hab ihn gesucht. Aber ich hab ihn nicht gefunden. Als ich zurück nach Hause bin, hab ich zufällig seinen Wagen hier vor dem Tor stehen sehen. Und auf dem Gelände war Licht. Das Tor war geschlossen. Aber ich wusste, wo eine Lücke im Zaun ist. Also bin ich rein, hab nach meinem Vater gesucht, hab ihn aber nicht gefunden.«

»Wann war das?«, hakte Jonas nach.

»Genau weiß ich's nicht. Irgendwann nach Mitternacht.«

»Dafür gibt es aber leider keine Zeugen. Ich muss Sie bitten mitzukommen«, entschied Sonja. Während Jonas Martin Auer zum Wagen brachte, rief Sonja Peter Kerschbaumer an, dass er Mario Cento zur Vernehmung zur Questura bringen sollte.

72.

Die Turmuhr kündigte die 14. Stunde des Tages an, als Matteo Zanchetti in seinem heruntergekommenen Outfit das Gebäude der Finanzbehörde betrat. Über kühle Gänge gelangte er schließlich in den zweiten Stock zum Dienstzimmer von Frau Landesdirektorin Dr. Innocencia Weißgarten, Chefin der Steuerbehörde. Beherzt trat er ein, ließ sich aber von den fragenden Augen der Sekretärin nicht abhalten, sondern stürmte auf die gegenüberliegende Tür, die in gediegener, dunkler Eiche mit Schnitzereien gehalten war, wie ein Taifun zu. Die Sekretärin sprang auf und sagte missbilligend: »Sie können da nicht so einfach rein!« Doch schon hatte Matteo die Messingklinke gedrückt und stand auf dem roten Teppich, der den Weg zum großen Eichenschreibtisch wies, wie eine Brücke über einen See von Holzparkett. Überrascht schaute Innocencia auf, die ein strenges Kostüm trug.

»Du?«

Hinter Matteo erschien die Sekretärin. »Es tut mir leid! Soll ich die Polizei rufen?«, fragte sie besorgt.

»Ich bin die Polizei«, verwirrte Matteo sie.

»Er ist die Polizei. Lassen Sie uns allein, Adele«, verwirrte die Landesdirektorin ihre Sekretärin nun vollends, die nach unten schauend sich zurückzog und die Tür schloss.

»Was soll der Auftritt, Matteo?«, herrschte sie ihn an und ihre harte Stimme hatte so gar keine Ähnlichkeit mit der auf seiner Mobilbox.

»Was soll das, mir einen Privatdetektiv auf den Hals zu schicken!«, hielt er gegen.

Sie zog die Augenbraue hoch. »Das hätte ich wissen müssen, dass dir das nicht entgeht. Ist ja schließlich dein Metier.«

»Warum?«

»Ich wollte wissen, ob eine andere Frau im Spiel ist. Ich konnte mir dein Verhalten nicht erklären. Die plötzliche Kälte, der Stimmungswechsel … Und geantwortet hast du ja auch nicht.«

»Mach das nie wieder, Inno, nie wieder, wenn du keinen Ärger haben willst!«

Sie nickte, aber mit Tränen in den Augen. »Ich dachte, dass ich mich unter Kontrolle habe, bis du in meinen Alfa gefahren bist.«

»Ach, Inno. Hol dir professionelle Hilfe und gewöhn dir das Spielen ab!«

Ihr Unterkiefer klappte herunter. Mit allem hätte sie gerechnet, nur nicht mit dem. »Das sagst ausgerechnet du mir?«

»Ich weiß, wovon ich spreche. Hol dir Hilfe und mach dein Leben nicht kaputt«, beschwor er sie.

»Mein Leben ist doch schon kaputt«, entgegnete sie trotzig.

Da musste Matteo breit lächeln. »Nein, ist es nicht. Ich habe in meinem Job viele zerstörte Leben gesehen. Deines gehört definitiv nicht dazu.«

Sie nickte wieder. »Ist das jetzt der Abschied?«

Zu seiner Verwunderung hörte er sich sagen: »Ganz ehrlich? Ich weiß es nicht. Ich will dir keine Hoffnung machen. Aber ich brauche etwas Zeit. Lasse mir die Zeit, Inno!« Dann ging er.

Warum er ihr die Hoffnung gelassen hatte, vermochte er sich nicht zu erklären. Wollte er sich die Tür zu ihr einen Spalt offen halten? Darüber konnte er jetzt nicht nachdenken, jetzt galt es, das Spiel mit Gentile und Rossi weiterzutreiben. Dafür benötigte er alle Konzentration. Darauf musste er seine Aufmerksamkeit fokussieren.

Punkt ein Uhr nachts stand er im Gang des Casinos Gentile gegenüber.

»Das Geld!«, forderte der Mafioso.

»Morgen, ich bringe es morgen. Lass mich spielen, Gentile. Bitte!«, flehte Matteo mit unsicherem Blick.

»Kein Geld, kein Spiel. Spielschulden sind Ehrenschulden«, blieb Gentile hart.

»Nach dem Spiel zahl ich die Schulden zurück mit Zins und Zinseszins!«

Gentile tat, als dachte er nach. Schließlich: »Okay, weil ich ein gutes Herz habe. 20 Prozent Aufschlag!«

»15 Prozent!«, handelte Matteo.

Gentile bblieb unbewegt: »20 Prozent oder lass es!«

»Okay, 20 Prozent!«

»Sieh zu, dass du nicht verlierst!«, warnte Gentile.

»Werd ich nicht, heute ist mein Tag, ich kann's fühlen, ich weiß es!«, prahlte Matteo.

Als Matteo Zanchetti das Casino verlassen wollte, hielt ihn Gentiles Leibwächter die Pistole an die Stirn und dirigierte ihn in das Büro des Casinobesitzers.

»Langsam bekomme ich den Eindruck, Commissario, dass nie dein Tag anbricht. Du hast 40.000 Euro verloren, mit den 15.000 von gestern und dem Risikoaufschlag von 20 Prozent schuldest du mir jetzt 58.000 Euro.«

»Ich bringe es dir morgen Abend, okay, morgen Abend!«

»Das will ich für dich hoffen«, sagte er kalt und befahl seinem Bodyguard: »Lass ihn gehen.«

Matteo verließ innerlich vergnügt das Büro. Er war jetzt dort, wo er sein wollte.

Ein paar Stunden später bekam Francesco Rossi einen Anruf, der ihn zutiefst erfreute. Was ihm geschildert wurde, passte zu dem, was ihm Rechtsanwalt Schmalfuß über Zanchettis Zustand geschildert hatte: desolat und der Commissario Capo inzwischen ganz auf der schiefen Ebene. Gegen Mittag rief Rossi dann Zanchetti an und vereinbarte ein Treffen mit ihm.

73.

Vor ihm lag das Tal, hinter ihm stand eine Bank. Sie besaß eine bestimmte Funktion, die nur er und Rossi kannten, nämlich als Ort der Verständigung unter vier Augen und unter Ausschluss der Öffentlichkeit. Matteo wollte sich gerade setzen, als er Francesco Rossi den kleinen Weg den Berg hochkommend entdeckte. Der Polizist lächelte schief. Sein Äußeres wirkte nachlässig. Er roch nach Übernächtigung und Alkohol. Rossi registrierte das, ohne es sich anmerken zu lassen. Mit einem kurzen Nicken setzte er sich auf die Bank, Matteo ließ sich neben ihm nieder und atmete tief ein und aus.

»Was für ein Tag!«, begann der Polizist.

»Und was für eine Nacht! Ich höre, Sie haben viel Geld verloren«, sagte Rossi neutral, als spräche er darüber, dass Matteo das Frühstücksbrötchen zum doppelten Preis gekauft hätte.

»Der Herr hat's gegeben, der Herr hat's genommen«, winkte Matteo ab.

»58.000 Euro. Dafür muss eine alte Frau sehr lange stricken. Wie hoch ist eigentlich Ihr Jahreseinkommen, Commissario?«

»Als ob Sie das nicht wüssten, obwohl es Sie nichts angeht.« Matteo lehnte den Rücken an und streckte die Beine aus. Müdigkeit breitete sich in seinen Knochen aus.

Rossi lachte kontrolliert kurz auf. »Natürlich geht es mich nichts an. Sie wissen …«

»Ich weiß, Sie wollen nur helfen. Aber da jede Gefälligkeit auch eine Gegengefälligkeit erfordert, ein für alle Mal, Rossi, ich bin nicht käuflich.«

»Na, immerhin sind Sie gleich hergekommen«, stellte der Mafioso befriedigt fest. Über den Bergen zogen sich Wolken zusammen und häuften und kugelten sich, schöne weiße Wolken.

»Dachte, ein bisschen frische Luft kann mir nicht schaden«, tat Matteo harmlos. »Und sich mit einem gebildeten Mann zu unterhalten, ist sicher nicht von Nachteil. Jetzt, wo ich viel Zeit habe.«

»Die 58.000 stehen zwischen Ihnen und der Aufhebung der Beurlaubung. Das wissen Sie doch?«, fragte Rossi, ohne Matteo anzuschauen, der verdrossen dreinblickte. »Ja, das weiß ich.«

»Wenn Sie schon spielen müssen, warum dann nicht bei jemandem, den ich Ihnen empfehle, warum bei diesem Gauner Gentile?« Der Polizist antwortete nicht, weil Rossi auf seine rhetorische Frage auch keine Antwort erwartete. Der Mafioso schnitt ein bekümmertes Gesicht: »Ein Jammer, aber vielleicht kann ich Ihnen ja trotzdem helfen. Hören Sie einfach auf das, was ich gesagt habe.«

»Legen Sie los«, brummte Matteo unbehaglich.

»Der Mordfall, den Ihre Leute gerade untersuchen, Robert Auer.«

»Ja?« Matteo verbarg sein erwachendes Interesse.

»Auer hat gespielt, so wie Sie, und verloren, so wie Sie.«

»Ja, und?«

»Gentile leugnet es zwar, aber ich gehe davon aus, dass seine Leute Auer umgelegt haben. Wollten ihm wahrscheinlich nur Angst machen, aber sowas läuft leicht mal aus dem Ruder«, plauderte Rossi, als handelte es sich um eine etwas zu laute Gartenparty des Nachbarn. Die einzigartige Aussicht auf den Garten Gottes, wie das Südtirol auch genannt wurde, rührte Matteos Herz, die vielen Menschen, die Wein oder Obst anbauten, die Vieh hielten, die sich um die große Gästeschar kümmerten, in den Verwaltungen und Firmen, aber auch in den Krankenhäusern und beim Bergrettungsdienst, all jene, die diese Landschaft prägten und erhielten, hatten Typen wie Rossi nicht verdient. Der Teufel gehörte nicht in den Garten Eden, dachte Matteo. Rossi stellte einen Fehler dar, einen Fehler, der ausgemerzt werden musste. Nein, kein Fehler, eine Fehlfunktion, ein Tumor, der geschnitten werden musste, bevor er überallhin Karzinome streute. Er, Matteo Zanchetti, war der Chirurg, er würde das Skalpell führen müssen. Und das konnte er nur, wenn er dem Bösen sehr nahe kam, ohne selbst böse zu werden. Darin bestand die Herausforderung.

»Sie überraschen mich. Seit wann verpfeifen Sie Ihre Leute, Rossi?« Matteo verkniff es sich, Rossi zu mustern, dennoch spürte er das Lachen in seinen Augen, den Spaß, den der Mafioso an dem Spiel empfand. »Nennen Sie es sentimental, Zanchetti. Aber ich habe mich an Sie gewöhnt. Wär mir nicht recht, wenn man Sie feuert.«

Der Polizist machte eine wegwerfende Handbewegung. »Sprenkel für die Drosseln. Glauben Sie selbst an das, was Sie da gerade sagen?«

Doch Rossi ging nicht darauf ein, sondern setzte fort, als ob Matteo nichts gesagt hätte. »Nur eine Frage der Zeit, dass

Ihre Kollegen von Auers Spielschulden erfahren. Dann nehmen sie sich Gentile vor. Und wenn sie den in die Enge treiben, muss er ihnen was geben … Wird ihm ein Vergnügen sein, denen zu sagen, dass Sie an illegalen Spielen teilnehmen und hohe Schulden bei ihm haben.« Rossi verschränkte die Arme vor seinem Körper. Es tat gut, dachte er, Ordnung zu schaffen.

»Und was, glauben Sie, kann ich dagegen tun?« Genau auf diese Frage hatte Rossi gewartet. Er stand auf, ließ seinen Blick über die Landschaft schweifen und seufzte. »Gentile ist eine ziemliche Plage. Bedroht Polizisten, tötet einfache Arbeiter, hält sich nicht an Absprachen … Ich persönlich würde ihn nicht vermissen.« Der Pate klopfte Matteo auf die Schulter, dann ging er.

»Ich trete trotzdem nicht in Ihre Dienste«, brüllte Matteo trotzig dem Mafioso hinterher. »Ich schaffe es auch so!« Er gab sich Mühe, nicht zu lächeln, stattdessen aber ernst und finster dreinzuschauen.

74.

Den ganzen Mittag und Nachmittag hatte Matteo damit verbracht, in den verschiedenen Spielcasinos große Wetten zu platzieren, sowohl in Spielhallen, die Gentile gehörten, aber auch in denen von Serini, Rossis Gefolgsmann. Er wusste nur zu gut, dass diese Aktivitäten weder Rossi noch Gentile verborgen bleiben und sie für Verärgerung sorgen würden. Rossi konnte daraus nur die Panik des Capos lesen. In Panik geraten, kopflos, so wollte sich Matteo dem Paten präsentieren.

Anschließend traf er sich noch einmal mit Sonja und Carla beim Stausee, um sich mit ihnen abzustimmen, bevor es losging. Er wusste, er hatte etwas in Bewegung gebracht. Sie verließen den Parkplatz und gingen in den Wald, um nicht wie auf dem Präsentierteller zu stehen.

Auf dem Weg in das Unterholz berichtete Matteo von seinem Gespräch mit Rossi. »Er hat mir indirekt vorgeschlagen, Franco Gentile umzubringen«, endete er.

Sonja wirkte unzufrieden: »Das nützt uns gar nichts. Wir müssen Rossi dazu bringen, sich selbst die Hände schmutzig zu machen, wenn wir ihm das Handwerk legen wollen«, wandte sie ein.

Doch Carla wirkte wie aufgezogen. »Eine bessere Gelegenheit werden wir nie wieder kriegen. Wir müssen mehr Druck auf Rossi machen!«

Matteo kratzte sich am Kopf. »Er hat mir noch erzählt, dass Franco Gentile Robert Auer umgebracht hat, weil Auer Spielschulden bei Gentile hatte. Sieht ganz so aus, als ob euer Mordopfer spielsüchtig war.«

»Das wissen wir schon«, meinte Sonja, korrigierte sich dann aber: »Dass Gentile Auer umlegen ließ, ist mir neu. Klar, die Art des Mordes erinnert an eine klassische Mafia-Warnung. Aber wen wollte er warnen? Andere im Werk, die auch spielen? Kommt mir etwas übertrieben vor!«

»Wenn Auer in dem Schmuggel mit Rossi steckte, dann war das eine Warnung von Gentile an Rossi«, mutmaßte Matteo.

Carlas Gesicht leuchtete. »Da ist was dran. Denken wir mal nach. Wenn Gentile in Konkurrenz zu Rossi steht oder ihn stürzen will oder verärgert ist, weil er vielleicht an dem Drogenschmuggel nicht beteiligt ist, dann bringt er dessen Drogenfahrer um, um Rossi daran zu erinnern, dass er einbezogen werden will.«

Matteo nickte nachdenklich, schaute zu Boden und entdeckte einen Ameisenhaufen. »Wir müssen Rossi unter Druck setzen. Er hat doch einen Spitzel in der Questura.«

»Wir könnten in Umlauf bringen, dass Mario Cento für uns arbeitet, und schauen, was passiert.«

»Helft mir auf die Sprünge. Bin zurzeit ein bisschen abgeschnitten. Wer ist Mario Cento?«, erkundigte sich Matteo.

»Offiziell ›Bauunternehmer‹, aber das ist nur Tarnung für diverse unsaubere Geschäfte. Außerdem spielt er und war mit Robert Auer gut bekannt«, erläuterte Sonja.

»Rossis Leibwächter hat nach Cento gesucht«, ergänzte Carla.

»Wir könnten in der Questura erzählen, dass Cento für uns arbeitet«, schlug Sonja vor.

Matteo pfiff durch die Zähne: »Wir könnten noch einen Schritt weitergehen. Wir könnten auf der Straße das Gerücht verbreiten, dass Rossi nach Cento sucht, weil er ihn für einen Spitzel hält. Wenn wir Glück haben, gehen die beiden aufeinander los. Oder Cento haut ab. Auf jeden Fall könnte es helfen, Rossi zu isolieren«, begeisterte sich Matteo.

»Dann ist es nur noch eine Frage der Zeit, bis er deine Hilfe braucht«, hoffte Carla und glummerte Matteo an, der das spürte, seine Augen aber weiterhin am Ameisenhaufen hielt.

Matteo schüttelte den Kopf, hockte sich hin und stach mit einem Zweig, der am Boden lag, in den Haufen. Im nächsten Moment wimmelte es von Ameisen auf dem Stock, die ihn als möglichen Gegner und Angreifer betrachteten. »Rossi wird sich nur an mich wenden, wenn er ein ausreichend starkes Druckmittel gegen mich hat. Also werde ich ihm das liefern müssen«, dachte Matteo laut.

Der Ton des Capos gefiel Sonja ganz und gar nicht, er ließ auf nichts Gutes schließen: »Was hast du vor?«

»Dafür sorgen, dass Gentile mir wegen meiner Schulden die Daumenschrauben anlegt. Dann muss Rossi Partei ergreifen«, versuchte er seine nächsten Schritte zu bestimmen. Es wurde ihm immer klarer, dass sie in Anbetracht der kurzen Zeit eine größere Eskalation benötigten.

»Wenn bei dem, was du vorhast, irgendein Risiko besteht, will ich, dass du Matteo per Funk überwachst und dass es ein Codewort für den Abbruch gibt«, forderte Sonja. Sie wirkte sehr entschlossen. Carla Pisani sann etwas nach, dann warf sie ein: »Das Codewort muss etwas sein, das man im Gespräch unterbringen kann.«

»Wie wär's mit: *Kompromiss*«, schlug Matteo frech grinsend vor.

Carla schüttelte nur den Kopf. »Damit kennst du dich ja besonders gut aus. Aber gut, das Wort funktioniert.«

75.

»Warum habt ihr mir das nicht früher gesagt?«, brüllte Rossi ins Telefon und riss verwundert die Augen auf. So kurzfristig gesagt zu bekommen, dass die Drogenlieferung bereits unterwegs war, hatte er noch nicht erlebt, vermutete darin aber eine Rache Luca Rizzis, des Buchhalters, den er rausgeworfen hatte. Er hatte kaum aufgelegt, da klopfte es an seiner Tür.

»Bitte«, brüllte der fast. Im Türrahmen erschien der gehetzt wirkende Anwalt Dr. Schmalfuß. Was suchte Schmalfuß zu dieser Zeit in seinem Restaurant, schoss es Rossi durch den Kopf, der sich aber die Verwunderung nicht anmerken ließ, sondern jovial fragte: »Mein lieber Professore, was treibt Sie zu mir?« Man sah dem Anwalt an, dass es ihm nicht angenehm war, die Nachricht zu überbringen.

»Ich fürchte, Sie haben ein sehr großes Problem. Hab gerade gehört, dass Mario Cento als Spitzel für die Polizei arbeitet.« Rossi wusste, dass Schmalfuß ein fähiger Anwalt mit exzellenten Quellen war, er irrte sich praktisch nie, deshalb versetzte ihm diese Nachricht einen Schlag. Erst würde er sich um Franco Gentile, dann um Mario Cento kümmern müssen. Beide hatten ihn verraten, beide würden dafür bezahlen müssen – mit ihrem Leben, wie es sich für Verräter gebührte.

»Was halten Sie von Zanchetti?«, fragte Rossi den Anwalt.

»Ist am Durchdrehen. Ich denke, den sollten Sie benutzen können, ohne dass er etwas bemerkt.«

76.

Inzwischen war es Nacht geworden und Matteo hatte Carla und Sonja informiert, dass er heute Abend Gentile direkt provozieren wollte. Sie hatten sich in einer hinteren Ecke des Parkplatzes versteckt, saßen im Auto und hörten in ihre Kopfhörer. Geräusche von Spielautomaten, menschliche Stimmen und Musik brüllten in ihre Ohren. Sie hatten Matteo mit einem Mikro ausgestattet. Jenseits der Finsternis schwamm er durch Gentiles Casino wie durch ein Meer aus Menschen, aus Hoffnung und Verzweiflung, aus Gier und Angst. Ein Mercedes fuhr mit hohem Tempo auf den Parkplatz und bremste hart. Aus dem Wagen stiegen Gentile und kurz darauf dessen Leibwächter. Er zündete sich eine Zigarette an, sog den Rauch tief ein. Er machte seinem Leibwächter ein Zeichen. Der eilte über den spärlich beleuchteten Parkplatz, riss die Tür vom Casino auf, so dass ein Lichtschein aus dem Gang fiel, bevor es wieder dunkel wurde. Kurz darauf öffnete sich die Tür und Matteo wurde aus dem Gebäude gestoßen, dass er ein wenig taumelte. Gentile ging ihm entgegen, zog seine Waffe und hielt sie auf Matteos Kopf gerichtet. Man sah ihm an, dass er sehr wütend war. Bevor Matteo nach seiner Dienstwaffe greifen konnte, hatte sie ihm Gentiles Leibwächter, der hinter ihm stand, bereits abgenommen und auf den Boden geworfen. In Wahrheit hatte sich Matteo die Pistole abnehmen lassen.

Es geht los, dachte er zufrieden und hochkonzentriert. Jetzt durfte ihm kein Fehler unterlaufen. Der Leibwächter riss Matteos rechten Arm nach hinten und drehte ihn auf den Rücken, um den Polizisten zu fixieren.

Ganz dicht trat der dicke Mafioso an Matteo Zanchetti, der vor Schmerzen den Oberkörper leicht nach vorn gebeugt hatte. Gentile griff in den Haarschopf des Polizisten und riss ihn nach oben.

»Was glaubst du eigentlich, wer du bist, du kleines Arschloch«, brüllte er den Capo an, boxte ihm mit der Faust in die Magengrube, so dass sich Matteo krümmte, und zog ihn dann wieder an den Haaren nach oben. Der Schmerz, den Gentiles Schlag auslöste, spiegelte sich in Matteos verzerrtem Gesicht wider.

»Ich leih dir Geld, und du spuckst mir ins Gesicht. Du spielst, statt deine Schulden bei mir zu bezahlen. Und verlierst«, kochte Gentile. Schließlich schrie er ihn an: »Und verlierst: MEIN GELD!?« Wieder traf Matteo ein Fausthieb Gentiles, doch diesmal im Gesicht. Im ersten Moment fühlte sich sein Gesicht dumpf an, als wäre es betäubt worden, wie sich zuweilen die Ober- oder Unterlippe nach der Spritze beim Zahnarzt anfühlte, bevor jedoch ein brennender Schmerz aufloderte. Matteo stöhnte.

»Wir müssen einschreiten«, flüsterte Sonja, die es nicht ertrug, mit anhören zu müssen, wie Matteo zusammengeschlagen wurde.

»Verrückt geworden? Er hat das Codewort noch nicht gesagt. Willst du alles verderben, was wir mühsam erreicht haben?«, zischte die DIA-Agentin sie an.

Gentile, der in seine Raserei stürzte, hieb wieder zu. Und machte seinem Leibwächter ein Zeichen, so dass der den Polizisten losließ, der hart auf den Betonboden des Parkplatzes aufschlug. Gentile trat ihm gleich darauf in die Seite, einmal, zweimal, dreimal. Matteo schrie vor Schmerzen auf.

Sonja geriet in Panik. Sie griff nach dem Türhebel.

»Lass es!«, befahl Carla Pisani. »Ich erlebe so etwas nicht

zum ersten Mal. Es gehört dazu. Matteo weiß, worauf er sich eingelassen hat.«

»Wirklich?«

»Wirklich! Er würde dir das nie verzeihen, wenn du seine Arbeit zerstörst.«

»Und ich könnte mir nicht verzeihen, zugehört zu haben, als ein Kollege totgeschlagen wurde, ohne dass ich eingegriffen hätte.«

»Er hat das Codewort noch nicht gesagt«, wiederholte Carla Pisani, als müsse sie sich selbst überzeugen.

»Mir egal. Was ist, wenn er nicht mehr genug Luft oder Kraft hat, um überhaupt noch was zu sagen?« Sonja hatte sich entschieden, sie griff erneut zum Türriegel.

»Warte«, raunte Carla, die offensichtlich etwas entdeckt hatte. Sie deutete auf die andere Straßenseite. Dort stiegen Rossi und sein Bodyguard aus, zogen ihre Waffen und liefen zum Parkplatz. Gentile wollte gerade wieder zutreten, als Emilio den Leibwächter entwaffnete und Rossi den Lauf seiner Waffe auf Gentiles Stirn drückte. »Schön vorsichtig, Amigo«, warnte Rossi mit gefährlich kalter Stimme. Gentile richtete sich langsam auf und ließ von Matteo ab.

»Wie blöde bist du eigentlich, Gentile? Du verprügelst einen Polizisten?«

Gentile war immer noch auf 180 und ärgerte sich, dass er von Rossi gehindert wurde, auf Zanchetti einzutreten wie auf ein totes Schwein. »Das ist kein Polizist, das ist ein Säufer, der nicht weiß, wie man sich benimmt«, widersprach Gentile wütend. Geifer lief ihm die Mundwinkel runter. Rossi verachtete dieses primitive Vieh, das sich nicht zu beherrschen verstand. Und der wollte ihn stürzen, dachte Rossi erschüttert.

»Und du weißt, wie man sich benimmt, du dreckiger Pisser aus dem Parco Verde? Du bringst Leute um, wie es dir gefällt.«

Die beiden Polizistinnen im Auto hörten atemlos zu.

»Hab dir doch schon gesagt. Ich hab mit dem Tod von Auer nichts zu tun«, brüllte Gentile, den die Situation in Jähzorn versetzte, dass Gesicht und Ohren einem Feuermelder glichen. »Und selbst wenn, geht dich, alter Mann, das gar nichts an. Du bist doch schon tot, Schnee von gestern. In Neapel haben sie dich doch schon längst fallen gelassen. Deine Zeit ist vorbei.« Voller Wut trat Gentile noch mal zu, so dass Matteo aufschrie vor Schmerz. Gentile wollte gehen. Er hatte keine Lust mehr. Rossi zog sich einen Handschuh an, hob bedächtig Matteos Waffe auf und richtete sie auf Gentile.

»Ach Franco«, rief er fast familiär. Gentile drehte sich um.

»Liebesgrüße aus Neapel«, sagte Rossi und drückte ab. Die Kugel durchschlug Gentiles linkes Auge, schraubte sich mit hoher Geschwindigkeit durch dessen Gehirn und riss Gehirn, Blut und Knochen und Haare aus dem Hinterkopf. Franco Gentiles rechtes Auge blickte ungläubig und einsam, als er zu Boden ging. Die beiden Polizistinnen schauten sich an, glitten aus dem Wagen, zückten die Pistolen und schlichen geduckt von parkendem Wagen zu parkendem Wagen, um so dicht als möglich ans Geschehen zu kommen.

»Wie der Herr, so das Gescherr«, sagte Rossi und machte Emilio ein Zeichen, der angelte aus seiner Tasche ein Messer und stach Gentiles Bodyguard in die Nierenspitze und zog das Messer anschließend nach oben. Matteo hatte durchgeatmet und versuchte sich aufzurichten.

»Und bin ich jetzt der Nächste, den du ermordest?«, provozierte Matteo den Paten, in der Hoffnung, verwertbare Aussagen zu kommen.

Doch Rossi zog nur die Augenbrauen hoch. »Sie haben für einen Polizisten zu viel Phantasie. Sie sollten Romanschriftsteller werden, Commissario Capo.« Er ging auf ihn zu, griff in seine Hosentaschen: »Sie gestatten, Commissario. Ist wahrlich nichts Sexuelles.« Er zog Matteos Autoschlüssel heraus, ging zu dessen Audi TT und öffnete den Kofferraum, während Emilio Gentiles Leiche unter den Achseln griff und zum Auto schleifte, sie schließlich anhob und dann hineinplumpsen ließ. Rossi ließ auf den Leib des toten Mafiosos Matteos Waffe fallen.

Er wies auf Gentiles Leibwächter. »Der kommt gleich zu den Fischen.« Emilio verstaute dessen Leiche in den Kofferraum von Gentiles Wagen.

»Damit wäre ja alles geklärt. Sie haben gerade aus Verzweiflung mit Ihrer Dienstwaffe Franco Gentile erschossen, weil Sie Spielschulden bei ihm haben, Commissario!« Rossi schüttelte mitleidig den Kopf.

Matteo bemühte sich mühsam auf die Beine zu kommen. »Damit kommen Sie nicht durch.«

Rossi lachte. »Nein? Sie sind doch vom Fach. Stellen Sie sich vor, Sie würden in dem Fall ermitteln: eine Kugel aus der Dienstwaffe im Opfer, die Fingerabdrücke auf der Waffe, Blut vom Opfer im Kofferraum des Audis. Das sieht nicht gut aus.«

»Sehr viel Aufwand, um mich ins Gefängnis zu bringen.«

Erneut lachte Rossi. »Hängen Sie Ihren Beruf an den Nagel. Sie würden mehr Geld als Clown verdienen. Aber da ich Sie mag, müssen Sie sich keine Sorgen machen. Ich werde nicht erzählen, was hier passiert ist, auch wenn das mein Gewissen sehr belastet. Vielleicht tun Sie mir ja auch mal einen Gefallen.«

»Sie Dreckskerl … Was ist mit meinem Wagen?«, fluchte Matteo, der jetzt zwar auf seinen Beinen stand, doch bedenklich wankte.

»Den bringen wir Ihnen irgendwann nach Hause. Sie können doch in dem Zustand nicht fahren. Nehmen Sie sich ein Taxi«, erwiderte Rossi väterlich und ging. Er stieg in Matteos

Wagen und fuhr los, während Emilio Gentiles Auto nahm, um die Leiche des Leibwächters zu entsorgen. Später würde er zurückkehren, um Rossis Wagen zu holen.

Es dauerte ein paar Minuten. Sie wollten sicher sein, dann eilten die Polizistinnen zu Matteo. Sonja musterte ihn besorgt: »Wie geht's dir? Alles okay?«

»Ist schon in Ordnung«, hauchte er und hielt sich an Sonjas Schulter fest.

»Wer hat jetzt Gentile erschossen?«, fragte Carla Pisani geschäftsmäßig.

»Rossi, wer sonst?«, gab Matteo unter Schmerzen zurück. Sein ganzer Oberkörper fühlte sich an, als wäre er unter eine Dampframme gekommen.

»Auf dem Band hört sich das leider nicht so an«, bedauerte die DIA-Agentin, während Sonja besorgt Matteos Verletzungen wahrnahm.

»Wir hören sofort auf damit. Wir haben, was wir brauchen«, entschied Sonja.

»Träum weiter, Schätzchen, haben wir nicht«, entgegnete die Agentin eiskalt.

»Rossi hat gerade einen Menschen erschossen«, protestierte Sonja.

»Hast du das gesehen? Ich nicht. Hör dir unsere Aufzeichnung an. Es ist absolut unklar, wer geschossen hat«, legte Carla Pisani emotionslos dar und wandte sich schließlich an Matteo. »Es ist sogar noch schlimmer. Du wolltest, dass Rossi glaubt, er hätte ein Druckmittel gegen dich. Jetzt hat er eins. Damit könnte ein guter Anwalt ihn nicht nur vor Gericht rausboxen. Der könnte dich auch in ernste Schwierigkeiten bringen.«

Ungläubig schaute ihn Sonja an, obwohl sie wusste, dass Carla Pisani recht hatte, hoffte sie, dass er widersprach. Doch das tat Matteo nicht, im Gegenteil: »Wir müssen weitermachen, es stimmt, was Carla sagt.«

77.

Schräg stand die Sonne über dem Weingut und heizte schon mächtig ein, doch die alte Kastanie hinter dem Haus vor dem Weinberg bot noch genügend Schatten, so dass man dort in Ruhe frühstücken konnte. Deshalb hatte Laura dort gedeckt und Sonja sich dankbar an die reiche Tafel zu Schwiegermutter und Tochter gesetzt. Sie registrierte, dass ihre Tochter sie kritisch ansah.

»Habe ich eine Nudel auf der Nase?«, bemühte sich Sonja zu scherzen und nahm einen tiefen Schluck Kaffee. »Holla, der erweckt Tote zum Leben.«

»Mama, ich mache mir Sorgen«, rang sich Laura durch.

»Wieso«, tat Sonja unschuldig. »Sehe ich heute so müde aus?«

»Du siehst zu oft so müde aus.«

»Der Fall und …«

»Und dann kommt der nächste Fall«, fiel ihr Laura ins Wort.

»Ist es, weil du in Deutschland studieren willst?«, konterte Sonja undiplomatisch. Laura warf ihrer Großmutter einen verunsicherten Blick zu.

»Das eine hat mit dem anderen nichts zu tun«, legte sich Katharina ins Mittel. Ein Spatz näherte sich dem Tisch, in der Hoffnung, dass für ihn etwas abfiel. Sonja verscheuchte ihn mit der Hand.

»Der Spatz kann ja wohl nichts dafür«, brauste Laura auf. Für einen Moment schauten sich Mutter und Tochter feindselig an, dann nahm Sonja Lauras Hand. »Tut mir leid, Sonnenschein.«

»Mir auch«, wurde Laura versöhnlich.

»Du hast recht. Ich arbeite zu viel.«

»Außer Oma habe ich doch nur noch dich!«, sagte das Mädchen leise.

»Ich weiß, ich pass auf mich auf«, versprach sie. In diesem Moment zerstörte ein heftiges Hupen die morgendliche Ruhe. Sonja schlug sich an den Kopf. »Jonas, den hab ich glatt vergessen, der wollte mich abholen.« Sonja sprang auf, trank im Stehen den Kaffee aus, schnappte sich ein trockenes Brötchen, lief zum Haus, um auf die andere Seite zu kommen, blieb aber noch in der Tür stehen und wandte sich noch einmal kurz um.

»Und über dein Studium in Deutschland müssen wir noch mal reden. Das kriegen wir hin, das kriegen wir hin! Großes Pfadfinderehrenwort!«, sagte sie und war bereits im Hausflur verschwunden.

Vor dem Haus stand Jonas. Sonja schob sich den Rest des Brötchens in den Mund, als sie auf ihn zuging.

»Hast du mich vergessen?«

»Mhmh«, mummelte Sonja mit vollem Mund.

»Cento wurde bei seiner Baufirma gesichtet.«

Sonja schluckte den letzten Bissen im Ganzen herunter. »Na dann los!«

78.

Um ein Gebäude standen Transportbänder für Steine aller Art. Der Rest des eingefriedeten Geländes war von Haufen von Steinen und Bauschutt bedeckt. Am Rand stand ein Lastwagen mit einem angebauten Lastkran. Emilio hielt etwas abseits vom Auto. Rossi und er stiegen aus. »Dann wollen wir mal unserem lieben Mario Cento einen Besuch abstatten«, sagte der Pate sanft, als handelte es sich um sein Patenkind. Schnellen Schrittes gingen sie zum Gebäude. Emilio klopfte an die Tür, doch niemand rührte sich.

»Das ist doch kindisch, Cento. Wir wissen, dass du da drin bist. Hab dich grad am Fenster gesehen.« Doch drinnen rührte sich nichts.

Rossi stöhnte. »Bitte … Wenn du nicht aufmachst, müssen wir die Tür eintreten.« Wieder erfolgte keine Reaktion. Rossi und Emilio zogen ihre Waffen, während der Pate auf die Ecke des Gebäudes zeigte. Sie umrundeten das Haus, nahmen eine Treppe, die nach oben führte, traten ein und folgten steilen und schmalen Stufen nach unten. Emilio trat die Tür ein. Vor einem Tisch gebeugt stand Cento, der eilig eine Line zog. Der Bauunternehmer drehte sich den Eindringlingen zu und richtete seine Waffe gegen sie.

»Mach keinen Blödsinn und nimm die Waffe runter«, fuhr Rossi ihn an.

»Ihr wollt mich doch nur kaltmachen!«, sagte der voller Angst.

»Wie kommst du denn dadrauf?«

»Überall wird erzählt, dass ich ein Polizeispitzel bin!«, japste Cento. Seine Augen flackerten und Hände und Beine zitterten.

»Und bist du ein Polizeispitzel?«, fragte Rossi kalt.

»Nein, nein, nein, ich bin doch nicht lebensmüde! Das ist 'ne Scheißlüge, keine Ahnung, wer sowas rumerzählt. Denken Sie doch mal nach. Wenn ich 'n Spitzel wär, dann hätten die Bullen doch hier längst alles auseinandergenommen.«

»Vielleicht haben die das ja?«

»Das ist doch Scheiße. Irgendeiner will mir da was anhängen. Die Lieferung ist da, aber wir haben keinen Fahrer. Wir brauchen 'nen Ersatz für Robert Auer.«

»Was ist mit Auer passiert? Ich hab gehört, ihr wart verabredet in der Nacht, als er gestorben ist.«

»Das ist doch schon wieder so 'ne Lüge. Ich war mit 'ner Braut in der Kiste, okay. Deswegen bin ich nicht an mein Handy. Am Morgen hab ich 'n Haufen Nachrichten von ihm gefunden. *Wo bleibst du, was soll das, warum lässt du mich hängen* und so weiter … Und dann hab ich gehört, dass er tot ist. Kapieren Sie? Das ist irgendeine Scheißintrige. Da will mich einer fertigmachen. Oder unsere Lieferung verhindern …«

»Das ist eine Möglichkeit. Die andere ist: Du hast was aus unserer Lieferung geklaut, Auer hat es mitbekommen, du hast ihn in eine Falle gelockt und ihn umgebracht.«

»Das kann doch nicht Ihr Ernst sein. Ich säg doch nich den Ast ab, wo ich draufsitze …« Ein Geräusch ließ Rossi herumfahren. Durch die staubblinden Fenster gewahrte er, dass gerade ein Streifenwagen und ein VW vorfuhren. »Die Bullen«, fluchte er leise. Cento machte seinem Spitznamen »Das Wiesel« alle Ehre und nutzte den Moment der Unachtsamkeit, um zu verduften.

»Los, hinterher«, befahl Rossi.

Sie liefen wieder über die beiden Leitern, doch als sie an der Ecke des Gebäudes standen, hatten sie Cento verloren.

»Wir kaufen uns den später, jetzt sehen wir erstmal zu, dass wir verschwinden, bevor die Bullen uns sehen«, entschied Rossi. Geduckt zwischen den Baumaschinen arbeiteten sich die beiden Mafiosi zu ihrem Auto vor, stiegen leise ein, schlossen sanft die Türen und fuhren langsam mit leisem Motor los.

79.

Sonja befahl den Polizisten am Tor zu warten und die Augen offen zu halten, dann ging sie mit Jonas über den Hof zum Gebäude und sah sich dabei um. Begeisterung löste das, was sie sah, nicht bei ihr aus.

»Ziemlich heruntergekommen«, kam Jonas zu dem gleichen Urteil.

»Stimmt«, sagte Sonja und dachte, dass die Baufirma wohl nicht das Hauptgeschäftsfeld von Cento war.

Jonas klopfte an die Tür, doch drinnen rührte sich nichts. Er wummerte nun mit der Faust dagegen und rief: »Herr Cento, machen Sie auf, Polizei!« Doch es blieb still. Sonja betätigte die Klinke, die Tür gab nach und sie traten ein. »Was für ein Dreck und Mief«, meinte sie nur mit vernichtendem Unterton. Jonas ging zum Tisch, auf dem eine Rasierklinge und Reste eines weißen Pulvers lagen. Die Schlussfolgerung stellte kein Hexenwerk dar. »Koks«, urteilte Sonja. »Wenn er das hier so offen liegen lässt, dann ist er Hals über Kopf weg. Schreib ihn zur Fahndung aus.« Jonas nickte, griff zum Handy und rief seinen Vater an, der das Nötige in der Questura veranlassen sollte.

»Sollen wir den Hof und das Gebäude gründlich durchsuchen?«

»Erstmal nicht«, entschied Sonja zur Verblüffung des jüngeren Kerschbaumers.

»Wer weiß, was wir finden, wenn wir hier jeden Stein umdrehen«, versuchte er Sonja zu überzeugen. Genau deshalb nicht, dachte Sonja. Und wiegelte ab: »Wir postierten hier eine Streife für den Fall, dass er zurückkommt.«

Jonas schüttelte nur den Kopf. »Wer eine halbe Line liegen lässt, der kehrt nicht zurück. Der ist auf der Flucht oder schon tot!« Er verstand Sonja nicht.

»Will das Ei klüger sein als die Henne?«

»Na, das ist ja mal ein Argument!«, fluchte Jonas und stapfte beleidigt zum Auto. Sonja folgte ihm mit schlechtem Gewissen, ihn aus der Sache rauszuhalten, ja ihn zu hintergehen.

80.

Jeder Knochen und jeder Muskel schmerzte höllisch. »Bist eben nichts Gutes mehr gewöhnt«, sagte Matteo halblaut zu sich und suchte eine Schlafposition, die ihm am wenigsten Pein verursachte. Gerade als er diese Position gefunden zu haben glaubte, klopfte es an seiner Tür. Er verdrehte die Augen. Da er nicht wusste, wer davorstand, nahm er lieber einen Schluck Wodka aus der offenen Flasche, die auf dem Boden seines karg eingerichteten Wohn-Schlaf-Zimmers stand. Ein Bambusfuton mit schwarzer Tatami stand im hinteren Teil des Raumes, links ein Regal und fast an der Tür ein Schrank, in der Mitte ein Tisch mit drei Stühlen, rechts zog sich ein Fenster, das die Sicht auf das Bergpanorama des Eisacktals zuließ. Als er die Tür aufriss, staunte er, dass Carla Pisani davorstand.

»Du?«

»Wollte mal kurz nach dir schauen!«, sagte sie kühl.

Er zog sie schnell in das Zimmer und schloss die Tür hinter ihr. »Bist du verrückt? Wenn dich jemand sieht? Was willst du hier?«

»Dachte, ich schau mal, wie's dir geht.«

Ihr Blick fiel auf Matteos Bett und dann auf ihn, ein höchst zweideutiger Blick. »Um die Zeit noch im Bett«, provozierte sie. Er spürte, dass ihr ein Gedanke durch den Kopf ging.

»Hab damit gerechnet, dass Rossi vorbeikommt, und wollte, dass er mich in möglichst schlechtem Zustand vorfindet«, beharrte Matteo auf der Sachebene.

Carla zog ihm das T-Shirt über den Kopf und fuhr sanft mit der Hand über die Prellungen am Bauch. Matteo zog scharf die Luft durch die Zähne. »Hoffentlich hat Gentile kein inneres Organ erwischt.«

»Das fühlt sich anders an«, gab Matteo zurück.

»Leg dich aufs Bett!«, befahl sie. Mühsam und vor allem langsam kam er ihrer Aufforderung nach. Aus ihrer Tasche nahm sie eine schmerzstillende Creme, bevor sie ihre Handtasche abstellte. Dann beugte sie sich über ihn und rieb die Hämatome am Bauch und an der Seite mit fast schwebenden Fingern ein. Sie ließ die Cremetube auf den Boden fallen und näherte sich seinem Gesicht und blickte ihm sehr eindeutig in die Augen. »Du riechst nach billigem Fusel.«

»Ein ganzer Kerl«, antwortete er sarkastisch.

»Red nicht!«, fuhr sie ihn halblaut an und küsste ihn. Er fühlte sich überrumpelt und zog sich etwas zurück, doch sie blieb an ihm dran. »Um der alten Zeiten willen, Matteo«, hauchte sie rau und zog ihr Hemd aus. Er nahm ihr Gesicht in seine Hände und küsste sie zurück, sie ebenfalls, so dass sich ein wilder, rauschhafter Kusskampf entfesselte. Blitzschnell griff sie an seine Boxershorts und streifte sie herunter …

… Plötzlich fiepte ihr Handy. Sie verdrehte die Augen. Schweiß troff von ihrer Stirn. Sie beugte sich über den Rand des Betts, fischte nach ihrer Tasche, nach ihrem Handy. Matteo beobachtete sie unbeteiligt, als wäre sie nur ein Insekt, und fragte sich dabei: Was mach ich hier bloß? Die Sache lief eindeutig aus dem Ruder, die ganze Undercover-Aktion, aber gelangten nicht alle Undercover-Operationen an dem Punkt an, an dem sie »aus dem Ruder liefen«? Der menschliche Faktor, man wird nie ganz ein anderer.

»Ich komme«, sagte Carla, nachdem sie mit undurchdringlicher Miene zugehört hatte. »Cento ist geflohen!«

»Oder von Rossi eingesammelt.«

»Keine Ahnung.« Carla stand auf und zog sich an. Alle, wenn auch spröde, Zärtlichkeit, alles Verlangen hatte sich in Luft aufgelöst. Matteo lachte laut auf, so dass Carla Pisani für einen Moment innehielt und ihn fragend anschaute.

»Wie in alten Zeiten«, kommentierte Matteo in einer Mischung aus Belustigung und Sarkasmus. »Du würdest selbst die eigene Beerdigung unterbrechen, wenn der Dienst ruft.«

»Geschmackloser Vergleich«, kanzelte sie ihn ab, dann ging sie. An der Tür verharrte sie doch noch mal und sagte, ohne ihn anzusehen: »Pass auf dich auf, Matteo. Der liebe Gott schätzt es nicht, wenn man Heerscharen von Schutzengeln in Anspruch nimmt.«

81.

Während Rossi im Fond des Wagens seine nächsten Schritte überdachte, bekam er einen Anruf, der nur aus einem einzigen Satz bestand. »Heiz den Ofen vor, heute Nachmittag trifft die Ente ein.«

»Emilio«, rief Rossi nach vorn zu seinem Leibwächter und Bodyguard. »Wir müssen Cento finden. Ich will nicht, dass die Polizei ihn in die Finger kriegt, so wie er drauf ist. Und lass uns dem Signore Commissario Capo einen Besuch abstatten.«

»Zur Questura?«, fragte Emilio verwundert nach.

»Nach dem, was der gestern einstecken musste, hütet der Commissario das Bett.«

Wenig später ließ Rossi Emilio an die Tür von Zanchettis Wohnung klopfen. Ein verschwitzter, nach Alkohol riechender Commissario öffnete die Tür und blinzelte Rossi an. Er drehte ab und ging zurück in die Wohnung, um sich vorsichtig niederzulassen. Emilio hatte zwar die Wohnungstür geschlossen, blieb aber am Rahmen stehen. Rossi schaute sich unterdessen interessiert um und fragte dann mit echter Enttäuschung in der Stimme: »Bezahlt der Staat seine Diener nicht gut genug oder sind Sie hier einfach noch nicht angekommen? Ihre Wohnung sieht aus, als ob sie auf der Durchreise sind.«

Matteo hob die Brauen und faselte: »Sind wir nicht alle auf der Durchreise? Irgendwie zumindest?«

»Mag sein. Wissen Sie, was noch besser ist als ein korrupter Bulle? Ein Bulle, der philosophiert. Sie müssen sich keine Sorgen machen. Die Leiche von Gentile und Ihre Waffe sind gut versteckt. Die taucht nicht wieder auf … es sei denn, ich kriege Probleme. Das sollen Sie verhindern.«

»Wie?«, fragte Matteo kurz, knapp und hart.

»Mario Cento hat vor, mich in Schwierigkeiten zu bringen. Das würde ich ihm gern ausreden. Deswegen suche ich ihn. Ihre Leute auch. Die haben leider mehr Ressourcen.«

»Was genau wollen Sie?«

»Gehen Sie duschen und fahren Sie ins Büro. Wenn Ihre Leute Cento finden, will ich das sofort wissen. Eine kleine Auskunft, mehr nicht. Ach, und Commissario Capo, könnten Sie Ihre Leute von Centos Firma abziehen?« Rossi legte ein Handy auf den Tisch: »In diesem Prepaid-Handy ist eine Nummer eingespeichert. Über die erreichen Sie mich. Reden Sie aber nicht zu viel am Handy!«

Damit ging Rossi, und Matteo verschwand tatsächlich unter der Dusche.

Eine Stunde später stand Matteo Zanchetti in der Tat gestriegelt und gebügelt in Sonjas und Jonas' Dienstzimmer inmitten des wusligen Haufens seiner Mitarbeiter. Peter Kerschbaumer bekam einen Schreck, als er Matteo sah. Als er ausrief: »Mein Gott, was ist mit Ihnen passiert?«, meinte er nicht Matteos Kleidung – die war vorbildlich wie früher mit Jeans, weißem Hemd und Weste –, sondern die Blessuren in dessen Gesicht. Matteo rang sich zu einem schiefen Grinsen durch: »Ein Streitgespräch, sonst nichts.«

»Oh, Mann. Was ist denn mit Ihnen passiert?«, rief Jonas erschrocken aus, doch Matteo hatte keine Lust, sich zu erklären, stattdessen wies er an: »Zieht die Streife von Centos Bauunternehmen zurück.« Jonas wollte protestieren, doch Matteo ließ ihn gar nicht erst zu Wort kommen: »Die beiden Gendarmen sind meilenweit wie eine Warnung zu sehen. Außerdem ist es nur eine Verschwendung von Ressourcen. Wir können jeden Mann gebrauchen.«

»Aber …«, wollte Jonas noch nicht aufgeben.

»Aber«, nahm Matteo den Duktus auf, »Cento wird zu seiner Firma nicht zurückkehren. Der Mann ist auf der Flucht, vor uns, vor Rossi – und ich weiß nicht, vor wem er mehr Angst hat.« Carla Pisani, die Matteos Stimme gehört hatte, kam aus seinem Büro. »Ah, der Commissario Capo meldet sich zum Dienst zurück«, frotzelte sie, als das Telefon klingelte und Jonas ranging.

»Cento ist von Beamten gesichtet worden«, rief er in die Runde.

»Wie's aussieht, hat er sich in einer Hütte in den Bergen verkrochen«, mutmaßte Carla.

Jonas nickte. »Ich kann mir ein paar Beamte nehmen und da hochfahren.«

»Nein. Darum kümmere ich mich«, blockte Matteo. Die beiden Kerschbaumer schauten erst sich und dann ihn ungläubig an.

»Was? Ich bin hier immer noch der Capo. Oder hat sich daran irgendwas geändert?«, stellte Matteo klar.

»Nein. Natürlich nicht«, lenkte Jonas mit deutlichem Widerwillen ein. Das erste Mal wünschte er tatsächlich, dass Matteo Zanchetti nicht mehr sein Chef wäre.

»Können wir sprechen?«, fragte Sonja Carla und Matteo und ging in Matteos Dienstzimmer, wohin ihr die beiden folgten, und schloss hinter ihnen die Tür.

»Okay, wie gehen wir vor?«, fragte Sonja.

»Fahrt da hoch und schnappt ihn euch. So schnell wie möglich«, entschied Matteo und die beiden Polizistinnen nickten. Eigentlich könnten sie ein gutes Team sein, sie drei, so gut, wie es zwischen ihnen lief. Sonja und Carla stürmten aus dem Büro, liefen auf den Flur, zu ihren Autos. Matteo wartete noch etwas, dann verließ er die Questura.

82.

In einer unbelebten Winziggasse, die rechts von der Josephgasse abging, traf Matteo auf Francesco Rossi, dessen Bodyguard hielt sich im Hintergrund. Die beiden Männer standen sehr dicht beieinander, so dass sie sich problemlos flüsternd verständigen konnten.

»Wir haben Cento. Er ist in einer Hütte in den Bergen«, informierte Matteo den Mafioso und reichte ihm eine Karte, auf der der Ort, wo sich Cento befand, eingezeichnet war. Er reichte Rossi den Auszug einer Karte. »Soll ich mich drum kümmern?«, fragte er.

»Nein«, entschied Rossi und winkte seinen Bodyguard heran, dem er die Karte reichte. »Mach du das. Und melde dich sofort, wenn es erledigt ist.«

Der Bodyguard nickte und machte sich auf den Weg, den Auftrag zu erledigen.

»Die Nachricht ist offiziell bei uns eingegangen. Ich kann nicht verhindern, dass Kollegen da hochfahren und nach ihm suchen«, warnte Matteo.

Rossi lächelte breit. Hielt der Commissario ihn für einen Laien? »Mir klar. Sorgen Sie nur dafür, dass mein Mann früher da ist.« Damit ließ er ihn stehen.

83.

Der Wald lief spitz wie ein Pfeil auf eine Wiese zu, auf der eine kleine Sennerhütte stand. Sonja versteckte sich hinter einem Baum und hielt ihre Waffe in den Händen. In ihrer Hosentasche vibrierte ihr Handy. Sie ging ran und hörte von Carla, dass sie Mario Cento in der Hütte angetroffen und verhaftet habe. Rasch steckte sie das Handy wieder ein, während sie Autogeräusche wahrnahm, die sich langsam näherten. Durch das Unterholz schlich eine dunkle Gestalt mit einer Pistole in der Hand, in der sie Rossis Bodyguard vermutete. Sie wollte gerade anlegen, als hinter ihr ein Ast knackte. Schnell wandte sie sich um und erblickte Jonas, der wie aus dem Nichts vor ihr auftauchte. »Was tust du denn hier?«, fuhr sie ihn leise an.

Wütend entgegnete ihr der junge Kerschbaumer eine Spur zu laut: »Was tust du hier? Ohne mich. Ohne Unterstützung. Das ist doch die Frage!«

Aufmerksam geworden, sah Rossis Leibwächter nach rechts. Um ihn ins Visier zu bekommen, drehte sie sich etwas aus der Deckung heraus, was die Aufmerksamkeit Emilios auf sie zog, der sofort feuerte und weiterlief. Der Schuss ging an ihr vorbei und löste einen Aufschrei aus. Sie sah sich blitzschnell um und gewahrte, dass Jonas getroffen zu Boden ging.

»Jonas«, rief sie besorgt und kniete zu dem jüngeren Kerschbaumer nieder. Der schaute sie mit großen Augen an. »Streifschuss am Oberarm, werd ich allein mit fertig.« Jonas nickte und Sonja nickte zurück, dann nahm sie die Verfolgung auf. Dass der Mafioso weitergelaufen war, ohne sich mit ihnen aufzuhalten, konnte nur bedeuten, dass er den Auftrag hatte, Mario Cento zu töten, damit der keine Aussage mehr machen konnte. Dieser Auftrag war offensichtlich so wichtig, dass der Leibwächter über seine Flucht erst nach Erledigung nachdenken wollte. Sonja sah, dass Emilio in die Hütte stürmte. Sie lief so schnell als möglich zur rechten Seite der Hütte. Ratlos kam kurz darauf Emilio aus der Hütte, ohne dass ein Schuss gefallen war, starrte zum Wald. Leise schlich Sonja um die Ecke und zielte auf den Mafioso:

»Waffe fallen lassen«, brüllte sie ihn an. Emilio wandte sich nach links um und schaute nur in den Lauf einer Pistole.

»Falsche Hütte. Also los, Waffe fallen lassen, noch mal sag ich es nicht.« Man sah es dem Mafioso an, dass es ihn ärgerte, versagt zu haben. Sonja befahl ihm auf die Wiese zu gehen und sich mit dem Gesicht nach unten der Länge lang hinzulegen. Dann rief sie Verstärkung und ärztliche Hilfe. Eine halbe Stunde später wurde Jonas von einem Notarzt versorgt und zwei Carabinieri holten Emilio ab.

Mit schlechtem Gewissen lief Sonja zu Jonas Kerschbaumer, der mit halbnacktem Oberkörper und einem Verband um den rechten Oberarm auf dem Stamm eines umgekippten Baumes saß.

»Schlimm?«, fragte sie vorsichtig.

»Schlimm ist nur, dass du mir nicht mehr vertraust.«

»Hör zu, das hier war eine Art Undercover-Einsatz, über den auf keinen Fall gesprochen werden darf. Verstehst du? Mit niemandem!«, beschwor sie ihn.

»Seit wann musst du mir sowas sagen?

»Ich werd's dir erklären, wenn alles vorbei ist«, wich Sonja aus. Aber Jonas war zu verletzt, zu enttäuscht, zu traurig, als dass er es rational bewerten konnte. Er fühlte sich einfach nur ausgeschlossen. »Glaube nicht, dass es mich dann noch interessiert«, erwiderte er nur und schaute demonstrativ in eine andere Richtung.

Ihr Handy vibrierte und Carla teilte ihr mit, dass sich Cento, bewacht von den Carabinieri, auf dem Weg in die Questura befinde. Der Trick mit den beiden Hütten hatte funktioniert und die Falle war zugeschnappt.

84.

Rossi schaute überrascht und beunruhigt, als ein alarmierter Matteo Zanchetti in sein Büro stürmte.

»Es ist nicht klug, hierherzukommen, Commissario.«

»Es ist auch nicht klug, Ihren Leibwächter zu schicken!«, hielt Matteo gegen.

Zanchettis Nervosität sprang auf Rossi über. »Was ist passiert? So reden Sie doch!«

Zanchetti machte eine wegwerfende Handbewegung. »Ihr Mann hat das Ding total vermasselt. Sie hätten das mich machen lassen sollen. Keine Ahnung, warum er so lange gebraucht hat. Aber die haben ihn gekriegt, als er auf Cento traf. Das heißt, die haben jetzt nicht nur Cento, die haben auch Ihren Mann. Und der weiß, dass ich da mit drinhänge. Merde! Laienpfusch.«

»Ich werde meinen Anwalt anrufen. Der holt ihn da raus«, versuchte sich Rossi zu beruhigen. Matteo verdrehte nur die Augen. »Sie haben es immer noch nicht begriffen.

Ihr Revolverheld hat einen Beamten angeschossen.« Rossi hatte seine Fassung wiedergewonnen, vor allem würde er sich nicht von Zanchetti so behandeln lassen. So geht man mit Francesco Rossi nicht um, das war Regel Nummer eins und die Garantie dafür, dass er sich in der Mafia behauptete.

»Dann müssen Sie sich um die Vernehmung kümmern. Und auch sicherstellen, dass Cento die Klappe hält«, wies er ihn kühl zurecht.

»Weiß ich selber«, brummte Matteo. »Aber das war's jetzt. Mit Laien kann ich nicht arbeiten. Mir egal, was Sie für ein Druckmittel gegen mich haben.«

»Ach, wirklich. Sie bluffen schlecht, Commissario. Kein Wunder, dass Sie so viel Geld beim Pokern verloren haben. Ich brauch Ihre Hilfe. Heute Nacht.«

Matteo schüttelte den Kopf. »Haben Sie immer noch nicht begriffen, dass Schluss ist?«

»Ach Matteo Zanchetti. Kennen Sie mich so schlecht?«, stöhnte der Pate und machte ein trauriges Gesicht, in dem überdeutlich stand: Was man mir so alles zumutet. »Schluss ist, wenn *ich* sage, dass Schluss ist. Wir machen einen Deal. Sie helfen mir und ich sag Ihnen, wo die Leiche von Gentile und Ihre Waffe vergraben sind.«

»Um was geht es dabei?«

»Nicht der Rede wert. Ist einfacher Transport von A nach B. Aber dazu braucht man zwei Leute. Ziehen Sie sich Arbeitskleidung an. Heute Abend geht es los«, sagte Rossi, keinen Widerspruch zulassend.

»Und dann ist Schluss!«, lenkte der Polizist ein.

»Und dann ist Schluss!«, sagte der Mafioso nicht weniger doppeldeutig.

85.

Als Sonja die Questura betrat, befanden sich Emilio und Mario Cento in zwei verschiedenen Verhörräumen und wurden von Matteo und Carla Pisani befragt.

Selten hatte Sonja so eine Wut in dem gutmütigen Gesicht des älteren Kerschbaumers gesehen. »Mein Sohn vertraut dir und du lässt ihn in die Kugel laufen!«, brüllte er seine Chefin an, so dass alle im Raum zu ihnen schauten. Sonja zog Peter Kerschbaumer in Matteos Büro und schloss die Tür. Und das keine Sekunde zu früh, denn der ältere Kerschbaumer konnte sich nicht mehr zurückhalten. »Du und diese Pisani, ihr habt hier irgendwas am Kochen. Ist mir egal. Wer bin ich schon. Aber jetzt hast du meinen Sohn in Lebensgefahr gebracht, und das ist ganz und gar nicht in Ordnung. Absolut nicht in Ordnung!«

»Tut mir leid. Wirklich«, sagte Sonja kleinlaut wie ein Schulmädchen, das etwas sehr Dummes angestellt hatte.

»Kann der Jonas sich nix für kaufen. Er hat dir absolut vertraut. Du warst immer sein Vorbild.« Peter Kerschbaumer schüttelte voller Widerwillen den Kopf. »Ich fahr jetzt ins Krankenhaus«, sagte er nur noch, dann ließ er Sonja stehen, ohne sie eines weiteren Wortes zu würdigen. Die Tür zum Dienstzimmer blieb offen stehen. Sonja stand noch und kämpfte mit Schuldgefühlen, als Matteo und Carla Pisani das Büro betraten und der Capo hinter sich die Tür schloss. »Wie geht es Jonas?«, fragte er.

»Körperlich ganz gut, war zum Glück nur ein Streifschuss, seelisch jedoch …«

»Dafür haben wir jetzt keine Zeit«, fiel ihr Carla Pisani kurz angebunden ins Wort.

»Dieser Cento schwört, dass er mit dem Tod von Robert Auer nichts zu tun hat. Angeblich hat er ein Alibi. Müssen wir unauffällig überprüfen. Über seine Geschäfte mit Rossi will er nichts sagen«, berichtete Matteo und Carla ergänzte: »Rossis Bodyguard sagt gar nichts. Und daran wird sich auch nichts ändern. Was will Rossi von dir?«

»Rossi ist in die Ecke gedrängt worden. Er hat kaum noch jemanden, dem er vertraut. Ich vermute, es geht um die Drogen, die er schmuggeln soll.« Sonja ging auf Carla zu und nahm sie in den Blick: »Diesmal brauchen wir unbedingt Rückendeckung.«

»Seh ich auch so. Ich kümmere mich darum«, antwortete die DIA-Agentin. Dann wandte sie sich eindringlich an Matteo: »Wir werden dich über Funk und per GPS überwachen. Du musst Rossi unbedingt dazu bringen, dass er den Mord an Gentile zugibt.« Matteo nickte. »Schönes Gefühl, wenn's endlich losgeht.«

»Bringen wir es endlich hinter uns«, sagte Sonja schicksalsergeben. Ihr ging der Bruch mit Jonas nahe, näher, als sie jemals gedacht hätte.

86.

Die beiden Polizistinnen saßen im Auto, das etwas verborgen in der Nähe der Einfahrt parkte. Mittlerweile standen Mond und Sterne am Himmel und es würde nicht mehr lange dauern, dann würde der Mond sich ganz zum Vollmond runden. Durch das Fernrohr konnten sie verfolgen, wie Rossi und Zanchetti im ungewohnten Blaumann zu einem Haufen Steine gingen. »Helfen Sie mal!«, forderte Rossi den Polizisten auf und sie begannen, Steine wegzuräumen.

Carla stupste Sonja an. Sie verließen das Auto und schlichen sich näher an die beiden Männer heran, um besser sehen zu können. Inzwischen hatten Matteo und Rossi einen größeren Steinquader freigelegt, der sich unter dem Haufen befand. Matteo beobachtete neugierig, dass Rossi sich nicht weiter um den freigelegten Stein kümmerte, bei dem es sich um einen großen Marmorblock handelte. Stattdessen schaute er sich leicht panisch um, bis er eine kleine Kiesfläche entdeckte. Eilig schob er den Kies beiseite und entdeckte darunter eine Plane, die er zur Seite zog und dadurch einen Draht freilegte.

»Fassen Sie mit an!«, forderte Rossi den Polizisten auf. Gemeinsam zogen sie am Draht und hoben dadurch eine Platte hoch, die einen Hohlraum verdeckt hatte, in dem viele Tüten mit weißem Pulver lagerten.

»Kokain«, entfuhr es Matteo.

»Alle hängen sie an dem Stoff, alle, und alle bekommst du damit.«

Rossi griff sich eines der Pakete und warf es Matteo zu. »Da rüber«, dirigierte der Pate. Stück für Stück trugen sie die Pakete zu einem Marmorblock hinüber. Eine erhebliche Menge, die sie langsam davor aufstapelten.

»Ich begreif immer noch nicht, warum Sie Gentile erschossen haben. Er hat mich verprügelt, na und?«

»Hätte ich ihn nicht ermordet, hätte er es mit mir getan. Er wollte meine Position beerben.«

Sonja stieß Carla Pisani an. »Das war's. Das war ein Mordgeständnis. Nehmen wir ihn fest«, flüsterte sie.

»Sie geben sich doch nicht damit zufrieden, wenn wir viel mehr bekommen können.«

Rossi hob mit einem langen Meißel den Deckel des Marmorblocks an. »Los, helfen Sie mal!« Sie fassten an den Ecken des massiv wirkenden Deckels an und legten ihn neben den Marmorblock. Rossi sah Matteos Staunen, dass der Deckel so leicht war, und erläuterte voller Stolz: »Kunststein. GFK mit Marmorstaub. Täuschend echt. War meine Idee. Als ich gehört hab, dass es im Marmorwerk einen Fahrer gibt, der regelmäßig große Spielschulden macht und vielleicht zur Mitarbeit überredet werden kann.« Dann stapelten sie die Päckchen in dem Hohlraum des Marmorblocks.

»Wie funktioniert das?«

Rossi lächelte ihn sibyllinisch an. »Einmal Bulle, immer Bulle, aber ich erzähle es Ihnen. Pro Tag fahren fast 5.000 LKW über den Brenner. Unmöglich, alle zu durchleuchten. Gibt Stichproben, aber vor allem reagiert der Zoll auf Hinweise. LKW, die von einem alteingesessenen Unternehmen kommen und zudem noch ihre Ware ganz offen auf einer von allen Seiten einsehbaren Ladefläche transportieren, haben die größte Chance, unkontrolliert durchzukommen.

»Sowas wie Marmortransporte«, schlussfolgerte Matteo mit einer gewissen Bewunderung, die Rossi genoss.

»Ja. Und selbst wenn es eine Kontrolle gibt, konzentrieren die sich auf Hohlräume. Reifen, Türverkleidung.«

»Was ist mit Drogenhunden?«

»Wenn der Block ganz oben drauf liegt, können sie's nur riechen, wenn sie auf die Ladefläche geschickt werden. Am Boden sind sie zu weit weg.«

Als sie alle Pakete verstaut hatten, schlossen sie den Deckel. Rossi holte einen LKW mit eingebautem Kran. Sie legten Gürtel um den Block und hievten ihn mithilfe des Krans auf die Ladefläche des LKWs.

»Machen das ziemlich gut für einen Restaurantbesitzer«, scherzte Matteo.

»War ich nicht immer. Vergiss nie, wo du herkommst. Steigen Sie ein?«, rief ihm Rossi zu.

»Wo geht es denn hin?«

»Können Sie sich das nicht denken?«

»Zum Marmorwerk«, sagte Matteo und schloss die Tür auf der Beifahrerseite, während Rossi den Motor anließ.

»Richtig, jetzt müssen wir zum Marmorwerk und den Stein austauschen.«

»Das hat Auer für Sie gemacht?«, kombinierte Matteo.

»Die LKWs werden in der Regel bereits abends beladen, damit die Fahrer morgens früh loskommen. Auer hat die Frachtpapiere geändert und einen Block mehr geladen. Jetzt gibt es Auer nicht mehr, also müssen wir einen Block austauschen und hoffen, dass das keiner merkt. Auf der anderen Seite der Grenze wird dem Fahrer bei seinem ersten Halt leider ein kleines Missgeschick passieren.« Matteo warf ihm einen fragenden Blick zu.

Rossi lächelte vergnügt, als erzählte er den Inhalt einer Slapstickkomödie: »Er kriegt was über den Kopf und sein LKW wird geklaut. Wenn die Polizei ihn findet, fehlt einer der Marmorblöcke.«

»Wundert mich ein bisschen, dass Sie mir das einfach so erzählen«, hakte Matteo misstrauisch nach. Mafiabosse waren in der Regel nicht redselig.

»Ist das letzte Mal, dass die Lieferung so abläuft. Cento wird früher oder später auspacken. Spätestens, wenn er auf Entzug ist.«

Sonja und Carla ließen die beiden abfahren, dann rannten sie zum Auto und folgten dem LKW in gehörigem Abstand. Sie wussten ja, wo die Fahrt hinging.

Der erste zaghafte Dämmer zeigte sich, als sie das Marmorwerk erreichten. Als wäre er der Besitzer, öffnete Rossi das Schloss des Tores.

Sonja und Carla liefen geduckt über den Hof und versteckten sich hinter einem Marmorblock, von dort beobachteten sie, dass Rossi und Matteo von einem bereits fertig beladenen LKW einen Marmorblock mit ihrem austauschten.

Rossi sagte zu Matteo, dass sie jetzt den LKW zurückbrächten und dann auch Schluss sei. Sie stiegen in den LKW mit Kran und fuhren wieder los. Carla und Sonja rannten zum Dienstwagen und verfolgten den LKW erneut im gediegenen Abstand.

Als sie endlich den Bauhof erreichten, hatte sich die Dämmerung vollkommen gegen die Nacht durchgesetzt und die Vögel sangen und schimpften und krächzten und schrien um die Wette. Sonja und Carla arbeiteten sich vorsichtig zum LKW vor. »Was ist los, wo bleibt die Verstärkung?«, hauchte Sonja.

»Muss gleich da sein«, gab Carla Pisani fast noch tonloser zurück. Plötzlich stieß Sonja die DIA-Agentin an. Sie beobachtete, dass Rossi, der aus der Fahrerkabine ausgestiegen war, den Reißverschluss seiner Jacke öffnete.

»Da stimmt was nicht. Es ist kalt. Man macht seine Jacke zu, wenn man aussteigt, und nicht auf. Wir müssen zugreifen. Sofort.«

»Das geht nicht, wir haben keine Deckung …«, warf Carla Pisani ein.

Inzwischen hatte Rossi seine Waffe gezogen und sie auf Matteo gerichtet. »Was soll das jetzt?«

»Tut mir leid. Aber ich denke, das ist klar«, sagte er mit einem aufrichtigen Ausdruck des Bedauerns im Gesicht. »Es ist nichts Persönliches, Capo. Es ist nur geschäftlich.«

»Hab mich schon gewundert, dass Sie mir so bereitwillig alles erzählen.«

Matteo redete im Grunde nur, um Zeit zu schinden.

»Ich weiß nicht, warum Sie glauben, das machen zu müssen. Aber das ist ein Fehler. Sie haben mit mir einen hochrangigen Beamten in der Hand, und das Einzige, was Ihnen einfällt, ist mich umzulegen?«

»Beleidigen Sie meine Intelligenz nicht. Im Moment sind Sie vielleicht ein spielsüchtiges Wrack, aber irgendwann kriegen Sie sich wieder auf die Reihe und dann finden Sie in Ihrer chaotischen Wohnung plötzlich unter all dem alten Müll Ihr Gewissen, und dann nützen Sie mir ganz sicher nichts mehr. Wie gesagt. Tut mir leid.« Francesco Rossi wollte gerade schießen, als Sonja und Carla aus ihrer Deckung hervorkamen und ihre Waffen auf den Mafioso richteten. »Polizei, die Waffe runter«, brüllte Sonja. »Runter mit der Waffe, Rossi!«, brüllte nicht weniger entschlossen Carla Pisani. Doch Rossi grinste die beiden Frauen nur an, während er weiter die Waffe auf Matteo gerichtet hielt. »Schießen Sie ruhig, aber ich schaff's noch abzudrücken, da könn' Sie sich drauf verlassen. Na los, schießen Sie, aber Ihren Freund nehm ich mit«, sagte er kaltblütig. An seiner Entschlossenheit konnte kein Zweifel bestehen. Rossi witschte hinter Matteo und nutzte ihn als Deckung, zog ihn nach hinten, um hinter den LKW zu kommen. Dort verpasste er Matteo einen Stoß, so dass er gegen den LKW prallte. Dann rannte er Richtung Berge und verschwand in dem karstigen Labyrinth aus aufstrebenden Felsen, in das er eintauchte. Carla reichte im Laufen Matteo ihre zweite Waffe.

Der griente nur: »Firma dankt.« Während sich Matteo an Carla hielt, bog Sonja nach links ab. Sie blieb kurz zurück und sprach etwas in ihr Handy. Sonja umrundete katzenhaft einen Felsen und sah vor sich Rossi, der auf Carla Pisani und Matteo zielte. »Die Waffe weg. Los, runter auf den Boden.« Rossi verzog das Gesicht und kam dem Befehl nach. Sowohl Carla als auch Matteo hatten Sonja gehört, atmeten erleichtert auf und gingen zu ihr. Rossi lag nun zwischen den dreien.

»Francesco Rossi, ich verhafte Sie wegen Drogenschmuggel, Geiselnahme, räuberischer Erpressung und des Mordes an Franco Gentile. Alles, was Sie sagen, kann vor Gericht gegen Sie verwendet werden«, sagte Matteo sehr, sehr zufrieden. Es hatte sich gelohnt, noch einmal undercover zu arbeiten. Was er niemals gewollt hatte, hatte sich bezahlt gemacht. Sie hatten einen hohen Mafioso, den Paten des Südtirols, dingfest gemacht und besaßen ausreichend Beweise, ihn für den Rest seines Lebens hinter Gitter zu bringen. Dann wandte sich Matteo noch einmal dem am Boden liegenden Rossi zu: »Zu den Beweisen gehört auch die Tonaufnahme, auf der Sie mir beim Verladen der Drogen Ihre Gründe für den Mord erklärten.«

Doch auf einmal, als ob ein Hurrikan über sie hereingebrochen wäre, war alles anders. Motorenlärm drang immer lauter an ihre Ohren und sie spürten, dass sich das Gelände um sie bevölkerte. SEK-Männer in ihrer martialischen Uniform, den Helmen, den kugelsicheren Westen umringten sie. Sonja blickte sich erstaunt um, während Matteo Carla mit Blicken durchbohrte, mit Blicken, die aus Enttäuschung und aus Hass bestanden.

»Du hast uns also gelinkt, ausgenutzt und gelinkt.«

Carla Pisani schaute den Capo nur mitleidig an. »Aber Matteo, du kennst doch das Spiel.«

»Was ist hier eigentlich los?«, fragte Sonja.

Bevor sie jedoch eine Antwort erhalten konnte, rasten die SEK-Männer auf sie zu und brüllten: »Zurück, weg von dem Gefangenen, treten Sie zurück!«

Der Helikopter hatte inzwischen eine Stelle gefunden, wo er landen konnte. Die SEK-Männer packten Rossi, legten ihm Handschellen an und brachten ihn zum Helikopter.

»Danke für die Zusammenarbeit, hat mich gefreut. Ich werde Rossi jetzt direkt nach Rom bringen, aber das wird nicht in eurem Bericht stehen, wenn ihr euren Job behalten wollt. Es ist uns nicht gelungen, Rossi zu fassen. Er ist in den Bergen entkommen. Es wird eine Fahndung nach ihm geben. Leider ohne Erfolg«, sagte Carla Pisani, dann schwang auch sie sich in den Hubschrauber, der sofort abhob.

Und je höher der sich in die Lüfte erhob, umso tiefer hatte Matteo Zanchetti das Gefühl zu fallen, tief und immer tiefer, an einen Ort, von dem er nie wieder aufsteigen konnte.

»Was soll das?«, riss Sonjas fassungslose Frage ihn aus seinen Gedanken.

»Die wollen ihn als Kronzeugen. Die machen einen Deal mit ihm, schicken ihn irgendwo in den Zeugenschutz. Er wird für seine Verbrechen nicht bestraft werden.«

»Und warum?«, fragte Sonja. Sie hätte sich die Frage auch allein beantworten können, sie war lange genug dabei, aber sie wollte es hören.

»Sie sorgen dafür, dass die Lieferung rausgeht, damit sie an die Hintermänner in Deutschland und in Neapel kommen. Sie wollen den ganzen Drogenring auffliegen lassen.«

»Und wenn wir irgendetwas verlauten lassen …«, sagte Sonja.

»… hätte das für uns strafrechtliche Konsequenzen«, setzte Matteo den Satz fort.

Sie sahen sich an, dann gingen sie zum Bauhof, wo ihr Auto stand.

»Wir haben ja noch einen Fall aufzuklären«, sagte Matteo zynisch.

»Ja«, sagte Sonja Schwarz mit Nachdruck, »wir haben noch einen Fall aufzuklären«, und hakte sich bei ihm unter.

87.

Den Weg in die Questura legten sie im Auto schweigend nebeneinander sitzend zurück. Sie fühlten sich so sehr beschämt und ausgenutzt, dass sie darüber nicht miteinander reden konnten. Sie waren Schachfiguren in einem miesen Spiel, in dem es um eines ganz sicher nicht ging, um Gerechtigkeit. Oder vielleicht nicht mal Schachfiguren, sondern Soldaten in einem ewigen Krieg, in dem letztlich niemand siegen würde und in dem in echt gestorben wurde, obwohl drum herum alles Theater war. Nur das Blut war echt, einfaches Menschenblut, das Billigste von allem. Rossi hatte ausgesorgt, und, was keinem seiner Opfer jemals bewilligt worden wäre, man schützte überdies sein Leben auf Staatskosten.

Als sie das Büro betraten und in Matteos Dienstzimmer gehen wollten, trat Peter Kerschbaumer ihnen in den Weg.

»Rossis Leibwächter wurde gerade von Carabinieri abgeholt und nach Rom überstellt.«

»Danke, Peter. Bringst du bitte Mario Cento in Matteos Dienstzimmer?«

»Zu Befehl«, sagte Peter Kerschbaumer trotzig-schneidig. »In Zukunft aber bitte Herr Kerschbaumer oder Tenente Kerschbaumer. Ich möchte gern wieder zum Sie übergehen. Man kann sich duzen, wenn man einander vertraut. Wenn nicht, ist das Sie ehrlicher.« Der ältere Kerschbaumer verließ das Büro, um Cento ins Zimmer des Capos zu bringen. Carla Pisani hatte nur Verwüstungen hinterlassen, was zuvor ihre Abteilung war, war ein einziger Scherbenhaufen.

»Das wird schon wieder«, versuchte Matteo zu trösten.

»Ich weiß nicht.«

Matteo hatte Sonja einen Espresso hingestellt und trank selbst einen, als Peter Kerschbaumer ein zitterndes, sich im Entzug befindliches Wrack hereinholte: Mario Cento.

Cento saß kaum, als er die beiden Polizisten übellaunig anging: »Ich habe Ihnen doch gesagt, dass ich ein Alibi hab. Prüfen Sie's nach.«

»Haben wir. Aber Sie können den Mord auch in Auftrag gegeben haben. Tatsache ist, dass Robert Auer mit Ihnen verabredet war«, zog Sonja die Daumenschrauben an, denn sie konnte diesen Typen ihr gegenüber, die fleischgewordene Gemeinheit, nicht ausstehen.

»Für wie blöde halten Sie mich eigentlich? Wenn ich vorhab, einen umzulegen, dann mach ich doch keine Verabredung und riskier, dass er das Gott und der Welt erzählt«, erregte sich Cento.

»Aber jemand hat ihn umgebracht. Und das hat mit Drogen zu tun, da bin ich sicher. Sie nicht, Herr Cento?«

»Sie sind sowieso dran. Wir haben das Drogenversteck auf Ihrem Hof, den hohlen Marmorblock. Und wir wissen auch, wie Auer daran beteiligt war«, kürzte Matteo die Befragung ab.

»Vielleicht glauben wir Ihnen, dass Sie Robert Auer nicht umgebracht haben. Uns interessiert jetzt nur eins: Wieso hat Robert Auer mitgemacht?«

»Kriegt ihr Bullen nichts allein auf die Reihe«, schimpfte Cento, der sich nur noch nach einer Nase voll Koks sehnte. »Er musste doch mitmachen, wegen seiner Spielschulden. Aber der hatte keine Ahnung, was da genau abläuft. Hat nur die Frachtpapiere geändert, hat auf der Tour nach Deutschland bei mir gehalten und einen Stein mehr geladen.«

Sonja und Matteo schauten sich verblüfft an.

»Da ist doch irgendwas passiert?«, hakte Sonja nach.

»Was halt immer passiert mit diesen anständigen Menschen. Er ist irgendwann zu früh gekommen und hat gesehen, was wir tatsächlich schmuggeln. Ist total ausgetickt, weil sein Sohn an Drogen gestorben ist. Hat sich geweigert, den Stein zu laden.«

»Und dann?!«, fragte Matteo hart.

»Bin zu ihm nach Hause, hab ihm klargemacht, was passiert, wenn er aussteigt.«

»Und da er gedroht hat, damit zur Polizei zu gehen, haben Sie ihn umgebracht.«

»Nein. Da war ja nur so 'ne Sicherung bei ihm durchgebrannt. Als ich in Ruhe mit ihm gesprochen hab, hat er eingesehen, dass er da nicht einfach aussteigen kann, nach allem, was er schon gemacht hat. Also hat er gesagt, er ist wieder dabei und alles prima. Da bring ich den doch nicht um. Wir waren doch auf den angewiesen.«

»Also war's doch Gentile«, gab Matteo einen Schuss ins Blaue ab.

»Warum sollte Gentile den umlegen? Durch den Drogenjob kam da regelmäßig Geld rein, und das hat er Gentile immer brav gezahlt.«

»Dieses Gespräch, bei dem Sie ihn wieder auf die Spur gebracht haben, fand also bei ihm zu Hause statt? Kann das irgendjemand belauscht haben?

»Weiß nicht. Ich kriech in den Ritzen da nicht rum! Aber möglich wär's.« Cento zuckte mit den Schultern.

Nachdem sie Cento in seine Zelle bringen ließen, schauten sie sich ratlos an. »Ich denke, du siehst das wie ich, ich glaube weder, dass es Cento war, noch Gentile, noch Rossi, noch ein anderer aus dem Umkreis«, fasste Matteo zusammen.

»Bliebe nur noch die Familie. Den Sohn haben wir noch in Gewahrsam, weil wir sicher wissen, dass er am Tatort war. Aber ich finde kein Motiv bei ihm.«

»Vielleicht doch ein Arbeitskollege«, sagte Sonja vage.

»Glaubst du wirklich, dass der fremdgegangen ist, der hat doch mit seinem Spielen genug zu tun«, antwortete Matteo lustlos.

»Vielleicht hat er jemanden bestohlen.«

»Würdest du jemandem, der Geld aus deiner Tasche genommen hat, dafür einen Marmorblock auf den Körper werfen, dass der in keinen Sarg mehr passt?« Matteo schüttelte den Kopf. Irgendetwas stimmte nicht, irgendetwas hatten sie übersehen.

»Noch ein Espresso?«, fragte er.

»Ja, duplo«, erwiderte Sonja. Jeder hat so seine Drogen, dachte sie, sie unterscheiden sich nur davon, wie gefährlich sie sind.

Als Matteo aus seinem Dienstzimmer trat, sah er eine alte Frau, die gerade in das Büro von Sonja und Jonas kam und sich suchend umschaute.

»Kann ich Ihnen helfen?«, fragte Matteo die alte Frau.

Sie schaute ihn aus Augen an, die wie lebloser Granit waren. »Ich will die Frau Commissario Schwarz sprechen.«

»Na, dann kommen Sie mal mit.« Matteo nahm die alte Frau mit in sein Dienstzimmer. Sonja staunte, als sie Magda Auer sah. Sie hätte sie am wenigsten erwartet.

»Darf ich bekannt machen. Magda Auer, die Mutter vom Robert Auer und die Großmutter vom Martin Auer.«

»Sie wollen sich sicher nach Ihrem Enkel erkundigen?«, mutmaßte Matteo.

»Nein«, sagte die alte Frau unbeirrt. »Ich will eine Aussage machen.« Sonja schaute sie mit großen Augen an, während Matteo ihr einen Platz anbot, nämlich den, auf dem Cento zuvor gesessen hatte.

»Lassen Sie meinen Enkel frei, er hat seinen Vater nicht ermordet. Der Martin ist ein guter Junge.«

»Woher wissen Sie das so genau?«, fragte Sonja.

»Weil ich es war«, sagte Martha Auer sehr ruhig. Das überraschte die beiden Ermittler vollkommen. Sonja rang um Fassung und versuchte herauszufinden, ob sie sich verhört hatte.

»Wollen Sie damit sagen, dass Sie Ihren Sohn getötet haben?«

»Weil es getan werden musste, damit das aufhört.«

»Was aufhört?«, fragte Sonja.

»Das mit den Drogen. Mein Enkel ist gestorben wegen dem Dreck. Eigentlich hatte er damit nichts zu tun. Aber er wollte wie die anderen sein. Er war aber nicht wie die anderen. Er hat sich doch nicht ausgekannt mit dem Dreck, als er es auf der Party genommen hat, weil er dazugehören wollte.« Die Augen der alten Frau waren trocken wie die mexikanische Wüste, ihre Stimme rissig und klar und die Worte kamen langsam, aber nicht stockend, sie sprach so, wie sie sich auch bewegte.

»Wie viele wollen das, dazugehören? Und wie viele Kinder sterben daran, so wie der Bub? Weil sie dazugehören wollen, weil die nur dazugehören, wenn sie den Dreck nehmen. Die, wo daran verdienen, die lachen, die lachen über einen toten Bub und zählen ihr Geld, das Mistpack. Und für dieses Mistpack arbeitet man nicht. Nicht, wenn man eine Ehre im Leib hat.«

»Sie haben das Gespräch zwischen Cento und Ihrem Sohn belauscht?«

Die alte Frau nickte, dann konzentrierte sie sich: »Hab gehört, wie dieser Cento und er gesprochen haben. Auf mich achten's nie. Ich bin wie der Hund, der vorm Ofen liegt und keinen stört ... Da hat der Robert die Chance gehabt. Da hätt er Nein sagen müssen. Aber er war schwach. War er immer schon. Zwei Wochen später hab ich ihm gesagt, dass der Cento ihn im Marmorwerk treffen will. Dann bin ich da hin und hab's gemacht.«

»Das glaub ich Ihnen nicht. Wie hätten Sie denn den Radlader bewegen sollen?«

Die alte Frau lachte kurz und trocken auf, so absurd fand sie die Frage. »Ach Kindchen, ich habe doch da früher gearbeitet, wie wir alle. Kenne mich aus mit den Maschinen ... Er hätte sich was schämen sollen, die Firma für seine schmutzigen Geschäfte zu benutzen. Es war immer eine gute Firma und sie hat uns redlich ernährt.«

»Sie hätten ihn auch hier töten können. Warum das Marmorwerk?«, fragte Matteo.

»War 'ne Warnung. Ich wollte nicht, dass nach Robert ein anderer den Job übernehmen und die Firma da weiter reinziehen würde. Dachte, das hört auf, wenn's da passiert.«

»Sie hätten ihn einfach anzeigen können«, sagte Sonja traurig.

»Was hatte ich schon für Beweise?«

»Wäre das nicht unsere Sache gewesen?«, stöhnte Sonja sanft.

»Ihre Sache? Ich hab den Robert auf die Welt gebracht. Er hatte so viele Möglichkeiten und hat sie nicht genutzt. Stattdessen hat er gespielt und die Familie ruiniert. Seine Frau, die Elisabeth, war immer ein schwaches Hascherl. Wenn ich es nicht beendet hätte, hätte es nicht aufgehört. War meine Aufgabe, dafür zu sorgen, dass es aufhört.«

Betretenes Schweigen brüllte im Dienstzimmer, ein furchtbares Schweigen, weil das das Ende der Welt war, etwas, zu dem man nichts mehr sagen konnte. Sonja wünschte sich, dass das alles nicht die Wahrheit wäre, doch sie wusste, dass die alte Frau die Geschichte nicht erfunden, sondern dass sie ein Geständnis abgelegt hatte. In ihren Augen war es so absurd wie zutiefst wahr. Mit der Geburt beginnt das Leben, mit dem Tod endet das Leben. Doch niemand hatte vorgesehen, dass dieselbe Person, die das Leben schenkte, das Leben auch wieder nahm.

»Lasst den Martin jetzt frei, wo ihn doch keine Schuld trifft. Den Robert trifft die Schuld und mich trifft die Schuld. Der Robert hat dafür schon gezahlt, jetzt ist es an mir, dafür zu bezahlen.« Matteo wusste, dass die alte Frau gesagt hatte, was sie zu sagen hatte, und von nun an schweigen würde.

Sonja stand auf. »Ich kümmere mich darum, dass der Martin nach Hause zurückkehren kann.« Sie ergriff die Chance, aus dem Zimmer zu kommen. Sie wollte Martha Auer nicht verhaften, die doch verhaftet werden musste. Sollte es doch Matteo tun.

Auf dem Weg in die Arrestzelle dachte sie an ihre Tochter, die in Deutschland weiterstudieren wollte. Sie wollte ihr das ermöglichen. Irgendwie musste es schon gehen. Sie würde mit dem Andreas Main reden, vielleicht half der auf dem Weinberg mit. Irgendeine Lösung würde sie finden.

Als sie Martin Auer so verloren in seiner Zelle sah, beschloss sie, ihn nach Hause zu fahren und ihm und seiner Mutter zu erzählen, warum und von wem Robert Auer ermordet worden war.

Das, stellte sie fest, war nicht weniger hart, als Martha Auer zu verhaften.

88.

Matteo ließ sein Auto stehen und beschloss, ein wenig zu laufen. Carla hatte ihn betrogen, auf die jämmerlichste Weise und für das Kargste auf dieser Welt, für die Karriere. Und diesem Götzen opferte sie ihr Leben. Was immer sie an beruflichem Erfolg einheimsen würde, es würde zu teuer erkauft sein, nämlich mit Einsamkeit. Sie hatte nur den Erfolg und sie vertrocknete innerlich immer mehr, alles Menschliche dörrte aus. Nie wieder würde er mit Carla Pisani arbeiten. Sie hatte die Lüge in sein Team gebracht. Und das Vertrauen zerstört. Er würde das zerstoßene Porzellan in seiner Abteilung kitten. Das würde nicht leicht sein, aber gelingen.

Er staunte, als er schließlich merkte, dass ihn seine Schritte zur Via Leonardo da Vinci führten. Er nahm sein Handy aus seiner Weste und wählte zaudernd zwar, aber dennoch Innos Nummer. Aber niemand nahm ab und die Mobilbox hatte sie ausgeschaltet. Dann rief er in der Steuerverwaltung an, erfuhr aber nur mit vielen Tricks, dass Dr. Innocencia Weißgarten ihren gesamten Urlaub genommen hatte. Er klingelte an ihrer Wohnungstür, doch niemand öffnete. Als er wieder auf der Straße stand, hatte er eine Vermutung und er hoffte so sehr, dass sie stimmte. Vielleicht hatte sie seinen Rat angenommen und ließ sich helfen, um die Spielsucht zu überwinden. Es mochte sein, dass sie das Spiel benötigte als Bollwerk gegen das wirkliche Leben. Aber das wirkliche Leben war dennoch tausendmal besser.

Vier Wochen. So lange hatte sie Urlaub. Er wusste es nicht, aber er wollte nicht ausschließen, dass er sich bei ihr melden würde, wenn sie aus dem Urlaub zurück war, wenn sie beide ihr Undercover-Dasein hinter sich gelassen hatten, wenn sie beide im wirklichen Leben angekommen sein würden. Auch er hatte eine Aufgabe vor sich wie Inno. Er würde noch einmal nach Bari zurückkehren, um sich wirklich von Lucia zu verabschieden. Er musste sie gehen lassen – auch in seinem Herzen.